我们为什么需要诗歌

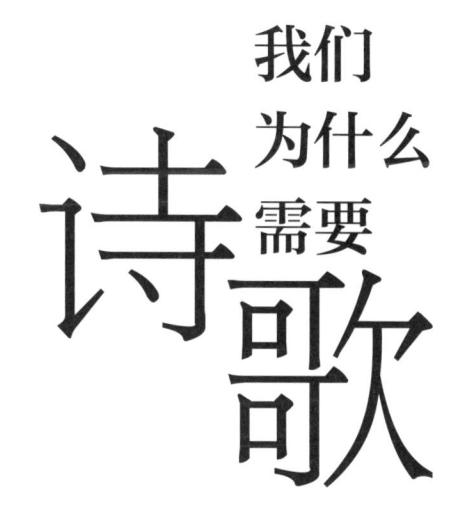

王少杰 潘丽云 编

吴重生诗歌艺术评析

作家出版社

▲ 2015年5月17日，吴重生诗歌作品朗诵会暨研讨会在中国现代文学馆举办

▼ 2015年5月17日，曹灿朗诵吴重生诗歌《立春三章》

◀ 2020年6月7日,"我心中的星辰云海——吴重生诗歌分享会"在北京举行,与会嘉宾合影

▶ 2022年10月1日,《太阳被人围观》作品研讨会在京举行

◀ 2023年4月22日,在山东聊城举办读诗会

▲ 2019年7月6日，应《诗刊》之邀，赴四川泸州参加新时代诗歌传媒论坛，畅谈新语境下的诗歌创作

▼ 2020年11月18日，应邀出席新时代诗歌传媒论坛活动

▲ 2023年2月16日，应邀为杭州江南初中、四川康定二中学生做诗歌讲座

▼ 2023年5月20日，在广西玉林师范学院讲学

▲ 2023年5月21日，在广西玉林高中举办专题讲座

▶ 2023年6月7日，《经济观察报》制作的海报

▲ 2019年10月7日，再次当选杭州市上城区作协主席，与六位副主席合影

▼ 2019年11月30日，浙报集团英国班结业留念

► 2019年4月15日，陪同家乡浦江县领导访问北大中文系

◄ 2021年12月4日，当选北京市写作学会副会长，与学会理事会成员合影

► 2020年11月25日，应邀参加名家名刊走进慈溪采风活动

▲ 2017年11月下旬，赴广州参加由中国报纸副刊研究会主办的采风活动

▼ 2020年9月11日，应邀参加由诗刊社组织的"诗路清风润越州"采风活动

▲ 2020年11月26日，应邀赴江苏太仓参加2020年海洋诗会

▼ 2020年12月8日，与赵丽宏先生一起在浦江月泉书院

◀ 2023年7月21日，应邀参加小米集团"劳动致福 青春志上"影像展

▼ 2021年10月25日，新疆采风途中放歌

▶ 徽州采风间隙

▶ 鲁迅文学院同学合影

◀ 2019年5月，获颁鲁迅文学院结业证书

▶ 鲁迅文学院小组同学合影

▲ 2021年6月，吴重牛一家人在北大中文系楼前

目录

001 / 序

第一辑　大家寄语

003 / 用心中的光温暖彼此　　谢　冕
006 / 致信太阳的诗人　　吴思敬
009 / 他对诗的热爱源于他的心灵　　吉狄马加
011 / 面对现实、超越现实　　张抗抗
013 / 《捕星录》体现了"媒体人文学"的重要价值　　邱华栋
015 / 重生身上有特别可贵的传统文人品质　　施战军
017 / 迎接春天，从相信一扇门开始　　邓　凯
020 / 以"意趣"对位日常生活感受　　张清华
023 / 尘世生活的诗意解读　　云　德
026 / 铜草花下的富矿　　刘笑伟
029 / 让诗歌提高精神能见度　　霍俊明
031 / 让阳光照彻心扉　　周大新
033 / 看云的日子　　彭　程

第二辑　心灵之笛

039 / 温暖有光成就一生诗意　　华　静
043 / 人能有几重生命　　袁亚平

047 / 诗心成就人生的光芒　　杨登明

050 / 向死而生，即为重生　　张海龙

053 / 如诗重生　　吴建明

056 / 释放诗歌的教育想象　　胡美如

060 / 吴重生：记者型诗人的大格局　　桂兴华

063 / 一首新时代的黄河交响曲　　刘　斌

066 / 一首别具一格的河流颂歌　　刘　斌

071 / 树枝一摇，鸟就飞起　　梁晓明

075 / 旅途中那一轮诗的太阳　　王晓明

077 / 一路行走一路歌　　郭宗忠

第三辑　致信太阳

083 / 日拱一卒，功不唐捐　　杨志学

085 / 一本可以让你安静下来的书　　杨钦飚

087 / 诗中有画，画中藏诗　　赵　潄

089 / 安静而纯粹的日常歌者　　谢宝光

092 / 带着诗歌的光芒返乡　　罗鹿鸣

097 / 所有的树都会结出月亮　　若　凡

103 / 诗意是最深刻的深刻　　涂国文

108 / 太阳照在田野上　　陈　越

第四辑　捕星赏月

113 / 吴重生的"勤好思实融"　　马国仓

116 / 重生的诗很干净，天分难得　　王　玮

118 / 他的骨子里流淌着光明　　董国政

126 / 《捕星录》中的北大与修辞　　秦立彦

133 / 在行走中烹煮星星的人　　邰　筐

136 / 境界源于心胸和情怀　　龙小龙

141 /	"用新闻写诗"的捕星者 张国云
144 /	星光柔和的诗歌行走 师立新
150 /	捕星者说 陈智博
153 /	在一千英尺高空飞翔并俯视这个世界 邹伟平
164 /	于无色处见繁花 汤集安
166 /	也是羽化，也是重生 阿 华
170 /	太阳河放歌与掬水望月 徐必常
191 /	行走的每一步都是一首诗 牟雪莹
195 /	优雅而深情的歌者 李木马
198 /	根植江南乡土彰显时代内涵的深情歌唱 黄成松
205 /	沿着大运河的流向，我来到北方 李郁葱
209 /	一寸山河一寸诗 杨钦飚
212 /	仰望云天的生命姿态 何兰生
215 /	俯仰天地捕星云 潘江涛

第五辑 围观太阳

221 /	围观"太阳"者说 孙昌建
225 /	在与太阳对视中不坠青云之志 王 毓
229 /	自始的围观者 张 华
232 /	以太阳般的能量照亮诗意的天空 高 菲
235 /	献给北京城的时代礼赞 张 华
240 /	给孩子一个"诗歌太阳" 陈向红
243 /	抵达生活，抵达诗意 张 开
246 /	一部用诗歌书写的"山海经" 王秉良
249 /	每一首诗都是一次重生 张海龙
251 /	《太阳被人围观》之后 刘 君
255 /	美的意象 潘丽云
259 /	从平安到北京 王少杰

第六辑　燃烧乡情

265 /　在漆黑的夜里辨认故乡的方向　　沈　苇
269 /　独出机杼，气象浑然　　杨志学
272 /　融情于景的《江南二章》　　贺承然
275 /　春风如贵客，一到便繁华　　杨钦飚
279 /　向着春天的颂歌与诺言　　刘　斌
282 /　倾情书写春天的意象　　刘笑伟
284 /　游子怀乡　维天则同　　黄康睿
286 /　大写的上山　打开的天书　　付党生
288 /　一个怀抱天书行走天下的诗人　　卢　山
290 /　上城：你的岁月诗化成了今日风情　　韩　锋
300 /　行住坐卧皆落笔，身心动静为诗歌　　老　井
306 /　故乡星与云　最抚凡人心　　王向阳
310 /　且邀他日看海平　　蓉　儿
313 /　亦师亦友亦重生　　魏锦明
316 /　一夜烛光照青春　　何金海
321 /　我的同学吴重生　　谢　健
324 /　天下谁人不识君　　朱耀照
327 /　和着时代的欢歌　　吕纯儿
330 /　重生其人　彧彧其文　　李　丽

335 /　后　记

序

重生说，我比您弟弟小一岁，应该叫您姐姐吧。既如此，便恕不敬，请让我在此直呼重生其名。

我与重生素未谋面，但我们都在一个叫作"山明水秀—前吴之后"的微信群里。

本书编者王少杰、潘丽云，前者是长期供职于浙江省新闻出版系统的管理者、作家，后者是浙江省特级教师、校长。他们有一个共同的身份——都是重生成长的见证人。王少杰曾与重生的叔祖父共事于金华市委宣传部，并曾与时年十八岁的吴重生面对面交流文学；潘丽云在考上大学之前曾随父亲一起居住在平安乡政府大院，彼时重生是该乡最年轻的干部。两位编者不辞辛劳，本着要为家乡、为文学、为历史留下一个见证文本的朴素愿望，主动整理、编辑这一本厚重的《我们为什么需要诗歌——吴重生诗歌艺术评析》，让人肃然起敬。作为"前吴后人"，我实在无法置身于"文本"之外。

我先补课认真阅读了重生的诗。对于惯读旧体诗的我来说，重生的诗真的有如一束年轻的光，惊艳了不一样的时光。情感表达可以如此酣畅淋漓，意象安排可以如此重叠连绵纷至沓来，语言作为工具可以如此率性自如地驱使。没有格律的束缚，可以随内容变化而创新形式。在重生诗的世界里没有忧愁哀伤，而是一派光明。即便千年传承的思乡母题，重生拨动的也是向往美好的那一根琴弦。我倦怠于汗牛充栋的咏月篇章，在重生诗里处处沐浴到阳光。有一刹那，我眼前幻化出夸父大步追逐太阳的身影与画面，但是重生自己说："浙江人习惯于奔跑／他们把太阳吞入腹中……"有人读重生的诗感觉到安静下来，我读重生诗却感到激奋，甚至有新诗创作的冲动。也许，正如谢冕先生说的那样："每一首诗里都藏着一个不一样的吴重生。"每一个读者感受到的，也是不一样的世界。但重生一直信奉并遵循的"给人光明和温暖"的诗歌创作理念，相信每个人都能从他的诗中感受得到。

读了重生的诗，再读这本评析集。此书对重生作者层面的知人论世，文本层面的文化解读，艺术层面的分析评判，接受层面的认知感悟，林林总总，都有了多维的评论、分析和阐述。而通过对吴重生诗歌艺术的评析，也为"我们为什么需要诗歌"交出了一份答卷。

书中的表述很精彩很全面，我还想跟重生站在同一个地域，从发生学的角度做一点粗浅的探究，并表达一点感受。

重生让我感触最深并相形见绌的，是他身上洋溢着的那股子精气神儿。这股精气神儿，可以用"积极进取""坚韧勤奋"之类的词儿来形容。重生笔头之勤快，作品之高产，不能不令人咋舌。十年不到的光景，就出版了《你是一束年轻的光》（2015年）、《捕星录》（2020年）、《太阳被人围观》（2022年）三本诗集，还不包括上百万字的散文和评论。我感佩重生敢于标举"一日一诗"的盟誓，并果行而克绍，最终结出一树月亮，照亮一方诗坛。

之所以感佩，是因为难能。有人好奇：重生对诗的执着，后面的那个驱动力，究竟在哪里？这便触及了这本书所要探索的问题：诗是什么？"重生"为什么要写诗？

诗是人类所独有的精神附属，是人类心灵向真、向善、向美的矢量所指达的，所交汇成的一种能量、一道景观、一束光明，可以让我们挣脱尘累、洞穿黑暗、嗅取花香。每一个人，不管智愚，无论童叟，或在此际、或在那厢，或踏恒河、或经刹那，总会有与诗意遭遇的种种机缘。故而人人皆可为诗人，有人的世界终归有诗，诗是永恒的。

诗是永恒的，诗的基本功能如载道、言志、叙事、抒情、表意、娱乐等，也历代相延。但与不同的社会制度相映合，诗的功能也表现出一定的社会属性。用通俗的话说，不同的社会，不同的时期，诗人写诗的动机因功用的不同而体现出一定的群体差异性。比如在古代倡导诗教以及诗赋取士的科举制度下，读书人写诗可以博取功名利禄，可以往来酬唱进入高端文化圈，因此写诗成为读书人的必备技能与基本生存状态。古代诗文书画为一体，而诗居首位，哪一部文人别集都少不了诗。在那些个年代，"我们为什么需要诗歌"，根本就不成为问题。

数千年的诗歌传统，因制度与语言的大变革而有了新、旧的分水岭，曾经读书人普遍的一种生存状态成为少数人的一份职业，一种基本的文字技能成了"诗人"标榜的独门暗技，诗歌的问题便出现了。即便如此，在二十世纪八十年代，"文学青年"还是一个时髦的群体，而"诗人"也还是受人追捧和尊崇的职业。随着社会商业文明的急剧发展，发展经济成为迫切需要，精神文明的脚步一时未跟上，诗随文学一起被边缘化。今天的诗人光凭写诗能谋生吗？不能。在诗（相对）稀缺的年代，诗是一种奢侈品，而诗人便是精神贵族。重生因此呼吁："今天我们以诗歌的名义／相互加冕为文化贵族。"（《今天我们放飞诗歌》）这或许是变革中的社会情境给予重生的一种使命感和责任感。

以诗加冕而成文化贵族，这是重生的信念。这个信念在同为浦江人、同为吴溪文化后裔的我看来，并不觉得奇怪。

我们共同的故乡——浦江，虽然是个小县，但却是个神奇的地方。它坐落于浙江中部，群山环绕一个扁圆形的盆地，有大江束腰提携。周边既多千岩竞秀的奇趣，腹地不乏一马平川的快意，还有大河向东的恣肆，可谓得天独厚。浦江的山以仙华山为代表，有人赞美它集雁荡之秀、黄山之奇、华山之险、泰山之雄于一身。在我看来，故乡的山崚嶒峥嵘、卓尔不群，皆因它南山北相——虽是南方的山，却有着北方大山的某些形貌、某种气势。山的海拔不见得有多高，但站在腹地平原看，却有"拔地而起"的强烈的视觉冲击和心理感受，所以明代刘基说："仙华杰出最怪异，望之如云浮太空。"山奇水也奇，浦阳江发源于浦西天灵岩，一气横贯整个浦江盆地，又九十度弯折北上，摆足了一副直来竖往的脾性。它屏着一口真气，浩浩荡荡，不舍昼夜，绵亘三百里，直达东海（在明代人工干预前，浦阳江是直流入海的大河），不达目的不罢休，为大山的孩子面向大海留下一条天然的通道。

故乡的山水在千万年岁月的加持下，编写成一部部"天书"，页页都能触发后世子孙的思古悠情。仙华山留有华夏始祖轩辕氏的传说，"仙华"是黄帝女儿的芳名，浦阳江是母亲河。当人类文明的曙光照耀伊始，它就孕育出了上山文化，就在直角北上的那片河谷平原地带，初民卜居于此，种稻制陶，将长江下游流域的稻作文明史上溯到一万年前。

除了浦阳江和仙华山，故乡还有一道奇景叫作月泉。泉以月名，并非巧形如月弓，也无柔情寄月影，只因泉水的消长全由月亮来掌控：月圆则水满，月亏则水退。道理一如潮信。想不到，一个充满了诗情画意的谜面，谜底却是一个朴实的"信"字。

浦江是堪称宋明理学的发源地之一，也是受浙东学派影响的重要区域，理学大咖朱熹、宋濂，浙东学派创始人吕祖谦、陈亮等都曾在月泉讲学。浙东学派提倡经世致用的实学，反对空谈道德性命，崇尚勤学实干、创新有为的精神，为文为学都摒弃浮华。宋濂是明代"开国文臣之首"，曾从前吴吴莱学古文词。

前吴是浦江大姓吴氏居住的村庄。吴国灭亡后，在吴公子季札封地延陵（今江苏常州一带）的吴氏被迫迁徙，其中一支辗转三迁到了浦江。到浦江后，又经三迁，唐朝末年定居风水宝地前吴村，把流经村庄的那一段浦阳江水叫作吴溪。吴溪一族尊师重教，文风昌盛，宋元间子孙科第连绵，人才辈出，有存诚、存古、存心诸派。前吴离月泉咫尺之遥。元初，存诚堂吴埴任月泉书院山长，其弟吴渭宋亡后辞官归隐吴溪，创立了月泉吟社，邀请宋遗民诗人方凤等人主持诗歌雅集活动。宋亡后十年，在吴渭的组织下，"月泉吟社"以《春日田园杂兴》为题，发动了一场声势浩大的征诗比赛活动。这次活动，是浦江历史上有文字记载后的首桩文化盛事。征诗以"拟陶"的特殊方式，表达宋遗民诗人对故国田园的眷念及对蒙元统治者的抗争。征诗后来刻成《月泉吟社》诗集，收录《四库提要》，流传至今。"月泉吟社"开创了中国诗歌史上五个第一：第一个跨省且会员人数最多的诗社，第一次全国征诗，第一次采取科举糊名制评诗，第一次实行实物奖励，第一次以诗社名义刊印诗集。在中国文学史上影响深远。月泉吟社自此后也声名远播，成为浦江文化对外传播与交流的重要平台与窗口，而吴溪一脉对浦江文化的重要作用也由此彰显。

俗话说，一方水土养一方人。自然地理环境塑造人的体魄、性格和审美，通过人，而内化为人文地理的某些基因。自然地理与人文自理相交织，又对文学作品进行无孔不入的渗透。或者反过来说，一个人的文学作品里，总是闪烁着一定地域自然地理与人文地理五彩斑斓的光。我读《我们为什么需要诗歌——吴重生诗歌艺术评析》，知道众多评论家都是深谙这个道理的，在他们的评析中，可窥见各人探知此间奥秘。我读重生的诗，在其中破译自然地理、人文地理的肌理和密码，在其中寻找和思索偶然中的必然、具象中的群体。我曾试图举一些诗集中的例子，也确实找了一些，但后来发现，一些显在的例子容易找，而一些隐在的、多重指向、复式关联的例子，我或者不必将它指明，或者无法三言两语道明，或者便道明了关联别人也不以为是，只得作罢。好在，本书的评论家们已经做了不少精彩的解析。而我自己在此过程中，已然获取了许多的快意。我忍不住要认可，作为浦阳江的儿子、吴溪的儿子，吴重生，是亲生的！

我刚说完月泉吟社征诗活动，本来是想笨拙地表示，浦江历史上诗文昌盛，流风余韵波及今日，则当地出现农民诗人群体也并不稀奇，而重生作为吴溪之后，爱写诗就更不稀奇了。但是此刻，我又想到了一点别的，一点有关诗歌传播的事，以及一种现象。我们的祖上吴渭，能将月泉吟社经营好、活动搞得大，抛开社会因素、人格影响力等一些因素，我想还跟他的经济状态有关，跟他曾经当过地方官有关，也跟他的社交有关。集经济条件、行政能力和人脉资源等诸优势为一体，他将月泉吟社做成了一个具有现象学意义的模板，可以提供给我们诸多的观察和研讨。

重生的诗也是这样，诗作发表后、结集出版后，并非就此完结，还要引起同行的关注，评论家、欣赏家的评析，研讨会、分享会、朗诵会，每一波都掀起热潮。重生拥有从乡镇、县、市、省到中央新闻出版单位全流程的工作经历。相比于"社长""总编辑"这种职务称呼，重生更在乎《金华日报》记者"《浙江日报》记者"《中国新闻出版报》记者"这种身份标签。他常说，记者是资源的发现者和整合者。"诗人"作为重生的另一重身份，他不但从先祖吴渭那里实实在在地传承了那种"长袖当舞"的策划搞活动的基因，也从先祖吴莱那里真真切切地传承了"奇正开合、纵横变化"的诗风。这种资源整合能力和充沛的才情使他在京城的新闻出版界纵横捭阖，如有神助，也使得他的诗歌作品本身具有浓郁的生活气息、时代特色和人间烟火味。我凝神谛思这个"吴重生诗歌现象"，深为重生所佩服。他除了用作品回答了为什么需要诗歌、怎样创作好诗歌之外，已将诗歌问题，指向了我们还需要如何推广和宣传我们的诗歌作品，以达到诗歌对于时代应该发挥的作用。

在重生诗集的扉页，我看见他的爱女吴宛谕的赠言："浅樱伴墙生，折花需踮脚。"不禁回眸再三，欢喜得紧。

吴溪又一代芝兰，已芬芳扑鼻。

吴 蓓

2023年玉兰花盛开时于杭城

（作者系浙江省社会科学院研究员、文化研究所所长、浙江大学文学博士）

第一辑　大家寄语

用心中的光温暖彼此

谢 冕

一

各位下午好!

今天外面是艳阳满天,我们是久别重逢。我们隔离的时间太久了,从冬到春,从春到夏。对我自己来说,我的自我隔离是在己亥年的除夕开始的,那一天,我主动放弃了与家人团聚。不觉就到了庚子元宵,那一天,北京有一轮非常明亮的月亮。

吴重生有诗写到《今夜,我们不需要团圆》,但是吴重生的月亮是很独特的,也是前所未有的——"今夜,月亮是一支白蜡烛的横断面 / 风都躲在已经发芽的树梢里 / 今夜,我们不需要团圆 / 我们用心中的光温暖彼此"。也是这一天,一位诗人朋友微信向我祝贺元宵,我回复她:"元宵有月无节,大家也多保重。"

接着,就到了今天。岂止是久别重逢,今天是劫后重逢,我们都经历了一场浩劫。庚子年的春天,北京很奇怪,一场雪下完又一场雪,而且雪下得很大。也是诗人写的《昨晚,全世界都在下雪》,他用深情的诗句,向医生李文亮致敬:"从南到北,只有漫天飞撒的白 / 只有燃烧不尽的眼泪 / 就连夜的残骸,都是白的。"诗人用这些意象——"一支白蜡烛的横断面"以及"从南到北……漫天飞撒的白",为我们概括了一个特殊的、难忘的年月。

有的人不在了,更多的人活着,诗歌和散文活着,文学和艺术活着。吴重生两本厚书,就证明我们都活着。捕云也好,捕星也好,诗人和文学家、艺术家是用天上的云彩来装扮我们的生活，是用天上的星光来温暖我们的心灵，用诗歌和文学来温暖我们、安慰我们。

谢谢大家。

根据作者2020年6月7日在"我心中的星辰云海：吴重生新书分享会"上的发言记录整理，已经作者本人审定。

二

2006年七八月间，吴重生随浙江省作家采风团赴新疆采风，当时我刚好在乌鲁木齐，我们一见如故。我为他题写了"穿越冰达坂"几个字，勉励他要努力穿越诗歌的"冰达坂"。

七年后，重生调北京工作，我与他见面的机会就更多了。我与他曾多次一起参加北京大学、中国人民大学等高校举办的诗歌活动。有时候活动结束得晚，重生就主动开车送我回昌平寓所。一路上我们聊人生，聊诗歌，话题广泛。2017年，他的女儿考上北京大学中国语言文学系，我们之间有了一层新的缘分。

2020年6月7日，中国青年出版社在雍和书庭举办吴重生诗歌作品分享会，我应邀参加，并发表了感言。那天天气晴朗，我们以吴重生诗歌的名义相聚，朋友们久别重逢，分外高兴。其实岂止是久别重逢，简直是恍如隔世！我们都经历了一场新冠病毒带来的冲击。诗人吴重生用深情的诗句，向医护工作者致敬，为我们概括了一个特殊的、难忘的年月。

捕云也好，捕星也好，诗人和文学家、艺术家是用天上的云彩来装扮我们的生活，是用天上的星光来温暖我们的心灵，用诗歌和文学来温暖我们、安慰我们。

吴重生的诗写得好，散文也写得不错。这得益于他丰富的生活阅历和深厚的文学素养。我曾应邀去过吴重生的家乡浙江浦江，那是一个山清水秀、文风鼎盛的地方。这本《太阳被人围观》的诗集里有很多描写他家乡的内容。他的大境界得益于乡风的熏陶和家族的传承，他的乐观豁达和对生命的终极思考得益于他"星空下赶路人"的人生定位。他的作品之所以充满温度与生命质感，是因为他在行走中指山为证，与云同行。他本身就是一条河流，在流动中与千万条河流相遇、交融；他的诗如桂兰，似菊梅，不择地而自芳。

吴重生的诗歌整体格调是激越温暖、昂扬向上的，光明是他的诗歌底色。在诗歌文体方面，吴重生进行了深入的探索。读他的诗作，既可以读到气势的恢宏，又可以读到意境的深邃，还可以读到旁征博引的乐趣和善于发现的哲思。他的诗是内敛而深刻的，每一首诗里都藏着一个不一样的吴重生。

诗的太阳之所以被人围观，是因为它的光是柔和而可爱、美丽且温暖的。借用吴重生的一句诗敬告读者诸君——"我们用心中的光温暖彼此"。

原载《中国新闻出版广电报》（2022年9月30日）。作者系著名文艺评论家、诗人、作家。北京大学中文系教授、博士生导师，北京大学诗歌研究院名誉院长，《诗探索》杂志主编。

致信太阳的诗人

——我读《你是一束年轻的光》

吴思敬

吴重生的诗集《你是一束年轻的光》由人民文学出版社出版发行以来，得到了读者的关注和好评。特别是在作者的家乡浙江，可以说是掀起了一阵写诗、读诗、评诗的热潮。我通读了整本诗集，为他澎湃的诗情所感染。

吴重生是一位资深的新闻工作者，有不少优秀的新闻作品问世。不过，写诗需要有另一种笔墨。如果说新闻是走路，那么诗就是跳舞。走路有明确的目的，有明确的指向性，新闻的针对性就非常强，时间、地点、人物、事件缺一不可。诗在求真这一点上和新闻是一致的，诗说到底就是掏自诗人心窝的一句真话。不过新闻强调的是反映客观世界的真实，而诗歌则更强调表现主观世界的真实。何况，诗光强调"真"还不够，诗还应当是美的化身。从审美的角度说，诗是跳舞，跳舞不是要跳到哪里去，其自身就构成审美对象。而对诗歌之美的理解，也不应仅仅停留在美丽的字句上，而是要看其有没有独特的发现。

我想从诗作《我以树茬的名义致信太阳》说起。我认为这首诗是吴重生的代表作，因为这首诗里融入了他的生命，他的独特发现。诗人把半截树茬赋予了一种象征含义，把自己的生命注入其中。他把半截树已失掉的部分看成是自己的前半生，而他还要走下去，所以诗中说："我积攒了这么久的岁月，被你生生折去，这半茬树桩，叫我如何系住流光"，这里寄寓了何等深刻的人生感慨！著名诗人牛汉 1972 年在咸宁"五七"干校写过一首诗《半棵树》，据诗人说是看到冯雪峰消瘦的形象受触发而写的。令人震撼的是它的结尾："人们说 / 雷电还要来劈它 / 因为它还是那么直那么高/雷电从远远的天边就盯住了它。"这不只是宿命的宣告，更是带血的预言。当然，吴重生没有重复牛汉，调动自己的独特的人生感受，展开联想："假如你让我变身桅杆，从这京城河畔，直抵宽阔的海洋，让我的后半生与风云相伴，如影随形，惊涛骇浪，才不枉你生生折去的岁月"。这里表现的是他对于已逝岁月的怀念和他对未来岁月的希冀。诗的末尾说："今天就让我以树茬的名义致信太阳，给我一些火，我要将梦想点燃。"虽然前半生有蹉跎、有损失，但诗人并没有对生活失去信心，而是渴望太阳的点燃。点燃什么呢？点燃梦想，点燃生命，让平凡的生活经过诗人心灵的过滤发出诗的光泽，让自己通过勤奋的劳动在大地上诗意地栖居。这是一首很感人的诗，其强烈的生命意识震撼着读者的心灵。

像《我以树茬的名义致信太阳》这样的好诗，吴重生的诗集中还有不少。比如有一首《切割时光的树叶》，此诗写的是树叶。而树叶曾是无数诗人吟咏过的题材。贺知章的"不知细叶谁裁出，二月春风似剪刀"，可以说把树叶写绝了，你还怎么往下写？而吴重生偏能独出心裁，他不是从描写树叶的形态入手，而是从想象的层面展开："这世界/真正能够切割时光的是树叶/每时每刻/切割时间和空间/把梦想切割成锯齿/把黑夜切割成鱼鳞/剩下的时光/将被来年的树叶切割"。多么巧妙，他把树叶想象成一种切割时间的刀具，一下子触发读者想到生命正是在时间的切割中被损耗的，从而促人警醒，热爱生活，珍惜生命。再如他写的《那一排椅子》，没有简单地去描摹这排椅子是什么形状，什么颜色，给什么人坐的，而是展开想象的翅膀："当我们老去/椅子们也随我们老去/只有风和云朵不会老/它们天天从背山面湖的地方经过/它们代表我/问候这些正在老去的椅子"。这首诗写的是椅子，同时也寄托了很深的人生感悟。日本学者松浦友久说过："诗歌抒情最主要根源来自回顾人生历程时升华起的时间意识。"吴重生的作品就体现了这种时间意识。

最后，我还想就吴重生提出的"一日一诗"的主张说几句话。作为具有记者身份的诗人，吴重生提出"一日一诗"，用勤奋写作的方式追踪现实，表达对现实的关注，这是无可非议的。古人也有过类似"一日一诗"的提法，那指的是初学阶段。清代诗论家李沂写过一部《秋星阁诗话》，其中提到"初学须日课一首，或间日课一首，勤作则心专径熟，渐开门路"。这表明要学诗，必要的笨功夫还得下，拙力用足，巧力出焉。真正的诗歌，都是得力于诗人经验与情感的长期积累，得力于诗人在潜意识中的酝酿，而诗情的勃发往往就是潜意识中酝酿的成果涌上显意识领域的那一刻，此时出现的一些奇思妙想，如同电光石火般照亮诗人的思路，一首富有独创性的诗作开始成形。这种诗的发现，不仅是突发的，而且是短暂的，根本不是有规律的，每天能准时到来的。因此，经过了初学阶段，就应适当地放慢节奏，更多地在涵养心灵，观察生活，体验人生上下功夫。

吴重生是一位以树茌名义致信太阳的诗人。他每天写的诗几乎都是从尘世寄往太阳的书信，他的每一个文字都是太阳的孪生兄弟，发着光，透着温暖。祝愿他的光和温暖能够一直传递下去。

原载《人民日报》（2015年11月2日第24版）。作者系著名诗歌评论家、首都师范大学教授。

他对诗的热爱源于他的心灵

吉狄马加

现在的生活节奏非常快,去寻找诗就必须把我们的速度放慢。在经济高速发展的时代,物质对精神的挤压无疑越来越大,这并不是说我们不应该发展经济或者更协调地发展经济。事实上人类就是在物质与精神的相互博弈、互动的发展过程中继续发展。有时候精神生活与物质生活的关系处在一个悖论中。今天我们看到很多人还在坚持写诗,坚守诗的精神,这本身说明在我们这样一个比较物化的世界,诗歌对抚慰人的心灵,对建设人类的精神生活有着不可替代的作用,这或许也是人类相信未来的一种根据。

古罗马著名诗歌评论家贺拉斯说:"诗歌的生命永远要比青铜的寿命更为久长。"我坚信这个近似于真理的论断。其实诗歌作为一种古老的艺术形式,伴随着人类历史进程,从未离开过我们。诗歌既是最古老的艺术形式,也是一种最年轻的艺术形式。因为不断地有诗人进行诗歌的创新,给我们带来无限的精神期待和可能。另外,诗歌形式本身也从未停止过变化。

吴重生是一个有诗歌情操的人,是一位真正的文字信徒,在当下不断地坚持写诗,这本身就说明了一切。他是一个职业媒体人,长期从事媒体工作,但是还能坚持写诗,尤其是"一日一诗",如果他对于诗没有一种精神坚守,这的确很难做到。在我们这样一个人类精神空间被不断物化的时代,实际上坚守写诗也是需要勇气的。这个勇气来源于两个方面,一个方面是他对诗来自骨血的热爱,另一方面是他写诗没有任何功利性,他把写诗变成了生活的一种方式、生命的一种方式。对任何一个坚持写诗的现代人,特别是对有高尚的诗歌精神追求的人,我们都应该向他们表示敬意。

我看重生的诗比较感动的是，他通过诗真切地记录了自己的生活、记录了自己的人生，把自己的心路历程，包括对生活的感受都用诗记录下来，这种方式具有一种美好的情怀。客观来说，现在用诗记录生活、记录人生，在有些人看来是比较奢侈的事情。确实，这很不容易，现代生活节奏很快，很多人为了生活而奔波，在这样的现实状态下能坚持写诗，把诗作为一种生活方式和生命方式，这本身对于一个诗人来说就是一种考验，从这个意义来说重生还是一个比较纯粹的诗人。他的作品记录了他的生活，包括他对这个世界的细微感受。二十世纪许多重要诗人，包括西方的一些诗人，都强调"在场"。"在场"就是说诗人除了作为写诗的主体，在场地记录生命所能感知的一切，其实重生所做的新闻的工作对于诗来说还是比较枯燥的，要用诗意的方式来感知生活，这本身也需要勇气。重生作为真正热爱诗，并且每天都在写诗的人，他对诗的热爱可以说来自他的心灵世界，来自他的灵魂。从这个意义上我们也应向他这种对诗的敬畏之心表示敬意。

还想指出的是，他的诗，非常注意诗歌的抒情性。他的诗读起来一点不晦涩，容易和读者直接达成一种沟通。可以看出他写诗的状态还是放松的。他对美好生活的发现，对美的升华、对善的礼赞，特别是对今天世道人心的涤濯，都是极为有益的。这样的写作应该坚持下去，无论是对于个人的心灵滋养，还是去感染更多的读者都非常有意义。用诗创造美好的生活，有什么理由不坚持写下去呢。

"一日一诗"是重生对自己的承诺，也是对朋友的一个承诺。但我认为写诗绝对不是机械运动，写诗需要灵感，需要特殊感受，唯其如此，这样创作的诗才能亲近他人的心灵。我们读诗的时候，读的往往是诗人心中自然流淌的情感，而不是没有真情实感的东西。我倒是建议重生今后写诗不必强求每日一诗，但是用诗来记录生活的这种方式，我本人还是赞成的。写诗必须尊重诗的规律，只有这样，才会在艺术上更加成熟，获得更大的成功。

原载《光明日报》（2015年6月1日第13版）。作者时任中国作家协会副主席、党组成员、书记处书记，鲁迅文学院院长。

面对现实、超越现实

——漫谈吴重生的诗歌

张抗抗

  吴重生先生多年来坚持写作诗歌和散文，几乎是每日一诗，也可以说是诗人队伍里的劳动模范。他对诗歌和文学的热爱非常执着，随时随地都能产生强烈的诗歌感觉，写下充满诗意的句子。他的诗歌品质很扎实，这几年一直在一步步往上走。

  我很愿意参加他的新书分享活动。我认识重生，前后已有十年了。作为老朋友，今天一定要来现场祝贺，和大家一起分享他的喜悦。

  我想要跟大家交流的一点特别感受：吴重生先生的"地缘文化"背景和我比较接近。我们都是南方人，然后到了北方，又在南方北方之间来来去去。这样的人生经历，对于文学创作而言，会有一个较大的空间，供想象力飞扬驰骋，就像他写大运河的诗，浩浩荡荡南北贯通。

  吴重生将写作的重点，放在自身命运轨迹的呈现上，以一种感恩之心来回顾和歌颂母亲河对自己的养育之情，并将自己化身为"大运河之子"，在精神气质上与大运河相融通、相呼应。无论是从南到北到远方的向往，还是从北到南对故乡的思念，他给读者呈现的诗歌色调始终明朗明亮。

  我喜欢他纯粹、干净的诗风。他对现实的关注，对身边事物的关注，还有他对家乡的关注，往往能引起普通读者朋友的共鸣。他的诗拥有很多粉丝，其中有一部分是他的朋友。他的很多诗表达了他对家乡的情感、对大自然的热爱，这些都是他的诗歌里贴近现实生活的一面。吴重生是很接地气的一个诗人。他的诗歌世界从来就不是虚无缥缈的。他诗歌的对象，他所描述的或者说所歌颂的、所慨叹的很多事物，都跟我们的现实生活有很多联系。

2016年5月，张抗抗文学馆在我的母校杭州高级中学正式开馆，重生闻讯后特地创作了一首长诗送我，他把我历年创作的著作书名都嵌入了诗中，而且自己用毛笔书写在书画册页上，可见他对朋友很用心很真诚。

作为一个媒体的文学人或者文学的媒体人，重生是一个很特别的例子，我想象中的媒体人是非常的——用一个不太贴切的比喻来说——整天要奔波采集新闻，赶着发稿，还要奔赴突发事件现场等等，有点焦头烂额。而吴重生先生给我的感觉是举重若轻，游刃有余。他是怎样在如此繁杂的事务工作当中，保持着新鲜的诗歌激情和诗意表达？他想做到"白天新闻头条，晚上诗歌尾条"，这是一个现实与理想"重合"而又"重生"的人。

但这并不影响他仰望星空——也就是形而上的、精神方面的关注。所以他的诗歌也有另一种特性：在接地气的同时，情怀升华入云。他的审美眼光和情感寄托，是在地气之上寻找星辰云海。所以他的眼光能看到璀璨的星空，看到不一样的云彩，写下《捕星录》那样空灵的诗句。他的诗总是在引领人们积极向上，向善，向阳，向美，这也是他诗歌的一个特点。

在我们今天这个时代能够坚持写诗，必须是内心有诗情，这种诗情是对我们现实生活的一种超越。吴重生长期在新闻出版单位供职，工作很琐碎。他的"超越现实"具有精神支撑和深厚的文学积淀做底气。

我不是一个写诗的人，我只是吴重生诗歌作品的一个读者。看到他在这十年里面，诗歌越写越好，我确实为他高兴。《捕星录》和《捕云录》这两本书的出版，标志着他的诗歌和散文的成就。可以肯定地说，吴重生的文学创作已进入了一个成熟期。

根据作者2020年6月7日在"我心中的星辰云海：吴重生新书分享会"上的发言记录整理，已经作者本人审定。作者时任中国作家协会副主席、国务院参事。

《捕星录》体现了"媒体人文学"的重要价值

邱华栋

吴重生是一个媒体记者出身的作家诗人,也是我多年的老朋友。中国传媒人里的文学人,是一支非常重要的文学写作力量。

我们知道中国现代文学史最初有很多大作家,都是从当时的报纸媒体副刊上"走"出来的。吴重生是各大报纸副刊的老作者。可以说,吴重生的写作和他《捕云录》《捕星录》这两本新书的出版体现了百年中国新文学史上"媒体人文学"的重要价值。

中国的报纸副刊及其作者群体,在中国的文化发展史上占有很重要的位置,具有深远的影响。如吴重生曾专程赴上海拜访过的浦江乡贤张林岚先生,离休前曾长期担任《新民晚报》副总编辑,他给"夜光杯"副刊撰写"月下小品"专栏,二十年中写了近四千篇。长期以来,包括《人民日报》的"大地"副刊在内,都把副刊作为联系广大文艺工作者、联系广大读者的桥梁和纽带。限于篇幅,报纸副刊一般以发表散文、诗歌、杂文和小品文为主。近十年来,吴重生的文章频频见诸各大报纸的副刊版面,充分印证了他的勤奋和才华。我想,也许这与他长期从事新闻工作,重视报纸阅读有关吧!记者可以成为作家,但并非所有的记者都能够成为作家。

重生散文和诗歌内容的涉猎之广,视野之宏大和思想之深刻,体现了他作为一个媒体人炽热而广博的情怀。文学和重生之间,是一种相互成就的关系。作为记者,重生不但坚持做现场记录者,而且坚持做铁肩担道义的"飘萍传人"。丰富的新闻实践也为他的文学创作积累了取之不尽的素材。笔触之广、记人之真、记事之细、记情之专,使吴重生的散文和诗歌充盈着生命的张力。

重生是浙江人,他的文字特别清新细腻,能捕捉到自身及他人非常微妙的心理变化,还有人物瞬间的美感等。这种捕捉能力实非一日之功。他左手文学创作,右手新闻写作,双手并用写字画画,忙得不亦乐乎。这种写作状态,是重生生命状态的重要组成部分,体现了他积极向上的人生观和价值观。

值得一提的是,重生来自素有"中国书画之乡"美誉的浙江浦江。他的身上有一种浙江才子的灵动之气、江南士子的儒雅之风。《捕星录》这部诗集的第一首诗写的就是京杭大运河。在地理上,京杭大运河把北京和杭州连通起来,成为古代中国南北经济交融的"大动脉";在文化上,京杭大运河把南北文化的交流和思想碰撞演绎得淋漓尽致。从某种意义上来说,重生本身就是一条河流。说他是"运河之子"是很贴切的。他把《大运河是条太阳河》一诗选作《捕星录》的开篇之作,也暗示了他从江浙到北京的文学背景和文化背景。

重生的诗非常清澈,语言上非常明快,既有江浙青山秀水的灵动,也有京杭大运河的雄浑气质,这让他的诗非常有特点。宏阔的视野,深度的哲思和凝视,非常具体地关联着他诗歌的本质。他的创作实践证明,只要心中有爱,眼里有光,笔下有情,当代诗歌走向未来,有着多种面向和无限可能。

重生有一个观点:应该将"文史哲不分家"定义为"哲史文不分家"。一位诗人,首先对生命要有终极意义上的哲学思考,同时要有深厚的史学修养,才可以下笔为诗。否则,他的诗只能是辞藻的堆砌和技巧的运用。如果说文学是人学,那么诗歌就是哲学。吴重生有一首诗,叫作《我找回昆仑山子民的身份》。他就是在对自我的寻找中不断"走向内心",重新定义人和诗歌的。

重生的这两本新书:散文集《捕云录》,诗集《捕星录》,恰好表达了他捕星捕云的动感、能力以及他对美的敏感。这两本书在重生五十岁的人生节点上出版,作为他的同行、同道、朋友,我由衷地为他感到高兴,相信他以后会越写越好。

再次祝贺重生两本新书的出版,也希望我们每个人都能写出自己更好的作品。

根据作者2020年6月7日在"我心中的星辰云海:吴重生新书分享会"上的发言记录整理,已经本人审定。作者系全国政协常委、中国作家协会书记处书记。

重生身上有特别可贵的传统文人品质

施战军

《捕云录》和《捕星录》这两本书的出版是这段时间以来文学界和出版界一件比较重要的事。由于吴重生的新闻工作十分繁忙，一直没能好好整理自己的诗文出版，所以这两本书可以看作是他近几年创作的总结。吴重生也是我们《人民文学》的作者，我为他感到高兴，向他表示祝贺和祝福。

对于我们做传媒工作的人来说，修养是非常重要的。从这一点上看，吴重生具备各方面的良好修养——处世修养、文学修养、艺术修养等等，这些修养有助于他更好地从事本职工作，也使他因为责任重而分外繁忙。因此，这份祝福也是意味深长的。

他是一个特别敬业的资深媒体人，我跟他认识的时候，他还在新闻出版报社，他的采访和对话极端深入，一接触就感觉得出他书底子厚实，而且了解业界的几乎所有的重要信息和情况，所以我很佩服他，觉得他肯定是写过很多东西的人。后来他告诉我他写诗，也写随笔散文等等，我看了他写的很多东西，发现他的诗歌和散文不仅仅关注时代和社会，更关注自然和生灵。他是一位脚踏实地又仰望星空的作家和诗人，他以诗为媒，沟通自身和他人、人类和天地万物的关系。他在状物写景的时候，始终在关注人类和其他生灵的命运。他的诗因而具有更为博大的丰富性，散发出博大的生灵诗学的意蕴。

一个作家，要摆脱一时一事的束缚，一定要从人的故事向生灵的诗学转变，比如冯至和九叶诗人推崇的里尔克，心里不仅有人群，还装着羊群，游牧于自然，神往托尔斯泰式的生命巨灵。吴重生有一首诗《河岸》，写自己居住于杭州山水人家小区的感受，他借助一条树枝，写了三面环水的家，写了有些发痒的梦和正在哭的河岸，写自己怀揣指北针在家门口迷路的旧时光。这首诗看似写河岸，实际上写的是物我为一的生命共感。这就是生灵的诗学。

在交往逐渐增多的过程里，我对吴重生也有了较为深刻的认识，感受到他身上那种中国传统文人的稳重、中庸还有温热。他身上特别优秀的传统文人品质是很迷人的，所以他的人缘非常好，他对人谦和，待人以诚。在他的眼里，天地万物皆可亲，风霜雨雪都可爱，与他交往很放松，很容易成为好朋友。

重生还有一个特点，是恰恰和上面说的那些似乎有些相悖的——有很多的睿见，时有一针见血的犀利，而且对目标有非同一般的认知力，更有超强的行动力，这个是我们很多人所不具备的。他做事，只要认准了，不做成功了、不做完美了是不放手的。

今天来参加这个会，主要是向重生表达一份祝福，祝他成为作品更多的诗人作家。希望他能够从过多的事务操劳中有所休憩和沉淀，有更多时间写作，包括诗歌、散文、艺术研究赏鉴等方面的创作有更丰硕的成果，能够使他自己的文人底色文人情怀得到更充分的显影，对我这样的读者来说也是一种福分。我们期待吴重生先生的下一部作品，就叫《捕风录》，重生，就这么定了吧！

本文为2020年6月7日作者在"我心中的星辰云海：吴重生新书分享会"上的发言，已经本人审定。作者系中国作协党组成员、书记处书记，《人民文学》主编。

迎接春天，从相信一扇门开始

——读《我相信，迎春门》有感

邓　凯

"涛落浙江秋，沙明浦阳月"是诗仙李白路过浙江浦江时写下的诗句。"明代开国文臣之首"宋濂赞浦江为"天地间秀绝之区也"。

浦江老城原有九座城门，其中正门四座，偏门五座。位于城东的迎春门是浦江老城的正门之一。壬寅年正月初二上午，旅居北京的浦江籍诗人吴重生文思泉涌，一气呵成完成了这首题为《我相信，迎春门》的诗作，经中央人民广播电台"最受听众欢迎和喜爱的全国十大演播家"瞿弦和先生和张筠英女士的倾情朗诵，成为献给虎年春天的一份特别礼物。

诗作首句"我相信元修姑娘是从这里进城的"，一下子就把读者的思绪拉到了上古时期。浦江风景名胜仙华山主峰少女峰，相传因轩辕黄帝的小女儿元修在此修真得道升天而得名。元修隐居仙华山下，教人织丝，采药济民，祈雨救旱，做了一千多件好事。百姓为了纪念元修，几千年前就在山上筑庙祭祀，至今香火不绝。元修是黄帝的女儿，身份高贵，但在诗人的笔下，一句"元修姑娘"就把这位帝女平民化了，成为可敬可亲的邻家姑娘。

浦阳江是浦江人民的母亲河，经由钱塘江汇入东海。元修公主自迎春门入城之后，亲种桑麻，教化百姓，给浦江人民创造了风调雨顺的好年景。诗作的第三句和第四句"起云的时候，整座仙华山都是她的投影／起风的时候，整个春天都跟随着她"暗示春天就是元修带来的，整座仙华山就是人们赞颂并纪念元修公主的"无字碑"。诗人这里还有一层隐喻："为老百姓做好事、干实事的人，一定能得到人们世世代代的铭记。"诗作第五句"去往东海的千帆每天都停驻于此",寓意当代浦江人从迎春门出发走向宽阔的海洋和世界各地。"浙江浦江"是全国绝无仅有的一个省名加县名都是三点水偏旁的县。水为德王。一部五千言的《道德经》,即以"水德"贯穿始终:"上善若水,水善利万物而不争。"水还是财运的象征。"楼观沧海日,门对浙江潮"。诗人由迎春门联想到浦阳江水,比喻贴切,过渡自然。

吴重生是一位有着丰富诗歌创作经验的诗人。一首《我相信,迎春门》,代表着他作为一名诗人所承载的"不仅是奉献美的事物,更重要的是达到人类灵魂的传播和深刻的交流"的崇高使命。

迎春门,顾名思义,是迎接春天的一扇门。把"春天"迎进城门之后怎么办?要让"春天"永驻于城门之内,还要有人把守城门,不让"任何有可能侵害春天者"入城。这是诗人的一种发散性思维。"青石砌成的墙基"是实写,"托举着万家灯火"是虚写。春天不是虚无缥缈的,而是连接着千家万户的幸福和平安。"一对古老的石狮子"是实写,"太阳的使者"是虚写。这里"太阳的使者"有双重含义:一是万物生长靠太阳,阳光普照是春回大地的先决条件;二是这对石狮子相传是金家祖遗之物,与明代浦江抗清名将金日观有关。金华乃"金星与婺女星争华之地",浦江隶属于金华地区。"它们护送星辰归位、月泉回家"一句,把这一对石狮子写活了。月泉,在今浦江县城之西北二里,其泉随月之盈亏而消长,自朔至望则泉增,自望至晦则泉减。在诗人的笔下,"迎春门"不但把守着春天,也把守着浦江的文脉之源"月泉"。第二节最后一句"坐化于此,成为整条浦阳江的门神"是这节诗的"诗眼"。把石狮子比喻为门神,是诗人的创造,而一条江拥有一对门神,则是将浦阳江人间化、生活化了。

浦江是《神笔马良》作者、著名儿童文学家洪汛涛的故乡,因此也被誉为"神笔马良"的故乡。诗人张开想象的翅膀,假想迎春门是神笔马良画出来的。"我相信这是神笔马良的封笔之作/他说画金画玉画珠宝不如给故乡画一扇门"。读完这句诗,仿佛看到了作者与"神笔马良"的对话,"他说"二字可谓神来之笔。马良通过他的神笔,干了许多扶贫济困、除暴安良的好事,而把自己的"封笔之作"留给了家乡浦江。"封笔之作"是什么呢?是"迎春门"。迎春门的重要性跃然纸上!

打开迎春门之后,我们能看到什么景象?请看诗人的描写:"打开它,就能看到无边的花海和稻浪 / 看到发源于天灵岩南麓的春潮 / 看到后世子孙的丰收和平安"……这一系列排比句，把浦江岁丰人和的好年景和盘托出。浦江是全国十佳生态休闲旅游城市、全国首批生态文明建设示范县。"花海"寓意着浦江的生活之美，"稻浪"寓意着浦江的生活之富。天灵岩南麓是浦阳江的源头所在地，而"后世子孙的丰收和平安"，则巧妙地将浦江旧名"丰安"二字嵌入诗中。

浦江是我国著名的"书画之乡"。倪仁吉是明末清初浦江籍的绝代才女，字心蕙，自号凝香子，博通经史诗文，兼工书画刺绣。诗歌代表作品《山居四时杂咏》，绘画方面精通山水、人物、花卉、翎毛、走兽等创作，尤其善画美人，同时代人称"得其书画片羽者，皆珍若拱璧"。诗作的最后一节，诗人把倪仁吉想象成"神笔马良"的传人，大胆、新奇；同时虚构了倪仁吉在迎春门上画春天之神"句芒"的情景。在诗人吴重生的笔下，诗不但可以兴，可以观，可以群，可以怨，而且可以讲故事，讲大美中国的故事，讲大爱家乡的故事。

诗人是给天地万物重新命名的人。诗作最后一句"从那时起，浦江成为青帝的故乡"是诗人的创造，而"迎春门"正是诗人赖以命名的佐证。在此之前，从未有人将浦江命名为"青帝的故乡"。青帝为春之神及百花之神，是中国古代神话传说中五方天帝之一，掌管天下的东方。青帝的故乡，即春天的故乡，这是多么豪迈而又浪漫的比喻！

这首二十行诗，紧紧围绕"迎春门"展开想象，蕴含的信息量巨大，有神话有写真，有历史有现实，有回顾有展望，有粗略记叙，有细细勾勒。诗作构思新奇，语言优美，立意深刻，寓意深远。

迎接春天，从相信一扇门开始。读懂春天，从读懂《我相信，迎春门》开始！

原载《浙江日报》天目新闻（2022年2月4日）。作者系诗人，现任中国作家协会书记处书记。

以"意趣"对位日常生活感受

——评吴重生先生的"速写式诗歌"

张清华

　　参加吴重生的诗歌作品朗诵会暨研讨会让我有很多的感触,以往参加过很多研讨会,但是这样的朗诵加研讨会,如此大的场面,这么多艺术家的出场,还是给了我很大的冲击。让我再次想到诗歌同时也是一种"声音的艺术"。中国传统诗歌的一个很重要的特点是"声音本位",适合诵读式的记忆。一个孩子还不识字,就可以背诵很多诗,他的语言教育、文学教育、全方位的启蒙教育已经开始了。所以其生命的开悟常常是从诗开始的,最先是通过声音传递的,后来才开始读书识字。现代以来,诗歌更多变成了一种文本,一种"意义本位"的东西。所以今天这个现场重新打开了一种可能性。

　　吴重生的诗歌作品显然十分适合朗诵。他的诗风也可谓纯正、明朗、向上,而且有意思的是,此时我对面恰好还坐着外交部的发言人洪磊先生,我们几乎每天都在主流媒介上看到他的形象,听到他的声音——坚定、清晰、干脆,代表着国家意志或政策的声音,这种声音与刚才艺术家们的声音交织在一起,引发了我很多"潜意识"的联想,让我有恍若梦境之感。

　　吴重生的诗我们显然可以作为一种现象来看。刚才大家都谈到了很多,我觉得他的诗确实会让我们思考很多问题,甚至是结构性的问题。我这样想,我们这个时代给诗歌的生存方式、传播方式提供了一个多元的现场,作者完全可以把诗写得非常书面化、文本化,即以意义为本位,写得很艰涩和深奥;当然同时也可以写得非常浅显和轻松。在我看来,他的这种追求声音本位的写法,包括"一日一诗"的倡导，其实可以看作是一种"速写式"的写作，像绘画艺术既可以浓墨重彩、精雕细刻，也可以用迅速而简洁的线条勾画一个轮廓，一个形象；或泼墨，或写意，或轻轻濡染，任意赋形。当代中国的写作也已解决了很多问题，比如"写什么"，现在已没有限制。"怎么写"也是没有限制的，采用哪种方式写、哪种风格写都可以。关键问题是"写得怎样"，这是最根本的。我们首先考虑写什么和怎么写的时候，是要有自由度的。在微信、微博这样的网络传媒时代，大众文化非常繁盛的时代，诗歌一定还有一个边缘地带，就是它一定有与大众文化，与流行媒介及其艺术形式相接洽的区域或方向。吴重生的诗歌给我们提供了一种可能性，让我们看到了其与日常生活感受迅速对位的一个界面。

这样说无疑是尝试给这样的诗歌以一种合法性的理由。历史上我们的汉语诗歌也历经过许多重大的变化，比如晚唐五代的词，元代的散曲，都是例子，它们曾几何时也被认为是不可以登堂入室的小玩意儿，但现在却早已被看作是传统的经典形式。从这个角度看，吴重生的"轻体诗"或者"速写式的诗"也有其存在的合理性。我们看到，他每到一个场景，或路过一个地方，获得一种感受，就记录下来。"一日一诗"只是一种比喻，指其随时随地可以获得诗意。这至少比我们每天不假思索地把时间放走，甚至终日沉湎日常生活的娱乐要好得多，至少每天能够和诗共存片刻，对每个人的思想和人生的升华都是一种助益。

"速写"式的诗歌，顾名思义，即可以不必浓墨重彩地渲染，不必精雕细琢地推敲和打磨，可以很快地写出来。从逻辑上说当然是没问题的，但问题在于，这样的诗如何才能够站得住，如何能够获得意义，我想用一个词——"趣"，"理趣"的趣，"情趣"的趣，"意趣"的趣。宋代诗人经常讲趣，很多人的作品着重于写情趣，有一些写理趣，在吴重生的诗歌里情趣、理趣都有。不过我以为他写得最好的是"意趣"，不一定非常有"意义"，但是很有"意思"，这样的诗反而是写得好。如同"速写"本身，有时如果把笔画、笔墨用得比较重，反而适得其反，如果用得比较轻逸，反而有意外收获。

我举一首《我从零下七度走过》，这首诗显然没有太多意义追求。"我从零下七度走过，带来了九级大风，大风掀起所有的房顶，只剩下梁柱在等待凋零"，这就是写一场寒潮的来袭，所说的"房顶"其实是说的树，树冠和叶子都在风中凋零了，这本身就是一个普通的场景，但他嵌入的方式是有趣的。把"寒流"人格化："我撕裂北风出门买了闹钟，店家附赠我许多黎明，海淀南路已被另一个世界占领，夜渐深，风一阵阵紧"。或许此时此刻他对于来袭的寒流，对季节交替保持了一种敏感，也可能有一种无意让人觉察的伤怀，也未可知。但他把这些都压抑了，他刻意地用很轻松的方式来处理这些复杂的内容，"把门窗关好，不要放冬天进来，北国的冬天已经在室外驻扎"，主人在房间里的感受，与窗外的冬天自然有所区别和对峙。"窗外偶尔飘过一两声汽笛，那是风在传递限期离境的消息"，最后他还是希望寒流尽快地过去，大风快快地停下来。这首诗并没有太多的意义追求，但是读以后让人有怦然心动的感觉。

我想到，这可能就有无意识的参与了。其实现代诗常常并不一定诉诸人的观念，甚至也不诉诸人的情感，可能就是诉诸人的一个下意识。在吴重生的诗里我认为写得比较有味道的就是这类诗。如果我要提建议的话——就是，若要有意识地"速写"，那么干脆手法就让它更轻逸些，让诗歌更有趣，诉诸人的"意趣"。如此，刚才大家提到的那些所谓的"局限性"也就少了许多，而现代性的东西就多了一点。

原载中国作家网（2016年11月24日）。作者系北京师范大学文学院副院长、教授、博士生导师，中国当代文学研究会会长。

尘世生活的诗意解读

——评《你是一束年轻的光》

云 德

吴重生的诗集《你是一束年轻的光》，着力在喧嚣的尘世中寻找精神的栖息地，可以让读者见识到何谓庸常生活的诗意解读。

对于一个会写诗的新闻工作者，我们首先应该赞许的是媒体同仁的诗歌才华。处在当下这样一个生活节奏急剧加速、普遍为生存境遇疲于奔命的年代，可以说没有多少诗意的生活空间。而在整个高速运转的时空机器里，媒体作为信息传递的纽带，需要快速反应并报道即时发生的新闻事件，其陀螺式的生活就愈显没有诗意。重生作为一个媒体人，受到双重生活的重压，竟然还有写诗的闲情逸致且颇有成就，这就愈加难能可贵。我们这些曾经做过多年新闻工作的读者，在佩服之余，更能深切地感受到一个媒体从业者别样的积极人生。

稍作分析即可看到，新闻追求客观、真实、快捷，并不提倡带着自我的感情色彩做判断，更不要说诗意抒写，除非那些完全违背社会公德的案例。而诗歌则求美，是情景的交融、审美的想象和情感的抒发。诗是一种现实的重写方式，是把对现实世界深刻感受和体验，透过凝练的语言、美妙的构思和丰富的审美意象化为诗意表达的文学载体，只有在追求善的方面新闻和诗歌才是一致的。媒体人每天都被新闻事件追逐，每时都被发稿督催，畅怀抒情似乎是少有且难得的奢侈品。吴重生能妥善地处理好纪实和抒情的矛盾对立，把一个新闻人兼而做成一个诗人，而且两种身份皆能出彩，实属不易，这是一个新闻人巨大的人生转折。从某种意义上说，这既是作者对现实压力的自觉逃避与优雅转移，也是对现实平庸生活常态的一种审美的精神超越。因而，点赞是必须的。

二是对生命本真诗意追求的认同。当下社会，受到高负荷、高强度、快节奏的生活挤压，不少人几乎变成了物质的奴隶，生命的本真、生活的情趣、精神的追求渐次退隐。两难的选择，经常成为大家挥之不去的心灵窘困与危机。在这样的生存际遇中，人们更需要掌控生活的主动权，真正把个人的命运握在自己手里。

吴重生有自己独到的人生选择，作为一个以新闻为业的业余诗人，他的诗情就是向着生活重荷反向挤压而获取的。他说他是被诗歌追赶着的诗人，诗中写道："我被诗歌追赶／每日每夜／我用铜壶烹煮文字／诗歌在锅盖上登陆／／我用煮熟的文字播种／黄色的大地绽放红色的灯笼／我在灯笼照耀的路上飞奔／文字煮熟后，成片成片从树上坠落"，诗歌在"思想的旷野列队成阵"，于是"拥有了天地的血液"。诗人正是因为有了这样的人生状态，才找到了生命本真的意义，游刃有余地发挥个人的兴趣爱好，把自己从繁杂而庸常的生活中解脱出来，以强烈的追求诗意的使命感去发现生活的价值与意义，以几乎每日一诗的高产，让生命因了快意与勤奋而散发光彩。

三是在喧嚣的尘世中追寻诗意的栖息。吴重生的独到在于他能够驾轻就熟地在庸常中发现生活之美，能以独特的眼光，跳跃的思维，奇崛的想象，善于在大家习以为常的生活情景中开掘出诗意。认真读过重生的诗即可看出，他基本上都是以日常生活素材入诗，平中见奇、奇中见新、新中出彩。一张明信片、一块石头、一根水管、一座小桥、一幢楼房、一排椅子、一片树荫、一道车辙，甚至一把牙刷、朋友的一条微信等，都可以在他笔下化为优美的诗篇。比如《浙江人是海水做的》《你在，世界在》《杭州的根部》《在城南的旧夜》《一段往事熟了》《敲打着太阳的边沿》《运河三章》《我与你》《我与故宫毗邻而居》《放冬天进来》《旅美作曲家温显》《守候夏天的摊贩》《江南的这一扇窗户》等，诸如此类的诗篇，无论写景还是状物，都触景生情、借物抒志，或抒发对家乡的乡愁和相思，或表达对亲情与友情的依恋，或道出特有的人生感悟，或揭示对自然、对社会、对现状和过往经历的重新思考与认知。

生于江南长于江南，重生的诗也明显带有江南的印记，春天和乡愁是作者最爱吟咏的题材。他擅长运用色彩和声音来表达意象之美，通过对江南自然风景和生活场景近乎白描式的勾勒，以质朴自然而非华丽的诗句展露其内心的情思，用生动的细节和真情实感来打动读者内心最柔软的地带。比如"夜已经很旧了／但鸡鸣犬吠的声音依旧新鲜";比如"把西湖的春天折叠起来／放进口袋,随时随地扯开喉咙歌唱……把西湖的春天倒入茶杯中／泡上一壶西洋的春水／细细品尝故乡的味道";比如"掌勺是一种加冕为春神的感觉";比如"把一片海竖起来端详／海浪从字里行间溅出来";比如"所有的树长高以后都会结出月亮／月亮瓢里装着满天的星星";比如"满载一船星辉的独木舟／河水浸湿了灯光的梦";比如"城市的根部／一定有错综复杂的音乐／排列成森林的美术"等等,诗句总是那么异乎寻常的细腻精巧,朴实温馨,且意象摇曳。

日常生活中,诗往往是美的代名词。人们形容优美的语言为"诗一样的语言",形容美好的意象为"诗一般的境界",这就意味着诗是高于生活的。尽管生活中的美无处不在、无时不在,但提纯和萃取生活之美,却需要一双发现美的眼睛。诗的美是一种内敛的、深入骨髓的雅致,很难想象,一个目光呆滞、情感单调、思维肤浅的人,能够写出引起广泛共鸣的优美诗篇。毫无疑问,重生是一位生活之美的发掘者。他有宽广的视野、炙热的情怀、扎实的积累,有敏锐地捕捉观察生活细节和发现美的能力,有对生活和生命的独到的认知与体悟,从而令他的诗作显示出深厚文学功底和较高呈现水准。这本《你是一束年轻的光》的诗集,就是最好的说明。

吴重生的才华和勤奋是有目共睹的,但勤奋和才华并不等于好诗。好诗是才华、勤奋加灵感的产物。我想说的是,重生"一日一诗"的自我加压固然很好,但诗歌的灵感和创作的冲动,并不会随着时间的流动自然到来。况且诗歌是语言的艺术,需要在遣词造句上格外精心地锤炼和打磨。速成的结果,给重生的诗作带来一些用词不考究,或者为了押韵合辙而把不同意象硬性拼凑的问题,造成了局部的文字粗糙和意象的凌乱。比如,"兄弟是磐石做的灯罩","愿你们每一个脚印里都长出鱼","北京精神是从草坪里长出来的……我每天骑着自行车在北京精神里钻进钻出","乘着太阳抵达建国门外大街……千里之外,我的故乡已经安睡"等,都会给人以云里雾里的感觉。尽管瑕不掩瑜,但却值得斟酌。作为一个年轻诗人,吴重生的诗歌生涯未可限量,我们真诚祝愿他能够在诗歌创作的道路上越走越宽广。

原载《中国艺术报》(2015 年 7 月 17 日)。作者系中国文联副主席。

铜草花下的富矿

——吴重生诗集《捕星录》断想

刘笑伟

重生兄为什么将他的诗集命名为《捕星录》？布罗茨基在《哀泣的缪斯》中说："在历史发展的某些阶段，只有诗歌可以应付现实，它将现实浓缩为可以触摸的、心灵可以感受的某种东西。"从这句话中，我可以得到某种启示。在思维这个浩瀚天宇中，灵感或者说是诗句，正如闪烁的星星，而捕捉这个灵感或诗句的过程，可以谓之"捕星"。在这里，现实浓缩为可以触摸的、心灵可以感受的某种东西，也为我们打开了通往诗意田园的一扇窗口。

阅读《捕星录》的过程中，我发现吴重生诗歌作品中具有一种强烈的"故园意识"。无论是《给你火把，照耀你解冻的河堤》，还是《金东四章》等诗作，作者的笔触更多的是描写自己的家乡，或者说是描写江南文化。他以家乡浦江为背景，用行云流水般的笔触，描绘了故乡的美丽风情、纯朴民俗以及生活在这块土地上的勤劳善良的人们。诗人既写出了秀美的小城风貌，也写出了民间的风俗，还写出了一位游子对故土的热爱。不仅如此，诗人更将这种故园意识升华为对祖国的爱、对民族的爱、对中华文化的爱。在中华民族五千年灿若星河的文学作品中，抒发对故土热爱的作品不胜枚举。《捕星录》的可贵之处在于，诗人对这个主题进行了更为深入的挖掘，把自己的"故乡意识"放大成为"故园意识"，从而使自己的情感天地和艺术空间都变得宽阔无比。

吴重生诗歌作品中，还有一种强烈的"行旅意识"。这种意识，体现出的是步入新时代后中华儿女对美好生活的向往与追求。诗人从事新闻工作多年，因工作关系去过不少祖国的名山大川。诗集以大运河开篇，很大比例的诗作都精心描绘了祖国山河的壮丽。从"花香雨一样飘落"的泸州，到花海都"澎湃着诗经和楚辞"的台湾；从"浑身冒着热气"的广州，到"蓝天下放牧星群"的内蒙古，到处都留下了诗人的深情笔触。游历大好河山的过程，其实也是一种对祖国历史文化的认识过程。中国九百六十万平方公里的土地上的每一处山河，无不蕴含着历史的沧桑，文化的变迁，无不展现着独特的自然价值和人文精神。诗人正是以手中的笔，记录了祖国山河的壮美，书写了一位诗人对伟大祖国的真爱。在这部诗集中，诗人不是仅仅写景状物，更以真挚的人文情怀开掘着隐藏在山水间的深厚文化内涵。《衢州九章》既写现实风景又交织着鲜为人知的历史文化；《大运河是条太阳河》则通过对故乡原野上运河的描写，道出了具有沧桑历史的"运河文化"的博大精深。

除了故园和行旅，《捕星录》中诗篇还有一个重要的主题，那就是"亲情"。对于长辈和女儿，诗人在创作中融入了浓厚的情感，陪老父亲登高，以及女儿的每一次成长进步、每一个生活细节，他都饱含深情地记录在这部诗集中。所以，这本诗集也是诗人感悟亲情时心灵的战栗，是与亲人与读者感人至深的情感交流。"今夜，天空格外宁静／一个父亲在月坛写诗／写下一行，便用白云擦去"（《写在女儿生日之际》），写得不动声色又充满张力。有了情感的支撑，诗歌艺术才能焕发出更加瑰丽的光芒。

《捕星录》中还有一类诗作值得关注，那就是诗人的生活"感悟"。以诗写出哲理，是中国诗歌的传统之一。在吴重生的诗作中，诗人在意境营造中能渗入富有哲理的感悟和思考，使他的诗歌具有很深的文化内涵和哲学意蕴。他总在不经意的语言中藏进耐人寻味的哲学理念。《今日小寒》是一首很短的诗作，但诗人却能在这个"小"字中感悟到一种视角、一种态度、一种精神。《在北海，遇见真谛门》《北京大学的门》等作品，在看似朴实的抒写中寄寓着诗人睿智的个性思考，平实自然处熠熠闪亮。

在诗歌文体方面，重生兄同样进行了自己深入的探索。读他的诗作，既可以读到气势的恢宏，又可以读到意境的深邃，还可以读到旁征博引的乐趣和善于发现的哲思。同时，他的诗歌具有主题的深邃美，十分注意追求作品的时代感，寻找与这个时代相契相合的主题；具有构思的精巧美，诗作篇幅大多不长，但其构思却都颇具匠心；具有情感的真挚美，每一首都深深地感染着读者、拨动着读者的心弦……

布罗茨基在《哀泣的缪斯》这篇文章中还说过:"诗歌全然是时间的寓居之地……它们将永存,因为语言比国家古老,因为诗歌比历史长寿。诗歌不需要历史,它需要的只有诗人……"

《捕星录》中有一首《他用朱砂往大地额头一点》。这首很短地隐藏在众多诗作中的诗,在我看来是这部诗集的"诗眼"。这首诗写到了一种叫作铜草花的植物。铜草花下,往往隐藏着矿藏。人们找到了铜草花,也就找到了深藏于地下的铜矿。

这是一个多么美妙的隐喻:"不是我们找诗,是诗找到我们／我们都是诗的铜草花。"

原载浙江新闻客户端(2019年11月9日)。作者系中国作协全委会委员、《解放军报》文化部主任。

让诗歌提高精神能见度

——吴重生诗歌的"窗口"与空间隐喻

霍俊明

  吴重生的诗歌基调比较轻缓,这让我想到西方有一种诗歌样式"轻体诗"。我们可能对"轻"的理解并不一样,就吴重生的诗歌而言,则为日常的体悟和观感。在我看来,诗歌的"轻"不应该是一根羽毛落在雪地上的轻,而应该是一段树枝掉在头发上的"轻"。这种"轻"具有对生命的发现和对生活的深层体悟。

  吴重生"一日一诗"的写作方式对于一些诗人来说并不值得提倡,因为并不是每个人每天都能够有诗性发生并进而转换为诗歌。但是一定程度上吴重生关于"一日一诗"的提法和写作实践在这个时代还是具有一定的必然性的。关于"一日一诗"的提法,我想到著名作家、诺贝尔文学奖获得者索尔·贝娄的一句话,他说过去的人死在亲人怀里,现在的人死在高速上。用这句话来体察当下诗歌与日常生活的关系,我觉得有它的重要性和启发性,因为在当下中国这个溃散莫名而高速前行的时代,诗意和诗性却并没有与此成正比。在一定程度上,加速度的城市化时代,诗和生活是需要缓慢下来的。

  我读吴重生诗歌的时候,发现他的很多诗歌场景和空间非常重要。他的诗歌空间大体有如下几个:一是城市的窗口,不管是在向内的回顾,对时光的回溯,还是向外对城市的理解,吴重生的诗歌更多是在行进的路上来完成的。这大体代表了当下人的生活方式和写作状态。这行进路上的窗口呈现给我们的不仅是一个人个体的感受,而且还具有向外延展的可能性。反过来,这种可能性在当下中国诗歌写作当中变得有些艰难。吴重生的诗歌还有一个更大空间,就是南方和北方的隐喻和精神文化上的空间对撞。从诗歌的地方性和空间伦理来看，单纯用所谓的"乡愁意识"已经不足以表达我们对这个时代和诗人的理解。这个时代我们发现很多诗歌都试图表达个人与日常生活的关系，包括近年来流行的打工诗歌和底层写作，包括今年五一劳动节中央电视台连续几天对工人诗人的电视专访，感动了很多人，也感动了我。而反过来必须有一个追问，感动我们的是诗歌自身还是这些底层的艰辛生活和苦难经验？事实上是生活本身感动了我们，比如这些人的社会身份、底层体验以及他们的亲情关系、泪水和苦痛。诗歌和生活之间，社会学和美学的认定之间我们要找到一个平衡点。吴思敬老师在《致信太阳的诗人》一文中给吴重生诗歌提的一些建议非常值得考虑。

我们谈论一个诗人，如果从一本诗集和一首诗来评价，说它很优秀，这已经很简单了，因为当下的诗歌写作水准已经普遍提高了，吴重生的写作目标是写出有难度的诗歌。写一首好诗不难，难的是写出对应于时代和个人的有难度的诗歌。我们判定诗歌是从历史和美学的双重标准出发的，更多的是从当下中国的整个诗歌领域，甚至从文学史的角度来认定。从这个角度，对吴重生兄诗歌提出一些建议也是非常值得期待的。

还有一点，隔着车窗对时代的理解和自我的叩问也是有难度的。有一个所谓的"廊道理论"，当隔着快速运行的车窗看这个世界的时候其能见度是有限的，因为一切路线以及沿途的"景观"都已经被规划好了。敞开的同时却是限度的降临。吴重生诗集里那些比较优秀的诗歌已经达到了这一点，他是对生活和自我的过滤提升，甚至是疏离之后的重新理解。反过来有一些诗歌也确实处于滑行的阶段，一闪而过，写得太快了。

最后我希望不管是吴重生的诗歌还是当下中国的诗坛，诗歌可以与日常发生摩擦、介入的关系，也可以发生精神上疏离和高蹈的关系。但是我觉得有难度的诗歌最终只有一点，一定要能提高我们自我和每个人精神的能见度，尤其在雾霾笼罩的年代。

原载中国作家网（2016年11月7日）。作者系《诗刊》副主编，中国作协诗歌委员会委员。

让阳光照彻心扉

周大新

少年时代的吴重生想着要把万里长江从头到尾走一遍。于是,在他二十六岁那一年,终于将这一计划付诸实施。他发起"长江万里行"采访活动,并担任采访组组长。他联合两家报社的同行一起,从上海崇明岛出发,溯长江而上,历长江沿线十多个城市,抵达青海玉树藏族自治州。在那里,他用由格拉丹东雪山融化而成的沱沱河水,洗了一把风尘仆仆的脸。

这一趟历时两个半月的"长江万里行"给吴重生的人生带来了深刻而长远的影响。在从事新闻工作之前,吴重生当了七年的乡镇干部。乡政府是一所名副其实的"社会大学",吴重生在农村摸爬滚打,学到了许多课本上没有的知识。吴重生的家乡浙江省浦江县与义乌市毗邻,属于金华地区。改革开放的大潮拍打着这个钟灵毓秀的浙中小区,也拍打着青年吴重生的心扉。二十世纪九十年代初,都市报方兴未艾。听闻金华的报社招聘记者,吴重生毫不犹豫前往报名。他没有高学历的文凭,有的是一腔热血,还有三本厚厚的发表作品的剪贴本。他从高中阶段就开始在省市乃至中央媒体上发表新闻作品。每发表一篇,他就拿起剪刀将文章剪下来,贴在速写本上。那是他才华和勤奋的见证。

许多年以后,中国作家协会副主席、鲁迅文学院院长吉狄马加在《光明日报》上撰文,称赞吴重生是具有诗歌情怀的人,是"真正的文字的信徒"。我认为这个评价是至为允当的。

世居浦江前吴村的元代大儒吴莱曾远游齐鲁燕赵等地,其文字优美奔放。他曾说:"胸中无万卷书,眼中无天下奇山水,未必能文,纵能,亦儿女语耳。"吴重生系出前吴村，先祖的文学创作理念给了他直接的影响。他曾把"友天下士，读古今书"一联高悬于金华单身宿舍的床前，立志要"读万卷书，行万里路"。

因为对文字深入骨髓的热爱，吴重生一直笔耕不辍。读毕吴重生散文集《捕云录》（中国青年出版社），有一种阳光照彻心扉的感觉。我在字里行间捕捉到了时代风云，找到了"美"的印记，那是思索之美、情感之美、人格之美。阅读这些洋溢着真挚情感的美文，实在是一种精神的享受。

文如其人。吴重生的语言很朴素，叙事很简洁。就是因为这种朴素和简洁，给人以震撼心灵的力量。在他的笔下，有寄寓在静园桑树上的美好愿望；有"楼观沧海日，门对浙江潮"的豪迈；有"京西又见凌云木"的欣喜，也有思念故乡亲人的惆怅。他的写作是一种心灵的写作，基调明朗，积极向上。

吴重生的文学创作一直根植于乡村。他博闻强识，才思泉涌，不择地而自洌。他的散文和诗歌，从稚嫩走向成熟，仿佛农家菜园里的蔬菜瓜果，翠色欲滴，一年四季皆可采摘。今年，距吴重生第一本散文集《屋后园》出版已过去二十二年。二十二年磨一剑。吴重生打磨的不仅仅是文字。

"世事洞明皆学问，人情练达即文章。"有《捕云录》为证。

原载《解放军报》（2020年7月2日）。作者系著名作家，茅盾文学奖得主。

看云的日子

彭　程

　　一个作家对自己的作品集的命名，显然不会是随意的，就仿佛古代文人笔下书斋和居室的名称一样，简约的两三个字中，每每寄寓了某种涵义。在多数情况下，他并不做更详尽的解释，而是让读者自己去理解和想象。但吴重生则不然，对自己这部名为《捕云录》的散文集，他的言说称得上坦诚而充分。

　　在书中一篇名为《捕云的随想》的文章中，他这样介绍他的涉及多方面内容的作品："它们，是我从岁月长河中打捞上岸的心香一瓣，是在长夏仰望星空时坠入我脑海的吉光片羽。"它们是他的生命天空中的云朵，不但可触可感，而且有色彩有分量，值得分享与珍藏。而接下来的一番话，则不妨看作是作者的创作宣言："我们捕云，实际上是捕捉自己的心灵之云。对于文学创作和科技创造来说，那些稍纵即逝的灵感是云；对于日常生活来说，那些善意的眼神和灿烂的微笑是云。"云，成为弥漫于作者文学世界中的鲜明意象。

　　这部作品分为六辑，分别是"日月光华""教育感悟""人物风流""读书笔记""烹诗煮画"和"序与跋"。看这些题目，不难想象它们的内容。从题材的整体面貌来看，可以说是寻常而平淡，体现了一种生活的日常性。但是这并不等于我们有理由轻视它。对于绝大多数的人来说，他所过的日子，他对人生的认识和感悟，不正是体现了来自这种生活的日常性吗？作者笔下的种种生活，同样也是我们走过路过参与过旁观过的生活，在日升月落之中，在衣食住行之间，时时处处地发生着，构成了生活的常态，一种最为普遍性的存在。它固然是作者生活体验的投影，但一定程度上也可以说是我们自己的生活的镜像。人们到处都在生活，所有的生活都有相互联系的内在管道。正是经由他人的发现和感悟，我们印证和丰富了自己对于生命的认识。这便是文学始终重视和强调日常描写的重要理由。对这一点，作者显然并不隔膜，在那篇文章中他写道："云是自然界的常态，而'捕'应该成为人生的常态。"

其实，平凡的生活中不乏深长的滋味和蕴涵。齐白石老人的画中，大量都是普通的瓜果菜蔬，鱼虾虫蟹，饶有天趣。著名作家汪曾祺也是一位美食家，最擅长描写日常的食物，春韭晚菘，味道深永。关键是要有对生活的爱，并在写作中真诚地表达出来。

这本《捕云录》中的许多篇章，字里行间流动着这种诚挚。作为一名新闻工作者，他得以结识了不少著名学者专家，描述了他们对学问的醉心，对名利的淡泊，音容笑貌如闻如睹。他写远在浙江故乡的父亲，经常梦见到他站在上坡路的路口，等待着自己回家。浓郁的亲情乡情，仿佛有着不堪承受的重量，让他因此而慨叹"家乡有梦不轻回"。书中有多篇文章，写了他对女儿的关心、牵挂和期待，对女儿的爱，引发了他对于教育的深入思索，给人丰富的启示。在不同篇章中，这种思考的触角伸向了各自相关的领域。他从河滩上的石头想到文化的载体，从结巢于阳台上的喜鹊想到生态和谐，从传统老字号"一得阁"的店名中领悟出生命所肩负的职责，等等。大千世界纷纭人生中，每个缘分，每种遭际，都可能蕴涵了某种启示，关键是作者要善于捕捉和发掘。

我尤其看重书中关于读书和欣赏艺术的内容，它们占了相当大的比例。显然，它们在作者的生活中至关重要，是其志趣爱好之所凝聚。作为一名爱书人，一位自幼就醉心于书画篆刻艺术且有所成就者，他的评论或者序言，概括勾勒了作品各自的特点，具有相当的专业造诣。在这些文字中，他也通过介绍评点别人的作品，表达了自己对于文学和艺术的理解。如写到一位经历坎坷而始终不懈进取、终于取得突出成就的基层书法家时，他是这样概括的："世界以痛吻我，而我，却报之以歌。"在为一位诗人的诗集所作的序言里，他写道："只要有一颗诗心，人生一定会绚丽多彩。诗人，是离天堂最近的人。"

天堂的入口处，一定簇拥着美丽的云朵。我又想到了书中的另一篇文章《楼观沧海日》。他这样解释给自己位于二十多层高处新居里的画室取名"储云楼"的原委："我那些不成熟的文字以及永远脱离不了生涩的书画，不就是我自己所制造的'云彩'吗？"这当然体现了作者的谦逊，但阅历过很多的美之后，一个有追求的人，便容易变得谦逊。抵达美的领地有诸多方式，文学无疑是一条最为流光溢彩的道路，所以作者由衷地感叹："在庸常的日子里抠出片刻时光，经营一个文学梦，于我而言，又何尝不是一种人生的幸遇呢？"

由云彩的比喻，我又想到了汪曾祺的老师沈从文。抗战期间他在昆明的西南联大任教时，曾经写过一篇《云南看云》，描绘了云贵高原天空形态多样色彩各异的云朵，并指出："只要有人会看云，就能从云影中取得一种诗的感兴和热情。""静观默会天空的云彩，云物的美丽景象，也许会慢慢地陶冶我们，启发我们，改造我们，使我们习惯于向远景凝眸，不敢堕落，不甘心堕落。"这样的表达，旨在为当时在生活的困苦中辗转的人们注入一种生命的活力，云朵因此具有了精神的象征意义。

那么，在和平的年代里，就更有条件、更应该从容沉静地观看生活的天空上，那一朵朵一绺绺飘浮的云彩。期待并相信本书的作者，今后还会一如既往地眺望它们，并且以更为生动的方式，将它们的美捕捉和描绘下来。

云卷云舒，云聚云散。在变幻之间展开和播散的，是生活的无边魅力，无穷滋味。

原载《中华读书报》（2020 年 4 月 29 日）。作者系《光明日报》首席编辑。

第二辑　心灵之笛

温暖有光成就一生诗意

华　静

谈到诗人吴重生和他的诗，给我印象最深的是 2015 年 5 月 10 日母亲节那天的一次聚会。

那时，北京已经立夏了，却遭遇到那个季节有史以来最冷的一天。

那天中午聚会的缘起是在京报纸副刊同仁们迎接四位副刊友人的到来——《四川日报》总编辑雷健、《新疆日报》总编辑张富强、《江西日报》总编辑杨惠珍和《西藏日报》副总编辑吴冰。

聚会的地点安排在解放军报社。外面下着雨，刮着风，却丝毫没有影响人们相逢的喜悦心情。在京参加聚会的副刊同仁中就有时任中国新闻出版传媒集团市场总监、诗人吴重生。

聚会的十九个人中有七个女性。也正是我们七个女性，让在场的吴重生产生了母亲节的联想。他即兴作诗一首。他写诗的速度之快、之好，让在场的人都为之折服。

"我坐在两个北京之间 / 阜成门打开一个繁华的世界 / 绿色的雨 / 乒乒乓乓落在中国的后花园 / 今天中午的时光是用尺子 / 一寸一寸量出来的 / 万里鹏程从今天开始丈量 / 这是凡间吗 / 七位母亲负责给中国的母亲节编织冠冕 / 她们是七仙女变的 / 她们在东海的翅膀上高飞 / 豪放或者婉约 / 窗外春雨在初夏排山倒海 / 副刊人醉了 / 中国的后花园香气逼人 / 赣江和雪域高原今天整版套红 / 我们都是母亲的孩子 / 今天春雨和月季花 / 孩子和母亲。"

诗中的"整版套红"引用的是报纸专业术语。那天，却是直接送给了远方友人因喝酒而"满脸通红"的一种状态。大家对这样的比喻倍感亲切。

时光流年,岁月浅浅。如今,勤奋的诗人吴重生又在 2019 年的这个夏季折叠起属于他自己的一段段墨香时光,于行走的每一步间,用诗句还原了从生活中修炼出来的那个自己。

"由南到北,所有的浪花都是我的信使,我的旅程是一个跌宕起伏的寓言"。在平淡中见情怀,于细微处见格局。吴重生的故事隐藏在字里行间。可以想见,生活中的某一天,他定是饱经生活的细节风霜之后疲倦了,立定一处休息时,忽然懂了什么,然后,把自己的心事变成了诗句:"理想无数次返潮,目的地却一再往前延伸。"

"诗是心的写照,灵魂的外化。"诗人吴重生把自己的情绪上升为激情,以诗的韵律打动读者也打动自己。

"鸡鸣是从乡村移植过来的蔷薇,在布谷声里我的思念一清见底。"所有的漂泊都是体验,为了理想而告别家乡,走好脚下的每一步路。故乡的田野,给了吴重生诗的温情和灵性。每一行诗句看似简单亲切,读来却寓意深长。读他的诗,能够感觉到,恬淡岁月里,无论他走到哪里,都怀揣着家乡给予他一生的风水。

"我的风衣是用钱塘江的碧波剪裁而成的,我穿着它以抵御来自西伯利亚的寒流。"真正的成长,是学会放大自己的人生格局,是拥有乐观地面对困难的勇气。这让我想起,几年前,在中国现代文学馆的报告大厅里,吴重生和他出版的新诗集吸引了在座的大家。他坐在那里,平静的表情,看不到他内心的潮涌。但是那天,他的诗集成为主要话题,他虔诚地听着名家、导师和师友们对他作品的每一句点评。

"月光和诗才是老家真正的特产。"仅此一句,就让人仿佛看见了吴重生眉宇间的神韵。他心中最美的风景还是故乡。他或许忘了自己的人生转折发生在哪一年哪一阶段,但他对故乡的一切记忆犹新。他依然保持了"仰望星空"的情趣,他有着某种理想主义情结。

"给你春雷,让它滚过你少年的田垄;给你火把,照耀你解冻的河堤。"朝着一个方向,吴重生劈波斩浪,勇往直前。生活中的他,总是要用一种崭新的方式去引导女儿的成长。这,本身也是诗意情怀。他把"教育"也当成了诗篇。我曾与他的女儿——一个清纯秀美的北京大学女大学生交谈,孩子浑身散发出来的阳光自信深深地感染了我。自小,她就有着周游世界博物馆的传奇经历。这是吴重生作为一个父亲的引导，让一个原本就聪颖的女孩子确定了自己人生的奋斗目标。记得，女儿收到高中录取通知书的时候，他深情地给女儿写了一首诗，诗的题目瞬间就激活了一种情绪：大地正式录取你成为山川的一部分。

父爱如山啊，女儿又怎会感受不到呢？

他沉思过："每一个过往，是否确切；每一次错过，能否追回？"他对学识渊博的人怀有崇敬的心，他一直认为，丰富的知识和学养可以使人通达于天地间。

他期待过：从2014年元旦开始，他曾坚持在微信上创作"一日一诗"，短短一年，五百余首诗作闪耀着光彩。志向坚定又稳重的他脚踏实地地书写属于这个时代的诗歌。

他的责任，他的智慧，他的格局，这一切，来自哪里？

泰戈尔说过："你今天受的苦，吃的亏，担的责，扛的罪，忍的痛，到最后都会变成光，照亮你的路。"吴重生以他的人生感悟、人生体验做铺垫，推进他诗作的思维对话，又以他人生观、价值观的视角为诗歌提供有益的理念支撑。他的诗作里，糅合了他的理解力、他的审美和他的认知。他听从自己内心的声音，踏着时代的节拍，就这么一路走来。

吴重生是一位复合型人才。他的创作思路有时也源于他的新闻人的思维。二十多年的记者生涯和媒体经营理念，让他在每一时期都想找准自己的位置。他是一个拥有全新视角和大信息量的资讯的媒体人，也是一位每时每刻都拥有"下笔千言，倚马可待"才能的高产诗人。

翻读中国的报纸，不经意间，常常会发现吴重生写的散文或者诗歌。我每常想，是什么，让吴重生保持积极的创作状态？人生有梦不觉寒！在"追梦人"吴重生的眼里，生活中的喜怒哀乐，都是上苍的恩赐。一个人一定要学会感恩：感恩父母给了我们生命，感恩自然给了我们四季，感恩生活给了我们教育。一个乐在其中的人，才能永远在精神上保持一份高尚、洒脱的气质。

他从不忘自己是浙江人。他的诗作《浙江人都是海水做的》《以海洋的名义拜访陆地》《江南的这一扇窗户》《你是一束年轻的光》等等，都再现了他作为诗人对生活对事业对故乡浓浓的情感。

诗煮温情。是吴重生心中沉淀已久的引发了诗人的怀乡心曲，激活了诗人的心智，从而写下了这许多值得收藏的诗篇。

吴重生的诗具有温情的力量，这是他诗作的亮点。

感性地写诗，理智地工作，俯拾皆是美好画面。尊重每一段经历，吴重生用自己的诗句为这些经历备注。诗歌成为他更好地表达自己的突破口，折射出诗人吴重生对美好单纯人生的向往和自信。

"拥抱地球的一部分吧，把河流和山峦捧在胸前。"

"紫色的花瓣，阵雨一样落下，落在每一条地平线上。"

温暖有光，成就一生诗意。铺开来，相信有更多的读者将会记住诗人吴重生那些内质丰厚的诗句。

原载中国作家网(2019年7月16日)。作者系《中国国门时报》副总编辑，作家、诗人。

人能有几重生命

袁亚平

人能有几重生命呢？

我一直在寻找这个漫无边际的答案。

此时此刻，有点感觉了，指向浙江省浦江县城北九公里处，那座仙华山，崛起于一亿五千万年前的中生代，由于燕山运动强烈的断裂挤压和火山活动而形成。

仙华山以"奇、险、旷、幽"称誉江南。山上奇峰皆灵秀，在山巅突兀耸立，直插云天。峭岩间常有云雾升腾缭绕，缥缈若蓬莱。明代刘伯温诗云："仙华杰出最怪异，望之如云浮太空。"故仙华山又有"江南第一仙峰"之称。

浦阳江上游一座名叫"上山"的小山丘，为钱塘江以南第一次发现良渚文化的墓地。上山遗址代表了一种新发现的、更为原始的新石器时代文化类型，这种新颖的地域文化被命名为"上山文化"。其稻作遗存的发现，把长江下游的稻作历史上溯了两千年，是世界稻作和栽培稻的最早起源之一，也进一步证实了中国是世界上最早种植水稻的国家之一。

通济湖水域面积五平方公里，湖中有岛屿、半岛数十个，风光旖旎。通济湖畔，有一个前吴村，始建于唐朝乾宁初年，至今已有一千一百多年历史。薪火相传，文脉不断。宋末元初有开创名震东南诸省的月泉吟社的吴渭，元朝有丞相脱脱之师、集贤殿大学士吴直方，有博通经史的一代名儒吴莱，清乾隆时有八月内由童生连捷三科成进士的吴凤来。到了近现代，在文学、艺术、科技、医学、教育、工商、军政等领域，都涌现出一大批英才。

在如此"杰出最怪异"之处，又有一个男婴呱呱坠地。

"我出生的山坳／还保留着天地分离那一刻的混沌","我来人世的第一声啼哭／由山那边的水们负责保管"……多年后,他在诗中写道。

青山,碧水,绿风,他在这样的环境里生长,自然带着特有的灵气。

他离开家乡,外出求学,开始工作。而且,主要从事新闻工作。

记得,2008年1月,他任《中国新闻出版报》浙江记者站站长。我那时为《人民日报》浙江记者站副站长。新闻界同仁,平时来往,经常相聚,更何况肩负共同的使命,敬业精神是必不可少的。

《钱塘江水连长江》,他在我出版长篇报告文学《大国根本》之际,便写了评论文章,发表在《钱江晚报》上,后收录《倾听传媒的声音》一书。自然,两人有了更多的共同话题。

人生的际遇,往往出乎意料。从2016年3月起,他任浙江日报报业集团北京分社社长。忽然,他蹚进一条河流,溅起许多快乐的浪花。而我几十年前也曾在这条河流里。毫无疑问,这是同一条河流。1984年12月15日,时为《浙江日报》记者的我,在《报社生活》头版上发表《我的两点设想》,其一,在北京设立本报办事处,委派若干名事业心强、工作能力强的记者。此文发表不久,《浙江日报》编委会就派我到首都,成为《浙江日报》首任驻北京记者。

那时,我是独木舟。而今,他是率领一支船队。不管如何,只要在这条河流里经过,清澈的流水就永远滋润着心底。

记者很多,既是记者又是诗人,却少见。一般而言,记者必写实,缺乏诗人的天马行空;诗人求浪漫,缺乏记者的新闻敏感。

"媒体人与诗人的灵魂共同体",诗歌评论家杨志学对他下了这个定义。

什么时候开始写诗的?也许在少年憧憬时,也许在青年激情时。

《你是一束年轻的光》是人民文学出版社出版的诗集。其实,他自己就是一束年轻的光,透彻明亮,活力四射。从2014年元旦开始,他坚持在微信上创作"一日一诗",朋友圈点赞评论热烈。

我眼见他步入北京寓所,那是二十一层高的住宅楼。他说,山高则生云。城市里不可能随处有山,就拿这楼比作山吧!把云"储存"在自己的画室之中。于是,京城便有了"储云楼"。

"从我家房子俯瞰／可以看到从前、现在和将来的北京／在这个唤作'朝阳'的地方／阳光会穿透墙壁照在我身上／哪怕是在夜晚／我的身体也会像星星一样发光。"

光源在此，这是时代的光，这是首都的光，这是理想的光，这是才情的光。

说实话，我也写过诗，出版过诗集。然而，现在很少写诗了。若无诗的意象，宁愿不动笔。

我愿意诗歌是一棵浓荫蔽天的樟树，挺立在我的心中，永远保持高贵的身姿，不为花里胡哨所惑，更不为妖冶轻佻所动。还真有特殊的樟脑香气，沁人心脾。那一天，我们循着樟脑香气，来到杭州一处香樟园。他从北京到杭州办事。稍有余暇，便约了几位朋友相聚。香樟园里，树冠广展，枝叶茂密，树姿雄伟。樟树散发出的香味，可以驱虫，所以几乎不需要园丁喷洒农药。正如樟树香味过滤出清新干净的空气，他作为召集人，营造了宽松和谐的氛围，让朋友们在一起，掏心掏肺，无话不说。

他对我说起他的女儿，顿时满脸自豪。他说，陪伴是最好的教育。父母用心用爱陪伴，从金华师范附小、杭州文澜中学、北京人大附中，到北京大学中文系，让孩子在进步中懂得真正的快乐是遵循自己的内心，在理想的指引下自己努力解决困难。陪伴的心得是：学在书外，以子为师，一路陪伴，进而达到"万善在我"之境界。他的女儿在一篇文章中说，"参加完北大自主招生考试后，父亲与我一同走过中文系的楼前。望着那栋檐角微翘的建筑，我对父亲说：'如果能在这里学习，我一定会很幸福。'也许这句话有冥冥中的预示，让我能够幸运地在这个梦想中的学术殿堂度过十八岁的成人之礼。是的，我将无比幸福。"

北京大学新闻网推出"未名新语"系列讲述，一同分享2017级新生故事。篇首这般介绍：吴宛谕，深悟"读万卷书，行万里路"乃治学之道，少时游历四方，常有"登昆仑兮四望，心飞扬兮浩荡"之慨。其浙中故里有月泉，水随月之盈亏而消长。先祖吴渭首执月泉吟社牛耳。家学渊源，绵延至今。宛谕少有大志，心向燕园。游记百家场馆，足见其志之坚；五访麻风病村，可知其心之善。登敦煌，渡黄河，临青海，成环保宣传使者；炎帝陵寻祖，雷峰塔守夜，大运河护绿，做社会实践标兵。身在校园，系心于家国民生；社会调研，提案达全国政协。曾当选全国少工委委员，当面向教育部部长建言；德智体全面发展，为青春榜样。参加高考和自主招生考试，均获佳绩；参加全国新概念作文大赛、全国中小学生创新作文大赛和"培文杯"全国青少年创意写作大赛，均获一等奖。

难怪，有人说他最值得骄傲的是拥有这么一位优秀而善良的女儿。

人能有几重生命呢？我寻找的答案也随之清晰起来，人有天赋的生命，人有事业的生命，人有诗意的生命，人有延续无尽的生命。

因此，他的姓名为吴重生。

原载光明日报出版社微信公众号（2019年9月19日）。作者系《人民日报》高级记者、一级作家。

诗心成就人生的光芒

杨登明

笔者与吴重生先生相识已久,因为微信,与他的诗也就成了不期而遇的"熟人"。

有人说,诗人是语言的探索者,是站在山峰之上品味天下的人。吴重生的诗是对中国古代士大夫高贵人文精神的时代解读。

他在《以海洋的名义拜访陆地》一首中写道——

今天我们以海洋的名义拜访陆地/阳光苏醒时通体天蓝/陆地上所有植物都绽放白色浪花/这个世界的眼眶湿润了……

情与诗心是诗歌的源泉,诗人的技巧,就是对大自然进行独特眼光雕刻的人。诗人的句子都是自己捡来的吧,就像泉水自然涌来那么自然,读诗犹如被诗的文字带向远方。

吴重生的诗,是作者与读者心灵的对接,甚至是灵魂与灵魂的拥抱。读者进入诗人创造的情境之中,因为一个场景感到兴奋,因为一个意象感到美。于是生活中的郁闷被驱逐,情感的力量在诗歌的飞扬中找到快乐的出口。吴重生的诗能给人找到心灵的最初感觉,更多的是将读者带到未知的场景之中,或是语言的魔幻世界里,在那里与过去和未来对话;或带给读者大量的感知信息,展示不一样的世界,领略诗人在用不断打磨的语言碎片,给读者变幻出从未有过的思想内涵的五彩缤纷。

他在《江南的这一扇窗户》中写道——

　　江南的这一扇窗户 / 只属于我一晚 / 站在吴国与越国交界处 / 仰望家族的脉络 / 水做的游子 / 在江南水乡听到了祖先的呼唤……

诗人的语言可以抵达任何时间的源头，在诗的语言中游弋，可以放弃意义，梦想因此就成了诗的永恒。

吴重生的诗有一种语言内在的光芒，能让一些不确定的东西产生感觉，就像一首好诗绝非是一道数学题那样有标准答案，一首好诗会有难以说出的命题所在。

所以，读诗就是心灵享受舒适的过程，这些都是无形、潜移默化的。好的诗每一首都有它的兴奋点，会产生一种无法具体描述的快感。吴重生的诗就有这样一种能量，能从中感觉到感情所辐射的魅力，因此而不同凡响。

他在《我在宇宙中观望自身》中写道——

　　有时思想会长出花瓣 / 我在宇宙中观望自身 / 阳光中有微尘兀自吟唱 / 有时候信念会萌发翅膀 / 大地上微尘找寻故乡 / 季节交替在云中完成……

诗人，首先是性情中人或者感情丰沛有诗心的人，善良是诗人的根基，正义是诗人的血液。从小的方面讲，诗人是率真无忌的；从大的方面讲，诗人是一个民族的灵魂，正义的代言人，时代的审判者。

吴重生的诗的宇宙由智慧构成，立体语言就是它的三维空间，所以他的每一首诗都会赋予创新的可能。诗人的独特之处就是让语言带着诗去飞行，不论降落在什么地方，都有并不陌生的诗的泉源。

作者在《落叶和枝条》中写道——

　　我在一张落叶上奔跑 / 叶脉张扬 / 条条都是我的梦想 / 我靠在一棵树上 / 和风一起数那些掉光了叶的枝条 / 每一根枝条都是一个夙愿 / 我的指缝连着树的年轮……

诗人用诗的语言展示出一个个哲学的场景，即生活的真实与理想的美丽。诗人以文学智者的身份，在诗心微观的层面上，将人性的善良与希望以及不懈的奋斗追求，于现实生活细微的事物中展现。

其实，正是诗人用人格精神与社会之间的责任，用另一种人生态度，为隐喻的情感世界留下一种象征，一份操守。

诗人不是传说，而是时代的一面镜子。因为向往而成为诗人，向往是生命的原动力，诗心成就人生的光芒，此正是诗的光明的未来。

原载《钱江晚报》（2015年5月24日第4版）。作者系《教育》杂志执行总编辑。

向死而生，即为重生

张海龙

我们怎样活着？

向死而生或是最严肃的答案。

在我理解，这就是吴重生先生"一日一诗"的根本动力，也是他对自己倒逼式前进的人生哲学。他是个被时间催促的职业传媒人，知道这个行业那种天然的"迅生迅灭"气质，也知道新闻这门事业的速朽以及碎片化特征。这个世界太过喧嚣，每个人都害怕寂寞，每个人都恐惧遗忘。每天那些热火烹油般发生的各种事件，到底有多少与我们真正有关？每天那些上山下海般起伏的各种数据，到底有哪些对我们真正有用？新闻每天都在死去，而太阳每天照常升起。传媒业的吊诡之处，就是每天都必须寻求"重生"。

台湾作家朱天心说，早上起来不能看报纸听广播上网络，一看一听一上，心就完全散掉了。因为，所有的新闻都在用很大的音量吵闹不已。千真万确，新闻这个行业的特点就是如此——总想让自己的声音显得重要，可是听起来又的确没那么重要。某些时候，你的叫喊声越大，反而越是容易被更大的噪音淹没。整个世界，都身陷"过于喧嚣的孤独"之中而不自知。活在海量信息时代的人们，正被隔离成一块又一块分裂的孤岛，被时间的水流不断冲刷淘洗。这是个人类生活"水土流失"加剧的时代，我们更加需要思索人生到底意义何在。

诗言志，而新闻记事。何去何从？一目了然。新闻这个行业，充满了喧哗与骚动，看似新兴顿起繁华无比，而其实"日光之下并无新事"。一行好诗有时胜过万言调查新闻。比如，美国人千方百计干掉了本·拉登，新闻界出版了很多大部头非虚构作品，其实说来说去也不如里尔克一句诗有分量：有何胜利可言？挺住意味着一切。

所以，从2014年元旦开始，吴重生先生开始做一件极其"不可思议"的事情：他坚持在微信上创作"一日一诗"，并将其当作誓言般必须完成之事。他用自己的蝴蝶翅膀，扇动了所有朋友的内心骚动，让他们"认出风暴并且激动如大海"。他的诗篇如同安徒生笔下"坚定的锡兵"，哪怕被大火烧化融成锡块也绝不放弃。必须承认，他的坚持在这个稀松时代的确是种稀缺品质。由此，他的诗篇在朋友圈里获得的点赞评论都很热烈，迄今已得诗五百余首。白天，新闻头条；晚上，诗歌尾条。他在两种截然不同的文字间自由穿越，以直接笔触干预生活，又以诗化意象表达心声。既现实又浪漫，既落地又高蹈，他以此平衡自己的内心，并调整自己飞翔的姿态。的确，我身边有很多这样的朋友，他们在现实的社会身份之外，始终不放弃去发现"另一个我"，那才是真正的灵魂之光。而且，他们决心已下，叉手立办，决不"等某一天退休了有时间了，再去做自己真正想做的事情"。

理想丰满，现实骨感。他的诗篇很多素材来自现实，却又被他挖掘出新的意味。罗丹说，雕塑的真谛无非是把石头中"无用的部分"去掉，让雕像自己显露出来。显然，身为诗人，吴重生一直在做的事正是如此，他以每日雕刻时光的行为，期待着独属他内心的"主题"，期待着"一束年轻的光"恰好照在那座刚刚显形的"雕像"之上。

在我看来，这正是他这本诗集的全部由来。看起来，那不过是些纤弱单薄的诗行，当不得什么大用。而在你也遭逢现实世界的迎头痛击之时，这些诗行便可能成为回应的箭支以及支撑的骨骼。且看他写于2014年4月6日清晨六时的诗行——"生活给了我黎明/朝霞会伴随我从午至夜/从夜至昼/万物在黎明的光里/我在万物的生长里。"

是的，从午至夜，从夜至午，通宵达旦，生死轮回，四季更替，万物生长，周而复始——这里面定然藏着一个伟大的哲学，那或许就是打开天地之门的密钥。

曾经看到华为董事长任正非的一段话，他说：我天天思考的就是失败，对成功视而不见，也没有什么荣誉感、自豪感，而是危机感。也许是这样才存活了十年。我们大家要一起来想，怎样才能活下去，也许才能存活得久一些。失败这一天是一定会到来，大家要准备迎接，这是我从不动摇的看法，这是历史规律。

我想把这段话郑重送给曾有过一面之缘的吴重生先生，我相信他亦会接受这份珍贵的赠予。诗打动人的力量在于"示弱",文学的根本特性就是呈现"失败之书"。能够做到"一日一诗",也相当于修行中的"日行一善"。这样做的根本动力,是我们知道时间有限而个人无能,唯有珍重此时此刻。哪怕是被斫砍的树杈,也同样要致信太阳,表达点燃的梦想,那是举意之美,那是传道之诚,那是朝拜之真,那是重生之痛。

一切刚刚开始。

原载"我们读诗"微信公众号(2015年1月17日)。作者系诗人、作家、艺术评论家,"我们读诗"总发起人。

如诗重生

吴建明

不管是否被人关注，诗，一直存在着，只不过有心人把它捡了起来，因此，诗变得具体化、情绪化了。同时，诗，是无需解读、也无法解读的，因为诗只属于诗人，能出入诗之间的，也只有他一个人，任何的解读，从本质上说都是对诗本身的曲解。尽管如此，一种渴望被诗人和诗所接纳的冲动，使自己不由自主地拿起笔，写了起来。

对于《你是一束年轻的光》诗集和吴重生所倡导并践行的"一日一诗"的行动，全国重要媒体从不同角度进行了分析和品评，获得了专家的高度评价，这份客观并来之不易的评价背后，显然是有很多故事的。但真正的诗人都是不愿拿故事说事，因为诗就在那里。但一位读诗的人，倒更希望通过诗走进他的人生。

作为吴重生的好友、同事，同时又是《你是一束年轻的光》诗集的插图作者，我见证了他2014年"一日一诗"的践行和诗集出版的整个过程，其实诗人远比诗本身精彩和绚丽得多，只是大多数人只能在远处看，体会不到这份精彩和绚丽罢了，如想走近他，《你是一束年轻的光》就是一座桥。

吴重生首先是一位资深的媒体人，他有更多的机会接触到社会各阶层的人与事，这些人生百态、世事炎凉足以让人感叹和唏嘘。这时，诗，无疑最让人抒发情怀的载体，历史也证明了这一点，因此，吴重生写诗，应该不会让人有太多的意外，但能写得这么执着、这么纯粹，倒使旁人感到了意外。他可以在席间、路边、公交车上随即成诗，这在当下，不能不让人叹为观止。

吴重生与诗，有一层渊源，宋末元初，他的先祖吴渭，在浦江创办了月泉书院，成立了月泉吟社，并以"春日田园杂兴"为题征诗，三月间，获2735卷，作者遍布浙、苏、闽、桂、赣。方凤、谢翱、吴思齐等名宿评出甲乙等，以物为奖，回札以谢，此等诗坛盛事在当时是空前的，影响深远，《四库全书》"月泉吟社"条即记此盛。重文尚礼的乡风余韵，一直影响着后人，吴重生与诗的结合，似乎找到了源头。人生如诗，吴重生祖上一脉虽然人文荟萃，名人辈出，到了父辈，只是一户亦耕亦读的中等家庭，因其聪敏、好学名闻乡里；他一路风雨一路歌，从基层文化干部一步步走来；他蹚过了浦阳江、婺江、钱塘江，带着一身风霜雷电来到了政治文化中心北京，这如诗一样的经历，就是诗的一部分。

从《诗三百》的年代到民国，三千多年，古体诗作为文学的一种体裁逐渐成熟和稳定下来，历代的诗人与诗作犹如天上之星，让后人仰望不已。然而高度信息化的今天，一切都在变，包括生活方式、思维方式乃至教育方式等等，古体诗的文化语境日渐式微，已成追忆。所幸，那一颗诗的"心"没变。诗，换了一种方式"重生"了，现代诗不经意间跳出来，被有心人察觉到了，并且捕捉到它的影子，并赋予它色彩、赋予它温度、赋予它情感。吴重生就是这有心人，《你是一束年轻的光》里处处可见他的身影，他在听花开的声音，他在看风跳的舞蹈，他在体味春天的温度，他在抚平落叶的哀伤。沉浸于此的我，还察觉到吴重生火热、奔放、激情的心跳和如急鼓般的节奏。这一切，只有通过现代诗的这一体裁能酣畅淋漓地表达出来，因此可以这样认为，现代诗是这一个时代的声音！

吴重生是一位复合型人才，除了记者、作家、诗人，对书画也有很高的造诣。十年前，他出了一本书画评论专著《缘溪行》，这本专著收录他写的书画评论文章六十余篇，采访对象涵盖了全国各阶层的代表性画家，这种经历无疑为他书画创作提供了理论支撑。苏东坡云："诗是无声画，画乃有形诗。"前贤早就总结出诗画的关系，艺术的表现方法千差万别，但目的是一致的，所谓殊途同归也。他的诗，他的人生经历，使他悟到了一般书画家无法看透的东西，因此，他笔下的花草鸟虫、梅兰竹菊有独特的韵味，在那生拙的线条中、绚烂的色彩里，每每能读到通透、明静的心境。身处红尘中，所谓的诗，所谓的画，其实所达都是作者那一方心底的桃花源而已，那"不知有汉，无论魏晋"的地方，始终深深吸引着文人的心，而诗人与画家则是最靠近桃花源的人！

"一日一诗"是一种渐修的过程，更是一种知行合一的践行。有一种观点认为，"诗言志，有感而发"，日日诗，谓之日课，未必尽为诗，更不应拘泥于形式。

这种观点大多来自业内人士，然于我，则不这样认为，任何的质变都是建立在量的基数上，吴重生的"一日一诗"只是针对自己的，而"一日一诗"的"诗"或是渡到诗的彼岸而打造的那条船、那一块船板，这种打造行为的本身具有诗的属性，那么谁会有理由怀疑那一条船、那一块船板所具有的诗的气息呢？

诗人是一群特别敏感的人，甚至有一些脆弱，他们的感知和反映是异于常人的，任何的一点风吹草动都有可能触动他们的心弦，这是我对诗人的习惯性理解。这个概念在吴重生身上却无法套用，在他身上只适用于奔放、激情、快节奏、跳跃性等词，那一点就燃的热度，那一日千里的极速，一再出现在他的心中、他的笔下。我真想怯怯地问一声：在那激昂的一面下可藏有一颗静谧的心？每读他的诗，我有深深的遗憾，感觉自己已是前朝人，很难踩着吴重生诗的鼓点前行。诗，有时似一只孤飞的鸿雁，它的价值在于不群和高远，吴重生的诗和诗中的人，或是那只鸿雁，我所仰望的距离就是他的价值！

浙江人都是东海派来的，浙江人生下来就被打上水的胎记，浙江人都是海水做的……吴重生他把自己融进了诗里，他不想出来，他要呐喊！他要奔跑！沿途也许不尽是鲜花和掌声，也会有一些徘徊和迷茫，因为他的奔跑源于他的自觉，他的"重生"也源于他的自觉。因此，他只要奔跑在诗的里面，他一生无悔，他的一生就是一首诗。

原载《钱江晚报》（2015年8月9日）。作者系《中国画学刊》副主编、中国美术家协会会员。

释放诗歌的教育想象

——评吴重生诗歌作品的"对话"功能

胡美如

诗歌文化,源远流长。优秀的诗歌充满宁静的激情和力量。诗歌不仅具有审美教育、文化涵养、言语培育和思维优化功能,更是充满了想象,想象使移情成为可能,正是移情打开了对话双方心灵的窗户。在文字"慢"沟通的视域,诗人吴重生让诗歌释放想象,赋予诗歌作品以"对话"功能,也释放了诗歌独特的教育功能。在女儿的成长过程中,他一直通过诗歌和女儿进行不同主题的对话。从其女儿出生那一天起,一直到两周岁,吴重生坚持每天给女儿写一首诗,后结集出版诗集《女儿的眼睛》。

罗丹曾经说过:美是到处都有的。现代社会,很多孩子迫于学业的压力,困于日常的智能产品、微信、抖音、快餐文化引发"心理盲"和"五官盲"现象,对现实生活中的美好熟视无睹。他们不关注自然万象,不关心社会变迁。他们没谛听过山涧水的流动,没有在夏夜的田野上仰望过繁星。没有想象的释放,没有穿越现实的窗去看待世界的能力,没有将假象世界带入体验中的存在的能力,真正的对话就不会发生。诗人吴重生另辟蹊径,释放诗歌的想象让女儿看到更多、听到更多,感受更多,借此可以摆脱那些习以为常的,抽离现实环境的"盲"的状态,哪怕只有片刻。正如他在中考前夕写给女儿的诗歌《我家厨房窗外》所描写的那样:"我家厨房窗外是一个富得流油的春天 / 炒菜时不断有树香叶香飘入 / 偶尔也会有几声鸟鸣 / 钻入火上的铁锅 / 变成几碟生猛海鲜 / 掌勺的感觉是一种加冕为春神的感觉 / 从来不需要什么味精 / 春天的味蕾已很丰满 / 也不需要什么酱油 /

早起的春风已将五味调和",他在诗歌中将厨房做菜的生活情境描述得栩栩如生,呈现给孩子"春天、树香、叶香、鸟鸣、酱油、春风"的多维直观、"色香味"俱全的感观冲击。通过想象使五官、肢体活跃起来,情感兴奋起来,打开感受真实世界的一扇扇知觉的大门。《我家厨房窗外》2015年3月在《诗刊》发表后,引起了读者的关注和好评。

通过诗歌,诗人为女儿提供感受事物具体的细节,无论是眼睛、鼻子,还是耳朵都能够感受到美好真真切切的存在。诗人通过静静流淌的文字,不仅仅想传达给女儿"菜有多美味",更让女儿感知"菜为何这么美味",使得一个对女儿有着真挚情感的慈父形象跃然纸上。正如诗句"掌勺的感觉是一种加冕为春神的感觉"所表述的那样,作为父亲为女儿掌勺做菜的感觉再好不过了!诗人吴重生对女儿的爱朴素得就和千千万万普通人家的父亲,一模一样。父亲对女儿的发自内心的疼爱,在最后的诗句中得以充分体现:"最多加一羹大海的呵气/让我挥洒锅铲煮一锅翻江倒海的祥和/听说小朋友放假回家/枇杷在楼下悄悄成熟"。儿童绘本《皮皮猪和爸爸》的故事,正是现代的很多孩子对父母对自己的爱的不确定和试探心理的真实体现。很多孩子的内心一直在问询"爸爸/妈妈,你爱我吗?"诗人吴重生通过诗歌与女儿的内心对话,借助于文字的力量,让父爱看得见,听得清,摸得着!告诉女儿父爱永恒。一首诗歌,以宁静的力量完成了父女的隔空对话,展现寻常平凡的幸福,诠释"爱是最好的教育",让爱以诗歌的形式"说出来"。

教育是一门艺术,需要智慧。正如诗人吴重生所言:"也许,你不经意间一个鼓励的眼神,一句温暖的话语,一个小小的礼物,对孩子来说,都是来自天使的赠予。"在他看来,女儿入队、入团、升学、成人礼等人生成长的关键节点,每一个时刻都具有丰富的教育意蕴,都是父女对话的良机。每逢这样的重要时间节点,他总会借助诗歌和女儿深入对话,给予女儿温暖、鼓励、关爱和力量。在他写给女儿的诗歌《大地正式录取你成为山川的一部分》里所描述的:"我一路飞奔/只为迎接旷野里的那一场豪雨/周身被风的细胞填满/建仁树义/今夜在长江以南再次发声",诗人通过"飞奔、豪雨"的描写,把父亲对女儿被录取的欣喜表达得淋漓尽致。在这样的重要时间节点,诗人想对女儿表达的不仅仅是喜悦,更是对女儿之前所有付出和努力的认可:"北方的这场豪雨/我关注你已经很久了/从你成为黄河奔流开始/从你成为白雾升腾开始/从你成为紫云集结开始",三个连续反复的"从你……"诗句更让女儿懂得"不经历风雨怎能见彩虹"的人生信念。

正是由于出奇、出新的想象，作者才能打破思维的常规，才能更好地理解现实情境中的女儿。也正由于想象，女儿才能实现自我更好的认识。父亲在无形中帮助女儿在体验中发现选择与行动的新路径。眼前豁然开朗，新的希望不断涌现。而后半诗行则通过"飞奔、迎接"表述了对女儿被录取的鼓励和祝福："今夜/你终于成为这场铺天盖地的雨/红色通知书已在你手上/大地正式录取你/成为山川的一部分/成为昆仑山雪的一部分/成为南海潮的一部分/今夜我一路飞奔/只为迎接这场不期而遇的豪雨/春雷滚滚/撕亮了秋的夜空"，其中的"昆仑山、南海潮"还折射出父亲对女儿未来的期许，平凡但不普通，不平庸。诗人把女儿的经历用诗歌的形式加以艺术的表达。诗歌赋予了父亲对女儿升学录取时的狂喜、付出努力的肯定、鼓励和祝福、期许以独特的仪式感。若干年后回望，意义非凡，更拓宽了父女对话的时空。当诗歌里的描述成为孩子经验的客体，就会激发他们产生追求更美好状态的渴望。

阅读诗歌的过程是读者真切地进入作者内心世界的过程。通过诗歌，读者诗意地运用想象的能力，将诗歌作者所创造的"假象世界"变为现实的世界，并以某种方式参与到作者的探索。正如诗人吴重生在《写在女儿生日之际》所描写的："今夜，天空格外宁静/你在燕园的某一朵荷花旁侧听诗/园外的风已经转暖/秋分从两天之后探出头来/去年，你说文学的作用就是安慰/我吃了一惊/而今夜的宁静/恰恰印证了你所参悟的人生/我带着你给的答案为自己疗伤/用有些生涩的长短句/有些率性的书法"。在生活的不同阶段，作者以自己的生活思考为原点进入一个不断拓展的空间，由此和女儿一起看世界，一起经历，共同成长。当作者把诗歌与对女儿的情感体验联系起来，对话的相遇就真正得以发生。

作者通过诗歌让女儿感知："成为你自己是一个自我成长的过程，一个身份认同形成的过程。"作者通过探索更多的文学意向，来开始塑造想象："以一年为期，我们相约去东海/听一回浪的澎湃，只听一回/整个大陆便飘移了起来/我们决定当天返程，举杯为号/带走那一群大海的眼睛/过了许愿河，就是你的青春/是用脚步丈量时空的执着/是南风北渐的坚定/今夜，天空很高远/我在星群之间辨认你成长的路径/有一些故事正在融化/成为海平面的一部分/愿你能爱你所爱/譬如藏在博雅塔顶上的文学/譬如遁迹于未名湖中央的外语/愿你触手可及月亮/抚摸你所喜欢的任何一片云彩，/或者星星/就像此刻高楼林立的北京"，诗中"去东海听浪""举杯为号""带走大海的眼睛",以及"用脚步丈量时空""抚摸云彩"等,既是实指也是虚指,作者把他和女儿的生活经历和感悟,借助文学意象,用诗的语言表达出来。这些意象是一种超越时空的想象,一个孩子实现人生跨越的意象。当孩子有了新的视角来看待事物时,当他们开始认真思考事物更美好的状态时,他们便具备了努力成就更好自己的能力。

后续的诗行中,诗人继续以对话的方式和孩子探讨人生的理想:"在空旷的大街上,我仰望万家灯火/也许你会说,所有的生日都是虚幻/只有书本上的文字真实/一如你我曾经共同放飞的风筝/已经成为天空的一部分/今夜,天空格外宁静/一个父亲在月坛写诗/写成一行,便用白云擦去/他的安慰正在天空下成长",诗人以父亲的角色和女儿共同探讨未来的方向。一旦孩子开始为自己的世界命名,就意味着他们具备了追求自我价值实现的勇气。

诗人华莱士·史蒂文斯讨论想象作为"一种超越事物可能性之上的心灵的力量"。作为教育者或家长,如果能够借助诗歌,释放诗歌教育的想象,并使之成为和孩子之间对话的有效路径,那么这种对话最终会促使孩子不只是要去了解自己,理解世界,更会进一步通过有意识地、实际的努力去改变世界。

作为诗人、父亲,吴重生通过诗歌来生成、丰富对话:与自己对话,与亲人对话,与朋友对话。通过诗歌,他打开和女儿之间新的沟通对话空间。诗句静静地流淌,引导孩子从许多不同的视角来看待事物,从不同的侧面来获得意义。诗歌是他对女儿爱的代言,他对女儿真挚的情感,无私的付出,似海的包容,无限的疼爱在诗歌的字里行间体现得酣畅淋漓。女儿的卓越和优秀是对他践行诗歌教育功能的最大鼓励。尽管这个世界由于时代变迁而发生无比复杂深刻的变化,但他始终深信诗歌依旧是亲子对话的有效路径。让孩子在与诗歌的相遇中去想象,去拓展,点燃未来的希望。在他看来,诗歌之于教育的力量是"神奇的、确定无疑的和非凡卓越的"。

原载《教育家》杂志。作者系浙江大学教育学院博士、杭州师范大学特聘教授。

吴重生：记者型诗人的大格局

桂兴华

吴重生是我鲁迅文学院的同学，他的骨子里流淌着光明，字里行间充满了正能量。他在新闻和文学两个领域里长枪、短枪一起用，游刃有余，如鱼得水。记者的生活面十分广阔，诗人的表现手法丰富多彩，吴重生笔下的文字激情洋溢、撼人心魄而又特色鲜明。

吴重生有记者的敏锐。"那一年，我把天空搓洗干净，等待星星们接踵而来"等诗句，体现了诗人对光明的敏感和诗意的捕捉能力。

当记者，对诗人很有好处：文字精悍，不讲废话，很注意在大视野中捕捉小细节，大处着眼，小处着笔。这也是因为我本人二十多年的记者生涯的感悟，新闻实践对我锤炼诗意，帮助极大。

我国著名诗人中有记者出身的，当年以郭小川、柯岩为代表。他们将诗的概括力和感染力，注入到了细节描写之中。《向困难进军》《小将们在挑战》《周总理，您在哪里》和《船长》，新颖而深刻地表现了那个时代的精神。读者最喜欢看的是活灵活现的东西。这些诗人不仅掌握了时间、地点、人物、事件、意义等新闻要素，还利用诗人特有的方式剪取了与事件相关的片段，虚实结合，得心应手。

吴重生近年来优秀诗作不断，引起了身在上海的我对这位诗坛"活跃分子"的关注。

吴重生先被圈入了记者的岗位，然后又寂寞地走进诗歌的靶场，靠的就是自己的实力。在力避抽象的陈述、干涩的语言、无益的铺排和空洞的抒情方面，他有着明显的优势。

女儿就读的北大、乡愁，是他的两个创作敏感区。

"为了找到正南门，我的汽车绕行燕园一整圈。也许，这正是我向燕园致敬的一种方式。踏进燕园的那一刻，我的精神像金秋的稻谷一样饱满起来。这个梦，我在江南做了好几个世代。""这个北京的夏季，我在等待群鸥北上。未名湖上风雨大作，命名者出现，东南风浸入博雅塔的筋骨""你在燕园的某一朵荷花旁侧听诗，园外的风已经转暖，秋分从两天之后探出头来。去年，你说文学的作用就是安慰，我吃了一惊，而今夜的宁静，恰恰印证了你所参悟的人生。"

吴重生诗集《捕星录》中对北大的书写，有他独特的视角。北大门众多，人们往往都匆匆而过。跨进这道诗的门槛，需有许多艰辛的艺术准备，才能有新鲜的审美发现。他将笔墨聚焦于北大西门前购买那对威武的石狮子的契据，并且发问："文翰章，你可是文天祥的后代，文、翰、章三字，皆与教育有关由你出面派祖传石狮为北大守门冥冥当中是否乃是天意？"

石狮子是齐整无损的旧物，当年卖给燕大，实因文家家境困窘。从中窥见了一个家族乃至一个民族的命运，使人仿佛听见了北大校门里的风声、雨声、呐喊声和叹息声。

诗作中父母对孩子的期望，以及与孩子的交流，也充满想象力和感染力。作者明显把"往哪儿想？"摆在了诗歌创作最重要的位置。

当然，诗人的文字能力应该比记者更强，因为有意象独特的要求："最后的秋雨其实是一些星星，成把成把地撒落"；"我邂逅的星群都是无数世纪前的遗存"；"所有的礁石都是羊群"；"黎明的海是月圆之夜的草原吗"。

写家乡的大运河，作者也有"我"的见证："麦苗在抽穗，山笋在拔节，炊烟在逃离乡村的瓦背"；"走在树林与树林之间，就像走在陌生的人群中"；"我知道鱼类正在集体转移"；"我们被大山围观，我们被流水抛弃"；"大运河是一条太阳河，它唤来海河、黄河、淮河、长江、钱塘江"；"它怀抱着一个民族腾飞的梦想踏浪飞奔，它越跑越快，把大地跑成了天空，把自己跑成了一道嵌进天空里的闪电"；"我相信，钱塘江是在冬天出生的。你看，那成排成排的浪花不正是千堆雪卷起的往事"。

出奇的思维方向，要求诗人大踏步前进，使作品局面焕然一新。思维方向比想象、灵感这些思维形式更加重要。崭新的方向，取决于独特的视角。要追求思维的广阔性，大跨度地进行联想，全面张扬想象力！"他们想探听中国春天的虚实，中国的思想和骨骼在园内生长。他们选择与春天为邻，举着小红旗，一队一队进入鹰鹏家族生息繁衍的领地。"怎么绕过熟门熟路？叙述一旦纠缠于具体的零碎的过程，诗意就马上溃退。吴重生特别注意这一点。

重生有个人色彩很浓的视角，随之而来的是出奇的意象。个人想象的空间有多大？有多新？影响着思考的深刻性。早年，瞿秋白写通讯，从拟标题、取角度，到选事例、用文辞，就贯穿了审美追求："突出个性，印取自己的思潮。"

我曾经在他生动、直观的报道中，走进吴重生所供职的浙江日报报业集团北京分社的大楼，发现了他超前的思维方式、很强的活动组织能力。这些素养对于他的写作是十分有力的支撑。

记者、诗人的特征，体现在对一般事物的独特敏感与发现，这是一种"看家本领"。吴重生能将这样的"看家本领"，与时代主题紧密结合，从而使其诗作的价值得以彰显。

记者、诗人不能淡忘时代责任感。我们要理直气壮地唱响"主旋律"！听！这位"运河之子"的心声："祖国，请让我用一轮明月为你庆生，捧出这一地的光明，献给你疾行的脚步，我们民族的精魂。"

套用他写在女儿收到人大附中录取通知书时写下的那首诗的标题：《大地正式录取你成为山川的一部分》，新时代，也将正式录取吴重生的诗歌作品，成为时代春潮的一部分！

作者系诗人，上海文广影视集团国家一级编剧，中国作家协会会员，中国散文诗研究会副会长，上海师范大学、上海电影艺术学院、上海电视大学兼职教授。

一首新时代的黄河交响曲

——读吴重生诗作《黄河穿越梦境》

刘 斌

提起黄河,人们自然会想起诗仙李白那"黄河之水天上来,奔流到海不复回"的既飘逸又壮美的千古名句,耳边会响起《黄河大合唱》那激昂而豪迈的旋律。是的,黄河是中华民族的母亲河。一提起她,每个中国人无不心潮澎湃,激情荡漾。而诗人吴重生最近发表的诗作《黄河穿越梦境》(发表于 5 月 27 日《解放军报》长征副刊),更是满怀炽热的情感,充满自豪和欣慰,描绘了一幅"黄河穿越梦境"的神奇瑰丽的长卷,奏响了一曲新时代黄河筑梦辉煌的交响曲。

《黄河穿越梦境》全诗五十四行,分四小节。之所以将之誉为一首交响曲,是因为全诗不是单纯地描摹黄河的壮美外观,也不是线型地叙述黄河的变迁史,或者,停留在黄河的风土民俗的展现上,而是采用超现实主义与现实主义相结合的手法,以呈现诗人梦境的形式,既记述黄河穿越梦境,以此表现黄河两岸新时代翻天覆地的巨大变化,又淋漓尽致地抒发诗人个我深沉而炽烈的情感,表达出一个新时代的诗人面对黄河如此的变化所思与所感,那样一种被感染、感奋、召唤与激发的内心世界。而这两者,在诗中构成了一种层次鲜明又相互呼应的对话,形成了一种具有诗歌艺术原创性意义的交响与共振。

诗歌第一节,诗人便以一种大开大阖的气势,营造了一种做"梦"的情境。起首一句"过了惊蛰,中国的山川都苏醒了"。表面看是写做"梦"的时间,实际是交代了时代背景:新时代的春天到了,中国这条东方的巨龙苏醒了。这是总的背景,是中国新时代所有变化,或者说所有美好的"梦"的大前提,是我们民族走向新生的基础与关键。接着，诗人以"山岩"的"乳牙""山鹰"的"学飞"这样壮美的意象，暗示着一个民族的腾飞与崛起。而"城市和乡村开始移动"，"梦想犬牙交错"，将这个时代背景，这个中华民族的"苏醒"的历史时刻，写得大气磅礴，动人心魄。与这样的"苏醒"画面相对照的，恰恰是"我""进入有生以来的第一次深度睡眠"。于是，"我梦见栀子花在河边开放／紫色的肥皂花在海边排列成篱笆墙"。这是怎样一幅春潮激荡、春意无边的美景！从而，一"醒"一"梦"，构成交响，形成互文，在超现实的外表下，是主客观的对话与互证，"梦境"的诗意内涵在"我"与时代与"黄河"之间顺利展开，并在下文得以进一步地相互映照、补充与阐释。

　　诗歌第二节，诗歌开始进入"梦境"。"昨夜，黄河穿城而过"，既是点题，也是为下文做铺垫。"成片成片的紫云英昼伏夜出"，承接上文，渲染出新时代改革春天的勃勃生机。而"目光所及，南方的田野和村庄出现／我听见清脆的浪涛在叩南国的门"，则是以意象组合的形式，暗示着黄河两岸加入全中国的改革大潮中，正在努力改变大西北的落后局面，向着改革前沿的南方诸省看齐。而"我看见梦的三原色，巨大而温馨／我闻见梅花的微笑，高屋建瓴"则是对黄河筑梦的理想与信念的高度赞誉与由衷的欣慰。于是，就引出了"梦境中垒起的城市熠熠生辉"这样总结性的诗意的命名。

　　如果说诗的第二节是超现实的梦境的展示，那么，诗的第三节则是从"梦境"中跳出，以一种现实主义的清醒与理性，来审视"梦境"。这时，诗人告诉我们，这样一个全民族的崛起的腾飞的中国梦，是"我"的，是黄河边的每一个人的，更是"四季花语集结"在身边的"少年"们的。当"黄河穿过我的梦境，浩浩荡荡"时，诗人告诉我们，"黄河是一把天尺，丈量你的脚步"，也"丈量天高地厚的往昔"。黄河不仅托举着新时代的人们的梦想，也寄托着"五千年的历史和文明"的华夏的梦想。如此，诗意一下子横跨古今，思接千载。而我们要说正是这样的基于现实主义的诗歌手法，与上节超现实的抒写，营造出了鲜明而丰厚的诗意，形成着诗歌审美的开掘纵深与张力。

　　诗的第四节一开始就写道："当我醒来，只望见黄河的背影／高铁和桥梁如海浪般起伏"。这是什么？这是一幅远望凝思的画面。那么，诗人所思者何？正如诗中所写的："我望见每一个浪头，心底便多一个梦"。于是，诗人想到这梦的背后的坚强有力的支撑，那全民族梦想的基石——"北京朋友约我写写石头的文章／

这使我想起中流砥柱"。这是一份深情的赞美,也是一份由衷的歌颂,更是构成这首交响曲的最高音与主旋律。诗人说:"过去的半个世纪,我一直在做梦""然而,我的梦境犹如这条河谷/在民族的腹部弹奏新时代的乐章"。为此,诗人说"如今,我每天弯腰种植自己的日子/就像身旁的大海和天空/每天每夜,静待穿城而过的你"。如此,诗人借黄河这个神圣的意象,将一己的梦想与一个时代一个民族的伟大梦想完美地融合在一起,形成了一首新时代的梦想的交响曲,唱响了一曲赞美黄河,更是赞美我们伟大民族和新时代的高亢的华美乐章。

综上所述,诗人吴重生以现实主义与超现实主义相结合的手法,通过"我"与黄河的倾心对话,真实地表现了改革开放以来,中华大地特别是黄河两岸翻天覆地的变化,热情讴歌了新时期改革开放的巨大成就,满怀期待与充满信心地展望着中国梦的美好前景,表达了一个当代中国诗人对祖国对民族取得巨大历史进步的幸福自豪之情,也表达了他真诚的祝福与更加美好的期盼。特别值得一提的是,这样一首所谓"主旋律""正能量"的诗歌,却不像以往同类作品,给人刻板、机械或者大词口号堆砌之感,而是自觉严格地遵从着诗歌艺术创作规律,重视自由与想象,重视语言的原创性,重视创作主体的审美地位,讲究技巧,化实为虚,多从主观感受入手,从写作者真切的生存与感动入手,写得既真挚亲切又富有灵气与创新意味,给人耳目一新的印象。这完全得益于吴重生在这类作品写作中严谨艰辛的探索与努力尝试,从而使得《黄河穿越梦境》这一诗歌文本具有了为同类题材提供审美示范的地位与价值。

原载光明网(2019年6月10日)。作者系安徽省作家协会会员,安徽文艺评论家协会会员,淮南市文艺评论家协会副主席。

一首别具一格的河流颂歌
——评吴重生长诗《大运河是条太阳河》

刘 斌

河流，特别一些大江大河，往往就是人类生长、繁衍的乳汁，是民族文明的源头与摇篮，故此，人们亲切地将之称为母亲河，河流也就常常成为诗人歌咏的对象。我国古典诗歌自《诗经》起，赞美河流的就数不胜数。国外的也是如此，著名的如荷尔德林的《莱茵河》、兰斯顿·休斯的《黑人谈河流》等等，我国当代也出现了诗人多多的《阿姆斯特丹的河流》、骆一禾的《大河》一类的名篇佳作。吴重生的《大运河是条太阳河》（发表于《诗刊》2019年4月上半月刊）也是一首写河流的诗，诗人以真挚的深情、昂扬的语调与奇特的构思将对大运河的感激赞美与一己独特的命运回顾融为一体，唱出了一首别具特色、扣人心弦的河流颂歌。

《大运河是条太阳河》近百行，总计十小节。与诸多写河流的诗不同的是，吴重生将写作的重点，没有放在对大运河的外在自然地理特征那些河流风光的描述，也没有单纯孤立地叙写大运河的历史沿革与岁月变迁，更没有流连在对大运河沿岸风土民俗的展示，而是将重点放在诗中"我"的命运轨迹的呈现上，进而在一气呵成的呈现过程中，展示对大运河对"我"的哺育、滋养、指引、鼓励与呵护，以一种历史的视角表达对大运河的认知、理解、回忆、感激与称颂。这样的一种写作策略的选择或者说设想，其要在专注于对一条河流——大运河的精神气质的感悟与领会，揭示与弘扬。

诗的第一节写道："走上拱宸桥，就像走上故乡的原野／充实、安详，一如四季流淌的运河水。"诗人选择了"桥"这样的一个视角,以宽广的视野俯瞰大运河,生动地呈现了大运河日夜负载船队,周而复始地裸露着"绿色的骨骼和灵魂",为"一座又一座城市收留","风尘仆仆,义无反顾"奋斗前行的景象。接着,又以"人们对大运河的疼痛习以为常",从侧面表现大运河的艰辛与执着,揭示出大运河默默担当与奉献的品格,表达出对大运河由衷的怜惜与敬意。可以说,从诗的一开始,诗人就将"我"和大运河紧密结合在一起,不仅从时空联系上,更是从精神与心灵上,写"我"对大运河的关注与凝视,也写大运河对"我"的感染、熏陶与启迪。

诗的第二节写道:"大运河不是养子/它怀抱着一个民族腾飞的梦想/踏浪飞奔。""它每奔跑一天,人类文明的浓度就增加一分。""大运河是一个置放阳光的容器/所有的爱恨情仇都在这里融化、调和/沉淀于河底的文化在新时代归位。"

这是将大运河置于人类文明的语境,讴歌其为中华民族腾飞做出的贡献,进而道出其独特的文化价值与历史意义。这是在第一段的基础上,深入了一层。从全诗的整体协调性上看,这一节可能稍显有点跳脱,却也在一个更高的层面,表现出大运河对"我"精神成长的影响,对"我"人生境界的提升。这也为后文写大运河对"我"的命运发展轨迹发生巨大作用做铺垫。

这两节之后,诗人换了一个视角,用整整八小节,记述"我"的命运变迁与人生轨迹,像诗中所写的:"我的旅程是一个跌宕起伏的寓言"。这是"我"的命运诗意道出,是像诗人说的,是一个"大运河之子"的成长故事。而这样的故事却处处折射出大运河对其生命的滋养、照耀和指引,也就处处折射着大运河的丰厚、博大、神奇与慈爱,进而处处表达着对大运河的敬仰、崇拜、感恩与歌颂。

比如第三节写道:"母亲的运河父亲的船/我顺着你光芒的指引校正自己的航程/行囊里装满放飞理想的使命/年少时,我用脚步丈量世界/决心探寻运河远方的星空/年长时,水涨船高/我踏着纤夫号子的节拍走过疾风暴雨。"这里的"指引校正"喻指着大运河奋进向前的精神对"我"人生方向的引领与指导。而"踏着纤夫号子的节拍走过疾风暴雨"则喻指着大运河不畏风雨的坚忍与顽强给予"我"无穷的精神力量和坚定的生活信心,使我度过人生的艰难险阻。

比如第五节写道:"沿着大运河的流向,我来到北方/每一个桥墩都是我的卫兵／每一次昼夜的交替都是绝处逢生。"这里有写实的成分,"都是绝处逢生"的"绝处"写"我"人生的跌宕起伏与坎坷曲折,而"逢生"则在一种近乎留白式的虚写中,激发人的联想与深思,与"桥墩都是我的卫兵"一道,让人想到度过劫难背后的大运河精神强大的支撑力量,那样一种对心灵的呵护与在人生关键时刻提供的庇佑。如此,就使得大运河形象得以渐趋丰满,精神层面更加深邃厚重。

在第九节,诗人则写得更加清晰与具体。诗人写道:"很多时候,我背负着运河前行／与无数的波纹、落花和河岸树交换眼神。""无论我走向哪里／都在心里丈量自己与运河的距离"。"交换眼神",指"我"在人生的旅途中常常与"大运河"心灵沟通,以期获取精神的慰藉、行动的力量与生命的启示。而"背负"与"距离"自然是有着对大运河无尽的思念与怀想,有着强烈的情感依恋与心灵寄托,却也还有大运河精神所赋予的一种精神的自律,那样一种如大运河一般的"风尘仆仆,义无反顾"的勤勉执着与自强不息。这是诗中"我"的人生意义的探寻与生命价值的追求,又何尝不是大运河无限风光的映射,大运河精神的滋养、关照与扶掖?这正如海德格尔所说的那样:"诗人并不仅仅是能够,而且是必须交替言说河流与命运。而他此间以河流所指的不是直观性的形象,以命运所指的也不是附加在上面的抽象概念,相反,两者是一个东西,同一个东西⋯⋯是一个命运,而命运只有在这条河流的历史中才生成。"①

如此等等,吴重生的《大运河是条太阳河》就是这样一首别具特色的河流的颂歌,是面对大运河的存在者的存在呈现,那样一种命运的诚恳地道出,生命意义和价值的体会与认领,又是对大运河精神的深刻揭示与诗意阐释,是基于感恩与皈依意义上的吟唱与歌颂。

基于上述的分析,我们似乎又可以对诗中关于大运河的阐述,那种称大运河为"太阳河"的诗意命名,有了更深一层的理解。诗人说:"大运河连接的每一个城市都是谜面的一部分／一棵树开枝散叶,就是一个不断猜谜的过程／从南到北,运河的谜底其实在天上／大运河是一条太阳河"。这样的命名之于大运河究竟意味着什么,或者说,是一种怎样的道出?

首先,所谓的太阳河之"太阳",自然不是太阳组成之谓,而是意味着一种高

---

① 海德格尔:《荷尔德林的颂歌〈日耳曼尼亚〉与〈莱茵河〉》,商务印书馆,2018年版,第238页。

度,亦即诗中所说的"天上"。从整首诗看来,大运河是"我"精神的源头,而源头注定是居于高处的,否则就不成其为源头。更为关键的则是,大运河以其"绿色的骨骼和灵魂",那样一种忍着"疼痛"的"风尘仆仆、义无反顾",显示着其存在的高度。唯其居于这样的高度,才得以成为"我"人生旅程的照耀者、指引者与"校正"者。因此,在整首诗中,大运河持续不断地成为"我"人生的照耀者和唤醒者,它就是"我"生命中的"光"。

称之为"太阳河"还因为一种无以报答的养育之恩。养育,乃是太阳的天职或本能,世间万物无不蒙受着阳光的温暖光明而孕育成长。纵观这首诗,无论是运河岸边的"村庄",还是大运河连接的每一个城市;无论是"在拱墅区读初中三年,女儿长高了二十公分",还是"水底的生物"与"通济湖岸边的柿子树和枇杷树",都蒙受着大运河的养育、滋润与看护。而之于"我",则更是"每一次昼夜的交替都是绝处逢生",直至"我"的理想的放飞、民族梦想的腾飞,更是与大运河精神的滋养密切相关。故此,诗中才有"我是大运河的兄弟,太阳的子孙",这样的看似前后矛盾的称谓,实在是一种基于对大运河"太阳"般的恩情的感激。故此,诗人说"大运河是一个置放阳光的容器",事实上是道出了大运河之于"我",是一种养育者、庇护者与关爱者的形象。

大运河谓之"太阳"河,太阳还意味着创造与新生,这就道出了大运河创造神奇的力量,而大运河本身就是一种奇迹,也是一种奇迹的启示或神谕。正像诗中所写的"它越跑越快,把大地跑成了天空";"大运河是条太阳河/它唤来海河、黄河、淮河、长江、钱塘江/江河交融,鱼儿欢欣鼓舞"。这些无不显示着大运河的神奇的创造。诗中还写道:"大运河连接的每一个城市都是谜面的一部分/一棵树开枝散叶,就是一个不断猜谜的过程。"猜谜是什么?就其本质意义而言,猜谜不就是创造吗?通读全诗,我们看到,大运河不独创造着人间奇迹,也创造着"我""跌宕起伏的寓言"般的人生,更创造着大运河自己。而我们说,这样的几种创造者的形象,在整首诗中是融会贯通或者说相互渗透与相互映照的。因此,诗中的大运河是"太阳河",还意味着大运河是"我"不断新生的开启者、催化者与激励者,是一种导师,或者干脆就是"我"的创造之神。

当然,诗中的"太阳河"这个语词,既具有象征意义,又是一种符号,还是一种元语言,因而,具有无穷的意义生成性与巨大的语义增殖力,限于篇幅,不做展开。而正是基于上述的分析,我们以为《大运河是条太阳河》,是一首别具一格的河流的颂诗。它写出了大运河富有创造性的"流淌"的存在,写出了它之于"我"也之于它自身的筑造性、养育性与建基性,写出了其对于一个时代一个民族的象征与启示意义。或许,这首诗在写作上还稍嫌匆忙,但我们说其还是不失为一首富有艺术创新精神与哲思的河流颂诗。

原载《北京晚报》(2019年6月1日)。

树枝一摇,鸟就飞起
——读吴重生的诗

梁晓明

> 我是一个出走的春雷
> 在盛夏的夜空里
> 一不小心开出了闪电
> 这转瞬即逝的花期
> 比昙花还短,有些人根本就没看见
> ……
> 天亮之前,我要把换季密码口授给大地
> 没人知道,其实我来自另一个星球

这是诗人吴重生在一首名为《我是一个出走的春雷》中写下的诗歌,一开始就把这首诗歌提出来,是想说明,每个诗人都有他根深蒂固的一块滋养的土壤,而以"春雷"为自己的象征,以"我要把换季密码口授给大地/没人知道,其实我来自另一个星球"来叙述自己和这诗歌世界的关系,从而表明自己的态度,也说明了作者内心深处那一种博大的信心以及与天地共存共有共起伏的自我认定。从这个角度,我们开始认识和理解吴重生的诗歌,在我看来是一件至关重要的事情,它就像一把钥匙,只有你掌握了它,你才能在他的诗歌中得到阅读的快感和收获。比如沿着这个角度和心绪,我们再来看这首诗歌:

拱宸桥是运河上的一枚浮标

我和我的孩子站在这枚浮标上

由南往北，所有的浪花都是我的信使

我的旅程是一个跌宕起伏的寓言

从冬到春，每一个季节都是一个轮回的海洋

……

无论我走向哪里

都在心里丈量自己与运河的距离

……

从南到北，运河的谜底其实在天上

大运河是一条太阳河

在大运河上泛舟，就是我的一生

——《大运河是条太阳河》

  这里就很明显，把自己的春雷的象征换成了运河上的一枚浮标，在前面的与星球的对应物象，在这里换成了运河以及对海洋的念想。这是诗歌的主干，我们阅读一位诗人的作品，了解和掌握他的精神主干，永远是第一件要做的事情。

  另外，在诗人吴重生的笔下，豪情，是他诗歌中的一条最大的血脉。比如他写《我的树种在中国的大地上》，又比如在《我是闵庄的一棵松树中》他这样写："我是一支火把的柄/站得笔直，向着天空和流星/期待着有一天在灵魂的尽头燃烧"。读着这样的诗句，我们不自觉会想到一种几乎失传的冲天的豪情，曾几何时，我们也都有过这样纯粹的、不沾一点尘埃的充满了理想主义的青春豪情，就像中学课堂上我们读到高尔基的《海燕》，那种面对暴风雨反而大声疾呼，让它来得更猛烈一些吧的自愿牺牲的高大精神，似乎在进入九十年代以后，这种声音在我们的身边越来越少，以至于渐渐消亡了。而诗人吴重生却在自己的精神世界中把它保留了下来，并且还把它作为最珍贵的诗歌书写出来，就这一点，就弥足珍贵。

  在此之外，我注意到吴重生的诗歌眼光和他的生活有着紧密相关的联系。他是一位媒体人，因此他会涉及比一般人更多更广泛的领域，但是作为一位始终坚信自己信仰的诗人，我注意到他的诗歌之笔始终饱蘸着一种赞美的光辉，一种坚信阳光、坚信希望的理念。他走过很多地方,在我看来,他似乎把他所有走过的地方都化为了诗歌,比如仅仅是以下这些诗歌的题目,我们就可以见到一位诗人勤奋的脚步:《上城,你的光芒足够我照耀一生》《北京大学的门》《北京的春天和夏天》《运河,从南拱墅到北通州》《内蒙四章》《衢州九章》《在雨中,我们去往盐城》《西湖组诗》等等,这样的例子还有很多。他在写作这些诗歌时,时刻不忘自己的身份,记录这个时代的变迁,呈现这个阶段的成就,反映这个社会的飞跃,这些都成为他不自觉写下的诗句:

  桂花盛开,沿着南山路的路径
  我来到"全国社区治理和服务创新实验区"
  这一片热气腾腾的土地
  全球私募基金西湖峰会上那些闪光的音符
  映在湖畔喷泉的水柱上,如高扬的理想
  中英投资伦敦论坛和"西湖—日内瓦湖"论坛
  把一座中国城市的坐标高高托起

——《上城邑》

  打开湖滨的门,你就看到杭州了
  这是中国南方一块长方形的钻石
  涌金门、岳王路、吴山路、东坡路……
  都是这钻石上纹理的名称
  ……
  人间天堂上有一处隆起的地标
  那是湖滨国际名品街,游客云集
  如花港上成群的锦鲤
  你刚在南宋御街上漫步
  转眼就进了法国大型超市家乐福
  当然,你也可捎带问候解百和龙翔

  西湖时代广场、涌金广场……

> 俯仰天地，湖滨的繁华写在空气里
>
> ——《湖滨》

我们读着这样的书写，似乎也跟着他走南见北，似乎他变成了一位时代的导游，正在对我们娓娓叙述他所看见的这个世界，他的欣喜，他的兴奋，以及他的遐想……正如他在《戊戌霜降在西溪》中写下的："我习惯在高铁上切换季节／让速度与光在身旁竞走。"

写到这里，我忽然想到什么叫正面书写、正面抒情？这种源自浪漫主义以及被惠特曼、马雅可夫斯基、聂鲁达，甚至中国早年的郭沫若习惯使用的写作手法，在吴重生这里，似乎有了一种回声和回应。这其实是极为难得的，至少对于诗人吴重生来看，这几乎就是他诗歌的立身之本，也一定是他充满了积极向上的人生最大的源泉和力量。对于人生，他说：

> 每次我从灵溪隧道经过
> 总有星星和小雨跟随
> 它们的亮光和湿度
> 测试着我未来的人生
>
> ——《灵溪隧道》

这些星星和小雨，这些亮光和湿度，我想不仅仅是测试着他的人生，它们更是一种营养，在不停息地滋养着他的生命和积极的精神。

原载《扬子晚报》（2020年8月3日）。作者系中国作家协会会员，浙江省作协诗创委副主任。

旅途中那一轮诗的太阳

王晓明

有些旅途是漫漫的煎熬,有些旅途是哲学的思考,而有些旅途却充满了诗,充满了歌,充满了蓬蓬勃勃的激情和友谊。

参加 2006 年 8 月出访新疆的浙江作家代表团,经历的就是这样一次诗与歌的旅行。我之所以这样说,是因为神秘辽阔的新疆本来就是一处盛产诗歌和散文的地方,那茫茫的黄沙戈壁,会处处撩拨你浓烈幽远的思古之情;那高原上猛然间闪现出来的湛蓝湖水,会激发你比海洋更加辽阔的想象;而山野间苍翠的松林和大片草地,则时时见证着爱情与生命;还有那别树一帜的民族风情,那奔驰的马匹、蓝天、雪山、绿洲、山鹰……

这次新疆之行之所以应该称为诗歌之旅的第二个原因,是因为组成团队的人员中,绝大部分都是才华横溢的诗人。团长黄亚洲自不必说,行程第一天,他便把诗歌的触点对准了正在穿行高速公路的一群野马,从此诗歌的步履便如野马翻飞的马蹄,那样一发而不可收地驰骋了整个旅程。

不过我绝对没有想到的是,此行诗歌创作数量上的"冠军",会被我的小老乡吴重生先生获得。我对吴重生并不陌生,早就知道他在金华新闻界工作多年,是个颇有人缘的"名记",也知道他是位著作颇丰的作家,我的书架上就摆放着他几年前创作的诗集《女儿的眼睛》、散文集《屋后园》、新闻特写集《吴重生笔下的人物》、画评《缘溪行》等。但那时候我看他的诗作,总觉得在才情和纯真的页面上,有时好像还缺什么……总期待他有新的突破,在诗歌的道路上走得更远。尽管有着这样的预感和祝愿,可这次新疆之行仍然让我惊呆了,短暂的旅途中,吴重生竟然精心创作了一百首诗，一百首呀！而我们的旅途满打满算也只有区区十二天，这就意味着他每天都要写出近十首诗作来，这是一种怎样汹涌澎湃着的诗情呀？这是一片怎样呕心沥血着的诗心呵？我不由不佩服此行中他表现出来的气质与才华，相信这些诗情其实早就厚厚蕴积在他年轻的心底，只是新疆这块善于喷发的土地在诱导着他，黄亚洲等前辈诗友们在启发鼓励着他，才使他那些早就孕育的激情终于像井喷一样地倾泻而出了，倾泻在那片总是盛产诗歌和石油的大地上，倾泻在那一轮格外辉煌热烈的太阳底下。

而让我不得不浓墨重彩写下的是：这一百首诗歌又是在怎样的情况下写出来的呵？是在他顶着高原反应，发着烧的情况下写出来的，是在他坐立不宁，有时不得不俯卧着的情况下写出来的。我总觉得吴重生似乎整个旅途都在淌血，身体的血，心灵的血……这些血一路上点点滴滴洒播下去，才培育出这么一路上蓬勃开放着的诗歌之花。

我惊喜地阅读着这些诗歌，看着那"一颗被穿孔的狼牙，那个江南女人脖子上凄婉的月亮"，听着王洛宾"歌声碰到暗礁成为风景，风景流淌成云，成为会歌唱的白水涧"。我真想和他一起再到香妃墓前，去倾听"时空隧道里、一声长长的叹息"。再次和云彩为伴，欣赏触摸那些"柔美或者坚硬"的"天山线条"，我更想和他一起再到独库公路那座不期而遇的神圣纪念碑前，倾听"雪崩、泥石流和战士的怒吼"，让一百二十八颗"军魂化作高山上的绿地毯"，而"理想沉淀为化石"……

一路走来，诗歌相伴，戈壁天山见证着一个年轻诗人的勤奋与才华，也见证着他大草原一般绿油油开满鲜花的成长。

他的进步是飞速的。

新疆的日落总是要比内地晚三个小时，辉煌的太阳似乎总是在车窗外孜孜不倦地伴随着我们。望着她，我总是在想，也许这就是那轮诗歌的太阳吧？但愿她能这样长久地照耀新疆的土地，照耀我们人生的旅程，更照耀着我们年轻的诗人。

此文为《穿越冰达坂》的序（2006年8月28日）。作者系作家、中国作家协会会员、浙江省作家协会全委会委员。

一路行走一路歌

郭宗忠

　　与重生认识，是在几年前的一次广州采风活动中，不经意间发现，我们有着地理位置和诗意生活的多重交织。

　　北方人的豪情、南方人的细腻，在重生身上体现为"南方在北"的通透与阳光。与重生交往，会被他的率真、自然所感染。他的人缘极好，在北京朋友圈聚会时，总会有人提起他，并以认识他为荣。我在重生身上为"我们的朋友遍天下"这句话找到了注脚。

　　重生的诗，融细腻开阔、灵动大气于一体，内容广博、感情丰富，与他的修养学识、才情性格高度契合。

　　他的诗里有小桥流水的潺湲，也有飞瀑霹雳的坚毅；有对自然的深情歌咏，也有对理想的执着追求；有对祖国的礼赞讴歌，也有对亲人的真挚眷念。对于爱酒亦爱诗的我来说，每次读重生的诗，都有一种酣畅淋漓之感。

　　且看他写的诗《玉峰塔下偶拾》："香积寺内，白云以稻穗的方式集结／一座八角形的楼阁式砖塔／是银杏树的一个古老品种／只需七层，便可摘取浅杏黄色的星辰。"

　　我居住于北京西郊，每天散步玉峰塔下，周边公园里的稻田、稻穗，都在我的视野内。读重生的诗，突然发现自己每天熟视无睹的景物，刹那间有了高度和新意。这种感觉，仿佛是在阴沉沉的雨天里突然见到天开一角——晴空万里的一角。

　　将熟悉的场景诗意化，将现实生活中很平凡的银杏、塔寺、池塘、园林、涌泉，以及每天在路边打扫卫生的环卫工人都写入诗中，体现了重生高超的艺术水准。在重生的眼里，生活处处有诗，人间无限美好。

重生曾住在我居住地附近的闵庄，他写的《我是闵庄的一棵松树》："在玉泉山以南，北坞村以西／永定河将王朝的往事和百姓的爱情／一起注入这张北京的城市绿肺之中／指派河蒲菱芡与沙禽水鸟为其守灵。"

这个地理位置是我熟悉的场景。不过，通过重生的妙笔，每一句诗，每一个词，甚至行与行之间的停顿，也有了美好的生命呼吸。

重生走到哪里写到哪里，并且出手不凡，一组组诗呈现的是当地的民俗风情与文化思考，体现的是他独具魅力的自我发现与诗意探寻。他调动文字的千军万马，纵横捭阖，他的诗仿佛是行走的生命，给每一个读者指明了向美的路径。

我不禁称重生为行吟诗人。

我们在广州一起采风，三五天时间马不停蹄，从南越遗址、沙湾、黄埔村，到珠江、白天鹅宾馆、粤剧馆，犹如走马观花。我发现重生在每一个景点都认真倾听导游的解说，不时提一些有探讨意味的问题，并且见缝插针与当地居民聊天。他时时在笔记本上记着什么，仿佛是一个考古专家，对什么都有着探究的兴趣。

一旦坐上大巴，或者在休息的间隙，或者开饭前的等待时刻里，重生就开始奋笔疾书。而这"笔"就是他手机里的备忘录，他用诗的语言飞速地记录着所见所闻、所思所想。谈笑间，一首诗已经完成。这种"下笔千言，倚马可待"的本领，令同行者艳羡不已。

在广州，我们亲眼见证了重生一路行走一路诗，在旅途中写出了《广州六章》，把广州的历史与现实，以及对未来的畅想，演绎成我们在珠江上夜游的"调色板"，斑斓多姿，精彩绝伦！

他在珠江上写的《珠江夜游》，可谓神来之笔，为我们展示了一幅诗意广州的时代画卷：

  珠江，你以兰为姓，必以蕙为名
  这世界是以花香来划分疆域的
  江北都给我，江南都给你
  南国的秋天误了归期
  我们相遇在珠江之上

……

学一学岭南的荔枝吧

小蛮腰是当代广州的一颗金色胎记

西塔上的春雷已响过几个世纪

安一个门铃在闪电的左侧吧

拂晓时分,我们继续眺望粤剧

中国智慧正在去往天字码头

今夜,我的思想是方的

有一些棱角做成了雨花

林中有许多月亮在等待采摘

……

2017年11月28日晚作于广州夜游途中

诗是记忆,诗是历史,诗是未来,诗是梦幻。读着这首诗,仿佛让我又回到几年前在珠江上那一个与诗人同行的美好夜晚。诗,包含了一切时空与美好,包含着岁月的更替、时代的嬗变。

重生就是这样的诗人。在他的笔下,一切都得到了诗意的嬗变,一切都得到了诗意的重生。在时代的天空里,他将爱化为双翼,去飞翔,去歌唱;在大风大浪面前,他保持着诗意的童真与坚定,以笔为桨,以诗为帆,一路劈波斩浪,引吭高歌。

作者系军旅诗人,散文家。

第三辑　致信太阳

日拱一卒，功不唐捐

——吴重生诗里的"在场感"

杨志学

吴重生诗集《你是一束年轻的光》2015年5月由人民文学出版社出版以来，得到了评论界的肯定和读者的欢迎。

吴重生是浙江人，现供职于中国新闻出版传媒集团。这两年，他往返穿梭于北京、杭州两地。一路风尘，一路雷霆，各种体验在身上积聚成气；他自北而南，乡愁、思亲、怀旧、畅想，多种感受在内心交融成结。自去年坚持"一日一诗"，他带动了一大批人参与到"一日一诗"的阵营中来。

当写作成为一种日常仪式，"一日一诗"即是"一日一誓"。当他如此坚定地向前推进，一切都有所不同，"写诗"就在某种程度上成了"布道"。他更像是在完成一种行为艺术，在用分行文字来展现"士兵突击"般的强悍。因此，他近期写下的诗，不仅具有敏锐的在场感，而且焕发出一种特殊而神奇的色泽与光芒。

从吴重生这部诗集中的篇章，我们不难看出，有对民生状态的关注，有对人类命运的思考，有对以往岁月的缅怀，有对未来生活的畅想。创作时，他除了进入"无我"境界之外，还常常进入一种"全我"的状态。所谓"全我"，是指诗人表现出来的一种全然属于"我"的格调和方式。它真实、坦率、自然，全不见矫揉造作成分，且常见天马行空的想象，以及一气呵成的气韵。

因工作繁忙，吴重生的许多诗作，属于见缝插针式的"急就章"，用"倚马可待"来形容他的日常创作状态也不为过。甚至，他常常是边走路边借助手机创作，短短几分钟时间，便把新创作的诗篇发送到微信"朋友圈"。吴重生以诗言志，以志践行，于是便很快积累而成了《你是一束年轻的光》这部诗集。

我与吴重生的相识实属偶然。某年我和叶延滨老师应四川人民出版社之约，合作主编了《中学生朗诵诗一百首》《小学生朗诵诗一百首》两本书。出版社决定举办一场到中小学校赠书的活动，活动名称定为"让诗歌走进校园"。吴重生进入了被邀请者行列。令我意想不到的是，接到活动通知当晚，吴重生即打来电话建议把活动名称改为"信仰之美诗中寻——百年百首新诗认养活动"。他认为百年，是从这两本诗集选编的时间跨度来说；百首，是就诗歌整体编选数量而言；认养，体现的是对优秀诗作的认同、学习、宣传和弘扬！我完全赞同他的意见，通知承办方及时做了更改。

那场诗歌活动使我开始真正认识吴重生。作为诗人，他有媒体人的敏感；作为媒体人，他又有诗人的才情。这种双重特点，在他的诗歌作品中便很自然地有所表现。他那一组写人物的诗，就表现得很充分到位。既写出了新闻的现场感，使人感受到出场人物的神采和体温；同时又是诗意的提炼，语言中流淌出浪漫而高远的情怀。比如，他写旅美作曲家温显，出现了这样的句子："温显总是背着故乡出行／故乡在他的行囊里鼓鼓的／他每天都要松一松袋口／放出那些像鸟一样会飞的梦想／昨晚温显带着春天靠近我们／我们全都成了西湖春天的一个音符……"

在周围的朋友中，现在很少看到有人不忙的，但像吴重生这样忙中见效率、出效果的人，还是给我留下了深刻的印象。他像是把一行行诗当作计时器，用以确认自己并没有浪掷光阴。

"汝果欲学诗，功夫在诗外。"这位从浙江浦江走出来的诗人，常以陆放翁告诫儿子的话勉励自己：以南窗晨读为乐，以灯下漫笔为喜。吴重生的先祖吴渭是我国第一个遗民诗社"月泉吟社"的盟主。家族一脉而下的深厚文风熏陶和文学渊源，对他产生了深远的影响。他以赤子之心、游子之情、才子之思，充满激情地拥抱诗歌。正如这部诗集的名字所透露给人的信息，吴重生和他的诗作一起，就像一束年轻的光（哪怕是流星似的闪亮），努力给这个世界带来光明和温暖，也给奋斗的人们带来勇气和希望。

宁可十年不将军，不可一日不拱卒。日拱一卒，功不唐捐。上天把每个人的努力都看在眼里。我相信，吴重生的诗歌耕耘就像农人的开荒耘田，一定会造就沃野千里，结出累累果实。

原载《文艺报》（2015年9月25日第7版）。作者系诗歌评论家，文学博士。

一本可以让你安静下来的书

——读吴重生先生诗集《你是一束年轻的光》有感

杨钦飚

吴重生先生的诗集《你是一束年轻的光》，是一本可以让你安静下来的书，是一本能让你在喧嚣的都市寻找到生活的诗意的"心灵之书"。

我与吴重生先生是二十多年的旧交。对他的文字多有关注，对他的成长经历心存敬意。

生活，不止眼前的苟且，还有诗歌和远方。诗歌就是这样一种神奇的语言，它能够让你安静下来，让你从容不迫地应对尘世的纷繁复杂，让你能够静下心面对人间的烟火，给你以精神的指引。

当下这样一个节奏快得让人眼花缭乱的时代，又有多少人会有诗意的生活？吴重生像一位魔法师，他的笔触宛如一根指挥棒。面对人头攒动的世界，他的诗行，像是上苍派出的一群群紫燕，在你的眼前，在你的心上，优雅地翻飞，自在地舞蹈，让你得以找到"浮生难得半日闲"的时间和空间，享受由文字烹煮的精神之宴。

吴重生先生是被诗歌追赶着的诗人。他在诗歌中写道："我被诗歌追赶/每日每夜/我用铜壶烹煮文字/诗歌在锅盖上登陆//我用煮熟的文字播种/黄色的大地绽放红色的灯笼/我在灯笼照耀的路上飞奔/文字煮熟后，成片成片从树上坠落"，诗歌在"思想的旷野列队成阵"，于是"拥有了天地的血液"。诗人拥有着超凡脱俗的人生状态，寻找到生命的本真。每日一诗，让生命在勤奋和快意中焕发华光。

热爱生活，热爱故乡，热爱人生所遭逢的一切，这便是诗人创作的"灵感之源"。他善于从平凡的生活中发现诗意之美：一座小桥、一块石头、一张明信片甚至一条微信，一把牙刷都可以演绎出感人肺腑、扣人心弦的动人乐章。从《浙江人都是海水做的》到《你在，世界在》，从《杭州的根部》到《在城南的旧夜》，从《一段往事熟了》到《敲打着太阳的边沿》，从《旅美作曲家温显》到《江南的这一扇窗户》，或乡愁相思，或亲情友情，或人生顿悟。诗人为我们铺陈了一个精彩纷呈、美轮美奂、令人遐想的世界。

重生先生是典型的江南诗人，他的诗歌多带有江南印记。诗人笔下的"春天和乡愁"令人过目难忘。诗人通过色彩分明的意象手法，将江南的风景如画勾勒出来，语言质朴而真诚。比如"夜已经很旧了／但鸡鸣犬吠的声音依旧新鲜"；"把西湖的春天折叠起来／放进口袋，随时随地扯开喉咙歌唱……把西湖的春天倒入茶杯中"；"满载一船星辉的独木舟／河水浸湿了灯光的梦"。诗句朴实温馨，意境优美，给人无限想象空间。

"丈夫生世会几时，安能蹀躞垂羽翼。"吴重生，这位生于浦江前吴的行吟诗人，是中国第一个遗民诗社"月泉吟社"首任盟主吴渭的后裔。他的血脉里有着"书画之乡"的人文基因，他的骨骼里印着坚守志节的民族胎记。是在做好本职工作的基础上，吴重生常常利用生活的边边角角等"零碎时间"作诗。他才思敏捷，作诗就像是给朋友回一则短信那样，信手拈来。

吴重生用炙热的情怀、不凡的才情、独特的视角，为我们勾勒出一幅幅现代生活诗意图，读之令人感怀，引人共鸣。让生活慢下来，让心灵静下来。

亲爱的读者，倘若你厌倦了城市的尘土飞扬，厌倦了名利场的熙熙攘攘，建议您读一读《你是一束年轻的光》这本诗集吧！诗意之美，从读诗开始。拥抱诗意生活，发现生活之美，从读吴重生先生的诗集《你是一束年轻的光》开始。

原载中国诗歌网（2017年7月12日）。作者系浙江大学校友企业家同学会秘书长、浙江大学校友企业家文创协会顾问。

诗中有画，画中藏诗

赵 漠

认识吴重生并非由于诗歌，但却是因为诗歌让我对他有更多的认识。在成为吴重生的微信好友之后，经常在无意间看到他在朋友圈的新作，被他诗意中的涟漪所波及，或是乡愁、或是亲情、或是瞭望、或是回眸、或是江河、或是山川、或是冬夏、或是雨露、或是虫鸣、或是鸟语、或是风、或是月……甚至有时是油盐酱醋、锅碗瓢盆。践行"一日一诗"的成果，使作为读者的我们有了手头这一本滚烫的《你是一束年轻的光》（人民文学出版社）。

吴重生首先是一位画家，很早就加入了浙江省美术家协会。而吴重生的诗也如同画作一般，极具画面感，一首简短的诗，却能展开多重画面，有时是山川河海，有时是江南小院，有时是一弯明月，有时是女儿的台灯，有时是父亲的画案。我觉得这是将美术与诗歌这种语言艺术融合的结果，也从另一方面显示了他深厚的美术功底。诗中有画，画中藏诗，同为美学的艺术，作者做到了彼此相融，将美术构图的技法融入诗中，才会有如此的"意念中的视觉效果"。这种画面感给人的效果非常不错，就像"枯藤老树昏鸦，小桥流水人家，古道西风瘦马"，又如"松竹翠萝寒，迟日江山暮"。

吴重生的诗非常轻柔，读之如饮清茶，恬淡清雅，绝无咖啡的苦涩和酒的浓烈。这点似乎是江南文人的一个特性，即使在国运苍茫的乱世，也能轻轻地来，轻轻地去，更何况是现在的太平盛世。有人批评吴重生的诗不得针砭之法，不够壮士扼腕、不够励志，我觉得他创作诗歌的本身就是一种很励志的行为。他的文字既是幽兰也是苍松，正所谓"柔中的刚，雪花含香"。读者只要用心体悟，不难从"和风细雨"之中，领略其"大雪压松枝"的风景。

《你是一束年轻的光》中的很多诗作是很富想象力的，时间和空间的维度跨越很大，读有些作品，由于文字在不同的大脑区域间跳动，有时有一种跟随作者的意识流跳跃的感觉。这种创作手法我觉得和吴重生作为媒体人的另一身份有关。媒体人要报道来自不同专业领域的新闻事件，与各种不同领域的人打交道，生活阅历很丰富。因此，吴重生会用一些自己并非熟知领域的词汇，比如《与浦阳江的第一朵浪花核磁共振》。作为医学专业的对"核磁共振"非常了解的读者的我，如果细究词义，自然觉得这个词用得匪夷所思。但对于大众，"核磁共振"就是一种更为神秘的"共振"而已，因此理解上并不会和作者有偏差，且增加了一份"神秘感"。当然，这是一种什么修辞方法也是值得讨论的。

原载《中国新闻出版广电报》（2015年5月22日第7版）。作者系北京协和医院眼科葡萄膜炎专业组负责人，眼科学博士。

安静而纯粹的日常歌者
——吴重生诗里的心灵谱系

谢宝光

> 我就这样站着
> 和无数的空气摩肩接踵
> 车厢门关上又打开
> 一个世界流出
> 一个世界涌入
>
> ——《我在这城市的底部》

诗人是一类特殊群体，天赋敏感，他们的神经感官也显得比常人更发达。在大街上、人群中，诗人的眼睛常常左顾右盼，游离不定。他们没有强烈的目标感，走走停停，睫毛压得很低，一个塑料瓶、一片枯黄的叶子，或者一只低空飞行的鸟，都有可能牵引他们的注意力。诗人拾捡这些为寻常人漠视的日常事物，烹煮入诗。反过来，这些事物，也在灼照着诗人的精神空间与心灵底色。

吴重生就是这样一位安静而纯粹的日常歌者。与那种从书本知识中猎取概念、惯于舞弄典章的诗人不同，他执着于呈现具体，放低姿态从日常生活中汲取营养，书写身边鲜活的人事，浓郁的抒情性弥散在他的整部诗集中。在他的诗里，你找不出任何与宏大叙事、政治隐喻相关的东西。他往往从某个事件或场景出发，即兴吟咏，随物赋形，与自我对话，与时间对话，与世界对话。

吴重生是一位资深媒体人。二十多年间，他从金华到杭州再到京城，事业几乎一直朝着某种核心的区域前进。长年漂泊异乡，加深着乡愁在他内心的投影。许多内在的感受，是讲究客观与逻辑的新闻话语无从表达和释放的。尤其是人到中年，他更加强烈地感受到时间在身体内部的摇摆。2013年开始，他坚持在微信上"一日一诗"，从不间断，诗歌此时成为他与时间对抗和与内心世界对话的一个工具。他试图用笔墨的加，来抵消生命的减。

具体到文本上，吴重生并不像一些职业诗人那样刻意与某种题材或观念进行捆绑，更多集中在对生活片段的速写，表现个人与世界的关系。他说出了大家都有却又未曾言明的经验，比如这首《我在城市的底部》，"我是地铁里的一只公文包/在这城市的底部穿梭/时时想着头顶的空气和阳光/头顶的树和建筑。"把"我"比喻成"公文包"，把主观的人降格为客体的"物"，在冷静的语调中，印证现代都市中人与人之间的存在关系——在封闭拥挤的地铁空间里，每个人互不相关，自成一个世界，朝着既定的方向前行。

对于人类存在的思考与反省在《我们人类就是一群鸟》这首诗里，上升到了一个新高度，不再以"我"为视角，而是通过鸟的眼睛来审视人，"在鸟的眼里/人类就是一群鸟/早出晚归飞来飞去/在鸟的眼里/季节交替就像云彩飘过/鸟不喜欢繁文缛节/它们把生活简约到一身美丽羽毛和一串欢鸣/天和地都是鸟的/人类只占据地面的一部分。"在这首诗里，完全剔除了抒情的成分，冷静、克制，像一个哲人，诗人站到一个宏观的角度来反观自身，反观风尘仆仆、夜郎自大的人类，隐藏在句子背后的是深刻的反讽与警示。

这部诗集呈现出一种统一的风格，简约，短小，色泽明朗，呈现轻微跳跃的节奏感。吴重生善于在日常细节与俗世层面捕捉诗意，像一位音乐家，指挥着日常所见的各种元素，"冒着热气的厨房再次蒸煮我的信仰/食材们列队成阵等待认养/我用锅铲和勺子指挥水火/火龙果炒虾是今晚的新作。"(《调和这个世界的温度》)一个生火炒菜的简单生活场景，被诗人用语言演绎得惟妙惟肖。厨房和信仰，这两个词汇同时出现，初看让人摸不着头脑。不过却隐约透露了诗人的价值观，信仰在吴重生眼里，并非虚拟的某种宗教、意识形态，正是生活本身。

诗歌是一面不会撒谎的镜子，本诗集里，每一首诗歌都是吴重生内心世界的显影，本真，朴素，热情，质地柔软，充满了对人对己的坦诚与热爱，对日常生活和现实世界的审视与思考。看看弥漫于诗集中的这些词汇就知道了——春天、大地、田野、晚餐、兄弟、椅子、夏日、摊贩、城市、北方、树叶、乡音、雪……在日常平实的写作中，这些词汇构筑着属于吴重生个人的诗歌版图与心灵谱系。

原载《交通旅游导报》（2015年10月15日）。作者系《交通旅游导报》"梅花碑"副刊编辑。

带着诗歌的光芒返乡

——评吴重生诗歌作品的"疗伤"功能

罗鹿鸣

5月19日上午，风和日丽。我们鲁迅文学院新时代诗歌高研班的部分同学应邀来到浙报集团北京分社，参加第二十一期浙报北京悦读会，活动取得圆满成功。就在我们满载收获回鲁院的同时，一场狂风将北京东直门外一墙体刮倒，砸死三名路人；狂风还将白纸坊西街一棵大树连根拔出，砸死一位外卖小哥。

同一天，我们的心情经历了过山车一般的悲喜变化，俨然也经历了一场生死的淘洗。这比起电影的大跌宕、诗歌的大转换来，显得更加真实而虚幻，也让我们深感人生无常，诗意稍纵即逝。我打开诗会现场吴重生签名赠送的诗集《你是一束年轻的光》品读，慢慢平复自己波澜乍起的心情，体验着文学所具有的"疗伤"功能，实践着诗歌对心灵的抚慰作用。"立春这一天我选择出行／选择与无数的春风比对纹路／选择与百年孤独结伴为邻"（《立春三章》），这种于美好的情境之中落于悲孤的境况，恰到好处地契合我那一刻的心迹。

吴重生是一个生长于农村、成就于城市的诗人，属于典型的城乡二元结构里的"两栖人"。他一边在高楼林立的城市奋斗，在灯红酒绿的物质世界里拼搏，创造出一个于己有成、于家有利、于国有功的生存环境，一边又不断地回望来路、回眸过去，维系自己的"根"与"初心"，穿戴词语的盛装，带着诗歌的光芒返乡，皈依在精神的原乡。正如《盼雪》所描写的那样："庭院里的树脱光了叶子／两个鹊巢裸露在风中／喜鹊在最后一片树叶落地之前／撤离了这个城市／在江南，农历小寒和大寒之间／应该添加一个节日：盼雪。"将在城市与农村跋涉的"两栖人"的生存境况刻画出来了，撤离后的目的地是江南，是乡村的栖居。这是他众多诗作中极具抒情性的一首，优美、酣畅，诗意盎然。这首诗的下半节续着诗化的旅程："没人知道雪什么时候会来／没人听到春雷隐隐作响／在地平线外，白雪／是一群被春雷驱赶的绵羊／一不小心／就会悄悄绕过这个季节。"作者如此虔诚地期盼的雪，是一场什么样的雪呢？又何以如此担心白雪绕道而行，错失一场与雪的相遇呢？那么，喜鹊撤离这座城市，是人的逃避吗？人又在逃避什么呢？这些都给读者打开了想象的空间，好像在莽莽雪原上给人们留下的巨大空白。

吴重生的诗清澈、温暖、光明，总是与希望同在，这是当下诗坛弥足珍贵的诗格。我从学历史专业的眼光来回溯古往今来，当今社会应是古往今来物质最丰富、生活最富足、社会最安定的社会，尽管它还有千百样的不如意。然而，总有一些人整天都在怨天尤人，将自己置于这样那样问题的围栏中不能自拔，对现实的美好视而不见，忧郁、沉沦。在这些人的眼中，天空雾霾总不消散，地上污水积淌一直长流。当然，我们一方面诚如英国诗人哈代所言："要使生活更美好，就得正视丑恶的现实。"诗歌于此不能逃避，如波德莱尔的《恶之花》、如金斯堡的《嚎叫》。另一方面，他们的终极指向仍然是因为爱之深才恨之烈，而不是看待世界的方式是哈哈镜里的变形镜像；表现在诗歌作品里不是"恶之花"，而是"毒罂粟"，是以丑为荣，词语里堆满垃圾，或者从早到晚都是自扮怨妇。这些人要是读到吴重生的诗就好了："我不愿在睡梦中失去黎明／因此我早起／黎明给了我一身朝霞／天地如此澄澈"（《我不愿在睡梦中失去黎明》）。再看《五月十章》第一、二首："拂晓时分来自彩虹桥的一位长者／把一条铺满阳光的路放到我的掌心／他的路装在一个牛皮纸做的信封里"，也是如此明丽暖人。"记得你自己／本是这天地间一颗小小的尘埃／工作很忙，生活有些无奈／声音很杂，人生际遇颇多感慨／要记得天无私覆，地无私载／此刻，你一定在路上／一定对新的一天有所期待。"即使是言说自己的无奈，也仍然紧抱着希望的灯火。

诗人是环境的镜子，生活的场域客观地映照到灵魂与文字中来。吴重生是一个从浙江水乡行走出来的诗人，他众多诗歌作品，指涉水的最多，运河、大海、钱塘潮都是他诗意呈现的重要主题。不仅在题材上是江南水乡五彩缤纷的生活，在形象上也是不落俗套，生动新鲜的，现代意味渗透、晕染其间，让你在一幅幅日常生活的图景里，感受生命的尊贵。《浙江人都是海水做的》《以海洋的名义拜访陆地》《去寻访一座岛》《运河三章》《我在竖海旁自由来往》《我将长江以南交付给少年》《我从西海出发去往东海》都是涉水的佳作，气场大，语境开阔，而质地柔软，具备江湖河海的水的特质。

而另一首我喜爱的抒情短诗《与浦阳江的第一朵浪花核磁共振》不仅与水紧密相关，更是交代了作者人生的源头、乡愁的港湾。这首诗将核磁共振这个现代医疗技术器械的名字与传统言说的、永远生机勃勃的浪花黏合在一起，便将工业文明与农耕文明结合、解构、纠结的心思表露无遗了。即使是浪花这个极平常的名词，也冠以了"第一朵"的副词进行修饰，表明其先锋意义。该诗意象的新奇、大开大阖的想象、感情的沉潜都给我深度惊动。"浦阳江一直醒着／我孩提时捡起又扔到河床里的那块鹅卵石／正在一万公里外发出滚动的声音"，这首诗不由自主地让我忆起昌耀那首精短名诗："密西西比河此刻风雨，在那边攀缘而走／地球这壁，一人无语独坐。"昌耀这首具有里程碑式的《斯人》，"它将抒情主体由充满深刻透视感的历史场景拉回到了当下的生活世界，也让诗人终于有机会把自己遥远的目光收敛在眼前的生存处境上。"（张光昕《昌耀论》），如果说昌耀用的是拉镜头的话，而吴重生的这首诗用的是推镜头，由近及远，由童年往事而跨越一万公里发出回声。这个距离的量度不是一个具体的长度，既可以意指由童年至青年、中年的时间跨度，也可以能指一生经过遥远的路途、跋涉、拼搏而终于有了人生的回响，将儿时的梦想在远离故土的城市得以美梦成真。这种极具张力的诗写，极大地打开了诗的想象地域。这两首诗虽然语境不同，但这种大跨度的时空跳跃、意象的密集急骤转换、情感密度的紧密化，二者都有异曲同工之妙。

帕斯说过："当下不会容忍过去；今天不会是昨天的孩子""新的东西要出人意料才是新的"。讲的是现代性新奇的、异质的特征。吴重生的诗作正是基于诗歌传统，又能从传统诗歌写法里找到自己的不同。比如在一些诗歌作品里对城乡二元结构的抒写与处理、对当下生存状况与过去生活回忆的对置，再加上一些寻常物象中或当代高科技词汇中抽离出来的新、奇、特的意象，都加强了其诗歌作品的现代性分量。

现代世界变化之快已不仅仅是能用"一日千里""两岸猿声啼不住，轻舟已过万重山""坐地日行八万里"可以形容的了，称之为信息爆炸、裂变时代毫不为过。古往今来，从未有这么多物质财富被创造，从未有如许令人目不暇接的新发明、新创造暴风骤雨般扑面而来，也从未有任何时代迅速地经过我们又迅即老去，那种明日黄花、英雄迟暮所带来的焦虑一直在纠缠我们，但我们的心灵仍然滞留在昨天，所以，甚至有人呼吁：让经济、科技与社会变革慢一点，等一等我们的灵魂。我甚至认为，社会进步的迅速并不能促进人性的同步进步，人类文明进化几千年，人性似乎仍在原点踏步。恋旧，对过去的回忆，就是人性中根深蒂固的部分，也许这就是对迅速变化的环境、急速流逝的时间找到的一种自然疗法。从一种角度观察，诗歌是感性与激情的社会原初语言，也是人类赖以保持初心的绝密武器。从另一种角度观察，诗歌也是与时俱进，甚至超越时代的革命性语言。

如果从"自然疗法"的路径出发，我们不难发现吴重生的诗是如何从山水间的冲击回荡流向田园牧歌的清澈平静。我们姑且抛开他作品错落有致的建筑美、诗体的韵律感的分享，也姑且抛开他作品自由洒脱、随情赋形的探析，而是沿着他的诗真实、真切、真挚的路径，寻找他的初心。今天他虽然生活在城市，而城市的根部在哪里？它强大的根系紧紧抓住的泥土，是大地，是乡村中国，是浓得化不开的乡愁。

窃以为，尽管《给你火把，照耀你解冻的河堤》《大运河是条太阳河》这类追求宏大叙事与高蹈抒情的作品，激情澎湃、诗情充沛，却不如"我有一种投水为鱼的冲动／在小黄山顶俯瞰人间的／冬去春来／这个制高点／正是越曲最高亢的部位／我必须保持踮脚仰望的姿势"（《在剡溪，我愿投水为鱼》），耐咀嚼、回味。这种情绪上不失内敛、内容上落在恰到好处的虚实之处的诗作，又都不如《五月十章》更让我偏爱，它们来得行云流水，去得亲切自然。"我故乡的名字／每个字都选择三点水作为偏旁／我的风衣是用钱塘江的碧波裁剪而成的／我穿着它以抵御来自西伯利亚的寒流""鸡鸣是从乡村移植过来的蔷薇／在布谷声里我的思念一清见底／如今，我回来了／小区里的河流却在前些年走失／那些曾经此处的鱼类／它们无暇听一个归去来兮的游子／讲述这些年闯荡江湖的枝枝叶叶""这一扇窗户虚掩着／它一定在等待雨落下来／鸟飞回来／而我，在大树下沉思／每一个过往，是否确切／每一次错过，能否追回"。从以上的作品可以看出，作者的笔墨一旦沾上故土，语调一下子就从高八度降了下来，就像高树上摇曳的树枝，插入泥土就柳暗花明，沾化成诗意盎然的桃红柳绿，抵达一个游子的内心。

这种状态同样表现在他怀乡的作品里。有人讲：怀乡症，它掏空了一个人的家乡，也掏空了很多人的异乡。"施家岙村的桃花开了／所有的台词都苏醒过来／过往的蝴蝶和行人一起／醉倒在／比历史更古老的唱腔里"（《沿着一条河流》）；"流水做的唱腔是登月门票／江风做的身段是彩云倒影／施家岙村的王金水／是戏神的信使／他将银花、杏花揉捏成春饼"(《我在北方待得太久了》)。

人们常说：英雄气短，儿女情长。吴重生貌似坚毅的外表其实裹着一副慈父的心肠。我们从他那一组写给女儿的诗里，触摸到真挚温暖、关爱期待，天伦之情淋漓尽致驰骋字里行间，在朴实无华中给人刻骨铭心的疼爱，也让我们得见沉毅、刚强的成功男人内心柔软的地段。据他自述，在女儿成长过程中，他经常选择有纪念意义的时间节点，给女儿写诗，以示嘉勉。《我家厨房窗外》《大地正式录取你成为山川的一部分》等作品就是在女儿高考和接到录取通知书时写下的，他还给女儿写过一组生日诗歌，这些都是父女之间的精神交流和情感对话，真挚自然，温情脉脉。

诗歌的重要功能是用自己的词语唤醒人们的心灵，就像风撞破窗户，涤荡室内沉闷甚至污浊的空气。有译家说：好诗几近写尽，创新谈何容易。尽管如此，吴重生仍不囿于成见，从容地写诗，正如其从容地在城市里与乡村间的踱步。吴重生为人的精明强干与作诗的质朴平实形成鲜明的对比，好比一枚硬币的两面，构建了一个完整的吴重生。

吴重生不仅拥有世俗的成功标识，更能够巧借诗歌的栈桥便道，回归心灵的故乡，在精神的家园里蓬蓬勃勃、曲径通幽，达到人生的别有洞天。

原载光明网（2019年6月5日）。作者系中国作家协会会员、湖南省诗歌学会常务副会长兼秘书长，诗人、诗评家。

所有的树都会结出月亮

——读吴重生诗集《你是一束年轻的光》有感

若　凡

一

最早是通过一个前辈听说了吴重生——一位活跃在新闻界和文学界的作家，"每日一诗"活动的倡导者和践行者。时代的列车风驰电掣，人人都忙得像陀螺。职场奔波的人偶尔能够起点诗意，写些诗句，已经难能可贵，谁能有决心和毅力坚持"每日一诗"？当时对吴老师这"壮举"能否坚持到底，我将信将疑。

2016年5月，因为参加中国诗歌网的一个活动，认识了重生老师。相互加了微信，翻页读到他2014年和2015年的朋友圈，才知道他真的做到了。"每日一诗"不仅高产，而且高质量。他是忙碌的，然而他诗意盎然，利用碎片化的时间，把生活赋予他的所见所闻所感，甚至天马行空的心灵畅想，化为长长短短的诗。也许回头看才会发觉，被诗意滋养的时光，是如此美好。诗歌真正成为他言志、抒情、感怀、写性情生活的一种精神养分。

2018年3月，重生老师陪同中国作协副主席张抗抗老师来嵊州采风。他给我带来了根据"每日一诗"汇编的诗集《你是一束年轻的光》。在嵊州只有短短两天时间，他返程后却写出了诗歌《嵊州三章》和一篇几千字的散文《明夜照我影》，发表于《光明日报》和《新华每日电讯》，令人赞叹。抗抗老师都对他竖起了大拇指。之后《你是一束年轻的光》就放在我办公室案头，很短的时间里阅读完毕，对重生老师的文学才华佩服不已。

几年交往，深感重生老师是一个充满激情和浪漫主义气质的诗人，他的为人和他的诗歌，就是一束年轻的光，给人温暖和积极的感召。

2019年8月，再次捧读《你是一束年轻的光》。室外盛夏暑热，室内诗意流淌。禁不住有话想说，有感而发。

二

诗人为什么而放歌？

诗歌源于生活。诗集呈现的轨迹就是诗人身心游历的轨迹。梳理《你是一束年轻的光》，可以看到，诗歌里有山川河流，日月星辰，四季轮回，风霜雨雪；也有一瓢一锅，一叶一枝，寻常的日子，稍纵即逝的念想。诗人在《我站在桥顶放飞诗歌》写道："我的诗歌在候车站／晃动的人影是它的形／鸣响的汽笛是它的音／我的诗歌在从宿舍到单位的路上／我的诗歌在每一寸霞光的空隙中……"可以看出作者的诗写状态，生活是他诗歌无穷的源泉。生活不竭，诗歌不歇。

诗人抒写奔腾不息的时代精神。作者是一个日日行走在新闻前端，关注大事的诗人，无疑，格局很大。所以诗歌里出现南方、北方、长江、黄河、北京、江南、大地、山峰、海洋、河流，浙江精神，等等关键词，从中可以看出诗人的家国情怀和时代意识。诗人在《与浦阳江的第一朵浪花核磁共振》中写道："我常常感到自己背负的是整个东海／每天都在太阳和大海之间奔跑……"诗人以超凡的想象赋予自己非凡的担当和使命感。在《浙江人都是海水做的》一诗中，诗人写出了始终走在时代前列的浙江精神："浙江人习惯于奔跑／他们把太阳吞入腹中……"

诗人描绘大自然和人类历史的风云变幻。《立春三章》里，田野、青山、麦苗等仿佛都如他笔下的文字，可以信手拈来，又率真自然："所有的田野都有我栽种的麦苗／所有的青山都有我栽种的白云／在春天面前我气定神闲……"读《运河三章》，可以感受诗人对历史的遐想。在风云几百年的拱宸桥下，诗人诗意地轻点笔墨桨篙："……途经此地的春和秋／都要用桨或篙／点一下／拱宸桥下蔓生的蕨草／点一下几百年来颠沛流离的时光……"

诗人从游子的视角写淡淡的乡愁。故乡、亲情总在心中。不经意间，旅居北京的点点滴滴总能触动他心底的思乡情怀。《我约雪今晚来北京》："我在城市的上空眺望乡村的瓦背／抬手敲敲北方的窗棂／告诉窗外的雪／别删了我回乡的路径……"回乡的路径都仿佛被雪删除了，白雪覆盖的大地带给诗人多少思乡情。在《俯瞰北京》里："我也是一只忘了归期的蝴蝶／在长天以南，在大地以南／我遗落在故土上的少年梦，正在滋长……"在京城鳞次栉比的高楼大厦中，诗人自感仿佛是一只弱小的蝴蝶，虽有翅膀却又如何飞过万重山，千重门，回到心爱的故土呢？读到此，不禁赞叹于诗人捕捉诗意的敏感敏锐。《致东四环南路55号》，一改调子，显得轻快而欢乐："请让我收拾起蓑衣、蓑帽、扁担、箩筐／跟随夕阳去故乡的田园／倚锄，仰望……"劳作，收获，甚至和夕阳一起慢慢沉落，故土田园就是诗人心头抹不去的童歌。在《有一波乡音逆流而上》，诗人终于直吐乡愁："且网住这难得的乡音／在西四环的红墙下／酿我乡愁……"

怀着童心看世界。童心就是晶莹的诗。诗集里很多诗歌彰显着至真至纯至趣的意境。《早晨、中午和下午》："我想起默默陪伴我的下午／我希望她／能带上我的花环……"《盼雪》有孩子气般的期待："农历小寒和大寒之间／应该添加一个节气／盼雪……"《老师用目光为你照明》："日子一天天过／写在日子上的作业会长大……"这样的诗句让人忍俊不禁，会心而笑。我特别喜欢的是《所有的树都会结出月亮》这一首："所有的树长高后都会结出月亮／月亮瓢里装满满天的星星／如果有一天／我走在布满星辉的路上／那一定是月亮熟透了落在地上。"唯有孩子的视角，月亮是长在树上的果实。如果不是怀着纯真的童心，断然写不出这样美好的诗句。一个诗人就是一个童心未泯的孩子。恰如重生老师在《我是一朵浮萍》中自诉："我有朝霞的脸庞／云彩的心／我有春风的脸庞／孩童的心……"

充满哲思看生命。自然，作为一个有深度的诗人，很多时候，也在走出琐碎生活，思考生命的价值。《晒出去的衣服会干》："我知道心之所向步之所履／迸发会让贫瘠的生命丰满／我透过纱窗看经天纬地／思想见风而长／淹没时间的冈陵……"《守候夏天的摊贩》："我的思想在这个季节常常出汗／人生目标如汪洋中的岛屿／不断浮现……"《我数着山峰和河流来到荣昌》："生活的底部沉淀着许多诗歌／哲学的长街人影踽踽……"《我在宇宙中观望自身》："有时候思想会长出花瓣／有时候信念会萌发翅膀／我要做一颗轻盈的微尘／无边的星云将他相拥……"生命有长度，然而因为思考和创造赋予了生命厚度。诗歌和哲学之间，有通道。

诗人也写性情的生活。一个真正的诗人，常常是敏感的，特立独行的，热闹的又是寂寞的，很难说清诗是生活，还是生活是诗。正如诗人《我被诗歌追赶》里的状态："我被诗歌追赶／没日没夜／我用铜壶煮文字／诗歌在锅盖上登陆／诗歌在我身后正值壮年／在我思想的旷野列队成阵……"《我决定在海底住一晚》："我决定住一晚／做一尾上天入地都找不到的七色鱼／在蔚蓝蔚蓝的海洋／用一串泡泡／换取尘世之外的一个空间／阳光爱空气／吾爱自由／漫漫长夜尽头的那一丁点星光／令我畅想和歌唱……"《一个人是一支队伍》："早上出门时／诗跟在我后面／书跟在诗后面／画跟在书后面／夜晚我归来／晚霞跟在我后面／雷电跟在晚霞后面／星空跟在雷电后面／一个人是一支队伍……"读这些触动人心的文字，不能不说，新闻工作虽然严谨理性，但重生老师作为诗人的禀赋是任何阅历都无法修正的生命印记。

三

诗歌究竟是一种怎样的审美？

叶燮在《原诗》里说：可言之理，人人能言之，又安在诗人之言之；可征之事，人人能述之，又安在诗人之述之，必有不可言之理，不可述之事，遇之于默会意象之表，而理与事无不灿然于前者也。

除了言志咏怀，诗歌的独特魅力在于它还具有特别的审美情趣，能把不可言之理，不可述之事，提升于默会意象之表，最终呈现深切的情感。从我的直观理解，好的诗，不枯涩难读，因为生动形象而能懂；不浅薄流俗，因为意韵丰富而耐品；不矫揉造作，因为真情实意而感人。重生老师的诗歌，符合我的对好诗歌的理解。他的诗歌仿佛是"把森然万象映射在太空的背景上，境界丰实空灵，像一座灿烂的星天"。这源于他生活经验的充实和情感的丰富，以及对诗歌技巧的深度把握。

他的诗歌具有特别的意象构造。虚实之间，物我之间，是非之间，随时可以调度，可以切割，可以叠造。驾驭自如，又毫无生硬，完全信手拈来，行云流水。

他这样《调和这个世界的温度》："我用毛笔调和五味／将半天光阴扔进铁锅／排油烟机吸进了整个世界／说什么五味调和／我调和的是日月／是这个世界的温

度……"在诗人眼里，视觉、嗅觉、味觉、听觉、触觉都是相通相互可以切换的，毛笔和五味，光阴和铁锅，日月和世界的温度，成为一种审美的通感，具有了不可言说只可意会的美感。

他写《今天又一阵风吹过》："自从有了李清照，沈约就成了八咏楼的配角 / 一些诗发酵成天上的云彩 / 一些诗挂在树上等待采摘 // 我约沈太守和易安居士同登高楼 / 尘封的记忆由一群白云追赶 / 风雨挤在我们中间一起谛听……"诗人带着我们在时光中穿越自如，毫无违和感。

在《与浦阳江的第一朵浪花核磁共振》中，诗人这样写浦阳江一直醒着："我孩提时代扔到河床里的那块鹅卵石 / 正在一万公里外发出滚动的声音……""醒着"不是一个简单的动态，而是孩提时代扔到河床里的那块鹅卵石还在一万公里外发出滚动的声音。诗人构建的奇特的意象令人击掌而叹。

这样的好诗还有很多。《将冬天披挂上身》："我呵一口黎明 / 太阳升腾起来 / 我把整个冬天披挂上身 / 阳光和星星匍匐于手杖之上……"从嘴里呵出黎明，把冬天披在身上，这就是诗人的技巧。《杭州的根部》，诗人这样营造城市的历史和文化意象："这个城市的每一幢建筑 / 都有一个历史的线头 / 深埋在地下 / 每一寸土地 / 在显微镜下细看 / 泥土的分子结构 / 都是中华文化的元素……"

他游刃有余地用诗歌的技巧，甚至在很多诗歌里，还通过语言的各种修辞方式让诗歌具有美的立体形态。

用拟人赋予静态的事物动感和丰富的情感。《所有的树都站了起来》："为了接受一阵风的检阅 / 大地上所有的树都站了起来 / 它们头顶阳光做的冠冕 / 伸出无数双绿色的手……"《切割时光的树叶》："它切割时间和空间 / 把梦想切割成锯齿 / 把黑夜切割成鱼鳞 / 剩下的时光 / 将被来年的树叶切割……"

用拟物来表达人的机械物化状态。《我在这城市的底部》："我是地铁里的一只公文包 / 在这城市的底部穿梭 / 在这孕育华彩的路上 / 与无数的新鲜空气为伍……"

用比喻来言传心声。《有一波乡音逆流而上》："故乡是少年梦中的一块冰 / 我是早已融化并且升腾的水啊……"

用瑰丽的想象描绘壮阔的场景。《大地正式录取你成为山川的一部分》："你终于成为这场铺天盖地的雨 / 红色通知书已在你手上 / 大地正式录取你成为山川的一部分 / 成为昆仑山的一部分 / 成为南海潮的一部分……"

用夸张的手法表达内心情感的起伏波动:《我将长江以南交给少年》："我用双

手将长江以南交付给少年/手掌上的故国三千里青山层林尽染……"《我在竖海旁自由来往》:"我把一片海竖起来端详/海浪从字里溅出来/我的衣裳充满陆地以外的气息/煮过的文字是我的宵夜……"浩渺的大海缩小成作者手里能够翻转自如的片海,反向的夸张更有震撼力。

再读《你是一束年轻的光》,对诗人和诗歌增进了许多新的认识。怀着诗心看世界,世界是多么美好。让我们像重生老师一样去相信:所有的树都会结出月亮。

原载《扬子晚报》(2019年8月21日)。作者系嵊州市文旅局副局长,诗人、画家。

诗意是最深刻的深刻

——读吴重生《你是一束年轻的光》

涂国文

红尘熙来攘往，生活一地鸡毛。庸碌、琐碎、无聊、乏味是生活的一种常态。能于平凡的日常生活中发现诗意、活出诗意，不仅需要一双慧眼，更需要一颗年轻的心。它不仅是一种生活态度，更是一种生活能力；它不仅是一种生活功力，更是一种艺术功力。

诗意是一种最深刻的深刻。荷尔德林说，人类应"诗意地栖居在地球上"。诗意地栖居，这是人类的最高理想。正是由于现实生活的平庸无奇、索然无趣，诗意才显得如此珍稀而宝贵。而一个人，如果他不仅善于从生活中发现诗意，更把表现生活中的诗意、创造生活中的诗意，奉为一种人生宗教，那么他就不仅是一位生活的热爱者，甚至可以被誉为一位生活的诗者、智者和艺术家了。

吴重生，就是这样一位生活的诗者、智者和艺术家。

吴重生是一位集诗人、学者、传媒人三重身份为一体的浙籍游子。由于工作原因，他的故乡浦江、他曾经的工作地杭州和现在的工作地北京，构成了他的人生"三极"。近年来，他忙碌的身影、他轻盈而沉重的精神之翼，在这三地之间来回穿梭，编织着时光和人生的传奇。

然而，无论吴重生身在何方，他都深深地眷恋着浙江，思谋着为故乡的发展贡献自己的聪明才智。今年春天，他刚由中国新闻出版传媒集团有限公司市场总监之职，调任浙江日报报业集团北京分社社长，甫一履职，即策划了一场旨在宣传浙江的"从阅读到悦读"的主题活动，邀请2016年国际安徒生奖评委吴青及中国编辑学会、中国新闻出版传媒集团有限公司、人民日报社、北京外国语大学等单位的十五位专家，围绕"全民阅读"，展开精彩对话与讨论。

《你是一束年轻的光》是吴重生"一日一诗"微信诗歌作品的结集。从2014年元旦开始，吴重生在微信上创作"一日一诗"，至今已逾两年。化用一句名言，一个人写出一首诗歌并不难，难的是每天都能写出诗歌。时代如此喧嚣、工作如此繁重，需要怎样一种才华、怎样一种虔诚、怎样一种勤奋、怎样一种拼搏、怎样一种沉潜、怎样一种毅力，才能践行"一日一诗"的诺言啊！仅凭这一点，我就对他肃然起敬！

诗集《你是一束年轻的光》由四大部分组成，分"四季"而非"四辑"。单从这一别致、新颖的命名上来看，就足以见出诗人是把自己当成了一棵热爱并感受生活之阳光雨露的植株的。这一命名，与诗集名"你是一束年轻的光"一脉相承、彼此呼应，流露出诗人对生活的感恩之情。那不仅是自然界的"四季"，也是诗人的人生"四季"。那"一束年轻的光"，不仅是一束自然界的阳光，也是一束诗人的生命之光。整部诗集，飞翔着"春天""大海""阳光""爱""梦想""故乡""稻穗""金属""光明"等一系列发光的意象，诗风清丽、明媚，诗境通透、俊朗，诗意明白、晓畅，清新扑面，带给读者一种春天般的阅读感受。

《你是一束年轻的光》首先向读者昭示了一种如何诗意化生活的艺术；教会读者如何从平凡中发现诗意，从而"诗意地栖居在大地上"。

诗歌启迪我们，唯有抱持一颗赤子之心，方能与诗意相遇——"我在去往春天的路上与春天相遇"（《立春三章》），"今天是个崭新的开始／我翻开云朵看见星星／翻开月亮看见太阳"（《今天是个崭新的开始》），"一个心灵干净的人／循着声音找到了荷塘月色"（《倒满酒敬一个声音》），"今天是光明的生日／云种下去，太阳长出来／山种下去，月亮长出来／风种下去，雨长出来／善良种下去，美丽长出来"（《今天是光明的生日》）。诗歌还告诉我们：面对喧嚣的世界，只有心灵宁静，才能谛听到生活和生命深处那汩汩流淌的诗意——"给我一个星月夜／我不要这一地的霓虹灯／也不要这一街的喧哗／我宁要这山崖的星光／路旁的萤火虫"（《给我一个星月夜》，"今夜的茶馆酒肆都默不作声／月光只照向运河读书长廊／我在读书声里完成了一次由北往南的穿越／河水湿了我的骨骼／把我融化在水乡"（运河三章》）。而保持了心灵的宁静，我们就不难发现，"夜已经很旧了／但鸡鸣和犬吠依旧新鲜"（《在城南的旧夜》）。

拥有了一颗赤子之心、宁静之心，则世间万象万物，都化作诗意，潜涌在我们的生活中、生命里。诗人说："诗歌打开了我的双眼。"（《星辉做的晚餐》）在一双充满诗意的眼睛中，生活必将变得美好和温暖起来，"我们把人间的温暖一饮而尽/我们也就成了温暖的一部分"（《正月初一》）。心灵的诗意，带来的必然是生活的诗意。诗人如是描述自己的诗意生活，"一个人是一支队伍/早上我出门时/诗跟在我后面/书跟在诗后面/画跟在书后面/画后面跟着无数的风和雨/夜晚我归来/晚霞跟在我后面/雷电跟在晚霞后面/星空跟在雷电后面/一个人是一支队伍/你走向哪里/你的队伍如影随形"（《一个人是一支队伍》）。

《你是一束年轻的光》其次抒写了人类共有的一种情感体验——生活、梦想与乡愁，因而它能引起读者心灵广泛的共鸣。

《你是一束年轻的光》所涉内容丰富，生活素描、命运探寻、往事追忆、未来畅想，赤子之心、游子之恋、学人之思、诗人之情，皆一一呈现于诗人笔端，诗歌最打动人心的，是对生活、梦想和乡愁的书写。譬如诗人这样书写生活，"回家的目光已被季节牵引/赶在天黑之前，回家吧/做一顿好饭/把晒了一整天的阳光/蒸煮、收藏"（《把洗好的黎明收回来》），"记忆中叫我叔叔的少年/此刻正接着他的幸福向我挥手/我循着他的手势望去/世界已长大成人"（《世界的第一颗乳牙开始松动》）。譬如诗人这样抒写梦想："今天就让我以树茬的名义致信太阳/给我一些火/我要将梦想点燃"（《我以树茬的名义致信太阳》）……这些洋溢着炽热情感和浓郁生活气息的诗句，读来让人感觉质朴、亲切、热情、温暖。

作为一名由杭州旅京的诗人、学者和传媒人，北京、杭州和浦江成了诗人的"三城记"和"三地书"。羁身京杭，乡关何处？那一行行饱蘸情感的诗句背后，是诗人浓浓的乡愁，是游子缱绻的乡思——"我在城市的上空眺望乡村的瓦背/抬手敲敲北方的窗棂/告诉隔窗相望的雪/别删了我回乡的路径"（《我约雪今晚来北京》），"我把自己安放在南方的空气里/也许只有一晚/这一晚的春雪将覆盖所有乡愁"（《立春三章》），"沸腾的乡音溢满我们的酒杯/胖了的是岁月/瘦了的是流光/故乡是少年梦中的一块冰/我是早已融化并且升腾的水啊/且网住这难得的乡音/在西四环的红墙下/酿我乡愁"（《有一波乡音逆流而上》），"那一年我涉水北上/浦阳江代我保管鹅卵石上的指纹/多年来我一直背负浦阳江水前行/每一个脚印都盛满江水的思念"（《与浦阳江的第一朵浪花核磁共振》）……

《你是一束年轻的光》复次抒写了一位文学艺术信徒对缪斯女神无比虔诚的热爱之情，展示了诗人为了文学艺术九死不悔的献身精神。

《你是一束年轻的光》中的诗歌，多为诗人的即兴之作。对于诗人来说，写作，业已成为他的一种生命仪式和生活方式，"我的诗歌在候车站/……/我的诗歌在从宿舍到单位的路上/……/我的诗歌在每一寸霞光的空隙中"（《我站在桥顶放飞诗歌》），"我不愿在睡梦中失去黎明/因此我早起/黎明给了我一身朝霞，天地如此澄澈"（《我不愿在睡梦中失去黎明》），"我被诗歌追赶/每日每夜/我用铜壶烹煮文字/诗歌在锅盖上登陆"（《我被诗歌追赶》），"我快马加鞭/奔跑在月亮之上/月泉啊月泉/我的诗唯你的马首是瞻/我和我的诗一起奔跑在路上"（《征诗令在路上》……见缝插针的创作状态，诗人、学者与媒体人的三重敏锐、三重才情和三重智慧，充分体现了诗人"倚马可待"的敏捷才思。

《你是一束年轻的光》中的诗歌，充满奇特的想象——"我被关在一个叫春节的地方/短信看守所/铐住了我的幸福时光"（《在除之夕》），"我相信/所有的树长高后都会结出月亮"（《所有的树都会结出月亮》），"腊八节的总开关/装在杭州灵隐寺"（《腊八节》），"只用了一个晚上的时间/雪的大部队就把杭城占领了/雪悄悄进城时/人们都在梦乡中/雪栖居于大街上、树上、瓦背上/像当年陈毅的部队进驻上海/雪是守纪律的模范"（《雪把杭城占领了》），"南方人是从稻穗里长出来的/谷壳做的外表/米粒做的内心/南方人是太阳和春天的亲戚"（《南方人是从稻穗里长出来的》）……诸如此类的想象，新颖奇特，诗味隽永，令人击节。

《浙江人都是海水做的》是诗集开篇的一首诗——"浙江人都是东海派来的/他们扛着水行进在路上/阳光下的身影满是水的皱纹/浙江人生下来就被打上水的胎记/在分娩了浙江以后/东海有些疲惫/她随便呵口气/放飞了许多海涛/让他们长成江河湖海/浙江人都是海水做的/他们每天都汗涔涔的/那是奔跑途中溢出的海水/浙江人习惯于奔跑/他们把太阳吞入腹中/从不喊渴/他们的胎记奔跑时会鸣叫起来"。诗歌想象奇瑰、境界开阔、气势恢宏、形象饱满，可视为诗人的一首代表作。

"今天我们以诗歌的名义，相互加冕为文化贵族。"吴重生在《今天我们放飞诗歌》一诗中，这样揭示诗歌艺术与人类精神的关系。诗人不仅以自己的创作实践，创造了"一日一诗"的诗歌佳话；他更以一种从平凡乃至平庸中发现诗意的生活艺术，为读者呈现了一幅鲜活可感的诗意生活蓝图。《你是一束年轻的光》不仅是一部诗集，更是一部诗意生活的策划书和指南书。

　　原载《词语快跑》（广西人民出版社）。作者系浙江省教学月刊社副编审，诗人。

太阳照在田野上

陈　越

无论这个季节如何细雨绵绵，只要捧起吴重生先生的诗作，相信每一个读者都能在他的字里行间读到阳光的味道。

这本新鲜出炉的用故乡与他乡、南方到北方及过去和未来构成的《你是一束年轻的光》的诗集，只是他诗歌创作生涯当中近一年的新作。作为"一日一诗"活动的倡导者和践行者，重生先生仰望星空，脚踏实地，把每日的点滴诗作汇集成册，轻轻松松就让自己的诗情达到了质量和数量的双重巅峰。

我和他都来自同一片乡土，都曾经汲取过同一片田野的滋养。在《浙江人都是海水做的》这首作品中，感受到了同一种浩如东海的豪迈！

故乡的山川河流已经深深地烙在他的每一个晨昏日落，成为他身上一道永远无法抹去的胎记。也许背负的乡愁实在太过深重，除了绵延不绝的乡情，你很难在他的诗作里看见常规诗人所吟诵不断的风花雪月。游子之情切切，赤子之心拳拳，梦里梦外声声啼唤的乡土之魂，令人动容！

……
　　石埠头
　　江上清风每天都来问候你
　　船头渔唱留在了童年的岸上
　　渡口桃花染红了天边的云霞
　　浦江乱弹的声音从芦苇丛中传来

石埠头
　　青石板镌下白色的帆影
　　帆影里荡漾着我的乡愁
　　……

　　一个真正的诗人是注定要不断地漂泊的，重生先生就是这样一位与漂泊有着深厚情缘的诗人。从某种意义上来说，他用故乡到异乡所酿造的这杯酒，礼敬了从南方到北方的家国情！他不停地在路上追寻的过程，其实就是他一场不断完善自我和不停修行的历练，这种历练几乎重塑了这个典型的南方诗人的性格。在他纤弱文静的外表下，蕴藏的却是一股极有力量的风火，时刻为生活燃烧、为创作燃烧着。我一直觉得他应该就是一个太阳的孩子，因为内心始终洋溢着光芒，所以几乎看不见他身上为生活琐事所困扰的哀愁。但在诗里诗外，这样的心事却铺满了绝不轻薄的纸张：

　　南方到北方去了
　　只剩下我

　　在秋虫的呢喃声里
　　守望夕阳
　　有一段潮湿的往事
　　在古荡河畔踟蹰了很久
　　等待端午赛龙舟的锣鼓声把它接走

　　南方到北方去了
　　秋天到冬天去了
　　只剩下我
　　独立于苍茫的大地

　　重生先生的诗作本身就蕴含着一种独特的韵律之美，就像收获的季节，农夫在田野上挥舞着镰刀有节奏地切割着庄稼一样。一字一句，一行一声，读起来有着不同寻常的快意！这种韵律感极大地丰富了他诗作的层次和传唱。在这样一个信息高度密集的时代，他的诗作总能在浩如烟海般的网络社会里脱颖而出并广为流传。有相当一部分他的诗歌粉丝，每天都在等着他"一日一诗"新作的更新，这种欣喜的翘盼之心情，在诗意无存的今天，是多么难能可贵！

我们总在春天的季节遗忘冬天，也总在苦难的时候期盼幸福！无论怎样的过往和未来，你的心中只要有一束光，就能让你的生命整个都亮堂起来！在我们这个国家所有的文学作品中，最应该被记取的就是那些至今让我们感动如初的经典诗歌，一代一代温暖着我们的民族稳健至今。在眼下这个时代我们依旧应该感谢这些诗歌的创造者，只要诗歌不绝，生命就不会失去色彩！

吴重生先生不仅仅是一个简单的诗人，他是一个光的使者和去污存洁的人，他懂得在这样一个时代诗歌的重量并积极地不遗余力地去推动这种力量。我们无法改变季节的风向，也无法改变命运的曲向。但只要有一束光，一切就会有新的希望！

眼下又是一年一度的梅雨季，不过，再潮湿的天气，你只要手捧一本《你是一束年轻的光》，你就能看见阳光照在田野的模样。

原载《南湖晚报》（2015年5月20日）。作者系作曲家。

第四辑　捕星赏月

吴重生的"勤好思实融"

马国仓

最近五年来,我先后两次应邀参加吴重生的新书发布会:一次是2015年5月,在中国现代文学馆参加他的诗集《你是一束年轻的光》首发式;一次是2020年6月,在雍和宫雍和书庭参加他的新书《捕云录》和《捕星录》的分享会。这两次活动,群贤毕至,少长咸集,言者殷殷切切,听者聚精会神,给我留下了深刻印象。

重生是我曾经的同事,也是相处要好的朋友。如果从他2007年调任中国新闻出版报社浙江记者站站长算起,他在中国新闻出版传媒集团供职前后达十年。2013年全新组建的中国新闻出版传媒集团急需经营管理人才,经集团党委研究并报国家新闻出版广电总局同意,以"京外调干"方式将重生从杭州调到北京,担任中国新闻出版传媒集团市场总监,我与他有了更多工作上的交集。

我们一起共事的岁月里,留下了许多美好的记忆:既有在作为他主业的新闻工作方面,也有在作为他副业的文学创作方面。比如,他在中国新闻出版传媒集团担任市场总监期间,就曾在人民文学出版社出版过诗集,大家给予他的作品以高度评价。中国新闻出版传媒集团还联合了中国作协诗刊社和人民文学出版社一起,为他举办了诗歌作品研讨会暨朗诵会。著名朗诵家、年逾八旬的北京市朗诵研究会会长曹灿先生亲自登台朗诵了重生的诗作《立春三章》,令与会者印象深刻!

今年由中国青年出版社出版的散文集《捕云录》和诗集《捕星录》,更为全面地反映出重生在文学创作上的成绩和轨迹,我由衷地为他感到高兴。我对重生及其文学创作有以下五个字的印象——

一是勤。重生在我眼里一直是一个勤快的人，更是一个勤奋的人。无论是从事新闻写作、报业经营，还是文学创作，始终充满热情，勤奋耕耘，不惜体力，勤用脑力，苦练笔力。人勤春来早，笔勤收获多。正是他的勤，让他不断取得新成绩。摆在读者面前的《捕云录》和《捕星录》，对重生而言，看似无心插柳，其实是水到渠成。当然，这既不是他的第一本书，也绝不会是他的最后一本书。精耕自有丰收日，时光不负苦心人。愿重生在创作路上，继续以勤为勉，取得更大成就，不断有新作问世。

二是好。重生热爱新闻，也喜欢文学。他爱好广泛，在新闻工作之余，写诗，也写散文，还研习书画。一个人，有自己的爱好不难，但在爱好上有所成就则不那么容易。记得哲学电影《喜马拉雅》里有一句很有名的台词："当有两条路让你选择时，能够到达圣城的就是最难的那一条。"文学是重生心中的圣城，所以他选择了最难的那条路，虽然路难，但因为爱好，他在这条路上以苦求甜，跋涉、探索得很是快乐。

三是思。一个作家，当然也包括记者等所有以文字为职业的人，优秀与否，不一定体现在每天写多写少，而是每天都在思考，每天都在观察，每天都在储备。重生就是一个这样的作家、这样的记者。在我看来，重生新闻写作的敏感、文学创作的灵感，皆源于此。这些表现在重生身上，更体现在重生的作品里。

四是实。平实是重生作品的一个鲜明特征。无论是诗还是散文、随笔，都是在写身边的事、熟悉的事，是普通人眼力所能触及的景物。他用手中的笔赋予了身边的事、眼前的景以独特的诗情画意，所以他写得有真情实感，读者读来也有真情实感。他曾写过《致东四环南路55号》，这本《捕星录》里收录了他的《再致东四环南路55号》。作为我和他共事的地方，东四环南路55号是中国新闻出版传媒集团的地址，小红楼里的灯光、小院子里的玉兰树、长长的走廊、配楼的食堂，以及那只晒太阳的流浪猫等等情景，让我们这些在东四环南路55号工作或工作过的人都感到分外亲切，触动心灵。

五是融。前面说过，重生一直在新闻单位工作。他的主业是新闻工作，文学创作则是他喜爱的副业。让人钦佩的则是他能在主业、副业之间游刃有余地转换功力。主业完成得很出色，副业也搞得很好。其实，与其说重生是在新闻和文学之间转换，不如说他是将两者融为一体。比如说《捕云录》里收录的大量书评作品，很难说清楚它们是文学作品还是新闻作品。所以记者和作家、新闻和文学，只有相融，才能同进共赢。这也是重生在主业副业都能有所成就的秘诀所在。

原载《绿色中国》（2020年6月22日）。作者系中国新闻出版传媒集团董事长、党委书记，中国新闻出版广电报社社长。

重生的诗很干净，天分难得

王 玮

通读《捕星录》中的诗歌作品，吴重生在诗歌方面所展现出来的天分和才华，让我感觉很惊艳！

重生是浙江浦江人，浦江有一个"江南第一家"，是中国古代家族文化的重要遗址，以孝义治家闻名于世。重生是从最"江南"的地方走出来的，他的诗理所当然地带有深深的江南印记。这种印记成为他诗歌作品的一种标识性的符号。

一切的文艺创作都需要天分+勤奋，但在我看来，诗歌好像更需要天分。比较而言，诗歌艺术真的不是你单靠自己努力或者经过训练就能获得的，需要灵性和天赋。我陆续读了重生发表在报刊上的诗歌作品，尤其是集中时间阅读了他的诗集《捕星录》，觉得重生是属于天分型的诗人。当然，他的勤奋更是有目共睹的。且不说他在诗坛上勇敢地发出"一日一诗"的倡导，在报上开辟诗歌专栏，坚持以一种"倒逼式"的行进方式创作。光看他应约完成的那些主旋律的"命题作文"，就不难发现他的天分和勤奋。

我非常喜欢他的一首诗，题目叫《今天我来了，往事便不再沉沦》："我第一次感觉离自然是如此的近 / 近得仅仅隔着一层胞衣 / 我出生的山坳 / 还保留着天地分离那一刻的混沌……我来人世的第一声啼哭 / 由山那边的水们负责保管 / 坐上牛车，去往平原 / 长辈们将大山打包 / 水的纹路突破了曙红的黎明 / 喧闹的只是人声 / 山和山的子孙们一直深沉 / 今天我来了，往事便不再沉沦 / 我找到了我的第一声啼哭 / 那么的明亮，像水晶一样 / 哦，那是我在人世的第一个泪滴 / 扁担挑着柴火 / 箩筐装着梦境"。吴重生出生在浦江县前吴乡前吴村仁忠坞自然村。通济桥水库二期改造工程的启动，使他们全家成了库区移民。这首诗使用的都是诗的语言，轻盈，空灵，有韵味，有意境。读之令人回味。人和自然之间隔着一层胞衣，这是诗人独特的想象，而"来人世的第一声啼哭"由山那边的水保管。在诗人的笔下，人与自然，人与山、与水都是一种并列且无比亲近的关系，或者说自然和山水都是"人"的另一种存在方式。而今天我来了，往事便不再沉沦。可见在"我"重返出生地之前，"往事"一直是处于沉沦状态的。一个人最"往"的"往事"莫过于他出生的那一刻。当"我"找到自己遗落在人世间的第一声啼哭，那种感慨，无疑是对生命本真意义的呼唤。

重生的诗歌艺术才华很充沛，想象力不同凡响。他的诗写得很干净，很美。什么叫干净？是因为除了诗人讲的真话以外，没有多余的文字；什么叫美？那是一种意象之美，创造之美，韵律之美，思想之美。吴重生的诗歌情怀表达得很真诚。我说他的真诚是指的他不伪饰。笔尖流露出的美好，是因为他心底有爱，有光。

以五十岁为一个年龄段，吴重生的时间构成是这样的：浦江二十年、金华十年、杭州十年、北京十年。他一直在路上，他的故乡也一直在路上。他经常在北方遥望南方的故乡。回到南方，他又会遥望北方那个心灵的故乡。从他的作品里边，读者能读到他对故乡真挚的情感，感受到他在成长过程中所经历的种种感慨。就像他写清明节那首诗的最后一段："有时候，雨是一种感情符号／它的出现，代表着一个季节的重生／从不存在到地的旅程，就是占领时空的过程／这是一个生者的节日／所有的路标，都指向哲学深处"。明明是为纪念逝者而设立的日子，诗人偏偏说这是一个生者的节日。这种逆向思维，很好地表达了诗人珍爱生命、珍惜当下的思想。这首诗，引起了我情感上的共鸣。

记得重生曾在一篇散文里提到"写诗是一种美德"，对此我深表赞同。我觉得重生就是美德的践行者。他的诗，他的文，表现出来的都是真诚、美好的东西。这种真诚和美好感染着他，更感染着广大的读者。有一次他出差山东聊城，一位素未谋面的读者，当面背诵了他写家乡的一首诗。这位读者从未去过重生的家乡，可见好的诗歌能够突破地域和时空的限制。

来自"央视频"我心中的星辰云海新书分享会上的采访（2022年6月7日）。作者时任《中华读书报》总编辑。

他的骨子里流淌着光明
——吴重生诗集《捕星录》印象

董国政

一

当下中国诗歌现场热闹非凡，每一天，诗歌的文字流都能汇成一个海洋。诗坛的繁盛，昭示着民族的想象力和表达力正在开拓一个新的领域，为复兴伟业注入蓬勃的朝气和新鲜的血液。

吴重生是一位有着丰富诗歌创作经验的诗人。他有他的精神向度和诗歌向度。一部《捕星录》，代表着他作为一名诗人所承载的"不仅是奉献美的事物，更重要的是达到人类灵魂的传播和深刻的交流"（诗人阿莱德雷语）的崇高使命。同时，一部《捕星录》，也是他奉献给读者的一颗闪亮的星星，慰人以辽阔和温馨。

以通识而论，人们常常想到的，是"忧愤出诗人"，"穷苦出诗人"，"怀才不遇出诗人"，诸如此类。因为，诗原本就是可以兴、可以观、可以群、可以怨的文体，诗人心中的现实，往往是实然与应然相去甚远。吴重生并非没有他所遭遇的困境，只不过，他的心相所显现出来的，始终是一个光明的形象。构成吴重生诗歌底色最经典的一句话，便是"我的骨子里流淌着光明"。

雪莱说，一个人"感受不到光明是因为本身阴暗"。一位中国诗人说，"黑夜给了我黑色的眼睛，我却用它寻找光明"。他们所说的光明，是需要感受和寻找的，而吴重生是"骨子里流淌着光明"，不需要外在的牵引。

一个内在光明的人，对于外在的光明必是很敏感的。所以，在诗集里，时常窥见诗人笔下的太阳、月亮、火焰。似乎，诗人关注度最高的是星星：

"吴山无风繁星浩瀚"（《故乡》）；

"满地都是繁星发酵的气息"（《泸州》）；

"我必须保持跷脚仰望的姿势

看启明星如何脱胎为长庚星"（《仰望星空》）。

诗人曾幸福地忆及年少时的情景："那一年，我把天空搓洗干净，等待星星们接踵而来"；到了太湖大学堂，便"看见窗户和拱门向着启明星开启"；到了玉树，便"在梦里攀崖采集星星，手上、身上，到处都是蓝色的星光"；到了台湾，诗人一刻也没闲着："今晚，我们在天上种下星星树"。到了内蒙古以后，诗人这样立誓："如今我的使命就是在这巴林左旗的蓝天下放牧星群"。即便在梦里，诗人也能感知内心的光明："我全身的血液发出荧光，它们流淌的部位是晨曦的必经之地"。平常的日子里，诗人忘不了自我警醒：《放下自己，摘几片光明》；让诗人忐忑不安的，当然是《我丢失了星星》，因为，"也许我本来就是一颗星星"。

岁月的沧桑与洗礼，让人变得成熟、淡定和圆润。所以，诗人眼中浮现过这样的景象："星河流转，平地春雷如雨。"

袁枚在其《随园诗话》卷九中引王西庄（王鸣盛）的话说："所谓诗人者，非必其能吟诗也。果能胸境超脱，相对温雅，虽一字不识，真诗人矣。如其胸境龌龊，相对尘俗，虽终日咬文嚼字，连篇累牍，乃非诗人矣。"吴重生是一个既胸境超脱、相对温雅，又笔耕不辍的人，他的文品与人品没有"分裂相"。

由于光明是其诗歌底色，所以他的诗歌整体格调是激越温暖的，昂扬向上的，充溢着满满的正能量。在他的诗中，难觅低迷虚幻之音，哀婉颓唐之叹。有的则是携光明以遨游，醒"大我"以勇往。

二

孟子曰："大人者，不失其赤子之心者也。"

袁枚将这句话移植到诗人身上："诗人者，不失其赤子之心也。"

诗人是有双重身份的，既有外在身份，也有内在身份。

吴重生直言，他的内在身份是"运河之子"。

在《捕星录》中读到的第一首诗就是《大运河是条太阳河》。这首诗是诗人怀着赤子之心，以满腔热忱写出来的：

"大运河是一条太阳河

它唤来海河、黄河、淮河、长江、钱塘江"

"它怀抱着一个民族腾飞的梦想

踏浪飞奔

它越跑越快，把大地跑成了天空

把自己跑成了一道嵌进天空里的闪电"

"母亲的运河父亲的船

我顺着你光芒的指引校正自己的航程"

"所有的浪花都是我的信使"

"无论我走到哪里

都在心里丈量

自己与大运河的距离"

在诗人眼中，大运河就是一条母亲河，是诗人的精神故乡、精神标尺。诗人形象地说，"在大运河上泛舟，就是我的一生"。这首诗写得荡气回肠，寄托着"运河之子"的梦想、奋斗和属于自己的辉煌。

赤子之心既是童心的显现，又是乐观向上追求美好的一种执着，更是向往真善美的一种心境。她的本质是爱。

诗人挚爱着生他养他的祖国母亲。他的诗里几乎看不到一个"恨"字、"仇"字，即便在生活中遇到挫折，也不改其初心。在《致白雪覆盖下的麦田》一诗中，诗人写道："我们都是从中原南迁的飞鸟 / 在空中迷失了路径 / 只能顺着运河的流向 / 结伴飞过北方的山峦"。

诗人是与时代偕行者。他总是竖起耳骨倾听时代的号角，"书写新时代的传奇"。"我犁出的时代汇成江南雨 / 我挥舞的岁月劈开春天的山岳"（《做一名耕耘者》)。在《致金秋里的祖国》中，诗人这样袒露心声："祖国，请让我用一轮明月为你庆生 / 捧出这一地的光明 / 献给你疾行的脚步 / 我们民族的精魂"。

《大运河是条太阳河》体现了吴重生诗歌一种混合的风格，即能够同时容纳思想、叙事与抒情。对吴重生而言，诗歌的领地是无限自由的领地，诗歌想象"让诗歌的真相迎面爆发"，"那真相即是被可懂性裹挟的语言交易无法触及的激烈真相"（莱奥诺拉·乔里耶语）。

三

乡愁是诗歌的永恒主题之一。李白一句"举头望明月，低头思故乡"，之所以能成为千古绝唱，就是因为它瞬间触发了人们心中淤积的乡愁。

吴重生笔下的乡愁，有两种样式，一是写故乡，一是写异乡。

吴重生说，他的故乡的名字每个字都是三点水偏旁——浙江浦江。他谦恭而未道明的是，在中国古人眼里，水为德王。一部五千言的《道德经》，即以"水德"贯穿始终，并将水视为道的象征："上善若水。水善利万物而不争，处众人之所恶，故几于道"。

浙江人杰地灵，自古繁华。在吴重生笔下，故乡处处生辉。他几乎走遍了浙江大地，每到一地，既身入，更心入。钱塘江、金东、磐安、衢州、西湖、嵊州……山山水水都是他讴歌的对象。他说，"我的风衣是用钱塘江的碧波裁剪而成的 / 我穿着它以抵御来自西伯利亚的寒流"。诗人把奇特的想象赋予了故乡。他说，"我相信，钱塘江是在冬天出生的 / 你看，那成排成排的浪花 / 不正是千堆雪卷起的往事"。基于对故乡深沉的爱，诗人"在剡溪，我愿投水为鱼"是真心流露。他带着"朝圣"的心理去顶礼膜拜诗人艾青的故里金东，惊喜地看到，"大堰河的乳汁不但喂养了金东的土地 / 也喂养了二十世纪的中国诗歌……今天，乡亲们以五谷为诗人加冕"。在《我给乡愁交出第一份投名状》中，诗人感怀道："我曾在梦里偷渡你的岸 / 在黎明时分登陆你的岛 / 与两鬓斑白的重阳节同行 / 是我给乡愁交出的第一份投名状"。诗人的沉郁不止于此："官岩山，久违了！久到山还在大地的胎腹中 / 久到太阳还溶化在铁锅底部 / 山顶那些成片成片的枯草 / 匍匐在地 / 像在亲吻三十年前的爱情……"但凡游子，读到这里，都不能不为之动容。

多年前，出于工作需要，吴重生从浙江来到了北京。对于第二故乡，吴重生同样以诗人的眼光来打量，以诗人的情怀来注入。他对自己说，"我是闵庄的一棵松树"。这让人想起诗人米沃什的话："我一向自认为是一棵弯曲的树，所以尊敬那些笔直的树木"。对第二故乡，他把草木都视为亲戚："今春我被一截出走的运河带回了故乡／这里的草木都是我的亲戚／包括大门外那个正在叫卖水果的摊主／还有食堂前那只晒太阳的流浪猫"。诗人还说，"我是这个城市的拾荒者"，"我把自己收集起来的所有失败累积起来／足以复原这个城市的所有成功"。在异乡，诗人从不沉沦，也从未以漂泊者自况，而是精进于事业，以沉潜者自省，所以，诗人心中是洒脱的、超然的："今夜，我是你们的邻居／祝山那边的你晚安／我想此刻就是世界最美的样子／所有的人生际遇都如身旁的瀑布水／一世喧哗，抵不过这岁月的洗涤／风霜雨雪统统归结于此"（《相约，去百花山》）。

对于自己名字中的"重生"二字，他是颇为在意的，常在诗中出现，且有多重解读。在《给你火把，照耀你解冻的河堤》中，诗人从政治的维度去写之江：

人们都说，你不仅仅是一条江的名字
因为你载得动星群，在历史长河中泅渡
你是那无边的黑夜里眨动的眼睛
而你奔跑的脚步声叩响了黎明的山峦
昭告着道路与方向的重生

每一个置身现实的人们都不难理解诗中"重生"二字的含义。民族的命运，国家的命运，个人的命运，都被这"重生"二字所涵盖，让人更深切地体会当下，理解当下。在别的场合，诗人也多次提及生命意义上的重生，如：

"有时候，雨是一种感情的符号
它的出现，代表着一个季节的重生"
"重生之门就在那山花烂漫处"……

在中国文化里，重生的经典象征是"凤凰涅槃"。人们从凤凰身上，看到了这个民族生生不息的精神光谱。这一古老的意象反复在《捕星录》中闪现，是与诗人的心象相契合的。

四

  米沃什曾感慨："一个人必须独自在人间创造一个新的天堂与地狱，是多么难啊。"诗评家霍俊明说，诗人更像是"望气的人"，于山川河泽、莽莽草木中生发出精神的端倪和气象。

  将生活中的诗意密码破译出来，完成生活本体的某种转换，使生命释放出更璀璨的光，这是一份荣耀而又辛劳的工作，诗人吴重生乐此不疲。

  诗是什么？诗是诗人辨识出来的日常。或者说，诗人对生活的辨识度，与万物的联通度，决定了诗的厚度。诗人发现，日常生活的向度，蕴含着诗的向度。

  生活就是生活，但生活不能仅仅是生活。把生活中的诗意破译出来，使现实中的人们有更为清晰的灵魂居所，至少，给沉重的肉身找到救赎的通道。从这个意义上说，诗有一定的宗教养分。

  吴重生娴熟于日常入诗。"我每天在人间烟火里进进出出"。《我家厨房窗外》《回家，忘带钥匙了》《早餐，偶遇一排椅子》《今夜，我敲开乌石村的窗户》……从这些诗题可以看出，吴重生是一个将日常生活信手拈来的诗人。摘星，撷英，都是为了让生活和人生更美好。从他的视角看，鸟鸣，可以"变成生猛海鲜"；掌勺的，可以"加冕为春神"；甚至，"不需要味精，春天的味蕾已将五味调和"。诗人的破译功夫着实了得！

  诗坛有"知识分子写作"之说。依此说，"知识分子写作"的诗人在日益物质化、世俗化的现实境遇中更为关注理想、关注灵魂、关注精神。吴重生既有知识分子写作的特点，又有新闻人写作的特性。这与他的职业有关（他的不少诗作是应纸媒之约而写的）。

  吴重生的不少诗是即兴的，诗人到达第一现场后，随即写下所见所闻所感，所以他的部分诗作有点"新闻特写"的味道。节奏明快，意象疏朗。比如，组诗《北京大学的门》；再比如，《三元桥是一个图腾》，都可归入这一类。后一首虽是"新闻题材"，但诗人妙笔生花，让企业的形象文学化了："三元桥，是一个图腾／中冶人在星空的背后纺织天幕／鞍钢、宝钢、攀钢……一颗一颗明亮的钢铁之星从中冶人的手上捧出……中冶人是些什么人？炉火熊熊，面色如铜/中冶人是为共和国烤工业面包的人"。诗人曾这样"白描"："这是多么美好的一天啊/我年轻的梦、喜鹊、红柿子/新闻理想开满整个山谷"(《秋日咏怀》)。

　　吴重生诗歌中，除了公共语言的运用稍嫌直白外，几乎每一个意象都是饱满的，画面感极强。他的语感是自然流动的。他常以行走的步调前行，甚至"我的诗是不连贯的，但生活也是如此"(米沃什语)。托物言志、奇特的想象布满了他诗歌的天空。"每天晚上，我让炖锅工作/煮一个颗粒饱满的黎明"(《把洗好的黎明收回来》)，这样的想象，体现了诗人灵思的突兀奇崛，给人美的享受。

　　特别值得一提的，是他的一首出离了现实主义、象征主义色彩浓厚的诗——《大地正式录取你成为山川的一部分》：

　　　　我一路飞奔
　　　　只为迎接旷野里的那一场豪雨
　　　　周身被风的细胞填满
　　　　建仁树义
　　　　今夜在长江以南再次发声
　　　　北方的这场豪雨
　　　　我关注你已经很久了
　　　　从你成为黄河奔流开始
　　　　从你成为白雾升腾开始
　　　　从你成为紫云集结开始
　　　　今夜
　　　　你终于成为这场铺天盖地的雨
　　　　红色通知书已在你手上
　　　　大地正式录取你成为山川的一部分
　　　　成为昆仑山雪的一部分
　　　　成为南海潮的一部分
　　　　今夜我一路飞奔
　　　　只为迎接这场不期而遇的豪雨
　　　　春雷滚滚

撕亮了秋的夜空

　　诗人自述，在女儿成长的过程中，他会选择在有纪念意义的时间节点，给女儿写一封信，写一首诗，或创作一幅书画作品，以示嘉勉。《大地正式录取你成为山川的一部分》是在女儿收到高中录取通知书时写下的，诗中的雨、紫云、南海潮及春雷等意象，构成了澎湃的诗情、激昂的诗韵。

　　在现实生活中，"正式录取"意味深长。它让人产生的联想是极其丰富的。它既带着生活的艰深，"入世"的沉重，又焕发出青春的张力，生命的坚韧；既让人五味杂陈，又让人如释重负。在这里，诗歌的"缝合作用"彰显出来了。

　　吴重生曾经说到，女儿读大学后跟他说出一个新发现，即文学的作用就是"安慰"。当时，诗人着实吃了一惊。再往后，细思女儿的话，他又从内心里认同了。

　　文学即是一种安慰。这也正是诗的"无用之用"。

　　原载浙江新闻客户端（2019年8月30日）。作者系《解放军报》原理论部主任。

《捕星录》中的北大与修辞

秦立彦

吴重生拿"捕星录"三字作为自己新诗集的题目,令人眼前一亮。这题目简短新奇,令人想起"手可摘星辰",然而那仍是"摘星","捕星"的意象确实在这里第一次见到。摘星,星星是静止的,人的手是要够上星星的位置,即可摘之;而捕星,星星是活动的,可以理解为星星是有生命的,星星在"逃",而人在追着"捕"。一下子,人和星星互动起来。

写诗的人知道诗集的题目多么难起,叶芝的诗集《苇中风》题名很美,但他后来一部集子名为《塔》,就缺了些特点。弗罗斯特的《波士顿以北》是他最重要的诗集,诗集名字也很响亮。像《苇中风》《塔》一样,诗集以名词或名词性词组为题的居多。而"捕星"却是一个动宾词组,"捕"这个迅疾的动词,也捕捉了诗歌这种创造性活动。我们多见的是捕鱼、捕鸟,"捕星"却是一种惊人的动作。此诗集中的一首诗中,作者写"我在大峡谷的溪里捉石",采用的是类似的笔法。但"捉石"尚是对"在水中摸索并取出石头"的一种生动提取与描绘,"捕星"则是现实中不可能存在,只能在想象中存在的动作。是啊,作为诗人的吴重生,不正是在捕捉星星吗?捕到了星星的人是多么幸运。

《捕星录》的著作者吴重生是勤奋的。值得注意的是,从这本诗集中呈现出的作者形象,与大众心目中的诗人形象不甚相同。这位诗人有诗意的敏感,"我不再为村庄担心,为水底的生物发愁",但他并不多愁善感。他是积极向上的,不以诗的手段发泄困惑,从而使诗作呈现出一种明亮、健康、稳定的特征。诗人很外向,行动能力强。由于工作轨迹的变动,诗人常在南北之间奔走,常写到高铁、飞机、运河这些古代现代的交通工具与路线，也偶尔会用流浪、流放等词语，但那并不是存在意义上的流放或流亡，没有尖锐的痛苦。

诗集之中有一些处理比较大的题目的篇章，作者常能将"大"写得具体生动，而避免了空洞。比如《大运河是条太阳河》。作者多次写到运河，这源于他对运河的熟悉，运河是作者生活轨迹的见证，同时运河又是宏大的、属于国家层面的，负载着历史。

写北大的组诗《北京大学的门》也是"大题目"中的一例，作于2019年6月9日。北大出产的诗人甚多，对北大诗人来说，最重要的地标是未名湖。或许是"不识庐山真面目，只缘身在此山中"的缘故，北大诗人笔下较少涉及北大的整体面貌和历史地位。《捕星录》中这组诗对北大的书写，提供了较为特殊的视角，并在北大的官方微信公众号上发表。作者与北大有着深刻的渊源，最大原因是作者的女儿在北大就读，作者曾作为2017级的北大新生家长代表亮相在北大开学典礼的大屏幕上。

这组诗分为四篇，分别写北大的西门、西南门、东南门、南门。作者从门的角度写北大，立意巧妙。北大因为校园广大，门颇多，门与门之间相距甚远，外来者常晕头转向，"不得其门而入"，也给指路者造成困难。长期的校园生活中，因为不同的位置和历史，各个门形成了自己的特点。门是内外联通，内外守望之处。从这些门里一次性进出的游客，对门没有感觉，只忙于在门前照相，以期留下自己与北大的合影。师生们对这些门无比熟悉，天天从那里经过，但因为司空见惯之故，在门口也多是匆匆而行，来不及驻足观察。组诗中的北大四门形成不同的声音，有的厚重，有的轻松，有交响之感，共同写出了北大的庄严与青春。组诗写门，但作者"醉翁之意不在酒"，目的是从这四个方便之门进入，写北大的种种面向。

"北京大学的门"这题目很少人写，也很难写。作者不是将思路局限于对门的建筑本身的描绘（北大有的门样貌很普通，甚至谈不上"建筑"特点），而是着力于门前、门旁的人的活动，把这些门与历史、与人联系在了一起，使它们具有历史维度，成为空间与时间相交汇的门口。它们既代表着一瞬间，也是长时段。如诗集中写大运河的诗一样，作者也将"我"写入大历史之中，作为历史的同行者和见证人。

北大西门是学校的正门。作者没有用更多笔墨于西门的门楼等建筑，而是抓住门前的一对石狮子。这对狮子，恐怕北大的师生们自己也很少知道其来历：

> 一对威武的石狮立于校门左右
> 校方在购买这对石狮的契据上说
> 文翰章因祖遗有石狮一对齐整无损
> 今因合族生计艰难，商同合族允可出售
> 今经介绍人说合，卖与燕京大学使用
> 三面言明议价现洋柒佰元……
> 文翰章，你可是文天祥的后代
> 文、翰、章三字，皆与教育有关
> 由你出面派祖传石狮为北大守门
> 冥冥当中是否乃是天意？

　　在这段文字中，作者进入了历史的深处，写出了文翰章这个不见经传的人物。文翰章因为将狮子卖给燕京大学，而与北大产生了他自己都不会知道的联系。于是，在大历史中出现了一个小人物的悲欢。庄严的狮子，实际是文翰章家的旧物。狮子卖给燕大，其实是文家家境困窘的不得已之举。此诗中原文摘录了契据的部分内容，文言的契据嵌入白话诗中，这种今古交错的写法，是同时也擅长写古体诗的作者常使用的手法。大历史于是有了人情味，我们窥见了大历史中的个人命运，一个一般人不知道与北大有如此渊源的人，他的家世与祖先，这些甚至具有了某种神秘的意味。此诗对北大西门而言也是一种新的"捕星"，诗的聚光灯照亮了人们日日见到的事物，使之有了陌生的面貌。

　　组诗里北大四门的布局中，西南门具有更多的私人色彩。西南门靠近学生宿舍区，与北大的大历史、著名地标相距较远，出了西南门就是畅春园食街，是学生在校园外会友、吃饭的地方。此前的四十三楼下还有个小南门，小南门关闭后，西南门开。这种学生区的小门属于大学校园不可或缺之物，是年轻的学生们就近出入的地方。西南门也可以说是一种"小门"，基本不为外人所知，很少有游客从那里进入北大校园。在这首写西南门的诗里，诗人的自我出现，以个人的真实体验，为北大生活的学生们和与他们相关的人群做着见证。西南门其实几乎没有建筑上的特点，说是个"豁口"也不妨，但作者准确捕捉了那里人的风景。

>孩子走出，西南门就空了
>共享单车和外卖单车像一尾尾鱼
>追逐于西南门，这个神奇的纸港

这一段描写视觉上准确，而又并非完全坐实，是作者很擅长的一种风景描绘。在西南门，作者写的主题实际是父女重逢，作者接上从西南门出来的女儿，两人一起去喝茶，写出了父女之间的情谊与对话，"孩子，你的阳光让我羞愧"。

总之，这四首诗中，每首都有"主人公"：西门的狮子，西南门的父女二人，东南门抱着书进出的学生，南门的快递员。四个门有四种色彩和四种情态，共同组成北京大学丰富的现实与历史的风景。

>他们想探听中国春天的虚实
>中国的思想和骨骼在园内生长
>他们选择与春天为邻
>举着小红旗，一队一队
>进入鹰鹏家族生息繁衍的领地

此诗中呈现的北大庄重崇高而有人情味，是"思想"与"春天"的培育之地，春天的消息从北大的这些门出发，传递向中国各地。组诗中尤其重视北大与中国、当下的时代、历史的紧密关系，它承担的使命与扮演的重要角色。诗中的崇高感是北大人的自我书写中较少有的，作者给北大尤其是北大的学生以很高的期许。

写北大的诗可以说是《捕星录》中的一个重要主题，形成了一个系列。创作《北京大学的门》组诗的时候，作者的女儿正在北大就读。在女儿入学后，作者写北大的诗中或隐或现的一个主角就是女儿。女儿被北大录取的时候，作者写下有力的词句：

>这个北京的夏季
>我在等待群鸥北上
>未名湖上风雨大作

命名者出现

　　东南风浸入博雅塔的筋骨

《我把手伸过长长的夏季》一诗 2018 年 10 月 11 日写于北大西南门，诗中写到"我的未来正成长为参天大树"，那未来正是作者的女儿。实际上，在女儿入学前，作者已有多首作于北大的诗。《他用朱砂往大地额头一点》2015 年 6 月 9 日作于北大图书馆，《我是这个城市的拾荒者》2015 年 6 月 15 日作于北大光华管理学院。而作者曾经的寓所曾名为"望燕园楼"，一些其他内容的诗就作于那里。即便在女儿还没有进入北大的时候，2015 年作者已经写了一首诗《为了找到正南门》，其内容是夜访北大新传学院：

　　为了找到正南门

　　我的汽车绕行燕园一整圈

　　也许，这正是我向燕园致敬的一种方式

　　踏进燕园的那一刻

　　我的精神像金秋的稻谷一样饱满起来

　　这个梦，我在江南做了好几个世代

　　这仿佛的确是一种冥冥中的天意。作者的北大情愫由来已久，女儿后来在北大中文系读书，与父亲的这种情愫不可能没有关系。

　　女儿也是作者其他一些诗的重要人物，是作者许多诗的灵感来源。尤其有代表性的是《致女儿》组诗，在诗前的自述中作者写道，"在女儿成长的过程中，我会选择在有纪念意义的时间节点，给她写一封信，写一首诗，或创作一幅书画作品，以示嘉勉。"从这组诗中我们看到的是一个爱女儿的父亲，也看到在这一特殊家庭中的文化传承，文学基因的传承。《致女儿》三首诗各写于女儿中考前，中考后，女儿在北大求学期间的生日。几个时间点都是女儿求学路上的标记点。作者选择写诗给女儿，说明了诗在父女关系中的重要地位，诗也是家庭教育的一部分，女儿的成长与文学密不可分。在这三个时间点中的最后一个，女儿已经长大，对文学有了自己的理解，可以与自己的父亲对话。

你在燕园的某一朵荷花旁侧听诗

　　园外的风已经转暖

　　秋分从两天之后探出头来

　　去年，你说文学的作用就是安慰

　　我吃了一惊

　　而今夜的宁静

　　恰恰印证了你所参悟的人生

　　女儿与父亲精神交流，已经可以反向对父亲有所启发。在诗中，作者可以说表达了天下所有父母对孩子的期望，"愿你能爱你所爱"，"愿你触手可及月亮/抚摸你所喜欢的任何一片云彩"。前文曾提到过此诗集语言中的古代汉语成分，书名《捕星录》中的"录"字就是这种今古联系的标记。作者的诗中偶尔会出现古代汉语，比如：

　　屋后炊烟紫

　　岭上流云白

　　这是把守春天的一扇门

　　不要说文曲星下凡、长安街策马

　　也不要说危楼摘星，蟾宫折桂"

　　这些语句给诗中增添了新的韵味，也体现了作者的古典修养。

　　最后，我需要强调《捕星录》中另一些醒目的语句。这样的语句在书中时时出现，令人眼睛一亮，是书中的华彩部分，体现了作者的想象力和文字能力，塑造出一些生动的意象、独特的意境。这些语句多见于对自然风景的描写，尤其是视觉形象的书写，既具体可见，又抽象特别。试举一些与星星相关的例子：

　　"最后的秋雨其实是一些星星　成把成把地撒落"

　　"我邂逅的星群　都是无数世纪前的遗存"

　　"那年在星空下遇见一条河流　从此我带着河流和星空行走　如今星空犹在河流已干"

诗中的星星都高而远，数量众多，其自然描写有规模，有速度。类似的可圈可点的自然描写还有许多：

"所有的礁石都是羊群

黎明的海是月圆之夜的草原吗"

"北京所有的红叶都聚集在坡峰岭

有柿子跌落我的跟前

在它的四周是梨子的残骸"

"麦苗在抽穗，山笋在拔节

炊烟在逃离乡村的瓦背"

"走在树林与树林之间　就像走在陌生的人群中"

"碧云集结在大运河上"

"我知道鱼类正在集体转移"

"我们被大山围观

我们被流水抛弃"

这些自然描写，或以新奇的比喻，或以新颖的意象组合（柿子与梨子的残骸），或以瑰丽的词语选择（"炊烟逃离"，"碧云集结"，"鱼类集体转移"），形成或宏大或迅疾的效果。这些意象都不属于日常，给日常事务以新的关注。它们可称为警句或警语，形成作者诗歌中的骨骼与盐。

原载中国作家网（2019年9月8日）。作者系北京大学中文系副教授，美国圣迭戈加州大学比较文学博士，诗人、翻译家。

在行走中烹煮星星的人
——读吴重生《捕星录》有感

邰 筐

一个人表达爱的方式有很多种，而诗歌，永远是最美的一种。由于工作原因，我平时到全国各地出差的机会很多，经常会收到朋友赠送给我的诗集。每次我都恭恭敬敬请其签上名，带回家放到一个专门的书架上，偶尔就会取下来读一读，就像和这个朋友再次见面交谈一样。我承认，我收到的这些朋友的诗集，并不是每个人的诗都能打动我，但这丝毫没有减少我内心对他们的敬重。因为我收到的是一种心灵的馈赠，每一首，每一句，每一个词，无不凝聚着他们的心血，散发着灵魂的香气。

一个人采撷诗意的方式也有很多种。困于斗室之内静游八荒式的冥想是一种，走出去漫游于穹庐之下山水之间是另一种。困于斗室的常常以孤独为美，他们往往喜欢以夜色为铲，朝着自己内心挖一口深井。而坚持在行走中吟唱的人，内心却装进了更多的阳光和星光，装进了更多的花香鸟鸣。而毋庸置疑，行走之中也常常伴随着电闪雷鸣，风雨交加，崎岖泥泞。但不经风雨怎么见彩虹，不走出去，怎么去领略远处的风景？

吴重生显然属于第二种，他是一个喜欢行走的诗人。读他的《捕星录》，就像一张诗歌地图正在你面前徐徐铺展开来，冷不丁你就会被里面隐藏的情感风暴击中。

吴重生的诗一点也不晦涩不做作，如林中小溪，娓娓道来。他是一个很会表达情感的人，而且也很有分寸感。"我决定用风切割出一块时光／交给你们，让你们撒欢撒野撒气／这块时光有一天会突然融化／为未来的日子填满每一道纵横的沟壑／我决定用体温呵护今晚的月亮／呵护我们绕行的每一条路／直到山路发软，月光停在车旁／然后带着湍急的涧水上路。"这里，"纵横的沟壑"并不能阻止他前行的脚步，"带着湍急的涧水上路"是他的追寻。通过这种律动感很强的句式，营造出一种不可言说的美好氛围。

纵观《捕星录》，大多数的诗歌是他在行走中完成的。北京、云南、珠海、嵊州，钱塘、西子湖、玉泉山……他的行囊里，永远装着两件法宝，一是化心为钵，行走中贪婪地吸收着天地山水之灵气；二是热情似火，在途中撒播无边的诗意。

加西亚·马尔克斯说："诗歌是平凡生活中的神秘力量，可以烹煮食物，点燃爱火，任人幻想。"现实生活里，我们是多么需要这样的烹煮。吴重生不仅善于用诗歌重新解读那些大大小小的地名，而且他还是一位技艺高超的情感烹饪者，懂得如何掌握好语言的火候，把从各地采撷回来的美景烹煮出浓郁的诗味来。

有时，为了烹煮出一顿诗意大餐，他宁可自己投水为鱼。"接近剡溪／我有一种投水为鱼的冲动／在小黄山顶俯瞰人间的冬去春来／这个制高点／正是越曲最高亢的部位／我必须保持踮脚仰望的姿势／看启明星如何脱胎为长庚星。"（《在剡溪，我愿投水为鱼》）冬去春来，越曲高亢，要的是火候，像这样的烹饪手法，作者运用娴熟。

除了为读者烹煮，作者还经常为自己的家人，甚至自己烹饪。夜深了，他写河流，写月色，把灵感里的星星一颗颗摘下来，在情感的沸水里煮几个来回，再拎出来晾晒，烹炒，直到晨曦微露，才肯罢休。在这些情感佳肴里，有一道是专门为女儿烹炒的，很有味道。

  我家厨房窗外是一个富得流油的春天
  炒菜时不断有树香叶香飘入
  偶尔也会有几声鸟鸣
  钻入火上的铁锅
  变成几碟生猛海鲜
  掌勺的感觉是一种加冕为春神的感觉
  从来不需要什么味精
  春天的味蕾已很丰满

也不需要什么酱油

早起的春风已将五味调和

最多加一羹大海的呵气

让我挥洒锅铲煮一锅翻江倒海的祥和

听说小朋友放假回家

枇杷在楼下悄悄成熟

——《我家厨房窗外》

  瞧，这烹饪的功夫，是不是很了得？为啥能有此情怀，那是因为女儿给他带来了太多的感触和意境。平时，他只是用烹饪的方式，送给女儿父爱，而女儿考上大学时，这种爱就反馈回来，让父亲不能自持，此时只有诗歌才能救他。于是另一首《大地正式录取你成为山川的一部分》就伴随着热腾腾的蒸汽出锅了，而此时，外面就该有一场豪雨做伴，才能衬得起父女之间的深情……

  行走始终是吴重生诗歌创作的永恒主题。在行走中指山为证，在行走中与一条河流不期而遇。也恰恰是在这不断行走中，让他和山山水水花草树木接通了信息，让他无意中完成了状物的过程。当然，在这过程中，他也没忘了把那些灵感的星星一颗一颗找到，藏在心中烹煮。

  这灵感孕育的过程就像分娩，其中甘苦或许只有诗人自己清楚。但心中藏有星星的人，他一定比别人幸福。至少，我这样认为。

  原载《浙江工人日报》（2020年6月23日）。作者系首都师范大学驻校诗人，现供职于检察日报社。

境界源于心胸和情怀
——读吴重生诗集《捕星录》

龙小龙

"人的一生应是漫长而又短暂的修行。"这句话是谁说的,我不记得了。读了吴重生诗集《捕星录》后,我更加赞同这种说法了。

刚拿到《捕星录》这部作品手稿时,其书名便把我给小小地吓了一跳。试想,浩瀚星河,何等宏阔无限,一个人在宇宙中渺小如尘埃,是什么样的能量竟然让吴重生先生有"捕捉"星星的勇气,是一种志向吗?是一种张狂吗?还是一种强大的自信?也许都有。后来认真读罢,我才明白,他所捕获的这个"星",也不一定是遥不可及的那些东西,而在人生长河中,无数闪光的片段、瞬间,那些诗意的"星",被吴重生敏锐的诗心成功捕捉到了。

《捕星录》,体现了作者深厚的文学艺术功力,那是一种境界,是人生的宝贵财富。

对于吴重生诗人是不是善于参禅悟道这方面,开始我是胡乱猜测的,凭一种直觉。记得有一位诗人跟我交流时说过,诗人一定要参禅,对于诗歌的境界大有裨益。境界,我们对这个词语并不陌生,《诗经·大雅·江汉》"于疆于理"的汉郑玄笺:"召公于有叛戾之国,则往正其境界,修其分理。"一个人要想有高远境界,就必须有深远的思想。我们生活在浮躁现实中,就要有自己独到的见解和独立的思考。面对不同的环境和不同的生存状态,能时时听到自己内心的声音,才会知道自己需要什么,如何选择和捕捞。

读诗就是读人。吴重生的诗易懂,语言平和,江河大地,午后清风,仿佛信手拈来，丝毫没有造作的成分，这是成熟诗人的显著特点。当诗艺运用自如，语言驾驭已成为最基础的功夫。但凡刻意的东西，始终会有痕迹，崇尚自然的诗歌作品才会更加久长。

开篇第一首《大运河是条太阳河》，便给了我一种格局开阔意境高远的印象，越读越有滋味。大运河，承载着数千年的文明，历史的重量，丰富的文化底蕴，写它的诗人数不胜数。这样一个物象，写出来的诗歌绝对不能小气，太小气是无法表达出其本身寄寓的诗歌能量的，一定是失败之作。但是，如何驾驭好大题材，如何从不同的角度切入，通过不同的视觉来避免"千人一面"的同质化诗歌现象，显然吴重生经过了深思熟虑。他对运河的熟悉和认知是深刻而独特的，有不一样的诗性理解："走上拱宸桥，就像走上故乡的原野 / 充实、安详，一如四季流淌的运河水 / 船队在水面上划开一道道白色的口子 / 肆意暴露运河绿色的骨骼和灵魂"从寻常生活的场景入手，一下子便将读者带入其中，这种自然而然妙不可言，让人身临其境。诗人接着说，"这样的日子周而复始 / 人们对运河的疼痛习以为常 / 从南到北，运河被一座又一座城市收留 / 但第二天黎明，运河一定整装上路 / 风尘仆仆，义无反顾。"这是多么流畅温暖的感觉！提炼的诗句，既让人感觉舒适，又有内在的张力。好诗能够唤起读者情绪的反应，心灵的共鸣，而不是用一些似是而非的句子，让读者云里雾里。"它越跑越快，把大地跑成了天空 / 把自己跑成了一道嵌进天空里的闪电。"类似这样的诗句较多，亮眼，抓心，形象生动，有力地表现了"大运河"的文化内涵。诗人没有在表象浅尝辄止，而是持续深入抵进诗境，很有酣畅淋漓之快感。在这首诗里，"我"与大运河紧密联系，通过"我"的切身感受，起伏开合的情感流露和释放，为我们铺开了一片浩荡空阔的壮美境地。

人至中年，历经的各种事情丰富多彩。岁月将人磨砺得成熟而稳重，积淀的素养使得诗人在文字表现上也显得慎重和严谨，温和而谦逊。

新闻的职业性，更将诗人吴重生的观察力赋予了更多的敏锐和发现的可能，并将看到的事物和想象中的信息符号变为自己的语言表达。

《衢州九章》是一组地域性浓郁的诗歌。在他笔下，常山是一个春饼，形象而有趣。他把衢州之厚重写得轻灵便捷，甚至可以进行打包托运、邮寄。"你说你会把衢州寄来 / 我在北方的疆界等了三天 / 虽说这里离南方仅一步之遥 / 虽说我的脚尖因为等待而沾满露珠 / 虽说我的睫毛因为思念而沾满花香 / 衢州的山水那么重 / 衢州的空气那么沉 / 要打包托运不是件容易的事"（《你说你会把衢州寄来》）。而在《写给紫竹桥的回信》里，饱含情感，像情书一样倾诉衷肠："明白了吧，亲，不是我不愿意与你同行，只是我的心里也有一座桥／我不告诉你它有多高多长，它在南北之间，它在梦想之上。"温婉诚挚的爱，流于笔端。这一组作品给我留下了较深的印象，也从诗文中对作者的情感品格有了更深的了解。

《你的启程惊动了气象》这组诗共十首，从多个渠道将内心对生活的热爱宣泄得彻彻底底，澎湃激荡的情感，毫不夸张，张弛有度，其语言承载的情绪，成为让人心悦诚服地享受。"十渡，十渡的院子呀／还有一渡在梦境里游弋／还有一个院子埋没在荒草里／还有一个希望在黎明的光里／等待不期而遇的春风／把她唤醒……"（《等待春风，把院子唤醒》）"还记得那个供你充饥的月亮吗／它的心是如此饱满，色彩金黄／掰一半给我吧／让我也尝尝这岁月的琼浆"（《三天有多长》）。

《内蒙四章》也是一组有深刻体验的作品，将历史文化、地域文化、我与民族的生活及命运有机结合，给人以正能量。另外《雪地六题》《北京大学的门》《广州六章》《春日十咏》等都是如此。

我曾经在与诗人朋友交流时多次表示，诗人要写自己熟知的生活，诗歌不是凭空捏造。一个人在生命体验中，触动灵魂的事情，艺术地再加工而呈现，是一种美好，我认为这是文学艺术对热爱它的人们最美好的恩典。诗人吴重生在《捕星录》里，很多作品记录了他在生活行迹中的所见所闻。他具有一定浪漫情怀，但又是给予现实的抒写。他写钱塘江，通过浪涛联想其身世"我相信，钱塘江是在冬天出生的／你看，那成排成排的浪花／不正是千堆雪所卷起的往事／东海在沉吟之间，忽然就有了你／那喷薄而出的气浪／覆盖了整个银河系……"新颖而别有韵味的情怀，总是自然而然地把自己与之关联起来，亲近感不仅拉近了阅读距离，更增强了真实性，与读者进行意识的交互，实现融会贯通。

艾青说："生活实践是诗人在经验世界里的扩展，诗人必须在生活实践里汲取创作的源泉，把每个日子都活动在人世间的悲、喜、苦、乐、憎、爱、忧愁与愤懑里，将全部的情感都在生活里发酵、酝酿，才能从心的最深处，流出无比芬芳与浓烈的美酒。问题不在于你写什么，而是在你怎样写，在你怎样看世界，在你从怎样的角度上看世界，在你以怎样的姿态去拥抱世界。"（《艾青诗论》）

我们常说生活如诗，诗意人生。但凡有品位的诗人一定懂得珍惜和热爱他所经历的一切生活，从诗歌作品中，我们可以看到吴重生人生旅程的影子，感受到他豁达从容的人生态度。他在大地上行走，在城市便写城市繁华热闹和人们积极向上的生活热情，在乡村则抒写纯朴乡土的气息给人心灵的洗涤和启发。

"我闻到了甘蔗成熟的味道／在南方，我成长的小村／甘蔗就是脆甜的生活"（《与白鹭一起诵读春天》），"成堆的稻谷前，你抚摸一粒粒饱满的情怀／你从隆隆的机声抽身出来／乳白色的大衣不曾携带一颗露珠／阳光覆盖了你的前路"（《你在晒太阳》），"我知道山的那一边是灯火通明的城市／就像我手中这两块生世奇特的石头／似乎代表着什么"（《我们被大山围观》），"松果满地，松枝纵横／昨晚的十级大风可是你的信使／向自己借两天时光／照亮你这一路的马嘶筝鸣／纵人世繁华，我只要一条平板凳／太阳在左，而你在右"（《放下自己，摘几片光阴》），这些作品，较强的在场表现和思考力，像磁石一样抓住读者，让人不由自主地阅读下去。

吴重生的《捕星录》中，每一首诗都有一个原点，那就是在某一处事物前经过、驻足，有的是行踪，有的是思想。以小见大，从不经意的一个闪光开始，由一个原点而散发开来，像阳光一样弥漫开去，成为一道景观，当然并非毫无休止地蔓延。也可以大见大，遥望辽阔，感知宏大的世界。语言的氛围环境营造得柔和温暖，不会让读者产生排斥和不适感。这也是成熟诗人的特征吧。

如："我拿着钥匙／试图打开封存了很久的鸟鸣／然后，我让鸟鸣装箱托运／与兄弟的星群一起／去往南方以南"（《我只有白天的钥匙》）"布谷鸟懂得比我多／春天懂得比我多／女儿回家，直接进了书房／阳台上的茉莉花来不及打招呼／就开了"（《夏日三章》）这些诗句，细节表达，似曾相识的诗歌语言没有任何违和感。

博尔赫斯在诗论中，也强调了感知和启发的热情和愉悦以及猜测隐喻暗示带来的想象力。他指出，在创作方面，他更强调故事要有简单的中心架构，要有有趣的想象空间；强调不要矫饰自己的作品，强调作家要忠实于自我的想象和梦想，而尽量不要局限在背景环境中去；强调不要矫饰自己的作品，遵从于自己的写作旋律感。对此，《捕星录》可作为一个小小的例证。既是捕星，跟捕鱼一样，便有大的小的，胖的瘦的，无论如何，都来之不易。《捕星录》从某种意义上来说，就是一个真实的汇总，无疑是给我们再现曾经走过的地方，共同分享曾经产生的美好时空景象。

抒情、状物、言志，诗歌的基本功能也。抛开这个层面不说，我更敬佩的是文字背后的东西。字里行间，无论怎样抒发情感，描述景物，其产生的"气场"才是能够让读者感到震动的真正原因，于是又回到我开头所说的"境界"。高的境界源于其胸怀，心灵的提升源于智慧。只有具有好的修养，才会有高的境界，而有好的心境，才有好的修养。"心灵通透，行为才会稳健大气"。

我对读书、结交朋友的选择都有较强原则性。负能量、沉重、晦涩的东西总是让人不适，其消极情绪容易将人感染，把人带进沟里，我不喜欢。

而诗人吴重生不然，他的诗作具有大格局和大气象，每首诗都有具体的落笔点，角度新颖，洋溢着积极的浪漫情怀，却又不显得高蹈空洞，而是实实在在从现实性出发，言之有物，蕴藏着一种温暖向上的力量。读完这部作品，其境界和格局，给了我一种豁然开朗的感觉，因此我认为这是难能可贵的一种大道，值得推崇的人生彻悟。

这样的诗歌作品人们爱读，这样的诗人大家都喜欢结交。吴重生对"捕星"做了记录和整理，同时那些闪烁的"星"之光芒，又把他的襟怀和心胸照得格外亮堂。

原载新浪网（2023年4月12日）。作者系中国作家协会会员。

"用新闻写诗"的捕星者

——读吴重生诗集《捕星录》

张国云

说到捕星,人们会马上想到在恒星的照耀下,哥白尼曾经制作的一台熠熠生辉的"捕星器",那是预测行星在天球上位置的一种仪器。它有一个黄道环和一个与之垂直的极环,两个环构成一个球的框架,分别具有日期时角、赤纬等刻度。

资深报人吴重生是"用新闻写诗"不多见的践行者。他将业余时间用在写诗歌上,尤其在这个诗歌不温不火的年代,他一手写新闻是"捕星器"的黄道环,一手写诗歌是"捕星器"的极环,恰好迎合了哥白尼的"捕星"思想,这多少有点令人意外吧。

写诗对于吴重生是一种生活方式,甚至是一种生命方式,这是一种多么至高无上的情怀啊!所以,从诗的本质意义来说,吴重生是一个高尚而纯粹的——捕星诗者。

时下生活节奏愈来愈快,普罗大众离诗和远方也几乎是越来越远。而信息迅捷的时代,新闻变成热点,出现在冰冷的头条和榜单上。忙碌中的人们如何才能跳出孤独枯燥,品味新闻的趣味与诗歌的浪漫?读《捕星录》时,我突然觉得新闻与诗歌本来就是一对孪生兄弟。

可能有人欲问,诗歌与新闻的语言方式,最大区别是什么?读罢《捕星录》,我的理解是:它不是对一个已经发生的事实的描述,或者事后的追述。它经常是先于事实的发生,或者当事实的发生已经完全进入遗忘以后,才出现的一种发生。借用美国诗人庞德的一个说法,诗歌是永久的新闻。或者说,诗歌是新闻中的新闻，是关于过往的新闻。

较典型的是他的《给玉树》一诗："很多时候，我们以植物为信 / 为自己选一名季节的代言人 / 当绿白相间的伞房花序点缀玉树枝头 / 当燕子低飞，春天已成过往 / 我在梦里攀崖采集星星 / 手上、身上，到处都是蓝色的星光。"

可能有人会以为诗歌是反新闻的，比如今天发生了什么事，媒体报道出来，造成一种影响或消费，这是一种典型的媒体写作、新闻写作。而庞德这个关于过往的新闻、永远的新闻，指的是新闻失去它的时效性之后，依然有效。

诗歌写作的当下性，其性质与意大利思想家阿甘本所说的同时代性是一致的。因此诗人有时会觉得古老久远的事物和文本，比眼前刚发生的事情、刚读到的新闻报道更为贴近，更新颖鲜活。也许这便是新闻人吴重生对当代诗歌写作的理解，即诗歌永远是同时代意义上的新闻，所以有了他对诗歌的敬畏，许多与新闻关联的诗歌也就应运而生。

用新闻写诗，有个问题需要澄清，即诗人与现实的关系是一个无法绕开的永恒性话题。诗歌写作不是为现实而存在，而是为"现实感"而存在的。我们所理解的时代精神、时代真正的感觉，也就是定义时代最核心的那些要素，只有到重要的诗歌中去寻找。

真正意义上的诗歌写作，背后存在一个巨大的场，这个场域所笼罩和对应的就是我们称之为现实感的东西。正是在这个意义上，我们才会把诗人看作真正历史的编年史学家、心灵意义上的编年史学家。记得在清华学习时，见到闻一多的雕像，和他身后那块黑色镶金字的长方形石碑，上面刻着："诗人的主要天赋是爱，爱他的祖国，爱他的人民。"

民族危亡之际，总会涌现激荡人心的爱国诗篇。闻一多这句话，成为我衡量一个诗歌作者是否承担得起"诗人"之名的标准。欣慰的是，我在《捕星录》中找到了诠释。在《捕星录》中，吴重生重新确立和祖国大地的关系，唤回人们日渐低落的情感体验，在思想上对人生、社会有新的认知和开拓，以此获得新时代生命生活新的意义。

互联网时代，每时每刻都会出现新闻，人们真正需要的是能停下来品味的内容。唯有让新闻诗意崛起，输出"有趣，更有用"的特性，才能实现新闻的新价值和新意义。吴重生以他的人生感悟、人生体验做铺垫，推进他诗作的思维对话，又以他人生观、价值观的视角为诗歌提供有益的理念支撑。诗作里，糅合了他的理解、审美和认知。他听从内心的声音，踏着时代的节拍，深一脚浅一脚地一路走来。

"母亲的运河父亲的船/我顺着你光芒的指引校正自己的航程/行囊里装满放飞理想的使命/年少时，我用脚步丈量世界/决心探寻运河远方的星空/年长时，水涨船高/我踏着纤夫号子的节拍走过疾风暴雨……"（《大运河是条太阳河》）我们羡慕吴重生这样的诗意生活，他已经在新闻中过成了日常。

"龙文百斛鼎，笔力可独扛。"我们有理由坚信，在时光诗心下，吴重生定会成为成功的捕星者，并能星光灿烂于远方。

原载《交通旅游导报》(2020年6月24日)。作者系工商博士、哲学博士。

星光柔和的诗歌行走
——吴重生诗集《捕星录》印象

师立新

在昆明初秋的夜晚读《捕星录》，心情没有大起大落的狂狷，只觉得一片柔和把自己包裹。窗外，夜色恰好也那么柔和，天空幽静，无数星星明闪闪的，很应景。

与吴重生先生未曾谋面，亦不相识，但，见字如面见字亦相识了。他应该很温和，很善良，有成熟男人的普世大爱，还有满眼柔软的慈悲。因为，《捕星录》不是深邃或复杂的，诗集内容涉及行走大地的热爱，还有亲情、友情及乡愁的呈现。诗句里是人间烟火的温暖，而且，几乎都与行走有关。由此，可以确定的是，"行走"是诗人的精神内核，这本诗集的主旨是浪漫的，诗歌总体的意象营造极为宽泛，与作品需要的诗歌意境高度契合。

吴重生塑造的诗歌空间，真实、质朴、语言干净，精神向度明朗。他舒缓的写作范式，让读者能够与之同行于山水间，感受到他对大地、对自然、对现实的真诚关注。诗歌以非虚构的力量，探索着对当下的社会认知，这种从文字间自然生发的诗性情愫，就是诗歌浪漫主义的基本特征。在我所接触过的诗歌理论中，约翰·济慈的美学思想尤得我心。他的"美就是真，真就是美"的质朴诗学理念，一直与我赏析现代诗的浪漫主义观点有着令人惊讶的相似。真情之下，诗人这样写道："我是运河的搬运工，我搬运运河／也搬运自己的人生／船队就是我的马队，而你是我的太阳……无论我走向哪里／都在心里丈量自己与运河的距离……"(《大运河是一条太阳河》)；"江底的生物正在进行壮阔的远征／沿着长长的太阳的影子，我找到了你……给你春雷，让它滚过你少年的田垄／给你火把，让它照耀你解冻的河堤"(《给你火把，照耀你解冻的河堤》)；"该怎么怀念你一直在流淌的山溪水……自然的洗濯，天高地厚／告诉随身携带的花语／要在行进的路上发出芬芳的声音……山溪水，在我所有的血管里奔流／生生世世"(《山溪流动的声音》)。这些诗作中，诗人的情感在缓缓释放，个人的主观理想、个体爱憎，极鲜明地达到扩张。诗歌将诗人的个体真情传达到读者心里，做到了诗人与读者的人际维护。此刻，诗人的文字就在为他所处的时代作证，并净化着自己及他人的心灵。这种阅读感受多么美好，诗歌就应该给众生最真实的情感，以便错开虚伪带来的假欢喜和俗常的市侩气，这才是对"真就是美"的合理诠释。能坦诚遵循自己灵魂走势而书写的人，文字间必然呈现这种纯粹，更可由此而见其真性情。

多年前读济慈的《秋颂》，很长一段时间沉浸于这首诗的美学思想，脑海里不时会勾勒作品描述的画面：秋季，成熟的温暖，收获产生的唯美景色。诗歌的美学价值，在诗作中淋漓尽致。诗歌的文字感染力，有时是话语不可做到的。《捕星录》也收集了诗人不同时段创作的季节诗，如《春日十咏》《我把手伸过长长的夏季》《雪地六题》《秋日咏怀》《五月十章》等，诗作无一例外地展示出所描述的当季画面，开合有度，留白适中，属以实写真的纯净风格，让读者从词语上直接黏合情感又顺应诗意的感能与悟知。

我对诗歌的写作和批评一直抱有敬畏之心，常常对现实写作环境中的虚无与作秀颇为失望。吴重生这本集子里的诗作，让我读到了真与美的维持，这是诗人创作中个人主体性的自觉，非常难得。

吴重生的诗歌品质，是柔和的，如同诉家常。诗人的故事性和柔和度，很好地附着了诗性的成长。本集作品中，诗人对亲情的写作占有了较大比重。女儿是诗人生命教育过程中最亲密的责任方。诗人从作品间体现了慈爱的指认，他的语言态度、修辞策略、精神趋向，较好地统一了诗作的特指层面。亲情是家人自带的关联密码，不属于诗作中需要设计的明喻或隐喻，而诗歌的长成是生命流淌中派生的外缘和放大。如："孩子走出，西南门就空了……眼神穿越季节的门帘／叮咛落在你的发际……走出来时，你带着风／而我，站在自己的世界看你／如看少年时代连绵起伏的麦浪……"(《北大西南门》)；"我关注你已经很久了／从你成为黄河奔流开始／从你成为白雾升腾开始／从你成为紫云集结开始……红色通知书已在你手上／大地正式录取你成为山川的一部分……"(《大地正式录取你成为山川的一部分》）;"今夜,天空格外宁静／你在燕园的某一朵荷花旁侧听诗……一个父亲在月坛写诗／写成一行,便用白云擦去／他的安慰正在天空下成长"（《写在女儿生日之际》）;"……打开耳膜,谛听森林的哑谜／这一天,是造物主给你的礼物／这一天,我们立于天地之间／看流星雨降落在你的诗行"（《立春》）等。以上诗作,细读下来,就是一位父亲的独白。诗歌的强度,源自诗人对诗作的多角度切入。如对实体物件的明确、对各种意象的采摘、对虚与实所指的转换、对诗境的向外投射,多角度的交替使用,最终就是为了彰显生命的亲昵与和谐。文字间自然延绵的状态,满足了诗歌浪漫式的流畅。其中,"麦浪""山川""成长""礼物"等名词,都体现出诗人眼里的思虑、隐藏的血亲柔情。诗人通过词汇的排列和质朴的白描,叙述了本体与实现相关的感情事实,这仍是"真与美的诗学"模样。亲情的宣泄,不需要阔达的天地,一个细节一个角落就可触摸到人间最静好的关爱,而来自词语间的推助,把诗歌的生命意识和内心省察往深度拓展。阅读诗人的多首诗作,可以感觉到其文字的起伏并不频繁,擅用大笔墨的抒情,许多精细的生活场景被引为使用的直接或间接意象,日常现实向诗歌现实的更迭,诗作无焦虑痕迹地完成了元诗元素的选择、聚合及提升,以细节流转诗歌行文所要表达的诉求和内涵。这正是我眼里的好诗:情感真挚,意境跳跃,内质张弛有度。

现代人因工作等因素,生活几乎都背离故乡,于是,乡愁在诗人的文字间就开始茂盛。如"……祖居地没有闲着／阴晴雨雪,一切都如约而至……"（《祖居地》）;"……与两鬓斑白的重阳节并行／是我给乡愁交出的第一份投名状……"（《陪老父亲登高》）;"那是我在屋后园种下的十万个预言／如今有一半已开花结籽……"（《我给乡愁交出的第一份投名状》）。满纸清愁,诗人使用本体和喻体并列关系的隐喻,让乡愁在叙事性中泛起些许无奈,这却正是现实与客观意愿的矛盾交织。无解的题,只有无解。类似表达,在本集子里不时读到,如《来,我们共同来看月亮》《南北两向开》《我在北方想念一条街》等,我的理解是,诗人以微小的心境写实,分享出的是对故乡的精神守望,对生活的认知、体会、感慨及无处可消逝的惆怅。从思想高度的层面来看,诗人对生活抱有极大的良善之心。集子里的这类诗歌还因此产生了互文性,也就是,能让读者的阅读发现和文本的发现形成互为现实的关联关系,这回归到了中国古典诗歌的审美,使读者在阅读过程中对文本理解形成感性思维。这一点,应该是诗人文字创作中的另一特色。

需要读懂的是,诗人的亲情与乡愁类诗作并不是单指自己,应该延伸到了当下明示或暗指的生命感悟。诗句本来就是可以随性的，诗人也是随性的，只要不超出文字的界面随意泛情就可视为好诗人。用语言发疯，用诗句描写所有人都有的性别器官及由这些器官产生的行为状态，或者撒泼骂街，我认为这是很浅薄的诗歌行为，不屑围观与起哄。

　　吴重生的诗歌行走，是生命体验对自然的贴行。行程里的真挚、疼痛、寂寞、快乐，让诗人把行走的日常依空间转换，强化出诗作的当下立场，以历史元素和类似实地勘察研究的形式为基点，完成了行程中的诗性塑造。南朝刘勰的《文心雕龙·物色》写道："情以物迁，辞以情发。"这说明的是，诗作的情感必须是随时间、地点、环境等的不同而变化，诗作是情感的抒发。本诗集中，诗人的行走诗作没有宏大的说教和媚俗，没有戾气和过激，只以所见所感的视角及男人宽广的包容心走笔。这些诗作活在生活之中，而行走是生活现场的一个部分，文字的显示必然加入了其历史性、地域性和写作态度。如"谢灵运的芒鞋、李白的酒盏 / 杜甫的拐杖、陆放翁的斗笠 / 他们的影和形 / 正是越剧青色的前世……/ 沧浪的波光与火焰在大地之上 / 这一刻，东王村头的樟树已老"（《在剡溪，我愿投水为鱼》）。面对历史，可以歌也可以诉。此诗以倾诉式行文，浩浩荡荡，节奏明快，意境开阔，有一气呵成之感，细节处理较完好；又如"……运河是一把尺子 / 为每一个走南闯北的人 / 丈量身高和体温"（《运河是一把尺子》），本诗语言平实，历史与现实的单元提及到位，文字流放着液态的姿容，文化的背景、节奏感都很适当，很温婉。再如"日月潭的文武庙藏着六字箴言 / 我们在圆山登高，看到瓦背上的天空……一群海鸥，携无数浪花 / 历史和文化相约归来 / 在祖国的沙滩上"（《致台湾》），本诗的切入点不错，结尾时古庙、天空、海鸥等的意境添加，强调了作品的艺术意识，突破了传统思维崇尚的二元对立。行走诗作的在场感，可体现为虚构和非虚构，但均是为达到作品预期的言说，只要语境深度满足了语言的包容性及关联性，就足够让诗歌的内质蕴含丰富或坚强有力。

　　当一个人的诗歌语言已融入其生命的日常，我完全可以确定他的行走和生活轨迹是有温度的。如"这个杜鹃花开的季节 / 有一些说不明白的选择题……小区内的樱花瓣飘落了一地 / 那个潮湿的夜晚 / 已被我遗忘在少年时代的衣柜里"（《有一种守望叫掬水望月》）；"屋后园的磨刀石在葡萄架下沉默 / 一堆花瓣，堆砌江南风情万种……有时候，雨是一种感情符号 / 它的出现，代表着一个季节的重生……这是一个生者的节日 / 所有的路标，都指向哲学深处"（《我确信檀宫是一座宫殿》)。看似不着意的语言，恰恰富有张力及拓展性，承接而下地确保了所需的表达嵌进审美经验的叙事。生活是多种状态的，诗人的创作也就制造了多种状态，诗歌想象力加以诗歌神性的遇合，推高了意境的领域。

　　本诗集中，大组诗让人不可回避。其中名为"组诗"的诗作，由《上城，你的光芒足够我照耀一生》《湖滨》《望江》《上城邑》四首诗组成，是本集最全面覆盖表象和内质的一组诗作。我无法得知诗人创作的缘由，但能够读到诗作散发的热情、慈悲、感动和希望，这一切让我不敢对诗作忽略不谈。组诗的第一首，开头是："我是一个待出阁的少女/西子湖水养育了我，东海潮水滋润了我……"大长诗的气度，稳定了诗作的起点，柔和中告知天下，这是一块宝地，如少女一般有活力和朝气。"我"是"上城"，意象的使用，于诗作开头就迅速出现。在此后的《湖滨》《望江》《上城邑》三首诗作里，类似的意象使用，比比皆是。将貌似没有承接关系的各首诗在明暗之间关联起来，锻轧出一个个分镜头般的意境。过去、现在、未来、时间、空间、大爱、友情、激情、希望，四首诗组合的叙述长度，在《上城邑》得到实体降落："……上城邑，上城邑/我是你青石板上的一颗雨粒/你的历史如秦岭，莽莽苍苍/我要用你斑斓的墨韵、五彩的线条/在柳浪闻莺的头顶/书写新时代的传奇……"这组诗的阅读感很开阔，意境丰盈，没有人为障碍，没有任何桎梏，这应该就是诗歌先天的样子，必须表情达意，又不失诗歌的追求和探索。参照诗人的生命过往，从本组诗能够得到深沉的感动。诗人以自己行走中的生命经验和日常的诗性处理，然后抵达了抒发情感的理想高度。在最末的那首《上城邑》中，以"上城邑，上城邑"为每节诗作的起头在反复，这个细节的添加很好地照应到本组诗的第一首诗作，这是诗人的睿智之处。本组诗里每首诗作都清新干净、血脉相关，诗歌的"互文性"又一次得到明指，从而呈现的诗歌肌理可览尽诗人的诗学品质。有修养和大爱的诗人，能用文本给读者展现社会现实的可视范围，他的在场是鲜活的。我曾读过英国诗人布莱克的长诗《耶路撒冷》，四千五百多行的内容，诗人用诗歌和绘画构建自己的神话系统，延长了读者对文本的审美时间。从这部作品中我获得的感受是，诗人只要忠贞于自己的触及环境，就能实现诗与生命的完整重合。行走的诗写不是日记，吴重生的诗作已自如地剥开事物表层的局限性，加入伦理道德、日常向上、现实问询，从而，建立了一个独享的书写体系。

　　本集子中的短诗较少，接近小诗体的诗作更少，这可能与诗人的写作习惯有关，但都无碍对本集诗作的赏析。臧棣曾有一个说法，其言："诗的治疗要高于诗的拯救。我们从诗的诱惑中获得一种神秘的激励，一种可用于人生的尊严和生命的自尊的激励。"我喜欢这个说法，诗歌，真的只是要说明一些道理，不然还能怎样？诗歌不能单纯地养活生命，但毫无疑问，诗歌一定能够滋养精神。吴重生的诗作，行走和生命并重地存在着。阅读过程不晦涩也不灰色，文字间总有温暖与柔和，诗作具有"照亮"的能力。诗人把一份个人的生命体验，推送到关注行走中的生命态度及现实状态的大环境，这是他持有的人生洞察和领悟，我极欣赏这样的写作和为人。

诗集《捕星录》，结构缜密，整体词语及修辞亲和，有着作品的自身稳定性，这是一本以平常心叩访和行走意义的诗集，字里行间可任由风吹雨打，却从来不会丧失对尘世的真爱。

原载《文化交流》（2020年第8期）。作者系中国少数民族作家学会会员，云南省作协会员。

捕星者说

陈智博

吴重生是一位有着丰富诗歌创作经验的诗人。他有他的精神向度和诗歌向度。构成吴重生诗歌底色最经典的一句话，便是"我的骨子里流淌着光明"。《捕星录》分"大运河是条太阳河""你已进入春天的伏击圈""你的启程惊动了气象""北京大学的门"四辑，收录其诗作一百一十多首。这些诗，或抒发对祖国的热爱，或表现对家乡父母的思情，或寄托对女儿的期冀，或吟咏日常生活的温暖。

李白诗云："危楼高百尺，手可摘星辰。不敢高声语，恐惊天上人。"诗仙寥寥几句就写出了人生之高境，星夜之奇妙。

吴重生老师的新书《捕星录》付梓出版，书名"捕星"比"摘星"更上一层楼。何为"捕"？就是捉拿、抓住，就是追寻、索求，是"捕蛇者"面对风险叵测世界时的无所畏惧，是人世苍茫，"武陵人捕鱼为业"，却意外捕捉到世外桃源的狂喜，也是"路漫漫其修远兮，吾将上下而求索"的持久恒心。何为"星"？就是宇宙中巨大或微小的，发散或者吞噬光芒的天体、永恒抑或速亡的矛盾体，一本诗歌杂志，日与月、尘与雪，是"星汉灿烂，若出其里"的大境界，是"更吹落，星如雨"的人生况味，是"天空专为我一人而张灯结彩"的乐观豁达，也是"日月安属？列星安陈？"的终极提问。那么，我们明白了"捕星"之意义，它关乎时间与空间，关乎生存与死亡，以及浴火重生。它是文心雕龙，以文字雕刻时光，以无用之诗，遣有涯之生，它是作者的私人记忆，一本回忆录、游记和人文地图。

重生老师从事媒体行业。显然，当下事事求快的环境已经让某些媒体人成为迅速、乏味材料的编发工具，但从这本诗集中能看出重生老师沉静的思辨、敏感的思绪和深刻的思考。从"一日一诗"日日沉淀铸就的《你是一束年轻的光》，再到出行、工作间隙抓紧一切时间谱写的《捕星录》，重生老师在"追寻星光"的道路上越走越远，高度、深度也越来越令人望尘莫及。如《雪》："雪 / 覆盖了故事 // 所有的情节 / 沉默不语 // 雪的家族很庞大 / 今天统治了整个华北 / 留出江南一角 / 给李煜吧 // 江南的第一片瓦 / 今晚发出冬雪融化的声音"，昏君李煜皇帝当得极烂，但精书法、工绘画、通音律，诗文造诣很高，是个天生的艺术家。李煜错位的人生令后人无不嗟叹唏嘘。重生老师这首诗里有中国人自古以来的家国情怀，有对历史的洞察，亦有对诗人李煜生不逢时的惺惺相惜。再如《广州六章——参观南越国－南汉国宫署遗址》："跟随一道水的流向 / 我叩问这里的每一块地砖 / 叠压着十二个历史时期的岭南往事 / 在一片青釉筒瓦上停顿、飘飞 / 开启海上丝绸之路的闸门，群鸥飞来。"南越国宫署遗址是广州两千多年来岭南地区政治、经济、文化中心和海上贸易管理机构所在地，是中国海上丝绸之路兴起、发展和繁荣历史变迁的重要历史见证。重生老师写诗如考古，秦砖汉瓦覆盖着的岭南往事，都被他撬开仔细端详，从雪泥鸿爪中一窥早被历史尘埃埋没的南越古国的究竟。

我们知道，写作永远面对一个困难，这个困难是由其本性所带来的——如果离开了人类的生活、情感、思绪、土地、命运以及其中相互的联系，那么无论多华丽的诗句也仅仅是流于形式，而匮乏其内在意义。对于写作者来说，真正重要的是其对生活的敏锐洞察和丰富细腻的人生体验。雷蒙德·卡佛曾说："尽管你有可能被人看成傻子，但作家要有面对简单事物——比如落日或一只旧鞋子，惊讶得目瞪口呆的能力或资质。"对于诗人来说，更是如此。我在《早餐，偶遇一排椅子》里读到了这样的句子："室外若耶树的倒影 / 连接着室内的茶香 / 椅子，我忍不住多看你一眼 / 是老母亲在昨夜派你来的吧 / 是我流浪不安的灵魂 / 用你放置了无数次的踟蹰。"餐厅里的一排椅子，这是任何人每天都要遇到不知多少遍的普通场景，却引发了作者的诗情，作者以椅子的"空"对应彼时内心的"空"，以椅子的承载对应母亲对家庭的支撑。以白描的方式书写了对母亲的思念和对母亲的赞颂。不显山露水，却饱含深情。再如作者在奥林匹克公园健步走时写下的《我钻进季节的一个夹层》："曾经的旗帜已站成树林 / 举头仰望，天空成为一扇巨大的窗户 / 我与天空对视 / 感觉眼眶已开始结冰 / 有一波春潮正在逼近我的脚趾 / 日历，与黄叶一起放逐。"这一次，让作者触动的是奥林匹克公园的万国旗。北京粗粝的风让旗帜微微褪色缺角，如深秋绿叶将尽的树林，这是时间的造化，也是生命循环的规律。"眼眶结冰"是冬的征兆，紧随其后的是"一波春潮正在逼近我的脚趾"，暗合"如果冬天来了，春天还会远吗？"这是作者与诗歌史的对话。一把椅子，一排国旗，不过如此的寻常之物，如闪电般打中作者的内心，彰显出作者敏锐的人生感悟力和洞察力。

无论你成就如何，你的生活就是你的天赋所在。无论你走到哪里，你的故乡就是你永远背在身上的行囊。重生老师是浙江浦江人，从金华的这个小县城，一路打拼来到省会杭城，而后又沿着京杭大运河北上"进京赶考"。虽然工作生活之地离家乡遥远，但他的诗歌里仍是江南的气韵。这部诗集之中，数量首屈一指的就是诗人为故乡撰写的诗篇。诗集第一首《大运河是条太阳河》的第一句"走上拱宸桥，就像走上故乡的原野"开篇点题。在诗人离乡为了更好生活打拼的日子里，故乡如影随形，永远跟随。《霜降，遇见北方》"还是让我仰望你吧／十年，秋天只剩下一个果核／在被江南遗忘的时光里／遇见一个正在蜕皮的北方／她赤着脚，跑过故乡的山岗"。故乡是诗人创作的灵感，南人北上，他对家乡一往情深，时时刻刻不敢忘记故乡。《台湾三日》又写道："我在槟榔树下执教英语／用浦江方言告诉台湾／任众浪喧哗，我自沉吟／故乡不在天涯／俯仰天地，大海千帆向我家。"诗人北岛历经漂泊后感悟，"汉语，是我唯一的行李。"重生老师在更南的南方，遭遇到似曾相识的面孔说着来自另一个国度的语言，他用方言回应喧哗的世界。这样的诗人是可爱的，也是令人感动的。同一首诗另又："北海岸的长度与乡愁相等／在海水的心中，月亮升起／为天上的繁星导航"，在此，乡愁——诗歌永恒的母题，与繁星——本诗集的母题合二为一，这是诗人的中国传统文学价值追求和审美取向在现代的回响。

其实，纵有千言万语，也难写尽重生老师灌注在这本诗集中的情感。《捕星录》，既是他真情实感的体现，也是他游历山河的见证，这些诗篇中那些金色的句子和闪光的词语共同构成了诗人生于斯，长于斯并为之自豪的江南。

原载《新华每日电讯》（2020 年 8 月 7 日）。作者系"我们读诗"执行主编。

在一千英尺高空飞翔并俯视这个世界

——吴重生诗歌集《捕星录》读后感

邹伟平

认识吴重生先生是二十年前的事情,那时候我在武义县委宣传部外宣办工作,因为工作的关系和他有过一些接触。

那时候吴重生是《金华日报》的年轻记者,吴重生给人印象年轻帅气,充满朝气。后来,我调往文化局、文联工作,联系自然少,虽然同在一个地方,也只是在开会的时候才有一些交集。不久,吴先生调往杭州工作,因此,我们就暂时失去了联系。最近一次相遇是在去年省作家协会的代表大会上,我们又一次重逢,并且有了一些简短的交流。

这时候的吴重生已经是《浙江日报》北京分社的社长,著名诗人。吴重生给我的印象除了仍然充满朝气以外,还多了几分成熟、睿智和大气。

吴重生的诗歌,我虽然接触不多,但是我知道他已经是一位诗歌界的大咖了。吴重生在《人民日报》《诗刊》《上海文学》《解放军报》等发表了许多精彩的诗歌篇章,尤其是今年二月发表在《诗刊》的诗歌《大运河是条太阳河》令人记忆深刻,当时读罢就有回肠荡气、拍案叫绝的感觉。在我看来,这是一首大气磅礴的诗歌作品,虽然篇幅不是太长,但是其视野的开阔,意境的深邃,语言的灵动,足可以成为吴重生诗歌的扛鼎之作,也可以说是吴重生近年诗歌的一首代表作了。

一、在大运河上泛舟，是我的一生

一打开诗集《捕星录》，我就被吴重生的诗歌作品完完全全地吸引住了，我花了几天时间把诗集通读了一遍。其中有一些诗歌我反反复复地阅读了数遍之多，但是仍然嫌不过瘾。有一些诗歌则反复读了还是迷迷糊糊，没有领会诗歌的神韵和意境。

《捕星录》收录了吴重生 2016 年以来的诗歌作品，当然应该是作者自己比较满意的诗歌近作吧。《捕星录》的诗歌作品基本上是以时间的顺序倒着排列组合的。2016 年的作品自然排在了最后，我感觉到那时候的作品比较好懂，往往是在平淡中见奇，看似平淡无奇，其实平淡中不乏奇绝。

2016 年以后的作品开始意象比较复杂、跳跃，诗意的语言趋于多元通感，给人以丰富多彩、色彩斑斓的感觉。总的来说，诗人驾驭诗歌语言的能力非常强大，视野开阔，视点高远，从一草一木一石，到蓝天白云大地，以及阳光、空气、万物，无不随心所欲，信手拈来，纵横驰骋，翻江倒海。

吴重生的诗歌语言具有极其强大的穿透力。还是让我们以他原载《诗刊》2019 年 2 月号上半月刊"新时代"栏《大运河是条太阳河》（以下简称《大运河》）为例子，让我们来领略一下诗人在诗歌方面的一些特质吧！

在诗歌《大运河》中，诗人一开始就从从容容地带我们走上运河上的一个节点拱宸桥，我们可以跟着诗人从拱宸桥出发，慢慢地领略大运河的风景魅力。

"走上拱宸桥，就像走上故乡的原野 / 充实、安详，一如四季流淌的运河水"。接着诗人笔锋一转写道："船队在水面上划开一道道白色的口子 / 肆意暴露运河绿色的骨骼和灵魂 / 这样的日子周而复始 / 人们对运河的疼痛习以为常。"

这是一种什么样的感叹呢？诗人在感叹的同时，对大运河又做了这样凝练而浓缩的小结和概括："从南到北，运河被一座又一座城市收留 / 但第二天黎明，运河一定整装上路 / 风尘仆仆，义无反顾"。

这究竟是一条什么样的大运河啊？诗人饱含深情地说道："大运河不是养子 / 它怀抱着一个民族腾飞的梦想 / 踏浪飞奔 / 它越跑越快，把大地跑成了天空 / 把自己跑成了一道嵌进天空里的闪电。"

难道不是吗？大运河如人类血脉，每一天都在不停地涌动和奔流，社会经济的发展，人类文明的进程无不与大运河的命运紧密相连。"它怀抱着一个民族腾飞的梦想／踏浪飞奔。"难怪诗人自然而然地发出了"它每奔跑一天，人类文明的浓度就增加一分"的惊叹。

紧接着，诗人又步步紧逼："母亲的运河父亲的船／我顺着你光芒的指引校正自己的航程／行囊里装满放飞理想的使命／年少时，我用脚步丈量世界／决心探寻运河远方的星空／年长时，水涨船高／我踏着纤夫号子的节拍走过疾风暴雨。"

在这里，诗人非常巧妙地把自己的命运和大运河的历史变迁交织融合在一起，一个富有理想，踏着坚定步伐的励志青年呼之欲出："拱宸桥是运河上的一枚浮标／我和我的孩子站在这枚浮标上／由南往北，所有的浪花都是我的信使／我的旅程是一个跌宕起伏的寓言／从冬到春，每一个季节都是一个轮回的海洋／理想无数次返潮，目的地却一再往前延伸。"

于是，诗人"自带干粮，在盛世的汽笛声中北上／过什刹海，马蹄声声向燕园"。

于是，诗人"上桥，上船，上岸／拍拍身上的尘土，许一个愿／让河水馈我一个万马奔腾的人生"。

于是，诗人对着大运河感叹唏嘘，喋喋不休："大运河，我的命运与你何等相似／你负重前行，无问西东／而我，早已同化为风族的一员。"

于是，诗人终于用按捺不住的激动，从内心深情地发出了色彩斑斓的诗意联想："我白天亲昵南运河／晚上枕着北运河睡觉／金黄的桂子落在船工的桨上／金黄的银杏树叶落在运沙船的边沿。"

接着诗人发出了一连串的提问："在拱墅区读初中三年，女儿长高了二十公分／我不知道这是否与常饮运河水有关。""大运河连接的每一个城市都是谜面的一部分／一棵树开枝散叶，就是一个不断猜谜的过程。"

诗人最后发出了总结性的人生思索："大运河是一条太阳河／在大运河上泛舟，就是我的一生。"

整首诗歌始终围绕着自己的人生和大运河命运展开想象的翅膀，极力抒发了诗人的理想，同时又不厌其烦地描写了充满了竞争压力和挑战的人生思考。诗人反反复复地强调自己是大运河的儿子，最后以"在大运河上泛舟，就是我的一生"

作为诗歌的结尾。其实诗人是把大运河作为一个时代的象征，自己的一生都将浓缩在大运河里，浓缩在充满诱惑和挑战的时代洪流之中。

从节奏上看，《大运河》一唱三叹，回返往复，层层叠叠，有回肠荡气，曲径通幽的感觉。诗人澎湃的激情四射的活力蕴含其中，形成了诗人独特的蓄势待发，力透纸背的诗歌语言张力。

诗人写于同一时间的另外一首描写钱塘江的诗歌，我也非常喜欢。这首原载2019年2月15日《解放军报》题为《照耀你解冻的河堤》的诗歌，可以说是《大运河》的姐妹篇。在我看来，和《大运河》有着异曲同工之妙。

诗人的视野非常开阔，因为他是站在山巅俯瞰大地，俯瞰钱塘江，俯瞰汹涌澎湃的时代大潮："站在凤凰山的顶部检阅钱塘大潮／万山飘浮，万兵飞奔／人间好壮观／海宁盐官，这是一个历史的节点／潮在江上，人在岸上。"

诗人在诗歌结尾的时候放歌："我找到了年少时放牧的鹰群／钱塘江就要分娩了，在这黎明到来之前／江底的生物正在进行壮阔的远征／沿着长长的太阳的影子，我找到了你"。

如果说《大运河》是借运河作为载体，诗人着力点是自己的人生际遇与时代风云的交汇融合，以及与时代命运的同步交响，那么，这一首诗歌可以说是一首澎湃汹涌、直抒胸臆的钱塘江赞歌。如果说《大运河》有一唱三叹、回肠荡气的音韵，那么，这一首就有登高望远、一泻千里的快意。

诗人对钱塘江是熟悉的，是崇拜的，是充满敬意和感情的。以至于诗人最后发出了"我要把天地间的第一抹晨曦献给你／给你春雷，让它滚过你少年的田垄／给你火把，让它照耀你解冻的河堤"的大声呐喊。

二、思想从这里培育，春天从这里出发

前面重点谈了我对吴重生两首诗歌的一些肤浅认识，其实我觉得《捕星录》里面的好诗很多。吴重生先生是一位非常勤勉的诗人。生活里面所有的东西都可以让他产生联想，从而喷发出深藏于他内心深处的情感源泉。

吴重生奇思妙想，浮想联翩，一首首意境不同的诗歌作品就这样源源不断地产生了。不管是在鲁院的一个夜晚，还是女儿的一个生日，抑或是一次旅

行、一次会议，都会留下吴重生诗歌的印记。我们发现，不管是一棵树、一座桥、一间破房子，哪怕是一排桌子、几扇大门，也同样可以生发出诗人的无限想象和隽永的诗意，这足实令人心生羡慕。这就是接下去我要谈到的题材问题。对于吴重生来说，我觉得似乎有点泛题材的味道，在吴重生的笔下，一切生活中的所见所闻都是最好的文学题材，一切皆可以入诗，而且都栩栩如生，诗意盎然。

就拿组诗《北京大学的门》来说，他一口气写了四首。我们先看看第一首北大西门的开篇："这是把守春天的一扇门／不要说文曲星下凡、长安街策马／也不要说危楼摘星、蟾宫折桂／途经此地，人们会抬头深呼吸／北京大学，这中华腾飞梦想的起航地／1926年，三开朱漆宫门／高不过八米，却遥接理想和天际。"

诗人以一个鸟瞰历史的镜头直接切入，接着诗人重点写了大门口一对石狮子的历史传奇，然后镜头转向古老的银杏、华表。这是一组深入北大西门历史纵深的镜头，它洞穿历史的尘封，让我们看见了北大西门厚重的文化历史，从而唤起读者对北大这一中国最高学府的崇敬。

"咱们西南门见／走出来时，你带着风／而我，站在自己的世界看你／如看少年时代连绵起伏的麦浪／成长的季节，多好／西南门是一堵春天的篱笆墙／混迹于春天之中的人们／忙碌于书林学海的人们／天空在上，西南门诠释青春的日常。"

这是诗人描写北大西南门的结尾。如果说北大西门是一个鸟瞰的镜头，那么，写西南门的时候镜头变成了中景，它以一个平视的目光，叙述了诗人与女儿的对话，令人感觉朴实和亲切。

我们再来看看《北大东南门》的描写："东南门一直很忙碌／每个周末有很多人在这里排队／他们想探听中国春天的虚实／中国的思想和骨骼在园内生长／他们选择与春天为邻／举着小红旗，一队一队／进入鹰鹏家族生息繁衍的领地／就这样，他们没入柳树林中／成为春消息的部分／思想在这里培育／春天从这里出发／经由北京地铁四号线去往中国的每一寸土地／南极或者珠峰，大漠或者草原／辽阔的大地承接着五千年的文明。"

这是诗人描写北大东南门的前两段。诗人抓住了地铁这个地标，把北大自然而然地和祖国的每一寸土地相连接，从而发出了"辽阔的大地承接着五千年的文明"的联想和赞叹。

最后，我们再来看看诗人是怎么描写北大南门的："北大南门，不见一丝奢华／水泥构造的门框门楣门柱／保持着改革开放初期的姿态／那是一种内敛和深沉／那是一种对未来充满热情的期待／今天，越来越多的人们／从这里进入中国学术的腹地／花香和鸟鸣都成为时代的标本。"

诗人在开篇完成了北大南门外车水马龙的热闹气氛的描写以后，又把它的镜头拉回来，收拢来，给出了一个大门的特写，最后的镜头就定格在朴实无华，原汁原味的南门上，从而发出了"那是一种内敛和深沉／那是一种对未来充满热情的期待／今天，越来越多的人们从这里进入中国学术的腹地／花香和鸟鸣都成为时代的标本"的感想。

描写北大门的四首诗歌，诗人的想象是多姿多彩、丰富复杂的，也是激情四射、充满哲理的。从第一首的开头到第四首的结尾，镜头似乎一开一合，中间的镜头是跳跃的、随意的，丰富多彩而又变幻莫测的。我不知道这是不是诗人的刻意安排，还是自然而然的巧合。反正我被诗人这样的结构安排所折服，这里有随意而行的快意，有跌宕起伏的波澜，又有严谨朴实的构思。令人感觉非常意外的收获，细心想来，又是顺理成章，情理之中的事情。

三、马拉松是人生不二的法门

阅读吴重生的诗歌作品，简直就是一种享受，一种超然物外的纵横驰骋。许许多多优美动听的诗歌语言令人眼花缭乱，目不暇接。《捕星录》里面有许多比较简短的单首诗歌，但是诗歌内涵并不简单，一如散文里面的小品文，短小但是不失隽永，短小但是同样意味深长。

比如这首 2018 年 9 月 23 日作于昌平区十三陵镇德林村的《今天的阳光特别耀眼》：

> 为什么在昌平，我觉得阳光特别耀眼？
> 为什么在苹果园旁，我想到了夏天的谷场
> 种在水上的月亮树，今夜是明星
> 云用舞姿向雨发出信号

月光做的纽扣，安在蟒山的门上
探寻花海途中，我们被一场太阳雨淋湿
轻手轻脚经过人间这一片水域
刚刚排练的舞蹈派了用场
海浪和炊烟已静候我们许久
我们在天空的甲板上合影

这个巨大的山谷
我们以季节为单位自由组合
用手势和呼喊作为亲情的纽带
往事如昨，敲打我们耳鼓一阵阵疼
今夜，我们同在幸福岛上

秋分时节，我们想念去年的牧场
想念被无边青草淹没的青春
孩子从天外骑马归来
我们和晚霞一起出列
捻阳光作绳，系住中国的丰收节

全诗四个小节，每一个小节可以各自独立，都有着各自的意蕴，同时它们又有机地组合在一起成为一个完整的整体。

每一段都是五句，显得非常规整、统一。每一段前三句都是铺垫，最后两句才是作者的意向所指，而且每一段的最后两句都是妙不可言的精彩诗句。

"云用舞姿向雨发出信号/月光做的纽扣，安在蟒山的门上。"
"海浪和炊烟已静候我们许久/我们在天空的甲板上合影。"
"往事如昨，敲打我们耳鼓一阵阵疼/今夜，我们同在幸福岛上。"
"我们和晚霞一起出列/捻阳光作绳，系住中国的丰收节。"

这些句子哪怕单独拿出来，读着都感觉诗意盎然，妙不可言。放在具体的诗歌里面就更加具有比较复杂的内蕴表达，充满诗歌语言特有的张力。尤其是每一段的最后一句，诗人插上了想象的翅膀，犹如一位气宇轩昂的大将军，随意调兵遣将，指挥大胆的意象。他可以将"月光做的纽扣，安在蟒山的门上"，他可以让"我们在天空的甲板上合影"，他甚至可以"捻阳光作绳，系住中国的丰收节"。

诗歌不长，但是意味深长。诗歌简短，但是视野开阔，大气磅礴。

其实这样的诗歌语言在《捕星录》里面俯拾皆是。比如《与白鹭一起诵读春天》里的："黎明，满天星斗剥去／天空又瘦了一层／正在犁湖的白鹭／把春天诵读了一万遍"。比如《写在黎明》里面："我想我应该在梦想开启的地方做个记号／希望在很久很久以后能找到归路／你站在彩云的身后朝我微笑／我多么希望，多么希望／把这一刻的幸福，站成永恒！"比如《你放飞了一片竹筏》里面："拿什么去迎接你／我行囊空空，肩胛骨里塞满疼痛／无需寻找终点和目的地／马拉松是人生的不二法门／我伸出双手，让栖息于此的阳光随你的竹筏南归。"比如《回家忘带钥匙了》里面："南归时，阳光一路照耀／风和雷在云层里私语／只有我在云底下赶路／江南的树叶红了，一直红过长江以北／像孩子们的笑声一串串洒落在河岸／草地空余一对秋千，对斜阳。"

够了够了，从这些随意摘录的诗句中，我们感悟到了传统诗歌的意蕴，同时又领略到了现代诗歌语言的青春活力。

四、越剧的骨髓里流淌着吴越文明

其实，与这些单独成篇的诗歌相比较，我还是更加喜欢吴重生的组诗。吴重生的组诗不少，《春日十咏》《碧云庄八首》《泸州三章》《长阳组诗》《嵊州三章》《致女儿》《台湾三日》《北京大学的门》等等，不一而足。

这些诗歌都是吴重生在某一个时间里，在某一个时空里，对同一件事情从不同的角度所做的不一样的思考和解读，从而留下了多元、立体、丰富多彩的诗歌作品。每一首诗歌之间，各自独立，但是又互相联系、互相补充，又互相制约、互相照应，从而合力完成诗歌意蕴的挖掘和展示。前面我已经对《北京大学的门》做了一些梳理。《泸州三章》也是我非常喜欢的一组诗歌。他高屋建瓴，以历史为经，以时空为纬，泸州老窖的文化内涵和象征意义被一种诗化的语言得以从美学的角度完全升华为酒文化的高度加以诠释，令读者心悦诚服，心驰神往。这里我们选择其中之一《泸州酒泉的海拔》来欣赏一下：

"这一年，万历皇帝刚刚上任 / 李时珍正在构思《本草纲目》/ 利玛窦的《山海舆地图》尚未动工 / 而泸州的高粱和酒曲 / 已经在中国历史的腹腔里翻江倒海。"

这是何等的大气磅礴，这是何等的高瞻远瞩，这又是何等的寓意深远。诗人"站在1573的海拔上 / 看一个又一个王朝的勃兴或者枯萎"。诗意在作者理性的思考中娓娓道来。她站在历史的高度一目千里，她进入诗歌的原野上横冲直撞。

吴重生的《嵊州三章》我也爱不释手。她和《泸州三章》风格迥异。因为内容的不一样，作者采取了完全不一样的视角，用不一样的诗歌语言加以不一样的描述。

"遥想当年，剡溪水初入黄浦江 / 浪花飞溅直抵蟾宫 / 门外流水做的唱腔是登月门票 / 江风做的身段是彩云倒影 / 施家岙村的王金水是戏神的信使 / 他将银花、杏花揉捏成春饼。"接着诗人写道："越剧的骨髓里流淌着吴越文明 / 王羲之早已在书法线条里为越剧埋下伏笔。"

我们都知道大书法家王羲之的《兰亭序》，我们都知道诞生《兰亭序》的地方是绍兴城的郊区兰亭。但是很少有人知道王羲之的墓地是在嵊州，所以诗人发出了"王羲之早已在书法线条里为越剧埋下伏笔"的感叹。在这里，诗人并没有就事论事地去写越剧，而是展开想象的翅膀，带领我们熟悉和了解越剧产生的历史环境和生态背景。

诗人在三章的第一章中这样写道："历史的前额正被悠长的诗韵包裹 / 谢灵运的芒鞋、李白的酒盏 / 杜甫的拐杖、陆放翁的斗笠 / 他们的影和形正是越剧青色的前世。"

多么深刻的领悟，多么务实的推理，非常顺畅地揭示了越剧产生的历史渊源，提升了越剧的文化内蕴，从而让我们加深了对越剧的理解和向往。

五、愿投水为鱼，俯瞰人间的冬去春来

伊朗著名导演阿巴斯，既是电影导演，也是一位真正的内行诗人。

他斩钉截铁地认定："所有艺术的基础都是诗歌。"

阿巴斯说：真正的诗歌把我们提升到崇高之境。它颠覆并帮助我们逃离习惯、熟悉、机械的常规……它暴露了一个隐蔽于人类视域之外的世界。它超越现实，深入真实的领域，使我们能够在一千英尺高空飞翔并俯视这个世界。

阅读吴重生的《捕星录》以后，我加深了对于阿巴斯这一段精彩叙述的理解。读吴重生的诗歌确确实实让我产生了这样的感觉。

牟雪莹老师在《行走的每一步都是诗歌》一文中写道：吴重生的诗歌首先是植根于故土，大爱于天地。吴重生的这本诗集以祖居地为坐标，走遍了故土的山山水水：大运河"见证浮世繁华如天地一瞬"；钱塘江"用沸腾的江流，温暖着中国的青春"；西溪有"落英缤纷的梦境"；在剡溪"愿投水为鱼，俯瞰人间的冬去春来"。因为工作之故，先生离开了生长的家乡，他记录了北大的门、描写在鲁院的一晚、聆听北大光华学院云彩流动的声音也牵挂"老家的紫云英、泥墙上爬满的青藤"，"梅花的印、春水的痕"，还有那童年的水缸、屋后的田园……不仅有帝都的文脉浸润，也有故乡之美、故乡之思，这诗集便有了灵魂。诗如此，人亦如是。

这些在我们眼里平平常常熟视无睹的事物，诗人以其犀利的眼光、敏锐的触角发现了美，产生了情感交流和碰撞，并由此升华成为优美动听的诗歌。

"没有诗歌，贫瘠就会到来。"这位活了七十七岁的伊朗导演阿巴斯，曾经这样警告人类。在诗歌集《捕星录》面前，这样的感觉尤其强烈。

诗人曾经有"一日一诗，一处一诗"的严格要求，在我看来，这是诗人自己对自己的鞭策和自醒。这是诗人自己把自己逼到了一个无法退却的诗歌墙角，逼迫自己勤奋创作，逼迫自己带着诗歌进入诗意的生活王国，大有置之死地而后生的悲壮。

这让我想起了别林斯基语说过的一段话：诗的灵魂是思想，诗的生命是情感。议论和哲理，只要是"带情韵以行"的，只要是诗人独到的见解和独创的思想而

又洋溢着诗的激情，那它就是诗，就会"构成充溢在作品里面的作品灵魂，像光充溢在水晶体一般"。

我希望吴重生先生能够一如既往地，用饱含深情的笔墨去讴歌生活，讴歌时代。我尤其希望吴重生能够在一些比较重大的事件和题材上做比较深入持久的关注和挖掘，希望能够写出更加多的《大运河》，希望吴重生超越自我的诗歌力作不断涌现。

我们期待着。

原载《扬子晚报》（2019年9月23日）。作者系浙江省作代会代表。

于无色处见繁花

——吴重生诗集《捕星录》读后

汤集安

有幸在仲夏繁忙的周末提前一观吴重生兄的新诗集《捕星录》。树梢依旧有蝉鸣，窗外间或拂来一阵燥热的风，案头的手机，振动嗡鸣，一刻不停地奏着主音。但一切在吴兄的诗中，都安静了下来。"在京西玉泉山麓，我看到有三个季节被蒸发"，大运河、燕园、西湖，一个个熟悉的地名，跳跃在字里行间。

如果把摄影师叫作用照片定格岁月，把画家形容成用色彩定格精彩，那重生兄的诗，便是用文字定格生活中的美好。草木风动皆是情，生活处处可入诗，于无声处听惊雷，于无色处见繁花。

我们的文艺创作者要"为人民抒写、为人民抒情、为人民抒怀"。"为人民"不是什么形而上的东西，而是文艺的真正规律，只有真正来源于人民生活的作品，才能引起共鸣。

"互联网＋"网络盘根错节占据生活的每一个风口，二十四小时的生活和信息流中充满了大量零散碎片信息，如何准确判断、去粗取精、分门别类？如何用诗句客观精准地表现生活中的点点滴滴？多年新闻记者的从业经历使重生在这方面极具敏感性和前瞻性，大象无形，大音希声，他总能抽丝剥茧，料理出平凡生活中最具回甘的几味原料，初看只觉源于生活，再读方知深于生活，细品便是高于生活的诗韵。

这三重境界说来简单，但我复又想来，觉得实在是需要一番功底来调和。新闻报道的文字创作是百分之百的理性，诗歌写作的生活经历可以说是百分之百的感性，要想实现二者完美兼容共同呈上一道风味诱人的佳肴，绝非易事。

我注意到重生的诗大多在诗歌的最后简单批上了一句时间地点，加之前些年曾听闻他身体力行带动"每日一诗""每处一诗"的实践性创作，便对这笔耕不辍的高密度的创作以及遍布机场、高铁站、校园的诗歌留印见怪不怪了。

大量的信息摄入、专业化的资讯处理能力以及多年的诗歌联系积累，使他成为快速、多角度的高产创作者。常见的母命题在他笔下也添上了新意，生活一隅少有人注意到的轻声作响的场景得以被转拓到新时代的卷轴上。阳春白雪或是下里巴人，故乡或是远方，自己生活的亲历者或是家人生活的旁观者，重生的诗从来不是某一类人群的单向随从，文学打底，口头入诗，如此诗集才能立起来，诗歌也就有了丰满的血肉与深邃的灵魂。

自上次一别，我时常想起吴兄曾与我说起的新媒体时代诗歌创作应如何拓展新航线，开辟新出口。如今吴兄《捕星录》出版在即，我通读了全书，深感这是一本值得新闻人放慢平素快节奏的脚步静下心来细品的好诗集，亦是一本在感性烂漫的诗意语言中立下理性严谨的支柱的语言参考册，是与当下新媒体时代文学创作风格不谋而合的新诗。未来进入书店，希望它也能带领越来越多的年轻一代的文艺创作者，以诗意过生活，用生活谱写诗意，让中国诗歌随着时代洪流的脉络愈传愈远！

写于2019年9月10日。作者系湖南卫视国际频道总监。

也是羽化，也是重生

阿 华

　　一个时代有一个时代的文艺，一个时代有一个时代的精神。任何一个时代的经典文艺作品，都是那个时代社会生活和精神的写照，都具有那个时代的烙印和特征。

　　作为一个普通的写作者，我们也许写不出经典，但我们可以写出自己的心声。不管是山河之美，还是自然之魅，我们都可以在笔下赋予它们新的生命，赋予它们新的艺术价值。

　　而这个时代又是一个高科技发展的时代，智能机器，火车高铁，都可以给我们带来新的灵感和冲击力。另外还有青山绿水、民生保障、精准扶贫，也都会激起我们不一样的书写愿望。

　　时代已经足够丰富，但每个诗人都需要找到一种自己的表达方法，或者叫表述的路径。在这本《捕星录》中，我想诗人吴重生已经找到了自己的表达方式——他用丰富多彩的题材，展现了我们这个时代的蓬勃发展。

　　我们这个时代已经进入了新的工业时代，所以新工业诗歌的诞生也势在必行。我愿意把吴重生的《三元桥是一个图腾》看作是一首工业诗歌。

　　在《三元桥是一个图腾》中，他写道：

　　　　冶炼一个国家的筋骨／需要用火／用千万双手的揉捏／用万里长江的浪花作为酒曲。

　　　　三元桥，是一个图腾／中冶人在星空的背后纺织天幕／鞍钢，宝钢，攀钢……一颗一颗明亮的钢铁之星从中冶人的手上捧出/中冶人把铁矿石和雷电披挂上身/他们从遥远的遂明国取来火种/照亮了共和国经济腾飞的道路。

上海，马鞍山，武汉，攀枝花……冶炼一座座钢铁般坚强的城市/中冶人从后羿的箭下收集太阳的碎片/用火作墙/用风作瓦/中冶人从西汉的《太平经》中找到冶铁良方/钢铁工业面包开始批量生产/中冶人喜欢在莫干山上对弈。

吴重生的这首诗歌写得颇有气势，在这首几十行的长诗中，他写下了深圳速度，写下了中国旋风，也写下了中冶人拼搏的精神，不服输的精神。

所有的风景都是如歌的行板，所有的榜样都是照耀人们前行的灯盏。我相信，在吴重生的笔下，在今后的日子里，中冶人一定会栉风沐雨，继续谱写出新的如歌的冶炼岁月。

诗人荷尔德林说：诗人的天职是还乡，还乡就是返回与本源的亲近。

是的，每个诗人的笔下，都不会落下自己的故乡。吴重生在《我给乡愁交出第一份投名状》中写道：牵挂老家的万顷紫云英/蜜蜂和蝴蝶在村口夹道欢迎/冬去春来/老家的泥墙上爬满青藤。

在《今晚，我搁浅在故乡》中，他写道：这个中国的山坳/长满了树/也长满了月亮/今天，我以树的形态靠近你/你挽留我的手势/有一些沉重……故乡，你的泥墙是用乡音夯成的/你的疆域由八方音律联接/今天你不让我靠岸/让我在水里过滤/沉淀了半个世纪的思绪。

这些看似风轻云淡的句子里，其实饱含的是一个远在异乡游子的思乡之情。

写作是一条漫长的河流，它有自己的发育和沉积的规律。所有的河流从上到下，都是越来越开阔，沉淀物也越来越厚重，而故乡给了诗人重要的养育。在诗人的记忆里，人间是辽阔的平原，潺潺流淌的大河，没有砖瓦高墙，也没有钢筋水泥，有的是土地、树木、庄稼、花草、白雪，是人间的四季分明，诗人内心浸染的都是山野的草木的清香。

在吴重生的作品中，我更偏爱那些与自然与植物有关的篇章。比如《我是闵庄的一棵松树》《一个人对应一种植物》《你把玉兰花的花期推迟了两个月》《你是一棵石榴树》。

在《我是闵庄的一棵松树》中，他写道：我是闵庄的一棵松树／我要给玉泉山当四个季节的卫兵。

在《一个人对应一种植物》中，吴重生写道：

一个人对应一种植物／你选择葵，向阳，坚忍／太阳从地平线升起／人类诗性的家园开始隐喻。……每个人都是一种植物／松花在飘，笋在抽芽，兰在吐蕊／从今往后，认一种植物为亲／一生一俯仰，一岁一枯荣。

所有尘世里的物我相逢，都是与内心的一种清澈的相见，专一又无私。

以我个人的喜好来说，我喜欢这世上所有的植物，它们质朴清新，沉静自在。因此，我喜欢读这些写到了植物的诗歌。每次读这样诗歌的时候，都感觉自己心犹在野。

吴重生在祖国的大好河山中游走，并由此写下了许多美好的诗歌。

是的，重回契丹，他是一匹棕色的骏马，绕着辽上京的古城墙飞奔；是的，铺开白色的宣纸，他是画家，在泸州高大的画案上试笔。

我曾读过的关于旅行的最好的一句话就是：旅行的意义就在于，世界在你心中的形象，到现实中得到答案。

跟着吴重生的诗歌，我们去上城，去玉峰塔，去云南；跟着吴重生的诗歌，我们夜游珠江，把长阳看成是一座岛屿。在他的笔下，大运河就一条太阳河。它每奔跑一天，人类文明的浓度就增加一分。

人间冷暖，唯有自知。面对诗人笔下的山川河流，我们仿佛看到了一幅幅美丽的画面：青山依旧在，几度夕阳红。

是的，人到中年，跋涉过的山山水水，都将成为我们身后的沧桑。而当我们慢下来，也许看到的就是柔软清澈的别样风景。

我们每一个人都处在一个非常具体的生活里，有新鲜蔬菜的市场，有晨光里散步的居民，有傍晚楼下幼小孩子的追逐尖叫。这样的生活，有市井气，但又让人安心自在，像是赤脚走在柔软的沙滩上。

在吴重生的笔下，也有这样的生活，比如《回家，忘带钥匙了》，比如《早餐，偶遇一排椅子》，再比如《赴金华婚宴遇故友有感》。生活是琐碎的，但诗人却在这些琐碎的生活中，捡拾起遍地的诗意：今夜，我盼你羽化，你唤我重生。

是的，人生就是一个渐渐丧失耐心的过程，是内心的柔软不断失去的过程，是在与生活的磨合过程中，齿轮不断地减速和卡带的过程。而我们每一个人所经历的生活，就像是一个个被记忆裁剪的片断，作为诗人的我们，不但要把这些片断缝合起来，成为生活的记录员，同时我们更需要向生活发出追问。只有发出了追问的诗歌，才会具有更深刻的意义。

是的，一个诗人单单在语言或者叙事上，有自己的个性还远远不够，还要对社会对生活对人生有自己独到的见解。因为文学也是人学，它除了叙事艺术，更重要的是还要有自己的思想。

我们看到了这个时代的蓬勃发展，但有时候，看，不等于看见，在事物平常的表象下，总是暗含着生命的种种深意。所以一个诗人通过文字所呈现的那一部分，一定是一种对生命最本质的打捞，那些文字将带着时间之痛慢慢前行。

有很多事物，你必须经历它，才能够说出它。有很多文字，不是你找到了它，而是它找到了你。

好在光阴宽裕，我们可以慢慢静下心来，在生活里静静地去思考。相信这人世间所欲抵达的温暖与善意，都会不请自来。

相信吴重生的这本《捕星录》，会给我们带来不一样的温暖和光亮，即使这温暖和光亮如星光一样遥远，我们也愿为之付出期待。

原载《大众日报》客户端（2020年8月19日）。作者系山东省作家协会签约作家。

太阳河放歌与掬水望月
——《捕星录》阅读笔记

徐必常

作为诗人的吴重生又一部新作问世，书名叫《捕星录》。吴重生有多重身份：领导、媒体人、作家、诗人。我认识他时他的身份是诗人，这个身份是我最能记住的。

阅读他的新著《捕星录》，正是盛夏，他发给我的是电子版，我打印出来就成了白纸黑字了。这本书最适合什么季节阅读我不知道，但我知道在盛夏读这本书是别有几番意趣的，因为这本书一方面向我们展示的是情感的热辣和情趣的饱满，另一方面又给我们展示诗情的优雅闲适和自在。自然还有难忘的，勾魂的，藏不住掖不住的。多数人在读作家和诗人的作品之前，已经学会了读心术，但是我还是没有学会，以至于我在读书的时候，经常性地误读作品和作者，经常犯的毛病就是断章取义。这不，这篇小文的标题多半都是从这本书里摘抄出来的。

吴重生的诗句最适合于摘抄，因为他动不动就妙语连珠，还惊人。如果说有人把他的诗句成堆成堆地抄下来，这自然不是摘抄者的错，而是吴重生的诗才送给读者的福利。

下面是我的阅读心得。

一、大运河的命运和时代的向度

吴重生在《大运河是条太阳河》的开篇就写道："走上拱宸桥，就像走上故乡的原野／充实、安详，一如四季流淌的运河水／船队在水面上划开一道道白色的口子／肆意暴露运河绿色的骨骼和灵魂／这样的日子周而复始／人们对运河的疼痛习以为常／从南到北，运河被一座又一座城市收留／但第二天黎明，运河一定整装上路／风尘仆仆，义无反顾。"拱宸桥，故乡，流淌的运河水，船队，疼痛，收留，义无反顾，这些词儿的连锁出现给世人呈现出了一条河流的命运和这条河流与诗人之间无法割舍的事实。紧接着"拱宸桥是运河上的一枚浮标／我和我的孩子站在这枚浮标上"。浮标和站在浮标上的人，诗人给我们言说的处境自然是浪尖上的生活，虽然这种生活在某种程度上说是"水涨船高"，如果没有在他诗中说的"行囊里装满放飞理想的使命"，没有接下来的"每一朵浪花都是感叹号，而石埠头是顿号／我是运河的搬运工，我搬运运河／也搬运自己的人生"，诗人会费那么浓重的笔墨对大运河倾情抒写吗？在我看来，他诗中的"大运河"是一个恒定的时代的意象，大运河本身就是一个时代，而在吴重生的借代下，那个时代和我们现在所处的时代有效对接，或者说这个时代本身有一条更新的河流值得开掘，或者正在开掘，诗人是参与这条河流开掘的一员，他见证这个时代，记录这个时代，并亲身投入这个时代发展的洪流之中，抒写国家，抒写运河，抒写自己的亲历，以至于就有了如下的诗句：

很多时候，我背负着运河前行
与无数的波纹、落花和河岸树交换眼神
我白天亲昵南运河
晚上枕着北运河睡觉
金黄的桂子落在船工的桨上
金黄的银杏树叶落在运沙船的边沿
无论我走向哪里
都在心里丈量自己与运河的距离

白天和夜晚，心与运河，心所向，自己的目标……在家与国之间，在情与景之间，诗人自始至终饱含激情：

从南到北，运河的谜底其实在天上

> 大运河是一条太阳河
> 在大运河上泛舟，就是我的一生

诗人要说的话和要立下的壮志，让结尾的这三行诗，如三枚铁钉把自己牢牢地钉在时代的潮头。

窥一斑而见全豹。世人常叹诗文难作，难就难在很难作假。即便是作假的高手，几乎没有谁能够掩盖得了终其一生想掩盖的。而如果最初就没有作假的想法，像吴重生的《大运河是条太阳河》，洋洋洒洒上百行，信手拈来，就自成一道风景。

如此大气的诗如《给你火把，照耀你解冻的河堤》，这回他抒写的是钱塘大潮：

> 因为你载得动星群，在历史长河中泅渡
> 你是那无边的黑夜里眨动的眼睛
> 而你奔跑的脚步声叩响了黎明的山峦
> 昭告着道路与方向的重生

诗人吴重生与"道路与方向的重生"之间的契合点在于他手中的"火把"，由于火把的照耀，河堤的解冻，新的景致自然就会催生。

二、遮不住的繁星与北海岸的乡愁

吴重生这本诗集中有两首写台湾的诗，一首叫《致台湾》，一首叫《台湾三日》。他是有幸亲临台湾的人，在货真价实的台湾土地上感受自己的心跳。

> 这个雨季是专门为我准备的
> 彼岸有太多的海水在等待归宿
> 我来了，选择在老古的港口登陆
> 海水们闻讯蜂拥而至

专门为他准备的雨季，等待归宿的海水，在古老港口登陆的他，蜂拥而至的海水。一幅接着一幅的画面的呈献，情感的纠结，是家国情怀还是血浓于水？海水自然是苦的，思乡和离愁也是苦的，大海有一肚子的苦水，苦水们期盼归宿，当归宿变得遥遥无期，作为情感载体的他的到来使海水们终归有了盼头。接下来他在诗中写道：

> 我在群鸟的羽背上看见阳光
> 海底水管昨晚连接了金门和厦门
> 难怪在我们入住的晶华酒店
> 窗帘再也遮不住繁星

诗人眼中鸟羽背上的阳光是什么呢，是海底水管的连接？我想自然是，要不然哪来的繁星能在晶华酒店普照，就连窗帘再也遮不住？

吴重生似乎一眼就看穿了蔚蓝的大海和她的必然，于是他在诗的结尾这样写道：

> 那么蓝，那么辽阔而深远
> 一群海鸥，偕无数浪花
> 历史和文化相约归来
> 在祖国的沙滩上

海鸥偕浪花，历史偕文化，他偕的谁我不必问，归来是共同的心愿。

而在《台湾三日》一诗中诗人说"我睡在一个透明的波涛之上"，在浪涛上"我在槟榔树下执教英语 / 用浦江方言告诉台湾 / 任众浪喧哗，我自沉吟 / 故乡不在天涯 / 俯仰天地，大海千帆向我家"。吴重生笔下的离愁是货真价实的，于是就有了"当年你背着故乡出行 / 收藏了我所有的星空和大海"这么压得人喘不过气来的诗句。

> 九份茶坊的灯亮了
> 整个山城的茶灯都亮了

  洪先生把山城放进茶炉里蒸煮
  一路追随着他的海鸥飞到了茶壶柄上
  它们的前世有着青花瓷的纹路
  如今，它们追逐着海浪
  穿越海峡进入汉字的顶部

  亮了灯的九份茶坊，山城，洪先生，飞到了茶壶柄上的海鸥，青花瓷，穿越海峡的汉字，说一千道一万，这些看似每一个都是单独个体，诗人把它提炼出来，一下子就抱成一团，追根溯源，盘根错节，剪断理还乱，最终成为血脉相缠的生命体。
  九份山是美的，但毕竟美得有些孤独，一遇上大陆来的诗人吴重生，一肚子的话总算找到了人倾听。

  北海岸的长度与乡愁相等
  在海水的心中，月亮升起
  为天上的繁星导航
  一叶扁舟驶离黑夜
  茶花为信，点燃人间的春秋
  今晚我们将春雷和闪电吞入腹中
  今晚我们在天上种下星星树

  吴重生一来，九份山先是那北海岸一般长的乡愁和盘托出，而吴重生却还了九份山另一个愿景。他和九份山一聚首，就在天上种下了星星树。
  可以这么说，他们种下的树是用来仰望的，不管是在大陆还是在台湾，当你抬头看星星的时候，看到的就是两岸人亲手种下的风景。

三、十万个开花结籽的预言

  吴重生在《陪老父亲登高》一诗中有这样的诗句：

冬去春来，老家的泥墙上爬满青藤
每一个重阳节都是一条藤蔓
今天，我从童年水缸里舀起一瓢水啊
看到当年在屋后种下的十万个预言
如今有一半已开花结籽

同样，现在作为父亲的他给女儿写下了这样的诗句：

我家厨房窗外是一个富得流油的春天
炒菜时不断有树香叶香飘入
偶尔也会有几声鸟鸣
钻入火上的铁锅
变成几碟生猛海鲜
掌勺的感觉是一种加冕为春神的感觉
从来不需要什么味精
春天的味蕾已很丰满
也不需要什么酱油
早起的春风已将五味调和
最多加一羹大海的呵气
让我挥洒锅铲煮一锅翻江倒海的祥和
听说小朋友放假回家
枇杷在楼下悄悄成熟

前一首诗中的诗句是献给父亲的，就如一位耕耘者在秋天给大地献上金黄的收获。"冬去春来，老家的泥墙上爬满青藤／每一个重阳节都是一条藤蔓"，时光的流逝以重阳节为轮回，爬上墙的藤蔓和重阳节登高的人相对应，老家和泥墙相对应，春和冬相对应。而童年水缸里的水则是一面纤尘不染的时光之镜，通灵之镜，映照未来收获之镜。在这镜子中，诗人年轻时的抱负"如今有一半已开花结籽"。

后一首诗是作为父亲的吴重生写给女儿的，名字叫《我家厨房窗外》。诗人刻意为孩子营造富有诗意如春天般的鸟语花香风和日丽的生活。在这个美好生活里，春天富得流油，树叶的香味，鸟鸣，被早起的春风调和好的五味，楼下的枇杷，所有这些组成春天的成分，现在全成了他能全盘托给孩子的生活。他不仅向孩子展示了生活的美，而且让它们生动而鲜活。

他"当年在屋后种下的十万个预言"和他为未来希望提供的土壤、春天，多彩而又童趣的生活，为孩子种下预言提供了约好的机会，同时也构成了他诗意的生活。

四、玉树和铺天盖地的雪

吴重生在《给玉树》开篇就写道：

很多时候，我们以植物为信
为自己选一名季节的代言人
当绿白相间的伞房花序点缀玉树枝头
当燕子低飞，春天已成过往

春天或青春易逝，诗人借玉树说出内心想说出的话，以诗的形式，以植物为信，为季节代言，还有燕子低飞。多少愁绪在诗人内心剪不断理还乱，于是又一段情景喷涌出来：

我的目光再一次掠过树梢
没有风，梦境和现实一样纹丝不动
邀一株绿植同住，在光与影的映衬下
想象草原的绿和沙漠的黄
想象一棵树离开故乡的日子
想象这十二个月的轮回，如同你我的相逢

没有风的日子只能凭空想象,从近到远,再从远到近,把远和近的风景一会儿拉近一会儿推开,也许还有诗人咬牙强忍住的悲欢,也许还有我们不该猜测的场景。

诗人在结尾的时候给自己的未来勾画了一个完美的场景,开荒,播种,收割,日子风调雨顺。

如果说《给玉树》是对过往的回忆和未来的憧憬,那么《我希望你来见我》就应该是对情感的珍视。

  我希望你带着故事来见我
  我在岸边
  双手捧着一条破碎的江
  有老掉牙的橹声从山那边传来
  冬天来临的消息在江面游弋

  我希望你带着故乡的云来见我
  我在天底下
  双手捧着一把晒着稻谷的筛子
  有水稻灌浆的声音从田野中央传来
  雨来临的消息在田塍上奔跑

  我希望你带着酒和梦来见我
  我在旧时光的驿站
  双手捧着亲手烹制的岁月
  有汽笛的声音从道路尽头传来
  走吧,让我们去往敬亭山的最高处

这首诗中最打动我的三行诗分别是"双手捧着一条破碎的江""双手捧着一把晒着稻谷的筛子"和"双手捧着亲手烹制的岁月"。一条江还是破碎的,这就够人去想象了,好在晒着稻谷的筛子一下子又把想象拉回到生活中来,最是那亲手烹制的岁月,让人期盼。

如果所有的希望都能够在敬亭山的最高处相聚和眺望远方，这世界就算是有太多的遗憾，也是能够补救的。好在诗人在诗中设置了这么一个敬亭山，不管是回望来路还是对未来的憧憬，都能让读者那颗悬着的心有个归宿。

而《雪一定记得来路》抒写的是二十年前的往事，地点是火车站的站台，时间是凌晨，场景里有路灯光。"雪铺天盖地，灯光也铺天盖地"。

  二十年前的雪还在下
  火车站的站台已不知去向
  我送一段往事去往夜深处
  雪飘飞在我的梦里
  我是和梦一起出发的
  忘记了归期，也忘记了来路

物非人也非。那场二十年前的雪下到如今和站台没了关系，只有往事历历在目。此情此景，梦为何物？雪在飘，诗人和梦一起出发。我在想，那铺天盖地的雪是不是诗人多来用眼泪凝结起来的相思，那相思一尘不染，一直干净在记忆深处？

五、童心系着的大地

我好奇的是吴重生永远有一颗如孩子般天真和好奇的童心，而且还把这颗童心用诗的形式呈现出来。他在《落叶在学习飞翔》中构筑了山与海的童话。在这童话中，有车辙、脚印、掌纹，还有风，还有雨，还有桨橹，当然还有兄弟姐妹，还有他胸口的山川和大海，还有摇摇晃晃的落叶。从整首诗来看，他笔下这些摇摇晃晃的落叶其实就是他的兄弟姐妹，因为他在这首诗的第二句一开始就交代：我是落叶。

读他的另一首名叫《我只有白天的钥匙》的诗，完全可以读出一颗童心在胸中闪耀。

我只有白天的钥匙

却打开了黑夜的门

我邂逅的星群

都是无数世纪前的遗存

它们只顾发光

发出骏马献捷的蹄音

忘了还有我

这朵来自人世间的杨絮

已在空中停留了许久

傍晚，天空开始起飞

大地跟着飘移

来自中关村大街的一声问候

直接敲开江南成片的花蕾

有三支神曲从未来飘来

安慰我一路的风尘

我拿着钥匙

试图打开封存了很久的鸟鸣

然后，我让鸟鸣装箱托运

与兄弟的星群一起

去往南方以南

  诗人手中的钥匙最灵异之处是他握着白天却能打开黑夜，打开黑夜后还能打开鸟鸣，最后还能把鸟鸣托运。这还不算最精怪的，最精怪的是这托运的鸟鸣还能"与兄弟的星群一起 / 去往南方以南"。

我要把洗涤好的黎明收回来

把悬浮在大街上的山川

推出窗外

赶在天黑之前

这几行诗摘自《把洗涤好的黎明收回来》。这几句诗可算是诗人在童心照耀下的神来之笔，拟人化的、动感的、具象的东西全穿插在里面，在"天黑之前"这个时间节点上，各自彰显着自己的魅力。

对这个世界的敏感、爱心、好奇和尽其所能的呵护，几乎构成了童心的本色，出奇的想象和旁若无人的表达，是每一个童年的本色。有些人一辈子童心未泯，另一些在娘胎里就有了铁石心肠。诗人自然属于前者。

大地降温了
我把我自己藏在怀里
不让天上的雪花看见

大地降温了
我想我得裹紧我的冬天
不让过路人察觉

寒冷是一个绿色的名词
我的体内有很多火苗
它们在漫天飘雪时持续燃烧

大地降温了
我寄存在南方的桌椅不会降温
它们见证了我的少年

吴重生这首名叫《大地降温了》的诗中写到了他的少年的际遇，大地的冷暖和诗人内心的火苗和他不希望降温的桌椅构成了冬天的多重世界，构成了一个少年简单而又充满深情的内心世界。

六、伸过长长夏季的手

照我的理解,夏季是连接着春天和秋天的,它一边连着播种一边连着收获,一边连着生长一边连着成熟。这是我在一年四季这个框架对夏季的理解。中医把季节分为五季:春,夏,长夏,秋,冬。我就在猜想,诗人吴重生的长长夏季是包罗了夏和长夏呢,还是单个的被拉长的夏季?当然我也知道这种猜想毫无必要,而眼下最必要的事情是,把他那首名叫《我把手伸过长长的夏季》翻来覆去地读。

在离海最近的地方
我依然无法触摸海浪
无法追逐海鸥的身影
我把手伸过长长的夏季
读书声淹没我头顶

我无数次去往梧桐树下
计程车和单车在身旁进进出出
我的眼光投向西南门
那里有你正在孕育的梦

有些距离无法用脚丈量
彼岸的语言交杂其中
牵手,与深不可测的夜
与近在眼前的黎明

我的未来正成长为参天大树
金色阳光之上
树叶在进行盛大的换装仪式

我把手伸过长长的夏季

　　握住你的手，便是幸福

　　我从这首诗里读出的是春和秋，理想与现实。照这种理解，他这手一伸，最短的距离是三个月，最长可能就是天长地久了。这首诗里，理想和现实握手了，实现了人生梦，幸福就是再自然不过的事情。吴重生是有着远大梦想的人，事业上又非常成功，在追求更大的目标上，从来就不遗余力。

　　吴重生的抱负远远不只是为握一握手，在这个纷繁复杂的时代，他立志要《做一名耕耘者》。有诗为证：

　　做一名耕耘者

　　给我五行中的土，给我五谷中的谷

　　给我流动的江，给我青色的阳光

　　做一名耕耘者

　　给我云霞的邀请函，给我烟雨的婚柬

　　给我火把的余光

　　我要书屋中的三扇窗

　　在纸上耕耘

　　在标点之间播种长毛的文字

　　边播种边看着文字

　　我的孩子

　　我犁出的时代

　　汇成江南雨

　　我挥舞的岁月

　　劈开春天的山岳

　　我置身在花海中了

　　我置身在稻浪中了

　　我置身在天地中了

　　给我的火种我埋土里了

　　给我的种子我埋土里了

因为我要耕耘

土壤没入了我的童年

因为我要耕耘

种子攥住了我的手

因为我要耕耘

朋友们纷纷赶过来

站在田埂上

这名耕耘者身手着实了得，他既在纸上耕耘，又要在春天的山丘上耕耘。他要把自己置身在"花海中""稻浪中""天地中"！当然这远远不够，于是他要《我代表梦想发出通知》：

今天我代表梦想发出通知

风呼啸着回应我一条江

雨声停止，在路的转弯处

一苇杭之，中间要有辽阔的大海

我把截止时间调到零度以上

波涛汹涌起来

载着你和未来的列车挟持了风

一路向南，没人知道梦的来踪

今天我们约定要去寻找光亮的出口

三个孩子，坐在我们对面

与他们的目光对视

感到被手绘的花香击中

一层一层，像轮番起飞的白鹭

我们约定明晚在家庭图书馆里相见

那里沙发让位给书柜

那里现实都成了书的陪衬

我代表梦想发出通知

天地摇晃起来

在长江以南

你和梦想都安好吧

风用一条江作为回应，雨声停止，一苇杭之！他这"一苇杭之"的来头可大了，它出自《诗经·国风·卫风·河广》。全诗如下：

谁谓河广？一苇杭之。
谁谓宋远？跂予望之。
谁谓河广？曾不容刀。
谁谓宋远？曾不崇朝。

一片苇筏就能航行！诗人吴重生的气势了得，从诗的角度他贯穿古今，从梦想的角度他"一路向南"！

七、老家的泥土墙与来自对角线的仰望

离开故土的人永远离不开故乡泥土的滋养，也就有了乡井土。故土虽然能够离开，但注定割舍不去。历代文人墨客的笔下都有写不完的故土，这支笔传到诗人吴重生这里，那饱蘸着思乡情结和少年情感的笔尖游走在城乡的思绪中时，他在这条以道路铺就的纸上落下的笔墨，有着千钧般沉重和在阳光下扬起青春般洒脱。不管是《你从地球的另一端看过来》，还是《你说你从对角线位置仰望我》，最终都归结到《老家的泥土墙》。

《你从地球的另一端看过来》里有这样的诗句：

……
月亮孤独得像一杯啤酒
溢出许多泡沫，四散奔逃
我手中的心愿
像水一样荡来荡去

五千里后抵达凌晨
　　和风一起上彩虹桥
　　月光好重，洒在我身上
　　感觉整个秋天在摇晃

　　这月光的孤独在我读来就是诗人的孤独，溢出的泡沫或许就是不轻易让人看到的眼泪。情到深处，就连心愿都像水，都荡来荡去，都上彩虹桥，都摇晃……这之中诗人还设置了个时间节点：凌晨。凌晨在辞典里有一种解释是"感觉寒冷、最为困倦等，这和人的生理节律有一定联系"。如果按这一种解释来猜度诗人此时的心情，可能是最揪心，最无奈，最难熬，而又最充满希望的时辰，于是就有了他接下来的诗句：

　　我目不转睛地看着天空
　　云飞过，鸟飞过
　　等待月光和日光交换信物
　　曙红色的晨曦
　　盖在离人的面颊上
　　管箫声同时响起
　　潺潺的脚步声，流进
　　我的袖口

　　曙色和晨曦如期而至，他死死地盯着天空，等待奇迹的出现。他先是看到云和鸟儿的飞翔，再是听到从管箫里流淌出来变成了脚步声，流进了他的袖口……诗人的幻境变成了实实在在的脚步声，这脚步声还是"潺潺"的，他心中"潺潺"的根脉又在何处呢？其实我不应在这里追问，读这首诗，我的心中早已流水潺潺。

　　我猜想诗人在写下《你说你从对角线位置仰望我》这首诗时，他的抒情对象早就给他设下了埋伏。生活中我们会对很多事情熟视无睹，比如对角线，人到中年，有几个人还会把几何学的词运用到情感中去呢？可诗人吴重生就用。

　　不管生活是多少边形的，也就是说，不管生活是多么的奇怪和光怪陆离，对角线的距离自然是最短的。那么，这个一直在最短的位置仰望诗人的人，自然是最牵挂他的人，他可不管你是站在长江以南还是以北，反正视线永远是直的，自古以来就没有听谁说过视线会转弯。

> 我总是把昨天当作尺寸
> 度量我吱吱作响的骨骼
> 习惯把春天当作读书天
> 忘了老家后山杜鹃花开得正艳
> 年轻时我把整条长江走了一遍
> 从此通天河便跟着我走南闯北
> 在昆仑山我不敢停留太久

这个连"忘了老家后山杜鹃花开得正艳"的诗人自然是忘不了对角线的，更忘不了年轻的时候。我猜想，那条"通天河"中流淌的河水是不是就是"对角线"？从对角线源源不断追过来的眼神？或许吧。嘿嘿。

> 这是我生命中的一堵泥土墙
> 它生生地从我的肺里长出来
> 带着泥土的羞涩
> 太阳光一遍又一遍地亲吻它
> 春联贴上时
> 泥墙的脸上幸福得泛起红晕
> 这堵泥墙充当了我童年的所有背景
> 麻雀飞跃的身影
> 栀子花在墙角的吟唱

这是《老家的泥土墙》一诗的开头，诗人一下笔就把自己和一堵墙拴在一起，是共生的生命体。这个共生的生命体在感知阳光、春天到来时脸上都会泛起红晕。诗人说"这堵泥墙充当了我童年的所有背景"。不管是背景还是诗人童年的本身，泥土墙在诗人的生命中是割舍不去的。当然诗人从来就没有想到要割舍，更多的是珍惜。

> 今天我为家乡的一个瓦房勾画轮廓
> 乡间的小路在记忆里漂浮不定
> 我决定与老屋签一个出版合同
> 请最好的摄影师和最好的写手
> 为一个时代的影像打磨边角、丈量角度
> 每晚打一个电话给远方的朋友
> 今晚我打给家乡的老屋

事业的奔忙、游子的思乡，不管身在何处，不管善于表达还是不善于表达，给老屋的电话打还是不打，内心最牵挂的、最先抵达的还是老屋。

八、从衢州到黄河穿越梦境

自古以来文人墨客乐山乐水，诗人吴重生是文人和墨客两样都占了的，在鲁院上学时的班级联欢会上，他即兴挥毫，让老师和同学们个个都看得合不拢嘴。以至于他在山水诗上出彩，自然是情理之中的事了。

他写山水诗要么一弄就是一大组一大组的，像《衢州九章》《你的启程惊动了气象》《内蒙四章》《西湖组诗》，要么直接穿越梦境，如《黄河穿越梦境》。

诗人的山水诗写得洒脱，特别善于在细微处发掘诗意。比如《衢州九章》的第七首《一颗松子落下来》：

> 一颗松子落下来
> 成为烂柯山围棋残局上的新棋子
> 钱塘江源头空降于此
> 我站在大龙岗的背上
> 倾听王者之音
> 那是从宋室南渡那天开始的

至圣如在

　　琴声珍藏于太末的千里岗

　　金衢盆地在今天西倾

　　连同南平的水和上饶的山

　　振翅高飞于樟林之上

　　这盘围棋围的是一个东海

　　一颗金黄的桂花是棋子

　　一朵白色的云也是棋子

　　采风团采到许多最美的春风

　　印证了这里是春天的大本营

　　公路两旁一些油菜花争先绽放

　　这个田野里的城市

　　历史寄存在江南的一个梦

　　灿若朝霞的春天的梦

　　这首诗的开篇就不凡，诗人把落下来的松子定格成"烂柯山围棋残局上的新棋子"。诗人在物我之间审视历史的千年一梦，看世间的草木，看山水间花开花落，在纷繁的世间提炼闲情雅趣。如果说诗人手中的笔墨也是一枚棋子，当他这枚棋子按在衢州这个棋盘上，衢州自然会"灿若朝霞的春天的梦"。

　　《黄河穿越梦境》却一改之前山水诗的洒脱，而是从黄河开春的力量中汲取动力，对梦与醒，现实和理想，当下与未来，诗人用笔直抒胸中如黄河奔流向海的意志，从而提升人生的高度。

　　……

　　当我醒来，只望见黄河的背影

　　高铁和桥梁如海浪般起伏

　　我每望见一个浪头，心底便多一个梦

　　北京朋友约我写写石头的文章

　　这使我想起中流砥柱

　　过去的半个世纪，我一直在做梦

  尽管我的肤色类似于黄河

  尽管我的理想远胜于黄金

  然而，我的梦境犹如这条河谷

  在民族的腹部弹奏新时代的乐章

  我的汽车穿行在千里之外的街巷

  多少个夜晚，我冲着夜空喊

  千里之外的黄河水便澎湃起来

  浪花落在人群和鸟群里

  栏杆拍遍，几回扎曲醉故乡

  举目仰望，山地、平原和丘陵

  有我祖先种植的玉米、高粱和蔬菜

  如今，我每天弯腰种植自己的日子

  就像身旁的大海和天空

  每天每夜，静待穿城而过的你

  诗人在梦醒来时面对黄河挥笔写下："我每望见一个浪头，心底便多一个梦！""……我的梦境犹如这条河谷/在民族的腹部弹奏新时代的乐章。"醒来的诗人心中已经有了打算，"如今，我每天弯腰种植自己的日子/就像身旁的大海和天空/每天每夜，静待穿城而过的你。"

  面对眼前的诗句我突发联想：世间的万物，来到这个世上，就应该有自己的承担，大的承担还可以升级为担当。如果我们离担当还有一定的距离，担当就成了目标，就得一点一点向它靠近。

  在读完吴重生诗集《捕星录》掩卷长思之际，楼下那几只鸟儿又叫开了，它是每天都要叫的，声音很细粹，但还叫得欢。我认出了几只，麻雀，点水雀，土画眉，也有我认不出的，小区没有林子，只有几排不同品种的树，树下还有些许杂草。我太爱听这些鸟儿的欢叫了，每每我会推开窗，把头伸出去，有时还会忘了防盗窗的栅栏，头还会被硬生生地碰痛，但时常是听到鸟鸣就忘了痛，又故技重演。我真的太喜欢这些鸟儿的歌唱，小区太寂静，静得不时能听见别人肚子里打的小九九。有鸟儿们的歌唱那就不同了，哪怕声音很低，别人打小九九时就干扰不了我，这样，我就少了些防范，多了份自在，日子就多了一丝诗意。

眼下我听不见鸟鸣，只有吴重生的诗句余音绕梁。我得给他一个祝贺和一个感谢，祝贺他创作丰收硕果累累，感谢他为我们平常的日子又增添了一份诗意。

原载《华西都市报》（2020年6月12日）。作者系中国作家协会会员，现供职于贵州文学院。

行走的每一步都是一首诗

——读吴重生《捕星录》有感

牟雪莹

2019年7月6日,在泸州举办的"新时代诗歌传媒论坛"高朋满座,国内诗歌界大咖齐聚一堂。包括著名诗人李少君先生、张建星先生、李晓东先生,缪克构先生、吴重生先生等大咖上台交流。每位老师对新时代诗歌的创作与传播都见解独特、妙语连珠。

而吴重生先生的一段话为笔者打开了心中的疑惑:"新媒体语境下的诗歌创作正是返璞归真的时代浪潮,而且是永不退潮的诗歌盛典。这个时代诗歌具有记述、抒情、安慰、应景、交流和广告等六大功能,其诗歌传播具有即时化、碎片化、零距离、多维度、全方位的特点。新媒体传播,记者是资源的发现者和整合者,而诗人是意象的捕捉者和独特的表达者。"笔者非常认同吴先生的观点,相互交换了名片。

一个月后,吴重生先生发来他所写的《泸州三章》,同时还有他即将出版的新诗集《捕星录》初稿,使我有机会系统阅读吴重生先生的诗歌作品。

先生出生浙江,拥有资深新闻工作者、诗人、书画家、文艺评论家等多重身份。新闻报道强调真实、快速、准确、客观,诗歌创作讲求抒情与言志。先生把这两方面结合得非常完美,诗歌创作追求主观世界的真实和意境,新闻报道突出客观世界的真实和可读性,这也正是新媒体下诗歌发展的一种趋势和方向。不同的是,创作者思想的深度和观察的角度决定了文字的力度,也决定了传播的广度和持久度。通读下来,他的作品给我三点深刻印象:

首先是"植根于故土,大爱于天地"。先生的这本诗集以祖居地为坐标,走遍了故土的山山水水:大运河"见证浮世繁华如天地一瞬";钱塘江"用沸腾的江流,温暖着中国的青春";西溪有"落英缤纷的梦境";在剡溪"愿投水为鱼,俯瞰人间的冬去春来"。因为工作之故,先生离开了生长的家乡,他记录了北大的门、描写在鲁院的一晚、聆听北大光华学院云彩流动的声音,也牵挂"老家的紫云英、泥墙上爬满的青藤","梅花的印、春水的痕",还有那童年的水缸、屋后的田园……不仅有帝都的文脉浸润,也有故乡之美、故乡之思。大爱情怀使这部诗集有了灵魂。诗如此,人亦如是。

澎湃的诗情、激昂的诗韵源自对家人朋友的真情。先生"追随父亲的视线"看到了不一样的风景,以桂花为名的母亲"点燃游子心底奔涌的岩浆",与蕙质兰心的妻子讨论"兰花的构图、山脉的走向",和燕园的女儿进行精神交流和情感对话,以及每晚打一个电话给远方的朋友,伴随着诗人默契而深沉、含蓄而隽永的诗意,我感受到丰沛的情感和温暖的情愫。世事繁杂,饱含真情的吴先生,从字里行间让我们感受真挚与淳朴。而这其中,笔者最喜欢的是《你在打捞时光》。先生把自己对家人的柔情融入天地山水之间,表现得含蓄内敛、耐人回味:"你把地平线往上拉一拉,山川和大地便平衡了,我们约定在从前见面,未来在岁月之上。"没有天长地久的直抒胸臆却暗含了诗人对过去美好爱情的无限眷恋,也描摹出对情比金坚的真挚期许。诸如此类的好诗在《捕星录》里俯拾皆是。

第二点感受是"写诗破万卷,下笔如有神",春夏秋冬皆入诗,寒来暑往总关情。从"等待春风,把院子唤醒"到"夏天的山谷",从"秋季允许银杏叶覆盖人类所有的梦想"到"雪花隐匿了它的初心"。先生带我们去感受四季的风雅和风骨,领略风花雪月般的柔情和绝美脱俗的细腻。

在一个追求万事皆高效的社会里,在一个心浮气躁的环境中,吴重生先生能静下心来感受四季的变化,不得不佩服他敏锐的觉察能力和捕捉能力。此外,觉察后能落笔有神且写得那么有灵气,不沉不重,以清丽之笔凤舞落花,先生确实有着相当深厚的文字功底。吴先生是一位勤奋、高产的诗人,倡导"每日一诗""每处一诗",而他自己也是这么做的,飞机场、高铁站、图书馆是他的创作室,"一庄一湖,一花一树"皆是其笔下描摹的对象,不管在凌晨或者傍晚,先生总笔耕不辍。"碧云庄上碧云飞,雅音不觉兰香醉""报喜鸟作屏,海棠花作梁",信手拈来的感情单纯又丰富,表达质朴直白又摇曳多姿,像一句诗也像一首歌。

最后一点感受是"独有吟诵者，偏惊物候新"。这方面最能代表的就是他写的《泸州三章》。写泸州老窖的酒诗很多，唐代诗圣杜甫的"三杯入口心自愧，枯口无字谢主人"，宋代大文豪苏东坡的"佳酿飘香自蜀南，且要明月醉花间"，句句经典，传承于今。近代吟诵泸酒的好诗也层出不穷："泸州郭里怀玉醉，愿安此地做刘郎""诗终逊酒三分烈，酒却输诗一段痴"。

而吴重生先生的《泸州三章》却让我们看到了诗作的一个新角度。《红楼梦》中说，作诗"词句究竟还是末事，第一立意要紧。若意趣真了，连词句不用修辞，自是好的，这叫作'不以词害意'"。曹雪芹真是一语中的。写诗立意便决定了诗作的高下之别。而笔者看来，《泸州三章》拥有着丰富的想象、形象的比喻，且独出心裁地把泸州老窖·国窖1573的特点跃然于纸上。

> 这一年，万历皇帝刚刚上任
> 李时珍正在构思《本草纲目》
> 利玛窦的《山海舆地图》尚未动工
> 而泸州的高粱和酒曲
> 已经在中国历史的腹腔里翻江倒海

从世界熟知的历史事件开篇，就奠定了整首诗的基调，忍俊不禁读下去，偏又峰回路转，带给笔者"柳暗花明又一村"之感。我们常常把1573和时间相联系，却鲜有与高度联系，一个崭新的视角让这首诗与普通诗作拉开了距离。

> 1573，是泸州酒泉的海拔
> 江阳高粱像一群活着的黄金
> 绿树摇曳，龙眼、荔枝间杂
> 那是诗人们在田野里寻章摘句的眼睛

笔者看来，酒泉的海拔是从蕴含丰富营养的土地中生长，那摇曳多姿的高粱承载着天地的滋润与雨露进入了下一段旅程；接下来，"石榴、银杏、紫薇三株花树／成为天下第一窖门口的岗哨／我经过时，花香雨一样飘落，满地都是繁星发酵的气息。"少有人仔细观看过中国第一窖门前的植物，更无人把这花树联想为门口的植物岗哨,守护着这全人类酿造琼浆的瑰宝——1573国宝窖池群。先生笔下思如泉涌、妙趣横生,从细微处入手,描摹勾勒一幅幅画面,带领阅读者神游,于无声处点睛。这类作品真让笔者感觉意犹未尽、余味无穷。

习近平总书记强调,新时代的文艺工作者要承担记录新时代、书写新时代、讴歌新时代的使命,勇于回答时代课题,从当代中国的伟大创造中发现创作的主题、捕捉创新的灵感,深刻反映我们这个时代的历史巨变,描绘我们这个时代的精神图谱,为时代画像、为时代立传、为时代明德。笔者想来,吴重生先生正昂首阔步沿着这条道路跋涉和前进。祝贺《捕星录》的出版,也希望这本书能激励更多的诗歌爱好者、新闻从业者创作出属于这个时代的优秀文艺作品。期待他们能让中国诗歌香飘世界,推动中国文化行稳致远。

原载泸州老窖企业文化中心微信公众号(2019年8月29日)。作者系泸州老窖股份有限公司企业文化中心副总经理。

优雅而深情的歌者

李木马

有人说,故乡是诗人的灵感之源,读罢诗人吴重生的新诗集《捕星录》,这种感觉越发浓重了。我的想象中出现了这样的画面:诗人顺着故乡的河流一路走来,日光月华,璀璨星辉都让河水的波光一一珍藏。而"捕星"不就是在记忆的河流中寻觅和捕获灵感与记忆的"鱼群"吗?哪一位游子没有对故乡的眷恋?哪一位诗人的内心不是一座情感的富矿?

我在他的诗中,首先看到的是情感,些许的感伤中有着挥之不去的温热。这种淡淡的忧伤没有矫揉造作和无病呻吟,更多的是朴素的亲切感,以及由此生发出的感怀。"路旁柳枝已齐齐换上绿装/小区内的樱花瓣飘落了一地/那个潮湿的夜晚/已被我遗忘在少年时代的衣柜里"(《有一种守望叫掬水望月》)。于是在他的诗行中,我闻到了甘蔗成熟的味道。他在诗中说"在南方/我成长的小村/甘蔗就是脆甜的生活"(《与白鹭一起诵读春天》)。诗的潜台词是,在南方,故乡除了"脆甜",定然有着沧桑的五味杂陈。

诗人从故乡走来,在回望乡土中感恩生活,感恩故乡给予他灵感与天赋,然后是潇洒而自信地走向更加宽阔的世界。"上城邑,上城邑/我是你青石板上的一颗雨粒/你的历史如秦岭,莽莽苍苍/我要用你斑斓的墨韵、五彩的线条/在柳浪闻莺的头顶/书写新时代的传奇"(《上城邑》)。他的诗,像一帧帧精美的小写意,吴重生的笔下有着那么多美的元素。像小夜曲和乡村歌谣,撩拨着读者的心弦。"你是来自天上的乐曲/月圆之夜,你的心愿成形/过往的大雁听见/那扇动的羽翼,那畅流的风"(《你从不打扰我》)。然而,他的小写意不仅拥有优美的底色与诗意氛围，还有着明晰的主体。他写给女儿的一首诗，准确而传神地把默契的父女之情勾勒出来。"今天，我去北京南站接女儿／连同她敞开拉链的黑书包／紧闭嘴唇的粉红行李箱／她选择立春这一天从南方归来／把两代人的重逢交给一个温暖的下午"（《立春》）。从字里行间不难看出，丰富的人生阅历，一颗向上、向善的心成了他创作的源泉。岁月的风雪旅程，也在他的诗中埋下了深沉的注脚："二十年前的雪还在下／火车站的站台已不知去向／我送一段往事去往夜深处／雪飘飞在我的梦里／我是和梦一起出发的／忘记了归期，也忘记了来路"（《雪一定记得来路》）。

诗人笔下的优雅与优美，不是平面化的、散文化的，而是常见诗性的跳跃。"前世我是棵芦苇／在水边长出旺盛的样子／今生的大多数时间我在水底、缓慢而不厌其烦地亲吻／那水鸟的倒影"（《前世我是棵芦苇》）。我们在这里看到了更多的从故乡土地生发的艺术元素，以及借此对现实世界的小小超越。

爱情与恋情是抒情诗人笔下的主角，但我觉察到，吴重生笔下的情感表达是隐忍含蓄的，正是这种隐忍与含蓄，其中蕴含的真情与艺术之美更增添了打动人心的力量。"你说你在对角线位置仰望我／可我不是山岗／你也不是一条河流／岁月在长江以南奔走／而我站在长江以北／在北京的路灯下／倾听前路花开的原声"（《你说你在对角线位置仰望我》）。是的，版图上的对角线咫尺如天涯，却并没有隔断和阻拦诗人的思念与情感表达，而是让地图上对角线的位置和距离为一首诗的表达找到了巧妙的切口。

归结起来说，我最喜欢这种纯粹与洁净。"我想要有一个院子／背靠太行山，门临十渡河／还有喜鹊在门口的梅树上鸣叫／院内空地上有鹅黄的鸡雏／院里有两株高大的紫藤／紫色的花瓣，阵雨一样落下"（《等待春风，把院子唤醒》）。由此，让我想到了海子的诗《面朝大海，春暖花开》，而一首《水中石》，这是他在情感之河中捕捉灵感的真实写照：

　　水中石啊，多少个日夜
　　你见证鱼类迁徙、水草生长
　　见证岁月流逝、天地永恒
　　而我此刻在淘洗你
　　仿佛在淘洗自己褪了色的青春

俄罗斯诗人阿赫玛托娃说过：我是匠人我懂得手艺。是的，兼具报人与诗人双重身份的吴重生，有着匠人般的执着与细腻，温润如水的性格流露出谦谦君子的儒雅之风。对诗歌，他保持着一颗敏感与虔诚的初心，他也一定会在艺术的道路上走得更远。

原载《经济观察报》（2023年4月13日）。作者系中国铁路书法家协会秘书长，《中国铁路文艺》杂志编委。

根植江南乡土彰显时代内涵的深情歌唱
——吴重生诗歌简评

黄成松

在我居住的地方，有个网红景点叫泉湖公园，公园由十个风景单元构成，其中一处叫"温澜对雪"，很有诗意的一个名字。一向少雪的贵阳盆地通常会在三九天飘点细雪，这处景点就会成为人们争相前往的所在。雪下得不多，只够把山头的树染白，湖边的芳草地还不能全被雪覆盖，青一块白一块，置身其间，但见山色空蒙，湖水氤氲，白雪点点，游人如织，有一种温润绵厚的感觉。湖风吹面，亦不觉得冷。零零星星地读完吴重生的诗集《捕星录》，我情不自禁地想起这个叫"温澜对雪"的景点，如果要找一个词汇或一个句子来表达我的阅读感受，我觉得可以用温润绵厚来形容，这是吴重生诗歌给我留下的印象。事实上，发自肺腑、温润厚实，这是吴重生诗歌令人心动的地方，也是其难能可贵的地方。我们可以从乡土的体认、情感的呈现、时代的书写等方面进入吴重生的诗歌世界，感知那些令人心动的"生命密码"。

一、独具内涵的乡土想象

鲁迅曾说："乡土是我们的物质家园，也是我们的精神家园。"乡土是任何人都无法轻易摆脱的精神纠缠，也是人类历史长河中永远存在的文化情结。诗歌作为一个民族生命体验与心中祈愿的表达艺术，无不自然、深切地从本原意义上联系着自己的"乡土"。在吴重生的作品中，对江南乡土特别是大运河物事的描摹和追忆是一条明显的线索，此类诗歌在《捕星录》里所占篇幅也较多，从不同的领域抒写着江南乡土的物事，共同建构着吴重生诗歌的乡愁空间，形成独具内涵的"乡土情结"。

　　树高千尺有根，水流万里有源。对乡土的眷恋是人类共同而永恒的情感，也是每个人不可或缺的精神寄托。书写乡土历来是古今中外文人墨客的一大主题，文学史上很多经典作品或文学现象也与乡土有着千丝万缕的关系，莫言的高密东北乡，贾平凹的商洛故里都证明了乡土书写的成功。吴重生是浙江人。"江南忆，最忆是杭州。"在中国历史上，杭州作为江南乃至中国的一颗明珠，风景秀丽，人文荟萃，妖娆美丽的杭州西湖、纵横南北的京杭大运河、文脉留香的钱塘江，无不昭示着人间天堂的美好，让一代又一代骚人墨客牵肠挂肚，刻骨铭心。苏东坡、白居易等历史文化名人在杭州都曾留下了千古流芳的诗歌佳话。"杭州一座城，江南半部诗"，由此可见杭州文化底蕴之深厚博大，杭州在人们心中的地位之重要。

　　生于浙江长于浙江的吴重生，对自己的家乡有特殊的感情和爱恋，大运河畔的一山一水、一草一木、一事一史、一家一院，无不给诗人留下了终生难忘的记忆，围绕"大运河"这个核心意象，吴重生以一个"流放者"的文化姿态构建了自己诗歌的话语方式，用流畅的语言、炽烈的感情、诗意化的文字倾诉了自己对家乡无比的依恋与深沉的热爱。从《大运河是条太阳河》这首放在诗集前面的诗歌，我们可以看出大运河是诗人诗歌书写的重要部分，也是承载诗人的人生抱负和乡愁乡情的重要载体。诗人写道："走上拱宸桥，就像走上故乡的原野 / 充实、安详，一如四季流淌的运河水。"喝着大运河的水长大，在大运河上行走，从杭州走到了京城，诗人不断地体认着自己的身份："我是大运河的兄弟 / 太阳的子孙""在北京地铁站汹涌的人流中 / 我告诉自己我是运河之子 / 在蓝色港湾栖身，与众船共渡晨昏"。诗人不断地体认着大运河的悲欢离合，体认着大运河生生不息的精神："大运河，南人北相 / 在不同的纬度间交换思想和文明 / 大运河连接的每一个城市都是谜面的一部分 / 一棵树开枝散叶，就是一个不断猜谜的过程。"

　　在吴重生的诗歌里，乡愁具体可感。《祖居地》里这样写道："山雀和野枇杷在各自的领地传宗接代 / 它们和门楣上的春联相安无事 / 直到山涧水改道，泥屋在寂寞中老去 / 某年某月的某一天 / 我们涉水而来，深红的铁皮船 / 满载着对于未来的畅想。"山雀、野枇杷、山涧水、泥屋、铁皮船等江南的寻常物事，深耕于诗人的记忆里，虽已蒙尘，却历历在目。《我在北方待得太久了》一诗，则表达了诗人对江南的热烈眷念。诗人写道："我在北方待得太久了 / 记忆里的梁祝，已随风干了 / 从绣荷包到四香缘有些匆忙 / 从谷雨到白露，我忘了带盘缠 / 这么多年 / 我一直带着玉蜻蜓飞 / 龙凤锁可曾锁住我的童年？"一系列的发问之后，记忆变得清晰起来："遥想当年，剡溪水初入黄浦江 / 浪花飞溅直抵蟾宫门外 / 流水做的唱腔是登月门票 / 江风做的身段是彩云倒影 / 施家岙村的王金水 / 是戏神的信使 / 他将银花、杏花揉捏成春饼。"

身在北国，心系江南，这种故土难离的"情"与赤子情深的"恋"，在吴重生的诗歌中，只要一碰到大运河，碰到钱塘江，就变成了一种莫名的冲动。离开故乡，故乡就成为一个符号伴随游子，追忆着故土的一切往事，故土的人、故土的情、故土的景和故土的事时时刻刻萦绕于胸怀，这是吴重生离开故土许多年以后一个不断返回生命记忆的过程，是借助于江南乡土尤其是大运河畔的人与事、物与象、情与景完成自己生命的返乡之旅，或者也可以反过来说，借助于对个人生命的记忆，复活一个曾经的欢乐与悲伤、磨砺与成长的乡土世界，从而实现了内心与身俱在的生命与精神的还乡之旅。

二、真挚情感的诗意呈现

众所周知，文学即人学。它是人类自然情感的艺术表达，它需要创作主体用一种无功利的自然心态表现人类自我的内心世界，人类也喜用文字语言的形式来表现个体生命对社会、自然、自我的理解和感悟。就中国传统诗性文化而言，无论从先秦时期确立的"诗言志"说，还是魏晋时期流行的"诗缘情"说，都在向我们诠释着诗性话语的首要特征是表现情感，这源于人类本体意识的增强和对自身内宇宙的关注。相对来说，诗歌更为强调创作主体的生命体验，其情感的表达也更为真挚感人。吴重生对自然山水有着特殊的情感，对人类情感中的亲情、友情等格外珍视，也有自己独特的理解。他的诗歌充满正能量，流淌出的脉脉温情，使得他的诗歌增添了温润如玉、质朴无华的气质，这是非常难得的。

随着中国社会现代化进程的加快，一个以商业文明为标志的工业社会正在覆盖版图上的每个角落，包括习俗和文化。每个人都亲历其间，要承受着各种期冀和忧虑，欢欣和痛苦，这是前进中无法避免的阵痛。当一个物质意义的崭新的世界摆在世人面前的时候，人的生存方式乃至观念、习俗、文化都将发生根本性的变化。前行和回望是每个思考者必须面对的。像中国很多诗人一样，吴重生受中国传统文化影响极深，向往着陶渊明"采菊东篱下，悠然见南山"那种悠然闲适的生活，因此，尽管长期生活在都市，却钟情于自然山水，向往田园牧歌式的生活，希望摆脱俗务，走进大自然怀抱。

《放下自己，摘几片光阴》一诗中，诗人表达了这种返回自然的强烈愿望："把自己的一切过往放下 / 去往春天的腹地 / 岁月叠加在山道两侧 / 这是谁家的太阳，如影随形 / 先人们派山雀为我引路 / 去往何方？岭上鲜花迷漫。"尤其是最后一句"纵人世繁华，我只要一条平板凳"，一下彰显了诗人超脱淡泊的气质。诗人对自然的热爱深入骨髓，甚至愿意做闵庄的一棵松树，"要给玉泉山当四个季节的卫兵"。这种对大自然的向往无处不在，在《戊戌年在西溪》一诗中，诗人让这种愿望更为具体："这个时代需要有一叶乌篷 / 需要有晚霞碎片酿制的黄酒 / 这里的诗都是有后劲的 / 吟咏一句便已微醉 / 蟋蟀叫声把诗歌的角落覆盖 / 在银河巡游的繁星坠落于此。"

除了自然书写，亲情写作是吴重生诗歌的一大主题。《捕星录》中，有不少篇什是写身边的亲人朋友，尤其是诗人写给女儿的诗篇《致女儿（组诗）》，写得感人肺腑。用吴重生在前言里的话说，在女儿成长的过程中，他会选择在有纪念意义的时间节点，给她写一封信，写一首诗，或创作一幅书画作品，以示嘉勉。女儿收到高中录取通知书，诗人写了《大地正式录取你成为山川的一部分》："我一路飞奔 / 只为迎接旷野里的那一场豪雨 / 周身被风的细胞填满 / 建仁树义 / 今夜在长江以南再次发声 / 北方的这场豪雨 / 我关注你已经很久了 / 从你成为黄河奔流开始 / 从你成为白雾升腾开始 / 从你成为紫云集结开始 / 今夜 / 你终于成为这场铺天盖地的雨 / 红色通知书已在你手上 / 大地正式录取你成为山川的一部分 / 成为昆仑山雪的一部分 / 成为南海潮的一部分。""黄河""昆仑""南海潮"等气势宏大又具体可感的词汇，充分展现了诗人对女儿寄予的殷切期望，展现了女儿学业有成的欣喜和更上层楼的美好愿望。《写在女儿生日之际》，则表现了一个父亲在孩子成长过程中肩负的责任："今夜，天空很高远 / 我在星群之间辨认你成长的路径 / 有一些故事正在融化 / 成为海平面的一部分 / 愿你能爱你所爱 / 譬如藏在博雅塔顶上的文学 / 譬如遁迹于未名湖中央的外语。"希望女儿有正确的价值导向指引，希望女儿沿着正确的路越走越远，希望女儿在追求梦想的路上平安顺利，星空之下，父亲对女儿的谆谆教诲，温暖且感人。

吴重生重视至亲之情，也重视友情等人间真情。《捕星录》里面有不少赠诗，比如《老人把钱塘江一分为二》《灰色T恤，蓝背包》等，不管是对前辈的追崇，还是对朋友的牵挂，对晚辈的嘱托，都情真意切、语重心长，饱含着浓厚的感情。从吴重生的这些诗歌中，我们看到了诗人的重情重义，也窥见了他诗歌写得温润绵厚的文化密码。

三、植根现实的时代书写

文艺是时代前进的号角，最能代表一个时代的风貌，最能引领一个时代的风气。早在一百年前，王国维就一针见血地指出："凡一代有一代之文学：楚之骚，汉之赋，六代之骈语，唐之诗，宋之词，元之曲，皆所谓一代之文学，而后世莫能继焉者也。"汉赋彰显了汉朝的大气，唐诗代表了大唐的雍容，宋词体现了宋朝的清朗，都反映了所属时代的文明发展程度和社会气象，新时代的诗歌在本质上注定了与之前时期比如新时期、新文化运动时期有所不同。大时代呼唤大作品，新时代的诗人要自觉地融入人民的伟大历史实践，追随时代前进的脚步，高举现实主义和浪漫主义的旗帜，以诗歌浇筑时代精神，反映时代气象，体现时代特征。老诗人李瑛就是紧扣时代脉搏，率先闻到了冰河解冻的气息，创作出了《一九七八年的春天》，让人们看到了一个饱含生机而又富于理想和力量的春天。当选改革先锋的作家蒋子龙和路遥，就是因为他们的作品深刻地反映了中国改革开放的历史画卷，弘扬了时代精神，引领了社会风气，用文学作品有力地参与并推动了中国的历史进程。

随着经济社会的高速发展，国家高层在全国乃至世界范围内实施和布局了一大批伟大事业、伟大工程，让我们这个时代的内容前所未有地丰富和博大，脱贫攻坚、生态文明、一带一路、中国天眼、大数据、区块链、人工智能等新名词新理念，为新时代的诗歌书写提供了丰富的素材和广阔的创作空间。吴重生主动把创作的焦点聚集在时代的发展，社会的进步方面，这使得他的诗歌关注现实生活，书写时代影像，具有鲜明的时代特色。吴重生的笔下，飞机、高铁、轮渡，大数据、云计算、人工智能，金融科技城、工业园区、现代社区等散发着现代气息的新名词无处不在，进一步丰富了吴重生诗歌的内容，拓展了诗歌书写的空间，展现了丰富的时代内涵。

诗人在《望江》一诗中写道："望江，我在全球资源互联会客厅遇见你／在大数据、云计算、人工智能和物联网上认识你／在思科和摩云的平台上拥抱你／在凌笛数码的创新号角声中谛听你／在总部经济的铁塔上俯瞰你。"我们今天生活的世界日新月异，大数据、人工智能等新工业革命的科学技术正在不断地改造着人们的生活，也成为俗世生活中有血有肉的部分，需要创作者有一双善于发现的眼睛，着力去挖掘，去呈现。大数据、云平台、总部经济等等这些诗里面呈现的新事物，正是新工业革命时代的重要内容，吴重生努力去发掘这些新工业革命事物的诗意和内涵，创作姿态是积极的，甚至在某些领域，他走在了前面。

《上城，你的光芒足够我照耀一生》则通过对上城的细致描写，向我们呈现了上城的历史变迁、人民生活、社会发展情况："桂花盛开，沿着南山路的路径／我来到'全国社区治理和服务创新实验区'／这一片热气腾腾的土地／全球私募基金西湖峰会上那些闪光的音符／映在湖畔喷泉的水柱上，如高扬的理想／中英投资伦敦论坛和'西湖—日内瓦湖'论坛／把一座中国城市的坐标高高托起"。新中国七十年的发展成就，铭刻在上城这样成千上万的小城镇中，杭州市上城区取得的历史性成就，一定意义上就是新中国成立以来党和国家事业大踏步前进的缩影。吴重生把自己置身于生活的现场，以小见大，不仅真实记录了社会发展的轨迹，更让诗歌本身有了一种新鲜感、现场感、历史感。

诗人在积极拥抱世界新生事物的同时，也在试着去探索我们这个国家、民族在历史长河中留下的灿烂文明所赋予时代的特殊意义。《大运河是条太阳河》一诗中，诗人就从一个全新的视角，对大运河进行了解读："大运河不是养子／它怀抱着一个民族腾飞的梦想／踏浪飞奔／它越跑越快，把大地跑成了天空／把自己跑成了一道嵌进天空里的闪电。"在诗人看来，一路向北的大运河，奔腾涌流，源远流长："大运河是一条太阳河／它唤来海河、黄河、淮河、长江、钱塘江／交融，鱼儿欢欣鼓舞。"大运河焕发着勃勃生机，正是伟大祖国欣欣向荣的真实写照，孕育着新的时代精神："它每奔跑一天，人类文明的浓度就增加一分／大运河是一个置放阳光的容器／所有的爱恨情仇都在这里融化、调和／沉淀于河底的文化在新时代归位。"

立足于江南乡土，行走于山南海北，不管身处何地，吴重生始终坚持为世界美好情感发出深情的歌唱，主动拥抱时代、抓住时代脉搏、发时代先声，或慷慨放歌"大江东去"，或低吟浅唱"晓风残月"，吴重生用诗歌诠释了对时代、社会、个人的认识，发出了自己独特而坚定的声音，铸就了温润绵厚的诗歌品质，得到了广大读者的肯定。我们相信，未来的日子，有着丰富写作经验和人生阅历的他，会创作出更多优秀作品来。

原载《经济观察报》（2023年4月10日）。作者系贵州省作协会员，贵州省文艺评论家协会会员。

沿着大运河的流向,我来到北方
——读吴重生《捕星录》有感

李郁葱

> 望江,是一种胜利者的姿态 / 潮水从东海来,风也从东海来 / 贴着沙日行万里的江潮哟 / 从吴越王的射箭声中来 / 从新时代之江崛起的呐喊声中来(《望江》)

吴重生和我一样,都是媒体人,或许这让我读他的诗时有一种天然的亲切感,对《捕星录》的阅读大抵可以从这个切口去进入,他所看见,他所听见,和他所思考的,在这些文字中糅合成一种声音抵达我们的阅读,帮我们推开了另外一扇门。

在我们阅读吴重生的诗之前,请先知晓一下他的身份:浙江浦江人,武汉轻工大学农业推广硕士,中国作家协会会员、浙江省作家协会全委会委员,现任浙江日报报业集团北京分社社长,浙江传媒学院特聘教授、硕士研究生导师。

我之所以把这些罗列在这里,倒不是说这些身份有多么重要,但对于吴重生诗歌的疆域,它们却是举足轻重:它们既是他文字的经度,也同样是他文字的纬度。有趣的是,在现实生活中,吴重生属于在京杭大运河最南端城市工作的人,但他日常工作的场地是在北京,大运河最北端。这一南一北的大河两端,似乎可以囊括吴重生诗歌的轻和重,而他对大运河的情感是如此的真挚:

> 走上拱宸桥,就像走上故乡的原野 / 充实、安详,一如四季流淌的

> 运河水／船队在水面上划开一道道白色的口子／肆意暴露运河绿色的骨骼和灵魂／这样的日子周而复始／人们对运河的疼痛习以为常／从南到北，运河被一座又一座城市收留／但第二天黎明，运河一定整装上路／风尘仆仆，义无反顾／／从南到北，运河的谜底其实在天上／大运河是一条太阳河／在大运河上泛舟，就是我的一生（《大运河是条太阳河》）

泛舟大运河的姿态是我们解读吴重生诗歌的钥匙，这里有微光，有冷暖，有白鹭飘飘然的姿态，也有我们凝视水面时那些涟漪和面容。在吴重生的这些分行中，渗透出那种江南的温润和北方的理智，也是现在与过去的一种勾连。就像他在《戊戌霜降在西溪》中所说的："从南到北，均以山水为名／我习惯在高铁上切换季节／让速度与光在身旁竞走。"而正是在这种摇摆和竞走中，诗意上升成为一种语言的狂欢，这也是吴重生诗歌一以贯之的态度。

从根本上来说，吴重生是一个抒情诗人，这和他所从事的新闻行业有着质的区别，但对于世界的好奇则是两者所共通的。而当两者相交融合的时候，他的诗歌会呈现出一种有趣的现象，比如诗集中的组诗《北京大学的门》。

> 这是把守春天的一扇门／不要说文曲星下凡、长安街策马／也不要说危楼摘星，蟾宫折桂／途经此地，人们会抬头深呼吸／北京大学，这中华腾飞梦想的起航地／1926年，三开朱漆宫门／高不过八米，却遥接理想和天际

这是引自其中《北大西门》的一节，这个题材并不好写，在读到这些诗的时候，我想了一下，发现很难把握，但在吴重生的笔下举重若轻，这不得不说是长期的新闻工作锻炼出了他对事物的提"萃"。读这样的诗，读者若有所感，并不会觉得勉强，这或许也是吴重生所追求的。

在这部诗集中，以北京和杭州作为两极，吴重生的诗艺在祖国的大地上肆意挥洒，我们不妨选取其中的几段品鉴，比如在吴重生写泸州的笔墨中，他首先深入到了时间的深处："这一年，万历皇帝刚刚上任／李时珍正在构思《本草纲目》／利玛窦的《山海舆地图》尚未动工／而泸州的高粱和酒曲／已经在中国历史的腹腔里翻江倒海。"

从这种感慨的笔触着手，首先便让诗有了时间的宽度，而泸州老窖的美名又让诗人有这样的想象："这些酒坛子，巨大无比／深藏在山洞里／山洞很潮湿，终年渗水／酒坛子体型庞大／一坛酒足以醉倒一块大陆。"

但即使面对美酒好景，即使内心有着激荡，吴重生无法忘却的是他的本源："不醉不归，我说这话时有些气短／西湖在一千里外扬起波涛／从此我的诗句全都带有醉意……"

这种挂念和沉浸使诗歌获得了一种极致的张力，而在这种张力中，我们可以得到来自灵魂的慰藉，组诗《长阳是一座岛屿》《嵊州三章》《衢州九章》等诗篇中也无不如此。吴重生是清醒的，他知道这种力量的由来，在组诗《致碧云庄》中他这样回答："叫出我的小名，连同你的名字／如村口白色的梨花，灶膛里殷红的火／谢谢你见证我二十年前的转身／一些往事已游离大陆／我也忘记了自己曾是海洋的一部分。"

对于大地的凝视造就了这些诗意的汇聚，这使得诗得到一种高度，正如作者常常困惑的，一个诗人的成长期有多长？一个成熟诗人的作品应该是什么样的？当我们带着这样的疑惑去阅读当代中国诗歌的时候，会免不了产生诸多的困惑，很多看起来成熟的诗人常常会写出一些让你哭笑不得的低劣之作，而诗歌标准之低有时候令人不解，好像会说话就能写诗。

但诗总是寻找着自己的读者，真正的好诗是由读者和诗人共同完成的。从某种比较极端的个人经验出发，当诗写出之时，诗人完成了他自己的那一部分，剩下的只能交给读者和时间了。

从运河南到运河北的旅程，也意味着一种漂泊，而怜子如何不丈夫，吴重生对于家庭的眷恋和爱同样雕塑出了他的诗之高蹈，正如他在组诗《致女儿》的题记中所表达的："在女儿成长的过程中，我会选择在有纪念意义的时间节点，给她写一封信，写一首诗，或创作一幅书画作品，以示嘉勉……"这是父女之间的精神交流和情感对话。

这种爱使得吴重生给女儿写下了："你让我认识人世的美好／认识红尘的微光／认识云雀划过天际的路线／认识梦，如同大地一样真实。"细小的触动和对生活具象的描述让吴重生的诗抵抗住了虚无之途的入侵。他遵从于自己内心的召唤，然后，他写下，他理所当然地拒绝大而无当，也理所当然地拒绝不符合自己的诗歌态度。

联想到当下的诗歌现状，我们的诗歌为什么会在表象的繁华中产生匮乏之感？为什么会感觉到无限的重复和诗意的渗漏？诗人在自我的塑造中为什么有时是一种后退？当带着这些疑问重新去审视之际，希尼所说的泉眼值得每一个写作者深思。近年我偶尔受邀给一些诗歌大奖赛当评委，总期待读到一些耳目一新的，至少是别致的吧，但这样的期待常常会落空，在喧嚣的繁华表象后，我有时候想，这样的诗会有意义吗？在文学这个领域，诗歌门槛或许是低的，人们总有抒情的欲望，但真正的诗人面临的，恐怕是他迈入门槛之时绝不会想到的艰难和高度。

诗是一道窄门，而吴重生有他的诗歌之河，这无疑让人心生羡慕，也让我们对他诗歌所能达到的高度有了期待和希冀。

原载《苏州日报》(2020年8月8日)。作者系中国作家协会会员，诗人，现供职于杭州日报报业集团。

一寸山河一寸诗
——读吴重生诗集《捕星录》

杨钦飚

之前，网络上流传着一句话：生活不止眼前的苟且，还有诗和远方。虽然，当初的流行语如今已成为人们调侃的对象，但是一提及诗歌，人们对其仍旧寄予了一种别样的情感。

有的人写诗，是为了自由，自由地发声。在晦涩难懂与七拐八绕之间，将那些不能说与不准说的话一股脑儿地倾泻而出。文字既是他们与世界对抗的武器，也是他们保护自己的工具。在他们眼里，诗歌是用来批判的，批判这世上的一切黑暗与不公，批判这人间的一切龌龊与肮脏。那样的诗歌里，字字泣血，句句带泪，一横一画里冒着流不完的散发着恶臭的污水。

有的人写诗，是为了赞美，美好地歌颂。文字于他们而言，更像是一种记录，记录真实而易忽略的细节，将这些人世间的点点星光汇聚成燃烧的火种，照亮同行与后来人正在奔波的路途。他们赞美自然，春天里最璀璨的那抹阳光，夏天里最娇艳的那朵荷花，秋日里最饱满的那颗果实，冬日里最洁白的那片雪花。他们歌颂情感，死生契阔的爱情，高山流水的友谊，危难关头的大爱无疆，日常生活的人情冷暖。这样的诗歌，被赋予了一切温暖与美妙，一遍又一遍地提醒着赶路的人，人间值得。

这些看似对立的存在，促进了诗歌的蓬勃发展。这些看似矛盾的方向，让诗歌一次次闪耀着不同的光芒。

吴重生笔下的诗歌是充满柔情的。

一半的柔情播撒在这片辽阔的大地上。满腔的温柔、沉甸甸的热爱都毫无保留地给了这片生活的土地。老人们常说，人不能忘本。这"本"，深深扎根于孕育生命、滋养成长的故土。对于重生兄而言，浦江是这片土地，江南是这片土地，中华更是这片土地。生于斯，长于斯，怎能不叫人对这片土地爱得深沉。每一寸山河，都是他笔下最富有灵气的存在。他写大运河，写船队"肆意暴露运河绿色的骨骼和灵魂"，写"母亲的运河父亲的船／我顺着你光芒的指引校正自己的航程"；他写钱塘江大潮"那喷薄而出的气浪／覆盖了整个银河系"；有时写紫云洞，"带着月亮／带着火把和路"，像是带着激动和关切去拜访一位故友；有时又写官岩山，"正午，锅巴和米汤水／告诉我一座山的重量"，字里行间亲切与重逢的喜悦叫人看得真切。每一次与故土有关的记忆和经历，都是他内心深处最珍贵的纪念。他写老家，"我曾在梦里偷渡你的岸／在黎明时分登陆你的岛／与两鬓斑白的重阳节并行／是我给乡愁交出的第一份投名状"。当远行的人回到家园，他会仔仔细细又小心翼翼地"辨认这里的每一株花草树木／寻找从林间吹来、又去往房顶的每一缕风"……一首首，一组组，一章章，点点滴滴饱含着他的赤子之情。

另一半的柔情，吴重生先生给了最亲密的家人。家，是遮风挡雨的地方，是无论走多远都想要回到的地方。小时候有父母的陪伴与庇护，尚不懂养儿育女的责任。后来有了自己的小家，一如有了盔甲，又有了软肋，这不知前世求了多少遍才得来的今生的缘分，是一个个说不清又道不明的血浓于水。或许对于大多数父亲而言，女儿的存在都是特殊的。我想对重生来说，也是如此，这在他的组诗《致女儿》里可见一斑。当爱女过生日时，他写道"愿你触手可及月亮／抚摸你所喜欢的任何一片云彩／或者星星／就像此刻高楼林立的北京"；当假期来临时，他写道"听说小朋友放假回家／枇杷在楼下悄悄成熟"；当女儿收到录取通知书，他写"大地正式录取你成为山川的一部分／成为昆仑山雪的一部分／成为南海潮的一部分"；当他在北大校园的门前接孩子的时候，他又写道"咱们西南门见／走出来时，你带着风／而我，站在自己的世界看你"……一字一句，满是父亲的亲昵与疼惜，只恨不得将山间明月与星辰烂漫都拿来放在她面前，赠予她，以这世间的一切美好。

诗歌是一门艺术，不同于绘画的色彩与线条，不同于书法的恣意和笔锋，不同于音乐的音符和曲调，不同于舞蹈的旋转与伸展，它是在凝练的语言中暗藏玄机，是在奇妙的隐喻里博古通今。不必在意这诗是直白的，还是深奥的；不必在意这诗是赞美高歌，还是指桑骂槐。因为每一首诗，都有它存在的意义，若是温柔的，我们便藏一首在心爱之人的书缝里；若是锋利的，我们便举起镰刀一同上街去，叫之无法在阳光下存活。我想，若是热爱生活的人，必定热爱写诗，因这春意融融，草长莺飞；因这白雪皑皑，一杯饮无。

重生兄便是这样的人。

原载《南湖晚报》（2020年7月1日）。

仰望云天的生命姿态
——读吴重生的《捕星录》与《捕云录》

何兰生

我和吴重生先生童年和少年时代都生活在江南农村，如今都在北京工作。看他那些充满乡土气息和生活情趣的散文，极易在情感上产生共鸣。近日在北京雍和宫巧遇我在北大中文系读书时的老师、八十八岁的谢冕先生，聊起对吴重生散文集《捕云录》和诗集《捕星录》的印象，谢老居然当众吟咏起这两本集子里的诗句和段落，他感叹："捕云也好，捕星也好，诗人用天上的云彩来装扮我们的生活，用天上的星光来温暖我们的心灵。"

无巧不成书。几年前，我去浙江浦江采访，到了前吴村老村长吴健中的家中。吴健中是浦江县农民赛诗会一等奖得主，而且写得一手漂亮的毛笔字。听闻我是从北京来的，他向我打听认识不认识吴重生？我说认识呀，原来吴重生就是前吴村人。

站在前吴村村口，背倚青山，面对烟波浩渺的通济湖，使人感叹浦江这个千年古县的人杰地灵。一方水土养一方人。吴重生身上的诗画基因可以从他的祖先、南宋义乌县令吴渭创办"月泉吟社"那里得到印证。

诚如吴重生在《捕云的随想》一文中所言："云是属于天上的。人站在大地上，必须仰望，才能与云有所交流。"仰望云天和根植沃土，是吴重生的一种生命姿态，也是他的文学作品触动人心灵的原因所在。在北京盛夏的夜晚，捧读吴重生散文集《捕云录》和诗集《捕星录》，只觉得有一片柔和的星光将自己包裹，我的感受是鲜明而真切的：

一是仰望云天，表达了超越凡俗的精神向往。重生兄的两部新作，书名里都有一个"捕"字，意指对生命中稍纵即逝的灵感与诗意的及时捕捉。所捕捉的对象，无论是星星还是云朵，都是一种空灵曼妙的超凡之物。作者借助"捕星捉云"的譬喻，表达了对崇高、空灵、超越凡俗的追求与向往。

有人说，诗人是最接近天使的人。此言不虚。诗人的浪漫主义情怀，能够带领我们超越凡尘的困扰，感受生命最本真、最纯粹的快乐。在《捕星录》《捕云录》中，作者放飞想象，展开了对星辰云海的追逐，向读者展示了一种行云流水的畅快和举重若轻的从容。

超越凡俗是作者的一种精神向往。这种向往"落"在字里行间则是活色生香，充满人间烟火味的。作者的愿望，不仅仅摇曳在静园的桑树上，也寄寓在"门对浙江潮"的储云楼里。他选择《父亲》作为《捕云录》的开篇，选择《大运河是条太阳河》作为《捕星录》的开篇，体现了对生命价值的体会与认领，是对家国情怀的吟咏与歌颂。

真情贯南北，诗意通古今。他的组诗《长阳是一座岛屿》《你的启程惊动了气象》，表达了对第二故乡北京的礼赞；他的《致好运街》《致建工家园》等诗作，洋溢着对生活的爱和对过往岁月的缅怀。

二是植根沃土，蕴含了眷恋故园的情感力量。爱故乡和爱祖国，不是虚无缥缈，而是真实可感，可亲可敬的。当下，很多人将"爱"的概念狭义化，甚至丧失了"爱"的能力。因此，我们说好的文学作品有一种"心灵疗伤"的功能。

如果说，仰望云天代表了一种超然物外的精神姿态，那么，根植沃土则展现了脚踏实地、眷恋故园的价值维度。重生兄两部新作中，有很多关于土地、露珠、河水等充满乡土气息的意象，这说明，他的内心荡漾着一种浓烈的乡愁，一种对故乡、家园的深沉之爱。

这种深沉的爱，从写作风格上看，展现出来的是一种清新脱俗的泥土气息；从情感内核上看，体现出的是一种浓浓的故园情结。比如，《大运河是条太阳河》"我顺着你光芒的指引校正自己的航程"、《给你火把，照耀你解冻的河堤》"你用沸腾的江流，温暖着中国的青春"、《嵊州三章》"在剡溪，我愿投水为鱼"。这些文字，将现实景观与文学地图深度融合，让读者在纸香墨韵中能云游故土家园的山山水水。

这种深沉的爱，既体现在对家人的细微关照上（写给女儿的《大地正式录取你成为山川的一部分》，写给父亲的《陪老父亲登高》），也体现在对故乡的深情怀恋上（写给故乡的《家乡有梦不轻回》），更体现在对民族和国家的崇高敬意上（写给民族历史的《昨夜，黄河穿城而过》，写给祖国的《致金秋里的祖国》）。吴重生的这些诗作和散文，情感充沛，醇正典雅，具有成风化人的正向激励作用。

三是观照现实，展现了呼应时代的史诗品格。我们知道，有很多优秀的诗人、文学家此前都有过新闻从业经历。比如，开创了"新闻体"小说写作范式的美国作家海明威；再比如，从我们农民日报社走出去的当代小说家刘震云。

巧合的是，重生兄除了诗人身份外，也是一位新闻工作者。长期的新闻写作训练，让他对事物的感知更加敏锐，写作风格也更加简练干净。重生兄的作品体现出对时代的一种呼应。其中，流动着浓郁的人间烟火气息。诸如，环卫工人、快递小哥等现代人群，商场、地铁等现代景观，这些时下最鲜活、最热闹的场景，在吴重生的诗作中随处可见。需要特别指出的是，重生兄前不久写的抗疫诗，《今夜，我们不需要团圆——写在庚子元宵节》《昨夜，全世界都在下雪——哀悼中国医生李文亮》《交出去——献给支援武汉抗疫前线的杭州护士吴春燕》等，无不展现了他对于时下重要事件的忠实记录和对时代精神的敏锐捕捉，使得诗歌在轻灵曼妙的个人抒情之外又多了一重厚厚的"史诗"品格。

"文章合为时而著，歌诗合为事而作。"每个时代都有属于这个时代的诗人。新时代，中国发展日新月异，历史的书页需要那些能够捕捉时代风云的生花妙笔。重生兄对故园的书写、对时代的记录，让我们感受到青春中国的行进力量。期盼站在"储云楼"上俯瞰万家灯火的重生兄今后能为我们带来更多优秀的作品。

原载《北京晚报》（2020年7月3日）。作者系《农民日报》社长、党委书记。

俯仰天地捕星云

——读吴重生新书《捕云录》《捕星录》

潘江涛

我和吴重生是相识多年的文友,虽然平时在一起面对面交流的时间不多,但"见字如面",相知已久。

近日,由中国青年出版社小众书坊主办的吴重生新书《捕云录》《捕星录》分享会在北京雍和宫雍和书庭举行。谢冕、阎晓宏、张抗抗、邱华栋、施战军、马国仓、何兰生等出席此次活动。八十八岁的北大教授谢冕现场朗诵了吴重生的诗句,感慨地说:"吴重生的两本厚书,证明我们都活着,捕云也好,捕星也好,诗人用天上的云彩来装扮我们的生活,用天上的星光来温暖我们的心灵。"

吴重生是浙江日报报业集团北京分社社长,他的文稿,大多与职业有关。记者很多,既是记者,又是作家、诗人、画家的却很少。倘若再贴上特聘教授、硕士研究生导师、新闻与传播学院名誉副院长标签的,更是凤毛麟角。吴重生平时工作繁忙,他的文学创作都是利用睡前饭后的"边角料时间"完成的。

就在吴重生赠我《捕云录》《捕星录》当日,他又给我推送了两张微信图片:一张是诗集《二十岁的纪念》封面,另一张是他二十岁时《写给自己的信(代序)》。信中说:"文字的诗你已经学写了几首,人生的诗才刚刚开了一个头……"

原来,前不久,吴重生的家乡浙江浦江月泉书院邀请吴重生趁周末回乡之际举办了一次文学讲座,前来听讲座的人当中,有一位读者带来了这本吴重生三十年前油印的诗集。蓦然见到这份自己献给自己的二十岁生日礼物,仿佛与岁月深处的自己重逢。吴重生不禁感慨万千："三十年前的油印诗集，居然有人珍藏至今……这就是我的初心！"

人生有梦不觉寒

在浙江金华新闻界，吴重生出道不晚，十七岁即被招聘为浦江县平安乡政府专职报道员，后转任大溪乡文化员、团委副书记。二十世纪九十年代初，金华日报社招聘记者，他毫不犹豫地前往报名，成为《金华晚报》的前身《婺州生活报》的采编骨干。

人世间有一种相遇不是在路上，而是通过时光之笔，将最美的遇见写在心上。吴重生生逢其时，一路上幸运地"遇见"的尽是慧眼识珠的领导，终于得偿所愿。

立志与成才并非必然的因果关系。吴重生深知自己短板所在。为弥补知识不足的缺陷，阅读、摘抄、背诵、观摩，几乎成了他业余生活的全部。《捕云录》虽记录了吴重生"一种生活的日常性"，但字里行间并无详细记叙如何刻苦读书的文字。但细细看去，沙里淘金，还是能够"捕获"一些细枝末节。譬如，刚进报社不久，他出差北京，一个人在琉璃厂的一家画廊里观看画展，竟痴痴地看了两个多小时，以至于忘了吃饭。

读书是一生的事，不是用到什么，我们才去学什么。有一回，吴重生应邀参加金温青年联谊活动。"是夜，皓月当空。两地青年在海滩上载歌载舞，当时约定：每人即兴表演一个节目。"吴重生虽不会歌舞，却有一肚子古诗。他从张若虚的《春江花月夜》开始，一连背了二十余首。文学意象中的"大海"和"明月"与现实中的情景交相辉映。他的背诵赢得了雷鸣般的掌声。

高尔基曾说："人的天才只是火花，要想使它成为熊熊火焰，那就只有学习！学习！"2005年，吴重生出版书画随笔集《缘溪行》，潘絜兹、方增先、吴山明等欣然为他题词。为此，吴重生不无感慨地说："人生有梦不觉寒。我的梦是畅游墨海的丹青梦，是受到方增先等老一辈艺术家熏陶，传播中华文化的艺术梦。"

致信太阳的诗人

春风大雅能容物,秋水文章不染尘。《捕云录》剖为"日月光华""读书笔记""烹诗煮画""序与跋"四辑。光看题目,就不难想象它们的内容,活脱脱就是"博学"结下的果实。但我最看重的,还是"烹诗煮画"的新闻性。

吴重生从金华报界起步,四处辗转,"记"龄三十,既有"老记"的辣笔,又有诗人的慧眼——善于描写人物,擅长以文学的笔法表达新闻事件,打造出一篇篇集新闻性、文学性为一体的精品佳作。譬如《"葵神"许江》中写道:"秋夜,着一身风衣的许江像风一样迎面而来,身后是黑魆魆的京西山脉。一落座,我下意识地拉开采访包的拉链。'要找笔吗?我这儿有!'许江解开风衣的纽扣,露出风衣内口袋插得整整齐齐的五支签字笔。'哇,这么多笔!''是的,我每天都带这么多笔。'"

凤头、猪肚、豹尾乃传统写作技巧。《"葵神"许江》的开篇,就是亮丽的"凤头",不仅吸人眼球,而且抓住了这一专访的关键点:笔。"笔"是用来书写的,"许江有抄书的习惯,有时用毛笔抄,有时用签字笔抄。他热衷于记读书笔记,如果把他的手札堆在地上,比他的人还高。"

许江是中国文联副主席、中国美术学院院长。吴重生专访许江,是在习近平总书记主持召开文艺工作座谈会之后。作为文艺界代表之一,许江无疑是"典型人物",很有"新闻"。然而,《"葵神"许江》通篇阐述的,并非许江"高、大、上"的幸福感受,而是一位"书写者"的阅读感悟,站位高,切口小,从一个侧面印证了习近平总书记推荐的"知青书单"对他们那一代人的深刻影响:"逆境教会我们珍惜阅读,我们用阅读回馈自己的生活。"

人物通讯难写,难的是鲜活传神。收录在《捕云录》中的九十四篇文稿,有不少篇章突破"难点",几成范文——微型报告文学。譬如"日月光华"中的《父亲》《西湖船娘》,"烹诗煮画"中的《沈鹏印象》《燕南园里访叶朗》《逢鹿觉山深》等等。

文学是人学。文学评论家彭程如是评说《捕云录》:"到处都是生活,所有的生活都有相互联系的内存管道。正是经由他人的发现和感悟,我们印证和丰富了自己对于生命的认识。这便是文学始终重视和强调日常描写的重要理由。"

从南往北,吴重生一直保持着行进的姿态,用他的散文和诗传递着光明和温暖。诗歌评论家吴思敬曾在《人民日报》上撰文,称赞他是"致信太阳的诗人"。在我看来,他更像是一个胸怀使命、在星空下孜孜不倦地赶路的人。尽管今年已是他的知天命之年,我依然要用"前程远大"来祝福他。

原载《中国艺术报》(2020年7月29日)。作者时任金华市委宣传部常务副部长,现任金华市作家协会主席。

第五辑　围观太阳

围观"太阳"者说

——读吴重生新诗集有感

孙昌建

杜甫曾说,"语不惊人死不休",这话一直是我的座右铭,但我想把这个"死"字改成"诗"字,这样可能也说得通。我想说的是,当我拿到吴重生的诗集《太阳被人围观》时,还是有点小小的震撼的,怎么说呢?敢用这样的书名,这是需要勇气和胆魄的。能把"太阳"和"围观"组合在一起,足见作者审美观之新。

在我看来,太阳被人围观,但人在围观太阳时又被太阳照耀,正如我们读这部诗集,自然是一种多维度的阅读和被阅读,我首先想到的是诗人笔下的诗画江南、美丽中国的主题;我还想到了诗人是如何将历史和现实、抒情和描述交响在一起的;还有就是如何解决诗歌中的小和大、虚和实等问题,这些属于"太阳"的问题,都是可以被我这个读者所"围观"的。

"围观"之一,我印象最深的还是一个关键词:行咏,或者说叫边走边唱。诗人吴重生是我的同行,从职业上说他是一个新闻出版工作者,先做记者,再做编辑。这个工作的特点之一不仅要思路敏捷,出手要快,而且脚步也要快,即要像夸父追日一般,永不止步。我看这部诗集书写的内容,大都属于采访采风之作,可能大多是在途中完成的。然而我们知道,新闻采访是以基本事实为依据的,而文学采风则需要发挥自己的创意创造。即你和一群诗人作家面对的是同一座山同一片水同一处风景,但是你要写出属于你自己的诗句,而且这样的诗句跟别人是不会有一句重复的。这部诗集中我印象最深的是他写给家乡浙江浦江的《上山是一部天书》《故乡以太阳为江》等诗作，特别是写上山文化的这一首《上山是一部天书》——

> 上山是一部天书
> 书脊朝上，阳光每日轻拂
> 封面和封底袒露在大地之上
> 书页厚重，内容深不可窥
> 万年前那一颗金黄的稻谷
> 是从书中飘落的一个标点符号
> 深埋于地下的太阳
> 被黑色而坚硬的谷皮，紧紧包裹
> 小时候我是一个放鸭娃
> 赤着脚在高山和溪谷里跑来跑去
> 手持一根长长的竹竿
> 指挥月亮从上山堰爬上爬下
> 长大后我成了一个文字匠
> 写书编书看书卖书
> 鸭子们全都成了我书中的文字
> 探头探脑，像上山的蒲公英
> ……

大家知道，浙江浦江以一万年历史的上山文化最为著名，但是这个一万年你又很难写，因为诗歌跟考古是两回事，但是诗人的厉害之处是把自己放进去，且插上想象的翅膀，所以在这部"天书"里，有着一个放鸭娃变成文字匠的叙述，这就显得自然和亲切，点到为止又意味深长，即这部"天书"上承阳光下接泥土，这也正是吴重生所特有的。所以在行咏诗里，不仅仅是对风景风光和风物的抒发，更有着诗人独特的感受和悟道。

同样地，吴重生写邻县兰溪的一首《兰溪人用五线谱给河流造桥》也很是独特——

> 我是你三十年前放飞在中洲公园的风筝
> 江水一直在流,我一直在天上飘
> 淡蓝色的天空一直在试图为兰溪注解
> 近江,远山,桥那边正泊岸的游艇
> 仿佛是从蓝色花苞中脱胎而来的星星
> 兰溪人用五线谱给河流造桥
> 用兰花吐露的芬芳计算方位
> 那么多的弧线,是太阳光芒的一部分
> 兰溪人的计时方式只有"三日"
> 春日、花日、雨日

原来五线谱也就是一部光谱,它也来自诗人笔下的太阳。

围观之二,是诗人与大自然的直接对话,即从一个相对务实的名词中,又有了升华和务虚,这部诗集的大部分诗作,从第三辑到第六辑,都是这样的内容和风格。这是一看题目就知道的,这已经不是在书写具体的——地一景,而是直接跟大自然对话了,就像太阳的光芒,不需要你用墨镜和口罩来遮掩了,而且遮也是遮不住的。这样的诗有《行走的大地就是天空》《大自然的晚宴刚刚开场》《如果有足够大的土地让我耕种》《两座山峦的重逢》等。这些诗作有的也可能是在行咏途中写的,有的则是在居家生活中写就的,因为诗歌必然是无中生有的产物,诗人的本事是足不出户而日行万里,风雨交加中就能讴歌光芒万道,这就有一个从外到内、从物到灵的过程。这些诗中有极为精彩的金句,属于一闪而过又被抓住的那一种,所以我认为,这就不仅是一种"围观",而是诗人直接对着太阳歌唱。在这样的歌唱中,诗人诗作也散发出温暖和哲理的光芒。

围观之三,诗人诗飞神驰,出手快捷,从每诗标注的写作时间来看,几乎是每周两诗的节奏。这是诗人的灵感迸发。但我以为除了这个原因之外,还有一种是诗人自律甚严,是属于一种苦修,即拳不离手、曲不离口,是台上一分钟、台下十年功。因为只有这样,诗人才会在编务工作之余,仍有丰硕的创作成果。

诚然,如果不是为设定的主题而作,即不是要交给朗诵者去朗诵的,那我想有些诗如果能够再作部分的删减,诗意可能会更隽永一些。还有诗人的风格是由内向外的，如果更多的是由外向内，由一个从狂放到内敛的过程，这样会不会更好呢？

　　原载天目新闻（2022年10月16日）。作者系中国作家协会会员，浙江省作家协会诗歌委员会主任、杭州市作家协会副主席。

在与太阳对视中不坠青云之志

——读吴重生诗集《太阳被人围观》

王　毓

　　脚步正大光明，走过祖国的大地。光线穿透南北，消融了丘陵、平原和雪山，天和地互为上下。在暮春杭州隐隐的花香中，我一口气读完了吴重生即将付梓的新诗集《太阳被人围观》，这股感受如舞台上的一束追光，明明白白打在我额头上。

　　从第一辑《走马昆仑看朝霞》中的第一首《我总是把太仓读成海仓（组诗）》，到第六辑《昨夜星辰昨夜风》中最后一首《雨水直接把北京浇灌成江南》，我仿佛化身为一个脚劲十足的"少年夸父"，从东海跑到西昆仑，从江南的木杖滑入北方的大雨滂沱。在太仓"把整个东海读作人类的行囊"，海拔两千多米的戛洒是"从梦境中切割出一块桃花源"，厦门人"身材如南方春天里的紫燕"……在一本诗集中行万里路，吴重生既践行了自己以文"视通万里"的创作观，同时其挚爱大好山河和灿烂文明的爱国之心也表露无遗。

　　而且，其笔法传承了中国传统诗画中独特的空间感，总计一百○三首（组）诗歌中，超过九成有明确的地标所指，表现出以下特点。首先，以全画幅讲述空间中的景。比如《乐至的选择题》，乐至是七彩的，油菜花里的蜜蜂、山脚下的天池、等待降雪的梅岭，风景、历史和故事都铺呈在一幅乐至画卷上，大、满、写实。其次，诗中意象情境多以平面化来网罗住人间的景与情。"乡路啊／让我握紧你手心的乡愁""绿色恣意纵横／它们为万里晴空写下译文""千年老墙会说话／发黄的诗卷里收藏着繁星""以诗叙事是祖先对子孙的开示／做这牌匾的木头取自深山"……"乡路"与"手心的乡愁"、"绿色恣意纵横"与"译文"、藏"繁星"的"诗卷"、家族开示的"牌匾"取自深山的"木头",诗人总是热衷于取三维世界里一组对立统一的情景意象,左右手一抓,揉成一个团,抚为"乡路""译文""诗卷"这些平面,和古人的"窗含西岭千秋雪"一脉相承。最后,整本诗集风格上大小情势统一。哪怕只是浏览一下目录,或读个两三首,都能感受到诗人目光所及之处,"海阔凭鱼跃,天高任鸟飞",推天地为一面纸,甩山水为千万点。天地万物,可大可小,可上可下,空间不"空",满即是"空"。

这种底色和他的个人史相关吗?改革开放四十余年,"70后"基本踩上了每一个重要的时间节点,各种问题一一迎面而来,又一一迎刃而解。吴重生刚好出生于二十世纪七十年代初期。他从浙江腹地浦江的耕读之家,走到历史和未来同样精彩的杭州,再到祖国的心脏北京,成为记者、诗人、教授、出版人,是名副其实的美好生活的奋斗者、讴歌者、分享者。眼中有光的少年随时代脉搏同频共振,一路逐梦远航,成为国家中坚"70后"中的一员。这一代人集体意识更强,在变化中更务实,奋进时更相信自己,在社会议题上更中立,对未来更具饥饿感。有些烙印,我们可以从《太阳被人围观》这本诗集中出现频率最高的几个"关键词"里窥见一二。

其中一个"关键词"是"青色"。诗题有《白雪是青色春雷的引信》,诗行有"戴上长江边这片青色的天空""就像党史里那一棵文韬武略的松树/从梅岭长出青色的枝条""他们如风般的脚步/带走了/这座大山青色的一部分""青色而高远的天空/涤荡了无边的云海""这是一个寻常的窗外/青色山脉正在向远处延伸"等。有歌唱道:"天青色等烟雨,而我在等你。"在吴老师的故乡浙江就有龙泉青瓷,它在定都杭州的南宋时期达到鼎盛。对他来说,"青色的天空"会不会是历史的长空,"青色的枝条"会不会是新生的希望,"带走了/这座大山青色的一部分"是不是带走了一个民族的田园牧歌,"青色山脉正在向远处延伸"是不是从过去向未来的延伸?我大胆猜测,吴老师诗中的"青色"朝向过去,是能烧出天青色的故土,是曾满怀生机和温情的乡村童话。

另一个"关键词"是"谜",诗集中"谜面"和"谜底"等词反复出现。和前面对应,我大胆猜测,"谜"朝向现在和未来,触摸着当代人在时代下的人海中隐秘而强烈的共振通道。"让巨石阵和仙华山一并留下吧/这个古老的谜/永远不要开启""美食街是一个巨大的谜语/在阳光的罅隙里/请让我清点岁月的馈赠""玻璃栈道搭建的谜语/像极了刚刚过去了的/那个多汁的春天""翠鸟停留的地方/

就是我交付给你的／壮阔未来的谜面"……世界局势汹涌澎湃，我国发展面临深刻复杂的变化，个体面临巨大的不确定性。在当下这个节点，谁不是停在谜面上的一只"翠鸟"？长短句的背后，"70后"或许正在和我们一起见证他们曾在青春期历经的滚滚巨浪。我甚至隐约感觉吴重生把自己作为一个猎物，投身时代人海，同时又作为一个叫作"船长"的猎人去追捕这个猎物。"围猎的方式是古老的／我的心情成为唯一的猎物……壮阔的尘世追赶着少年！"他以保守的姿态和对未来的期待来静候这个"谜底"，渴望在矛盾的重逢中完成一种回归，"太阳和月亮接壤""两座山峦的重逢""大地就是天空"。

这些或明或暗的星火，在《在天上挖一口井》中聚为一颗"太阳"，神与物游，物我相忘。"在天上挖一口井／用来汲取满天的云白和天蓝／其实，人世间所有的井都高耸入云……如果水井是烟囱的前身／那么从地底里冒出的清泉就是白云／与井水时时照面的童年就是飞鸟……我梦想能在天上挖一口井／存储关于人类文明的所有记忆。"诗人把自我代入"物"，以物我相融的心灵之窗体察世界。"蓝天，总是在汲水的瞬间被打碎""炊烟被压缩成历史的印记"，烟囱在鸟的眼里也许就是一棵树，砖石砌成的井壁是可见不可读的旧时书。逐字逐行沉浸于一种魔幻现实中，这种感觉牢牢地攫住了我。对历史的关切、对土地的深爱、对生活的沉思，幻化为一缕细腻的清风，缓缓地吹拂在心头，带来的却是在脑海中激荡的浩大。在我看来，这明明就是一只鸟从农业文明飞到了工业文明，"烟囱曾是骄傲的地标"，"烟囱"代表曾辉煌过并正被信息时代取代的工业时代，"水井的低调、内敛／一如我久经风霜的母亲"，"水井"代表退出历史舞台的农业时代。"江水一直在流，我一直在天上飘"，这只鸟聆听"水井"和"烟囱"的对唱，最后借着自己的歌喉，站在世上的两处清静之地——烟囱高处和水井深处，默默唱出自己的听闻。这首诗在意象、语言、情感、思考上均做到了高度凝练。同时在这首诗里，诗人超越了个人和时代的审美意趣，能让各类读者获得普遍的共鸣，可谓经典之作。

同样精彩的还有诗集同名诗歌，第四辑《万顷波涛眼底过》中的《太阳被人围观》。"人无名不立，事无名不成"，名字一般都有特别的含义。据吴老师讲，诗集的名字听取了他即将远赴国外留学的女儿的建议。在这首诗里，太阳可以不在被人仰望的天上，它可以是地上被围观的一堆枯草，人可以跃升高空，目光成为太阳的燃料。化为太阳的诗人看到，"很多时候／人类习惯用色彩来划分／人与其他生物之间的疆域"，但是"太阳与这一堆枯草之间／有着隐秘的关联／它们彼此交融，并且问候"。这颗人格化、人文化的太阳可以看到一切生灵间的差异，也可以化为一切生灵，和一切生灵相融。同一颗太阳下，同属一个世界，我们拥有同样的希望和梦想，这首诗体现出了人类精神的实质和世界的普遍价值观。这让我想起西方的塔罗牌，里面有一张"太阳"。它是世界的能量之源，代表成功与喜悦，有着最纯真的快乐和满足，拥有洞察一切真相的能力。在这张牌里，成功和失败都不代表结束，世界是要继续前进还是止步不前，"太阳"给出了一个选择，等着人们自己决定。这首诗就是整本诗集的"太阳牌"，崇尚初心、交互、相融、开拓。

最后，我也学吴老师在《太阳被人围观》里的表现，做一次"神与物游"吧。用千里目把天地碾为一张素纸，历史用青色，现在和未来用黑色谜面和白色谜底，勾画其上，"梦想花开，星星碎了一地"，碎为万水千山。万物有灵，素纸上每一朵花、每一颗星、每一个点，"给它炽热的目光/给它平坦的绿地"，都能与太阳对视。太阳是地上的烟囱和天空中的井，一个人的影子是否"浮光随日度，漾影逐波深"？云来云往，被围观时，我们是否能坚守与太阳对视的初心，在云卷云舒中不坠青云之志，继续前进。

原载《文艺报》(2022年11月2日)。作者系90后诗人，出版有《她的日记》《飞》等多部诗集，被誉为"西湖诗人"。

自始的围观者
——品读吴重生诗集《太阳被人围观》

张 华

暮春时节，收到吴重生发来的《太阳被人围观》诗集电子稿，胸口又被这种感觉撞了。与其说我是与太阳一起围观他的诗歌，毋宁说我是先于太阳的始围观者。

我与吴重生既是高中同班同学，更是心气相通的少年挚友。共同负笈于南山脚下的经历，给我们的生命镀上了一层相同的底色。在校期间，他以"石间"为笔名，写诗歌发表于校刊。二十世纪九十年代初，我俩分别在乡镇担任团委副书记、文化员，重生利用团委和文化站的阵地，创办了一份《大溪青年》油印小报，在县内一时风头无两。其间我记得他还油印了两本诗集，分别是《撷浪集》和《二十岁的纪念》。履职金华日报社之后，他的角色一直在报人和诗人之间自由转换，他的岗位从金华到省城到京城一路攀升，他写诗的高度也在不断升华。

诗人是给天地万物命名的人。而吴重生不仅仅在行走中给天地万物命名，同时也一刻都没有停止对自身的探究，这从《我找回昆仑山子民的身份》一诗中可以发现端倪："昆仑山代表所有关于遥远的想象/高寒是高贵的代名词/天地的外衣是五彩的/昆仑山脚下，春雷奔腾/阳光汇聚成诗歌部落"。昆仑山分别有神话和地理上的存在，神话中的昆仑山是中华民族的第一神山，《山海经》记载的西王母、夸父逐日等神话人物和故事都源于此山；地理上的昆仑山是西部山系的主干，在中华民族的文化史上具有至高地位。"中华文化的根脉遇雪水而生发/它们循着河流的方向生长/以长江和黄河为枝蔓"。吴重生把中华文化隐喻为昆仑之高远、雪水之纯洁，随母亲河开枝散叶，生生不息，灌注滋润着华夏大地。作为一位文化苦行者，重生历尽艰难苦苦寻觅一种思想的昭示、一种心灵的归属，"在新疆阿拉尔腹地／我找回了自己昆仑山子民的身份"，虽然"昆仑不可见"，但心中的求索答案悄然落地，而民族的自豪感、文化的认同感悄然升起！

太阳，一直是重生身上、诗中一个标志性的符号。诗评家吴思敬曾在《人民日报》上撰文，称赞吴重生是"致信太阳的诗人"。吴重生的"太阳情结"源自哪里？从他家乡的母亲河身上也许能找到印证，他对故乡的山水草木、风物人情，有着比一般游子更深的眷恋。他在《故乡以太阳为江》一诗中写道："故乡以外的地方都是寒冷地带／故乡以外的地方都在春天之外"。吴重生把人世间的温暖和春天"自私"地赐予故乡，表达了对故乡无以复加的爱。

吴重生先祖吴渭，在宋末元初辞官还乡，与友人共创月泉吟社，发起中国诗歌史上第一次全国征诗活动，其结集刊行的《月泉吟社诗》是我国现存最早的一部诗社总集。另一位先祖吴莱为元末大儒，乃明朝开国文臣之首宋濂之师。家学渊源，绵延至今。在他的《雨和门是对历史的一种呼应》中我仿佛看见了他心灵的故乡："雨，无休止地敲打／这一扇门，晴天时它充作人间装饰／雨天时，它想回到森林里去／它的纹路与庄稼、田园和远方／有着某种隐秘的关联。"在江南的雨季里听雨声，让人思乡更切。行走万里，唯老宅屋檐下的雨声最能抚慰人心。森林是门的原乡，但注定无法回去，就像因为建造通济桥水库而被淹没在万顷碧波下的那一个前吴古村。"天子文山下波影重重／我知道故乡是不需要名字的／那些深陷于门板上的雨痕／活得太深刻"。门前的天子文山，倒映在湖面，随波晃动，先祖的功绩就像门板上留下的雨痕，看不见却深深地镶嵌在家族的门楣上。雨和门的呼应，是现代与历史在对话，是重生同先人心灵的交流。

吴重生是一位非常勤奋的人。刚参加工作时，他曾把"重"字和"生"字上下拆开，用作笔名"千里牛"。他说："我虽然没有千里马的才能，但是我有千里的志向。我要像不知疲倦的牛一样，用心耕耘文学沃土，积跬步，至千里。"当年乡镇工作任务繁重，吴重生都是挤时间奋笔疾书，一年仅新闻报道就要在省市报纸发表三百余篇。那些年我俩时常同床而眠，哪怕白昼再辛苦，只要灵感一来，他立即伏案灯下，往往我一觉醒来他已是一篇作品完稿。正因为这般了解，我对吴重生2014年做出践行"一日一诗"的决定丝毫不觉惊讶，写作已成为吴重生日常生活的一部分。

2022年4月10日，吴重生来电说应约为《经济观察报》写专栏文章，每日一篇。我百感交集，这是一种什么样的力量在推动和感召着他？

陀思妥耶夫斯基说："我只担心一件事，我怕我配不上自己所受的苦难。"在告别南山脚下的校园时，我俩曾引此共勉。回望来路，苦难辉煌。吴重生的诗，就是从太阳里提取出来的光束。

原载《中国艺术报》（2022年11月18日）。作者系诗人，文艺评论家。

以太阳般的能量照亮诗意的天空

高　菲

　　诗歌可以触动心灵、带给人们美好的体验。优秀的诗人一定是浪漫的人、有想象力的人，也一定是有思想的人、内心纯净的人。吴重生先生正是如此——他用优美而细腻的笔触，将自然、历史、文明等元素融合在一起，创造出了一个充满美的诗歌天地。可以说，他的文字温暖人心、能量十足。细细品味吴重生先生的诗歌，笔者仿佛置身于一个孩子眼中的奇幻世界，感受到了诗歌的魅力和力量。

　　吴重生先生的诗集《太阳被人围观》是一部充满智慧和能量的作品。这本诗集题材广泛，文笔灵动，情感真挚，立意高远，充满哲思。人们不仅可以通过这部作品直观感受到吴重生先生宽广的视野和敏锐的洞察力，还可以深刻体会到他对人生的思考和对世界的感悟。

　　首先，吴重生先生的诗歌题材广泛。从自然景色到人类文明，诗人都信手拈来，如有神助。他从天地万物中汲取灵感，用诗歌来表达自己对生命、自然和宇宙的独特理解，创作出了一系列富有想象力和感染力的作品。通过欣赏诗人对太阳、月亮、星辰和自然景观的生动描绘，读者不仅可以感受到自然的美丽和力量，还可以体会到诗人对大自然的敬畏和对生命的热爱。

　　其次，吴重生先生的诗歌文笔灵动。除了比喻、夸张等传统修辞手法外，吴重生先生还大量运用了通感、拟人、拟物等手法，使作品呈现出强烈的画面感，打造出唯美的意境，带给人旖旎的遐思。在他的作品中，我们可以看到许多充满诗意的场景，字里行间充满了无限的想象力和创造力，极具美感和艺术性。作为中国摄影出版社的总编辑,吴重生先生特别擅长用文字来构建瑰丽的画面,打造奇观化的场景,形成强烈的视觉冲击,这也是吴重生先生多年媒体从业经验给他带来的最大优势。

再次,吴重生先生的诗歌情感真挚。诗歌是一种自由的艺术表现形式,可以表达人类内心最纯粹、最复杂的情感和想法。唯有在字里行间融入真情实感,才能打动人心,甚至触达读者的灵魂深处,而这种情感上的共鸣恰恰是读者阅读诗歌时最宝贵的体验。通过与作者共情,读者得以在诗歌的世界里找到自己的精神寄托,从而实现情绪的释放、得到心灵的慰藉。可以说,吴重生先生的诗作不仅为读者呈现了一个美好的诗意世界,还让读者在阅读过程中体会到了人类内心深处的共鸣与温暖。

第四,吴重生先生的诗歌立意高远。诗歌不仅是一种文学表现形式,更体现了诗人的思想和精神追求。吴重生先生的诗作兼具感性表达与理性思考;既具有宽广的视野,又蕴含丰富的内涵;不仅是一种艺术表达和审美体验,还具有文化传承和理性探索的价值。诗人笔下融合了时间的广度、空间的宽度和历史的深度,可谓是纵横捭阖、神游天地。

第五,最后,吴重生先生的诗歌充满哲思。他的诗作结合了艺术表现、哲学思考与人类智慧,看似写景抒情,实则体现了诗人对自然、人文、生命和世界的深刻思考与感悟,可以说是一种诗意的哲学和睿智的表达。好的诗歌具有鼓舞人心的力量,能够鼓励读者走出困境、走向光明,而具有哲学思想是诗歌通向顶峰的标志,因为哲学思想可以带给人们智慧和启迪。正如英国浪漫主义诗人雪莱在《西风颂》中写的那样:"If Winter comes, can Spring be far behind? "("如果冬天来了,春天还会远吗?")人们每每看到这样的话语便觉得温情满满,心中充满了希望。而在吴重生先生的诗作《飞鸟每天交给我一个命题》中,"命题"并非指具体的问题,而是对人生的思考;《一片叶子的永生》则反映了诗人对生命价值的独特见解。通过赏析这种哲思性的诗歌,读者不仅可以感知到诗人思考的深度,还可以得到许多智慧和启示。

总之,吴重生先生的新诗集《太阳被人围观》是一部充满激情且能量十足的作品,体现了诗人扎实的文学功底和深厚的哲学底蕴,值得反复品味和欣赏。只有拥有太阳般的能量,才能写出最美的诗篇,唤起人们内心深处的激情与力量,从而照亮诗意的天空，温暖整个世界。期待吴重生先生写出更好的诗歌作品，为我们带来更多的惊喜和感动。

原载《扬子晚报》紫牛新闻客户端（2023年5月8日）。作者系江苏师范大学传媒与影视学院教授、北京广播电视台高级编辑。

献给北京城的时代礼赞

张 华

第一次读到吴重生的长诗是《大运河是条太阳河》（发表于《诗刊》2009年4月上半月刊）。2023年元旦，读到作家出版社出版的吴重生诗集《太阳被人围观》中的长诗《向东挥洒——写给北京大西山和永定河》，感受到诗人一如既往地让笔意激荡于山河之间，让胸中的家国情怀恣意奔腾的气势和文采。

从这两首长诗的写作手法和表达意愿来分析，我更倾向于这是吴重生诗歌创作历程的两个阶段：前一阶段为成长期，通过大运河的变迁，把"我"如京杭大运河般与命运抗争、一路向北的生活轨迹寄寓在诗中行云流水般呈现；后一阶段为成熟期，热闹中保持一份宁静，昂扬中蕴藏一份初心，就像北京大西山的松涛那样，聆听时代，紧贴时代，歌颂时代，超越时代。

《向东挥洒》共十一节八十二行，读完让我精神振奋，仿佛听到前进的号角正在吹响。诗歌难写，弘扬主旋律的诗歌更难写。诗歌要凝聚人心引发共鸣，首先需要散发出真正的热能，让读者目之所睹，心之所振，情之与共。在吴重生的许多诗篇里都能体会到这种感觉。标题《向东挥洒——写给北京大西山和永定河》，可以理解为一种洒脱而优雅的姿势，"金戈铁马，气吞万里如虎"；更可以理解为芸芸众生为国家富强民族复兴踔厉奋发、笃行不息的征途与目标——向东！读到标题的瞬间，我想起了已故著名导演、戏剧家黄佐临先生。他在"七七事变"后的第三天，向老师萧伯纳辞行时说："中国人遇到这样的事情，多数会回去。我不是将军，但也算是士兵。"萧伯纳被黄佐临先生的勇赴国难的举动所感动，赠语第一句为："起来，中国！东方世界的未来是你们的。"我相信抗战时候的国人，读到这句话时一定会热血沸腾,而吴重生的《向东挥洒》短短四个字,一样令人荡气回肠!

诗的副题是"写给北京大西山和永定河"。且读第一节:"向东挥洒/这是一座山和一条河的亘古约定/这是一座山和一条河的千年坚守。"用一个约定和一个坚守,开宗明义此山此水是血肉相连、唇齿相依的关系。大西山是永定河纵横的骨骼,永定河是大西山流淌的血液。山水是大地的脉络和灵魂,无论无限江山还是有限城市,有了山的护佑水的滋润,才有灵气,才有故事,才有生生不息的往昔、今朝和未来——"这是祖国壮丽山河的昂扬姿态/这是大西山和永定河的不朽传说"。

第二节,诗人将大西山和永定河在北京城历史上发挥的重要地位和作用,提升到更高的精神文化层面,甚至不惜神化。"有人说,大西山是大北京的百宝山/它所昭示的精神就是我们民族的图腾/有人说,永定河是北京城的定海神针/它所滋养的文化就是我们民族生生不息的象征"。透过诗句,仿佛看见大西山为北京城的建设、繁荣清理杂芜,集高砖巨椽、集大柱石础、集文化文脉,留下一个个王朝的印记,让中华民族亘古伟步在她所昭示的图腾里启航;仿佛看见永定河化为定海神针,落下瞬间激起的惊涛骇浪和落下后的安静怡然,让我们领略到中华文化的博大深邃,并注定永久地滋养着我们。

这就是大西山和永定河的力量!这就是中华文明撼天动地的精神力量!

从第三节开始,诗人用整整八节篇幅,分别歌颂赞美永定河和大西山。北京以大西山为根,以永定河为源,开启了三千多年的建城史、八百多年的建都史,莽莽大西山、滔滔永定河见证了中华文脉的源远流长。吴重生写道:"永定河是一束光/它分发黎明、播撒梦想/给城市和乡村/给历史和未来/它的故道就像一条条血脉/遍布北京城的每一个角落。"诗人把发源于管涔山天池的永定河比喻为一束光,一路奔腾而下的江水,把光明和梦想的种子撒满大地,让城市和乡村、历史和未来都能收获希望。依水而居的人们,用他们的勤劳、智慧建设家园,把千里江山建成春暖花开的大海模样。

"永定河源自太阳/它一路奔流,一路发光/在华北大平原,它与黄河并驾齐驱……/它出高山,入平原,进庙堂/像一道传檄万里的闪电"。在吴重生的许多诗篇里,都可以读到以"一束光"和"太阳"为喻的诗句,包括诗人业已出版的诗集《你是一束年轻的光》《太阳被人围观》。"太阳"是诗人身上和诗中一个标志性的符号，首都师范大学文学院教授、博士生导师吴思敬先生曾在《人民日报》上撰文，称赞吴重生是"致信太阳的人"。无论是书名也好，还是"永定河是一束光"、"永定河源自太阳"等诗句也好，都不是事实上的光与太阳，而是一种文化的高度，一种精神上的源头。

同样是一条条河流，同样冲刷出一个个大平原，同样源于山发乎野，唯有永定河有这样的机会——诗人用"进庙堂"来褒奖这条北京人的母亲河。余韵缭绕中，"像一道传檄万里的闪电"。永定河就是一位将军，每一朵浪花，都在向华夏大地上的其他河流发出指令，闪电过后，四方惊雷，而永定河上的老码头平静得如同一位历尽沧桑的老者。

平静的永定河更像一名阅尽人间春色的文化贵族。诗人在第五节写道："多么幸福啊，永定河／是你荡漾了北京城的每一个日月。"这种浑然天成的洒脱，是历经蜿蜒绵亘，挟浩荡朔风，卷千里苦难后，归来的一种包容而强大的平静。

诗的第六、第七节，诗人在写作手法上和遣词造句上更加紧凑更加大气磅礴，像一个又一个巨浪不停地涌现，把整首诗推上高潮！"向东挥洒／用太行山的余脉研墨／用桑干河上的阳光作笔／进入北京境内，也就进入了中华文化的腹地……"大西山是太行山的余脉，桑干河是永定河的上游，是晋冀古文明的摇篮，一路裹泥沙而下，在怀来与来自内蒙古的洋河合而为永定河。诗人以余脉研墨阳光作笔，把粗糙、混沌，乃至于有点偏远的各种文明吸纳汇聚，在渤海、黄海浪花的催促下，在太行山上松涛应和下，骤然挣脱条条绷紧的绳索，如千钧之势，向东奔涌。"它携风雨，擎雷电，带动了满天的云彩／它把这场太行山的压轴戏／演绎成风起云涌、如歌如泣的民族复兴乐章"。这是一场热闹而不散的文化盛宴，强大而壮丽！"你看，那从云中发端而来的山脉／你看，那在前面为它引路的黄河／你看，那耸左为龙的泰山，耸右为虎的华山……"三行排比句，让人心中荡生豪迈，我不是朗诵者，但读到这里，真想高声吟唱，这种自然流露一定是最纯最真的感应。是什么让山脉高耸入云？是什么让黄河为它引路？是什么让泰山、华山成为左膀右臂？是太行偾张的血脉！这血脉是中华民族的绵绵文脉，是北京城的冲天帝脉，是中国人生生不息的气脉！诗人用"追溯"一词，连接了昆仑山，"那是伟大的龙的图腾、我大中华的精神脉搏"。昆仑山是我国第一神山，在中华民族文化史上具有显赫地位，古人称其为中华"龙脉之祖"。吴重生曾写过一首《我找回昆仑山子民的身份》，诗中把中华文化隐喻为昆仑之高远、雪水之纯洁，随母亲河开枝散叶,灌注泽润华夏大地。昆仑山自有开天辟地的宏大手笔,一撇一捺都让万方归附。尽管传说和神话不等于现实,但王国维先生曾在《古史新证》中说:"上古之事,传说与史实混而不分,史实之中固不免有所缘饰,与传说无异,而传说之中往往有事实之素地。"很多传说的背后深深地镶嵌着国人的集体意识和精神追求。如女娲补天,遇到灾难时很多人会逃跑,但总有人会像女娲一样,托起天进行修补;如精卫填海,虽然起点是复仇,但是面对海的浩瀚和辽阔,小鸟毫不畏惧衔石填海昼夜不歇;如夸父追日,为了追赶太阳即使付出生命也在所不惜。这三类人、这三种精神,无论什么时代都会出现,他们铸就了龙的图腾,浇灌着生生不息的中华精神!

大西山位于太行山脉最北段,峰峦叠嶂,宛若蛟龙起舞,护佑着千年古城,被誉为"神京右臂";永定河东流冲出西山,催生滋养着北京小平原,是京城的母亲河。作为一名旅居北京十年的浙江人,吴重生曾多次造访大西山和永定河,在诗的第八、九、十节,诗人着重落笔大西山:"北京大西山/是五千年文明史中的最高潮部分/它委托一条河流/将自己对中华民族的热爱/平铺于北京小平原之上……""大西山是一座百宝山/千百年来,它为北京城/奉献了自己的躯体和骨骼……"

1267年,忽必烈决定营建大都,着人开挖连接永定河的人工河,西山的木材源源不断地运进大都。一座山、一条河和一群人,为一座城的共同付出而把命运紧紧地联系在一起,这座城终成为帝都的雏形。七百多年来,无论盛景、欢乐、苦难、悲怆,大西山"它倾己所有……它忘记了自己是一座山/它的慷慨和无私写在北京城的发展史上……"为了写好这首长诗,吴重生不但多次实地考察了大西山和永定河,还走访了朱祖希等北京市地理历史专家。可以说,在下笔成诗的那一刻,他是胸有成竹的。

第十节以题起句,引出马致远和贾岛两位北京历史上的文化名人,从不同的角度出发,一个清晰一个模糊,这种虚实结合使诗句更具诗歌意味和哲学内涵。"让法海禅寺内精彩的壁画开口说话/让山门前那两棵千年白龙松见证",无论"说话"也好,"见证"也罢,目的只为铭记大西山的付出和奉献。读到这一节,很容易让人澎湃的心情慢慢平静下来,犹如一曲长调,经历了长时间的激越高亢,转回舒缓平稳,使整首诗充满了节奏和起伏。

最后一节还是以题起句:"向东挥洒/如一轮喷薄而出的朝阳/在历史的纵深处

一路高歌/太行山余脉与燕山山脉在南口关沟携手/共同作出一个'比心'手势/是的,它是在'比心'中华民族的伟大复兴/'比心'这个新时代的壮丽辉煌"。是谁如一轮喷薄而出的朝阳?是谁在纵深处高歌?这一定是中华文明的血脉偾张。燕山山脉、太行山脉连成的天际线,一个"比心"的手势注定能覆盖整个华夏大地。

中华民族的伟大复兴,注定在这个时代睥睨四海!

原载《北京晚报》(2023年1月6日)。

给孩子一个"诗歌太阳"

——吴重生诗集《太阳被人围观》读后

陈向红

我是一位深耕教育近三十年的一线教育工作者，非常了解少年儿童的心理需求。在感受新时代党的阳光温暖和全社会雨露滋润的同时，我们需要给孩子们一个"诗歌太阳"。这个"太阳"就是给花季少年们以文学滋养的精神食粮——这是我通读吴重生先生新诗集《太阳被人围观》之后的感受。

在天真烂漫的年龄，当父母亲的几句抱怨、老师的几言批评、同学的偶尔分歧都可能成为压垮孩子的最后一根稻草时，教育真的已成为全民焦虑，不由让人不感慨如今的孩子到底怎么啦？而诗歌的功能就在于它会滋润孩子的心灵，告诉孩子们如何直面人生、热爱生活。这就是"诗学校园"建设的紧迫性和重要性。

新时代的少年需要一轮诗歌的太阳。请让这个正能量的"诗歌太阳"站在时代的正中央，将炽热的光芒种进孩子们的心中、眼里、脚下，让他们每天随太阳醒来，伴太阳入睡，与太阳同呼吸共成长，一生都与太阳为伍。在诗人吴重生的笔下，"诗歌太阳"是无处不在、无时不有、无所畏惧的。"太阳"在钱塘湾的海岸线边，深情注视着这个有着最宽广海岸线城市的发展；"太阳"赋予大自然里一堆微不足道的枯草以灵魂，这堆枯草会遇温暖的目光而燃烧；在寂静的夜晚，将我们合着暮色即将沉入梦乡时，太阳依然与我们同在，它在悄然轮转，只等我们醒来那一刻与它美妙相逢。

《太阳被人围观》告诉我们，"太阳有时并不在天上"，而在每个人的心里。当你以清澈而坚定的眼神注视他人时，他人的勇气被你点燃，你就是太阳。当你

《在大山，阅读每一棵树》，尽力理解言传每一个权枝与疤痕的故事，你便是太阳。当你凝视《一只蒸笼挂在墙上》，听他"长舒一口气"，"和清风阳光作彻夜长谈"，你便是太阳；当你的目光逡巡过每一个山岗，《拜泉的丘陵长满太阳》；《当你网住太阳》，便也"网住了途经此地的星辰"，"整个世界都在你的手中"。每个人都可以是太阳，即便你现在是一只小小的萤火虫，《一颗光亮与整个宇宙平等》。你还可以不同的姿态去往太阳的领地。只要你喜欢，"我奔跑，跑进了太阳里"。每个人都可以是太阳，相信每个人心中都有一轮诗的太阳，在广袤无垠的大自然里，人类就像一个懵懂的婴孩，容易迷失方向。《太阳被人围观》告诉我们：只要我们坚信自己就是太阳，就会在任何时候任何地方都绽放光芒。

如果要给诗歌分系，那么我一定会跟大多数读者一样把《太阳被人围观》一书中的一百〇三首（组）诗歌划入"太阳系"。我们的时代太需要这样的诗歌了！我们的时代太需要这样正能量的歌者了！曾几何时，在那个苦难的年代，艾青高举"向太阳"的旗帜，秉承"为人生"的文学主张，用温暖驱赶寒冷，用光明刺破黑暗，就像勇猛的斗士吹响战斗的号角，书写昂扬奋进的时代檄文。曾几何时，汪国真的《热爱生命》大家都耳熟能详，在街头巷尾传唱："我不去想是否能够成功，既然选择了远方，便只顾风雨兼程""我不去想未来是平坦还是泥泞，只要热爱生命，一切都在意料之中"，鼓励多少人们藐视一切困难奋勇向前。可是现在，想想都是尴尬。中考高考语文卷子都赫然写着"诗歌"例外，严阵以待拒绝诗歌入内（以前中国几千年文化不都考诗歌吗，现在诗歌怎么就例外了呢）。中国的诗歌难道只剩下摇摇晃晃的人生了吗？人们不仅要问：还有多少孩子能吟诵食指先生的《相信未来》？我们要让孩子相信未来拥有自主未来的权力！

仿佛在一觉醒来之后突然发现：我们离开诗歌太久太久了！诗人吴重生先生来到我们萧山区江南初中。他在学校教室里一气呵成创作了一幅遒劲有力、傲视苍穹的国画青松图，取名《向阳生》；他从宋濂恩师吴莱先生故地为学校"请"来一棵傲然挺立、苍郁蓬勃的松树，并请朋友谢阳斌先生捐赠状元石；他将新诗集《太阳被人围观》分享会放在初创的萧山区江南初中校园。他与师生们分享诗作，畅谈人生。在他的引领和倡导下，诗意在江南初中弥散开来，被生活俗务隐去诗心许久没写诗的语文老师重新用最美最凝练的语言抒情，从未想过自己会写诗的数学老师诗意如汩汩山泉喷涌而出，那些原本就是诗的少年们更是一发不可收：《太阳生》《金边草》《采摘秋天》……佳作接连问世。生活中的一切都成为诗的源头,"江南人"正在诗的田野里放飞自我,走向远方。孩子们发现,诗中的太阳竟然如邻居家的哥哥姐姐那样,可亲可敬地走到了自己身旁。诗与诗的碰撞,光与光的相遇,温暖与温暖的牵手,师生们感到兴奋,深受鼓舞。

文章合为时而著,歌诗合为事而作。光明是吴重生先生诗歌的底色。他以炽热的太阳表明积极入世、强国有我的思想,给这个踔厉奋发、勇毅前行的时代一剂正能量的强心剂。现在的孩子太需要《太阳被人围观》这样的诗歌了,我们的时代太需要像艾青那样高举"向太阳"旗帜的诗人了。所幸,我们还有一个太阳,让我们从纷繁俗事中抽身仰望;一片彩云,让我们于身心疲惫时做梦;一群星星,让我们在仰望星空时追随。

路遥说:"作家的劳动绝不仅是为了取悦于当代,而更重要的是给历史一个深厚的交代。"《太阳被人围观》通篇充盈着生活温度与生命质感,体现了作者对天地万物的温柔态度和对生命意义的终极思考,堪称"诗学校园建设"的优秀读本。读诗、写诗、诵诗,有利于涵养孩子们的文化品格,培养孩子们的高阶思维,激发孩子们的想象力与创造力。愿"太阳系诗作"走进更多的学校,愿更多的孩子遇见并拥有一个别样的"诗歌太阳"!

原载《新阅读》杂志(2023年1月18日)。作者系杭州萧山区江南初级中学校长,正高级教师,浙江省语文特级教师。

抵达生活，抵达诗意

张　开

"所有的故乡都杳无人迹"——方言向来是最生活的语言，是土地的语言。吴重生诗歌中的通济湖、神丽峡、嵩溪……为方言寻回了泥土味；上山、月泉……为故乡在民族的母语中找到了落脚点。

此前读到过诸多"故乡"主题的诗，但大多流于表面，不过是分了段的嘈杂赞颂或用力过猛的怀念，诗意难觅。但吴重生的《太阳被人围观》却将诗意及故乡平衡地交融在了一起，美感及故土厚重感权衡得恰到好处。《泉做的月光昭示着丰安梦想》一诗中，"丰安"乃浦江旧称，"泉做的月光"引人想起"月泉"，"月泉"对浦江人来说耳熟能详：日常生活中的月泉路、历史中的月泉吟社、文学中的《月泉吟社诗》，单从标题就已引导读者迈入烟火气与厚重感的裂隙中、生活语言与文学语言的碰撞中，窥探其中被忽略的链接。

开篇寥寥几字，却道尽了多少故土先人的一生。"这个牌匾后面到底深藏着什么 / 是书声和月光的交响曲 / 还是飞蛾扑火的光明 / 千年老墙会说话 / 发黄的诗卷里收藏着繁星"。全诗以"牌匾"为起点，此处牌匾的作用与路标相似，指引方向，揭示意义——"书声和月光的交响曲"藏进千年老墙，于是老墙以存在的方式来说话；"飞蛾扑火的光明"化作繁星，照亮一隅但却终有尽时，被"发黄的诗卷收藏"。

再看第三段："以月为泉是上天对故乡的恩赐 / 以诗叙事是祖先对子孙的开示 / 做这牌匾的木头取自深山 / 溯水而上，那里的竹筏列队成阵 / 那里的文化像山泉一样久远。""牌匾的木头取自深山"一句令我思绪万千。此处的"牌匾"或已不再是单纯的"牌匾",而是一个有地域性的文化符号。吴重生在这里开了个隐蔽的门,这个门通往了某处——既然隐藏一棵树最好的方法就是把它种在森林中,那同样组成这带有地域性的文化符号的成分必然根植在这片土地之上,也就是"深山"。这片土地上的人民耕种、劳作、交谈……以生活的方式组成了"牌匾的木头"。最易被忽略也是最震慑人心的字眼,使得故乡的过往被寻回,故乡的地位被摆正,故乡的子民被唤回,故乡的生活被通达。

再看《老墙》一诗,其中老墙不仅仅是一面墙,或是记忆中的故土,或是远去的童年,抑或是逝去的人。"鱼虾们正在穿过桥洞下的水域/风声正在吹过樟树们的发梢/枯草在人们看不见的时间里生长/远行人选择在黑夜里出发。"我在读此段时不再驻足诗外,而一同成了远行者,以同行人的身份思考并感受。前三句未曾表达远行人的心境,却无不指向远行人。为何选择黑夜出发?只因这里的一切照旧生长,而他却再也参与不到其中,即使归来也依旧错过了远行在外的时光,是不舍、是无奈、是坚决。吴重生如若没有切实经历过远行,无法写出如此令人动容的诗句,我如若未曾远行也无法进入此种情绪中。《老墙》不仅是吴重生自己记忆中的故乡老墙,更是每个离乡人出发时,不敢再回头看一眼的那堵故乡的墙。

诗歌是属于语言的,不,再准确点说,诗歌是属于母语的,什么语言写出的诗歌,便是属于什么民族的诗歌。何故言此看似不言自明之事?诗歌,有的雕塑物品、有的通往生活、有的抵达历史、有的指向自身……作为个体的人一出生便浸泡在母语之中,而母语的结构,诱人走向母语深处,即母语的历史性。一个诗人,其诗歌用词与布局或是精心设计,或是脱口而出,但总是在有意无意中,诗作与母语的历史性交融在了一起。

吴重生的诗歌是汉语的诗歌,因此我们明白"昆仑山"的重量,明白"东海"的宽广,明白"稻田"的厚度,明白"宫商角徵羽"的悠长……母语文化中各种已化成符号的东西,都在母语诗歌中以独特的意象,对读者进行呼唤。吴重生在描述这些带着民族文化符号的事物时,巧妙地打开了一扇大门,带领读者从一首诗走向一部史。如《我找回昆仑山子民的身份》中"昆仑山脚下,春雷奔腾/阳光汇聚成诗歌部落",简单两句却贯穿了整个中国民族文化史。昆仑山作为民族文化史中的万山之祖,其本身就在不断指向太古的开端,"春雷奔腾",那是自然界生命的开始,亦是民族文化历经千年岁月的印证。何故"汇聚成诗歌部落"?中华民族最年迈的记录者便是诗歌,关于昆仑山的诗歌更是数不胜数:李白的"若非群玉山头见，会向瑶台月下逢"，毛主席的"横空出世，莽昆仑"等，正如诗中后两句所言"中华文化的根脉与雪水而生发／它们循着河流的方向生长"，诗歌与民族的根脉同在，于历史长河中同整个民族不断生长。

"诗是经验"，诗人需要齐万物。"诗是经验"的本意绝非是为自私的抒情谋得家园，而应是引导诗人以第一视角去经过世界，再从第三视角去阐明世界。从这个意义上来说，吴重生为我们提供的诗歌视角是多元的。

吴重生的诗歌实践告诉我们，生活是经验的发生地，但纯粹的经验是杂乱的，充斥着经验者的所有社会性；诗歌的发生地应当像是城市中的古老森林——存在于生活中，却不被生活所侵扰。诗人唯有这般将自我抽离，将人类中心论摒弃，以旁观者的身份去观察置于世界中的自己及万物，诗意才会在此处绽出，经验也才能自己张嘴说话。

所以，让我们跟随吴重生的诗歌节拍去"关注一只攀雀的生长"；去"对着一只鸟沉思"；去追寻"油菜花开"；去回忆那"老墙"……作为诗人的吴重生总是在感受经验，进入经验，忘却经验的途中，再由语言道说。自此，诗就成了经验，经验就成了诗。

文艺理论中有一句老生常谈的话——"文本诞生，作者已死。"作者与读者之间已不再有自上而下的绝对威严，作者与读者在作品面前地位等同。诗歌已经成了众人的谜，再多的注释，也无法迫使诗歌交付全部东西。诗歌成就诗人，同样地，诗歌被读者所成就。

至此，我想回到诗集的名字——《太阳被人围观》。太阳是什么？是诗歌，是诗意，是命名；人是谁？是你，是我，是生活。去不断地命名，不断地说话，抵达生活，抵达诗意。

原载《新华每日电讯》（2023年2月24日）。作者系诗人。

一部用诗歌书写的"山海经"
——读吴重生诗集《太阳被人围观》

王秉良

夸父逐日,从《山海经》里大步流星跨出来,两千多年来跑成了一个雄奇瑰丽的文学意象。时不我待、永不停步的奔跑,独往独来、上下求索的追求,心灯烛照、与日同在的光明,都鲜明呈现在吴重生最新出版的诗集《太阳被人围观》里。

俄罗斯文学评论家车尔尼雪夫斯基说:"自然界中最迷人的,成为自然界一切美的精髓的,这是太阳和光明。"郭沫若诗中的太阳意象是恣肆狂放的,艾青的太阳时常透着忧郁深沉的气息,海子的太阳则放射着个人英雄主义的终极理想。太阳也被作为偶像来崇拜,作为希望来寄寓。吴重生的太阳,融汇在万事万物里,是万物之真性,生命之本原。"很多时候／太阳并不在天上／如果你愿意／可以把一堆枯草看作太阳／给他炽热的目光／给他平坦的绿地／／当你跃升到足够高的高度／能够审视尘世间一切微小的事物／太阳便会在／你的目光所及之处燃烧／所有的目光都是太阳的燃料"(《太阳被人围观》)。吴重生的太阳,也可以是人生经历中的温馨一刻,是俯拾可得的灵光一闪。"当你网住太阳／是否也网住了途经此地的日月星辰／整个世界都在你的手中／这是用蜡笔涂画的太阳啊／此去经年,少年的背影日渐模糊／那片桉树林在你离开后疯长"(《当你网住太阳》)。"我奔跑／跑进了太阳里／我奔跑／跑进了月亮里……当太阳和月亮接壤／呵气成云的我,落脚成印的我／可知今夕何夕？／可知这童年的画图／承接着这现实和未来的梦"(《当太阳和月亮接壤》)。

《太阳被人围观》分为六辑:《走马昆仑看朝霞》《迎春门前听春雷》《遍植草木驭光行》《万顷波涛眼底过》《岭上白云树上星》《昨夜星辰昨夜风》,共一百零三首(组)诗歌。它就是一部《山海经》,你可以把"走马昆仑看朝霞"读作《大荒西经》,把"遍植草木驭光行"读作《南山经》,把"万顷波涛眼底过"读作《海外西经》。《山海经》里,奇禽异兽、巫妖神怪构建出一个奇幻的世界,但也是这个世界的另一种观察和呈现方式,就像是一个和我们同在的平行空间。吴重生用诗的语言、诗的情绪,构建出一个理想国,一个精神化的世界。

在自己的《山海经》里,吴重生这位夸父"思接千载,视通万里",跑过壮丽的山河大地,撷取璀璨的云霞虹霓,读取历史的兴衰密码,感悟群生万物的生命轮回。在慈溪,他"在盘古的眉睫上领取一根木杖/把金木水火土中的木命名为慈溪/这是我生命中缺少的一条肋骨",这条木杖,也就是"化为邓林"的那一根吧?在青藏高原,他"找回昆仑山子民的身份",因为"山海经是发源于此的一条水系/这里的陆地都是飞地/胡杨和红柳都是西王母的家藏"。在太仓,他把"整个东海读作人类的行囊",看到郑和端起酒碗,"代表整个大明王朝立誓/彼岸的大西洋和印度洋/跟着天妃宫里的锣鼓一起摇晃起来/中华民族的史书被海风吹得呼呼响"。在北京,他献礼西山和永定河,向东挥洒,"用太行山的余脉研墨,用桑干河上的阳光作笔",记录"一座山和一条河的亘古约定,一座山和一条河的千年坚守"。

吴重生的《山海经》里,满是瑰丽华美的画面感,不乏奇警的譬喻,天马行空的自由表达,奇幻谲诡的夸张想象。他的诗情不受牢笼羁縻,可以拟人拟物,可以通感移就,一切为放怀抒发服务,一切为表达的主题着力。如"所有的生灵都在期待日出/山谷是一种千年不老的生灵/作为人类表达欢愉的一种方式/篝火,看守草和夜"(《篝火,看守草和夜》),"行走的大地就是天空/平静的湖面就是天空/当船只汇聚于苍穹之下/来自不同方向的风汇聚于此/平面之上,人生百感交集"(《行走的大地就是天空》)。所有这些表达,都是诗人的真实情感流露,总有自己若隐若现的主旨所在,因此时时牵引起读者的共情。这里,有"航拍中国"一般恢宏的美感,有回到故园、寻找童年一般的温暖情愫,更有超越平凡世界,与天地精神相往还的深邃哲思。

杨公骥先生在解析夸父逐日寓意时说,"只有重视时间和太阳竞走的人,才能走得快;越是走得快的人,才越感到腹中空虚,这样才能需要并接收更多的水(不妨将水当作知识的象征）；也只有获得更多的水，才能和时间竞走，才能不致落后于时间。"吴重生就是这样的"逐日者"。他在诗集《后记》中说，这本集子里的大多数作品都是在地铁上完成的。2021年，在北京地铁14号线和5号线摩肩接踵的拥挤人流之中，总是燃烧着一轮诗歌的太阳。一百〇三首诗，在一年的"边角"时间内完成，却是那样的妙悟与哲思同骋，激情与云霞齐飞。看看吴重生的履历就会明白了，奔跑、追求已经是他生命的惯性和常态。他跑过了人生旅程的一站又一站，越跑天地越宽。他的故乡浙江省浦江县前吴村文脉绵延，名家辈出，从宋元时期的吴渭、吴莱，到现当代的吴茀之、吴战垒、吴山明……群星璀璨，蔚为奇观。几十年来，吴重生除了在新闻、文学上孜孜以求，还在书法、绘画、美术理论方面精研覃思，具备了深厚的修养。

　　吴重生的前辈乡贤龚自珍写给朋友黄蓉石的诗道："不是逢人苦誉君，亦狂亦侠亦温文。照人胆似秦时月，送我情如岭上云。"吴重生也是有这种精神气质的人。正因为他以太阳为追求，把太阳的光芒融入了血脉，才会焕发出恒久的热情与光明吧？"八荒霍霍惊仰首，空中夸父逐日走。拔山倒海事事终，不追白日非英雄。"（清袁枚《夸父杖》）吴重生追逐太阳的行程，也在被更多的人围观。

　　　　原载《钱江晚报》（2023年6月19日）"晚潮"专栏。作者系中国铁建国际集团教授级高级政工师。

每一首诗都是一次重生
——评吴重生新作

张海龙

都说日光之下无新事,可是吴重生兄几乎每天都在刷新自己。在我的朋友圈里,他的存在于庸常生活而言,几乎就是一个小小的奇迹。

或许这是一种宿命般的力量:太阳每天照常升起,而他的每一首诗都是一次重生。所以我这样理解他的新诗集《太阳被人围观》的非凡价值——"走马昆仑看朝霞",那是一路向西的夸父逐日之长旅;"迎春门前听春雷",那是春气萌动的有朝一日之惊蛰;"遍植草木驭光行",那是万物生长的蒸蒸日上之勃发;"万顷波涛眼底过",那是百川归海的日行千里之奔涌;"岭上白云树上星",那是沧海桑田的日新月异之跃迁;"昨夜星辰昨夜风",那是不忘来路的旷日积晷之能量。

是的,引号里七言绝句就是他诗集中的篇目,那种气势与胸怀非常人所能具备,而我则在其后郑重加以注释,以此作为我对"诗人吴重生"的理解。

他从北京给我良渚的诗外空间空投过来四包共一百册诗集,如同四包沉甸甸的诺贝尔发明的炸药,显然是要炸开我们心中那冰封的海洋。如果按每册诗集一百〇三首(组)诗歌计算,则他这四大包书就是上万次集中轰炸的能量,裹挟着太阳的炽热。

太阳,一直是重生兄诗中的标志性意象。他是"致信太阳的诗人",所以他才"日升月落"般不停奔走行吟,从东海到昆仑,从江南到西北,从太仓到夏洒,从"人类的行囊"到"梦境中的桃花源",一本诗集就是他出入山河的一卷版图,一束诗行就是他对射太阳的一簇箭矢。与日有关的神话人物,他都想斗胆一试,比如夸父，比如后羿。

太阳，也从来都是重生兄的火热性格。曾经在某个酒后的雨夜里，他与几位浦江籍的同乡，就在办公室里铺开画卷，为我联手即兴创作了一幅"过江名士多于鲫"，让我叹服于江南风雅之无处不在。还有许多次，我们说起某个异想天开的诗歌行动，而他立马就在电脑前写下策划方案，直教人感慨倚马可待的创造力与执行力。

渐入中年，越发觉得写诗是一件挫折感来得很晚的事业，所以我自己越写越少，而是把更多诗意转入纪录片制作。而这种挫折感却几乎从未体现在重生兄的身上，他有一种罕见的少年心气与杀伐决断，正如同二十一岁的大汉骠骑将军霍去病，深入漠北击溃匈奴，积土为坛封狼居胥，一直征战到今天的贝加尔湖，面对强敌从来虽远必诛。

这种血气方刚与不计代价，被吴重生用手一指，太阳就成了众人围观的标靶。他那一如永动机一样的躯体里，原来一直住着一个永远燃烧的太阳。在我的想象中，他的气质可能更接近于马雅可夫斯基，他的诗行里有"穿裤子的云"，也有"长脚的河流"。他知道，地球转得越来越快，每天的时光都在加速，所有的钟表都在提前报时，我们将老得更快，酒醒之后即白头。那么，云横秦岭，乡关何处？我们从来都身处无依之地。烟波江上弥散千年乡愁，如果你现在不下笔千言，我们还有多少个日夜可以挥霍？

北上黑龙江，策马太行山；横渡桑干河，南望浙江潮……纵横九万里，上下五千年，其实都不过弹指刹那。一个诗人的非凡之处，就在于这种"心马由缰"。他歌颂大江大海、高山原野、日月星辰、花草虫鱼，其实就是在把自己的全部经验与人格化作光和烈焰，就是要飞蛾扑火般去投入太阳的一生：黄金在天上舞蹈，命令我们歌唱。

也正是从这里，我想起了法国诗人勒内·夏尔的诗："个人的历险，不计代价的历险，才是我们共有的晨曦。"

原载《钱江晚报》（2023 年 3 月 1 日）。

《太阳被人围观》之后

刘　君

每一天日升日落。

日升，总让人想到灿烂、明媚、耀眼、炙热，给人希望。日落，则容易和宁静、和煦、默然、逝去连在一起。《小王子》里，他说悲伤的人会爱上日落，在他那个小小的星球上，有一天他看了四十四次日落。

而我一直觉得，落日慈悲美好，是已经离开的父亲在天上看向我的目光。只是，这茫茫大千世界中，有谁在和你一起看日升日落？

收到吴重生老师的诗集《太阳被人围观》时，愣了一下。脑海中腾地跳出一幅画面：画一个太阳，大睁着眼睛，迷惑又温暖。画无数缕阳光，像伸出的手臂，所及处有绿色的草丛，草丛中有无数生灵，正探头探脑，想要看个究竟。

因为正在看《克拉拉与太阳》，石黑一雄获得诺贝尔奖之后的第一本书。沉浸在关于太阳的各种想象和意象中。小说中，太阳是人工智能克拉拉的信仰，是她的能量来源。她相信太阳代表所有美好的事物，不仅对她如此，对所有人类也是如此。"太阳总能照到我们，不管我们在哪里。"她向太阳虔诚地祈祷，最后奇迹真的发生，小主人的病得以治愈。

像一幕穿越剧，从一个场景到另一个场景。看见《太阳被人围观》，究竟发生了什么？从诗集目录中六辑的题目可以窥见一个大概。

走马昆仑看朝霞——迎春门前听春雷——遍植草木驭光行——万顷波涛眼底过——岭上白云树上星——昨夜星辰昨夜风。

这是一部关于自然山水和人文山水的集子。

山水，是文人的摇篮。

以前有"空山不见人，但闻人语响。返影入深林，复照青苔上"。诗即成景，景亦是诗，如此诗景交融，使人身临其境，复有惊觉虚幻了，便又不成了真正的景致。而今有"在天空的倒影里／我想起古老的运河／喧哗了无数个世纪的河水／挟裹着数不尽的蓝天白云／我想起故乡连绵的群山／那是我们心灵的天际线"。

从自然山水到人文山水，这是一个性情抒发的过程，一个由现实转变为理想的过程，一个由幻境回到现实的过程，又是一个寻找自我、发现内心的过程。

山水，也是文人的老师。

洞庭湖的美景中蕴藏着范仲淹从山水中领悟到的"不以物喜，不以己悲"的旷达胸襟。山西村的自然景色中有陆游从山水中领悟到的"山重水复疑无路，柳暗花明又一村"的人生哲理。山水中更有"不识庐山真面目，只缘身在此山中"的精辟结论。

诗人亦寓情于山水之间，甚至与山水一体，乐而不返。"如果靠近这些水思想会灭亡／那就让我做一个水的分子吧／我希望遭逢天上的一颗星星／在水的怀抱里做一个无穷无尽的梦"，"在新疆阿拉尔腹地／我找回了自己昆仑山子民的身份／红辣椒堆成的山包／是仙界和凡界分隔的坐标／康宁的云在远方／昆仑不可见"，"我愿做一颗纯属于太仓的金色稻谷／在浏河畔开花／结出深沉的穗"……他巧妙地把历史、政治、风景、人生、故事诸元素捏合一体，带领我们看看这世界，感受世间的美好与诗意。

只是，当记忆中那些关于山水的诗句，和这本诗集中的句子重叠在一起，诗人的特质和与众不同清楚地呈现。"在诗人的眼里，太阳不在天上，而在地上。"诗人有广阔的视角和深刻的宇宙意识，他用充满理想的心和细腻的眼神，观察身处的土地、星球、宇宙，在他眼里，"太阳与这一堆枯草之间／有着隐秘的关联"，人如尘埃，却又是有血有肉有思想有灵魂的存在。可以在浩瀚的宇宙漂流，也可以在一片绿草茵茵的土地上感受泥土的芬芳。诗歌没有冗长的句子，没有难懂乏味的表述，那些仿佛朋友间的推心置腹，使阅读在愉快中延伸，喜怒哀乐的放大或缩小，只为情感的交流更加传神。

  一只萤火虫，在马涧镇空旷的地界 / 将深秋时节硬生生拉回盛夏 / 我估计它是夏天的逃兵 / 专候于此 / 告诉我和你 / 一颗光亮与整个宇宙平等

  "一颗光亮与整个宇宙平等"，年轻时，我们都理所当然被具有能量的事物所吸引，但岁月锉磨，多少人失去初心，世故摆烂。而作者似乎一直保持着这种年轻的状态，因为在他的诗中总能看到奔跑的身影，或者说在寻找一种奔跑的快感。

  比如，"我奔跑 / 跑进了太阳里 / 我奔跑 / 跑进了月亮里 / 如今我和大海不分彼此 / 海鸥引领我，海霞滋养我 / 这风一样的脚步 / 这水一样的灵魂"。对充满能量的事物的关注，使得作者睁大眼睛寻找产生奔跑感的丰富的源泉。有时是直观的表白，有时是含蓄的沉吟，他把五官所能感觉到的全部的信息投影在诗中。

  比如，"地平线，海平面，天际线 / 彼此交错的视线是多彩的 / 切割出人世间平静安详的生活 / 当我的心从属于天空 / 行走的大地便有了弹性张力 / 这多像我昨夜的梦境"。我还喜欢这首："风是一群不速之客 / 在雨侵入快乐领地之前抵达 / 你的明眸告诉世界 / 静止的时光是多么美好 / 不管是偶遇还是千年前的约定 / 人类，都会在你们面前感到羞愧"。

  "诗中有画，画中有诗"，诗人的笔触不仅仅能将山水描绘出来，更要将自己的理想、志趣，中国文化的心灵境界表达出来。自由驰骋是每个人的心愿，温暖富足是每个人生活的目的和盼望。

  "草和空气都有太阳的基因 / 一切都在升腾 / 连同你的嗓音 / 会在太阳的映照下现出原形 / 这里靠海、靠江、靠山 / 更靠近太阳啊 / 温暖、幸福和朝气写在每一个城市的脸上"——这些诗句仿佛一缕缕光线，明亮，温暖，充满热能，照亮生活的缝隙，照亮我们平时不能看清的东西。它穿过我们的身体，温暖日常生活中潮湿的角落，一直浸透到内里。加上拟人和通感手法的大量应用，连读者都觉得自己的身后长出了翅膀，轻盈地飞奔在字里行间。无怪乎有人说，诗不是用来读的，而是要用神经末梢去感受。

  诗人在奔跑中认识自我，寻找自我。"人类需要借助至柔的水 / 来调和五行和阴阳 / 矫正现在和未来的航线"。可一个人究竟要走多远，才能破解命运的谜题，找到自己想要的答案？

  从浙江浦江，走向杭州，再到北京；从记者、诗人，到教授、出版人，这是

诗人一路奔跑的轨迹。他在后记中写道,《太阳被人围观》的大多数作品是在地铁上完成的。"谁能想到,在2021年的北京地铁14号线和5号线上,随从那些摩肩接踵的陌生人进进出出的,还有我的诗歌呢。"

实际上的2021年,疫情反复,看不到尽头,无能为力,困守一方。没办法出去旅游,娱乐,吃饭也基本没了,煎熬,抑郁,生活并没有像诗里描写的那样自由美好。我们被细沙一样的生活磨砺得疲倦麻木的神经,甚至感觉不到日出或日落,那原始的能量来临时的骚动。

我很想问诗人问读者也问自己一个问题:还记得第一次感受到自然力量,感受到这个世界美好的那一刻吗?

那种纯净透明的感情,仿佛是我们的初恋。懵懂的内心,一下子被眼前的美深深触动。那是宇宙间最独特圆润的风景,很难留住,但作者却仿佛一直保有那个时候的世界观宇宙观,不管是路过的山啊海啊,还是自己走过的柏油路啊,不管是家乡的水波,还是形形色色的人,他总怀着一颗赤子般的初心。

每一次奔跑都离远方更近,每一首关于远方的诗,都是一个新的开始。

诗人说,我们对远方的理解还很浅薄:"一条望不到尽头的路/一群飞过天际的鸟/一个遥不可及的梦想……当朝霞落进了林间/远方会来到你的身旁/像故乡溪旁的梨树林/开春母亲在后堂淘洗家什/白色梨花覆盖了整个江南。"

茫茫宇宙中,所有都会消失,但一首好诗,会活过写诗的诗人。"一束光的生命比我们想象的要长久。"

原载《大众日报》(2023年3月13日)。作者系中国作家协会会员,《大众日报》"丰收"副刊主编。

美的意象

潘丽云

《太阳被人围观》是吴重生先生的诗歌新作，总计一百〇三首（组）诗。诗人以超凡的想象力和陌生化语言给我们展示了宏大瑰丽的诗境。

读此书，说实话，我得摊开地图搜索，不然怎么找到太仓的坐标？怎么看到拜泉的丘陵？我得用百度查阅，不然怎么理解纵横九万里的地域文化？怎么内化上下五千年的历史和故事？我得潜心吟咏，不然怎么体现诗作琅琅的音韵之美？怎么表达诗人气吞万里如虎的气概？我得再驾着风翻看，不然怎么跟上诗人的步伐？从富庶的江苏腾跃至昆仑山，往南折到西蜀，向东指向四明山，挺进云贵高原，北上黑龙江，回眸太行山、桑干河，南下迂回浙江，目及金华，遥指世界屋脊。诗人犹如天将，浩浩乎御风而行，指挥千军万马，检阅祖国的大好河山。

这种豪迈的气象源于诗人诗歌创作的审美追求——意象的创造。朱光潜在《论美》这本书的"开场白"就明确指出：美感的世界纯粹是意象的世界。意象是每个人独特的创造。在诗歌的国度里，意象是灵魂。诗的境界是情景的契合，情景相生，诗的境界因此生生不息。艾青说，每个诗人有他自己的一个缪斯——惠特曼和他的缪斯散步在工业的美利坚的民众里，叶赛宁的缪斯驾着雪橇追赶着镰刀形的月亮……

这"缪斯"就是我们所指的意象世界。那么，吴重生老师的"缪斯"又是什么呢？

在诗集《太阳被人围观》里，诗人笔下的意象气象万千，目之所及，耳之所及，皆是。宏大，华美，浓稠，绚烂。他所表现的是主观的生命情调与客观的自然景象交融互渗，成就了一个囊括寰宇的诗境。诗人以炽热的情感歌颂大江大海，大山原野，日月星辰，花草虫鱼，他以悲悯的情怀关注一只攀雀，一只蒸笼，一片叶子，一堵老墙。不难发现诗人在万象中萃取选择了"太阳""土地""河流"三大意象。

　　一是太阳。诗人始终热情洋溢地讴歌太阳、云彩、黎明。众所周知，太阳是最大的光源，阳光和黎明因此诞生。"浙江，吹响了阳光的集结号""你看，宁波象山开渔节／万船齐发，那是太阳派出的使者／每天，都有无数的阳光在这里集结"，全诗太阳系列的意象是以"集结号"串联起来的。集结号是太阳系列里的一个光明的意象原件，也是太阳系列的一个延展——集结号，"拜泉的丘陵长满太阳……草和空气都有太阳的基因""一对古老的石狮子，是太阳的使者／它们护送星辰归位、月泉回家／坐化于此，成为整条浦阳江的门神"，诗人的意象本体，鼓励众生去从事物质创造和精神追求，表现了一个发现美、赞颂美，鼓励众生去创造美的"赤子"形象。

　　唯其如此，在《向东挥洒》中这样写道："永定河源自太阳／一路奔流，一路发光""向东挥洒／如一轮喷薄而出的朝阳／在历史的纵深处一路高歌"。诗人毫不避讳引用巨大的事物来抒发自己的情怀，礼赞这个伟大的时代。他追求光明，追求理想，博大的胸襟和丰厚的人生阅历，使他能洞悉历史的底蕴和人生的真谛，勇立潮头，表现时代的精神与风采。"太阳"系列，让我们获得这样一个印象："人性与宇宙性高度交融的至美境界，乃是人类永恒的向上进取。"

　　二是土地。吴重生老师是一位贴着大地行吟的诗人，诗作多以土地、乡村、炊烟、稻谷为中心意象。这组意象凝聚着诗人对大地母亲最深沉的爱。"上山，是一位深藏功名的先哲／一条堰坝经过山坡／初秋，千万缕炊烟升起／大地之上／无数双制作彩陶的手／像森林一样，高举。"众所周知，上山文化是中华万年文明史上一颗璀璨的"启明星"，诗人把蕴含古文明的上山比作"先哲"，无数的先民在创造生活，延续文化。诗人用想象、用诗意的语言传达对故土的热爱。"为了迎接春天／故乡被还原到一片原野／我站在金黄的尽头""大地宽广／杜鹃花开遍的山谷，叫故乡""山村安静，晨光出走／山花们负责留守并蓄养元气""金色稻浪此起彼伏／翠鸟停留的地方／就是我交付给你的／壮阔未来的谜面"。诗人给予土地无与伦比的依恋。他常说，"我是农民的儿子。"我说，他是土里长出来的，从土里长出来的诗人、画家、记者。这种依恋在紫色的光环里折射，"大地紫铜色的灵魂""二月，紫燕在等待回家""紫云英在万里之外 / 绽放故乡紫色的炊烟""篝火点燃梦的原野 / 紫红的山脉悄悄发光""迎接你，用儿时除夕的鞭炮 / 还有屋后园紫色的泡桐花"。钱钟书在《读〈拉奥孔〉》一文中论述道："例如英语'紫'有时按照它的拉丁字根的意义来用，不指颜色，而指光彩明亮，恰像'翠'字'仍鲜明貌，非色也'。"紫色是由红色和蓝色调和而成，它散发着高贵、神秘、优雅。有紫色灵魂的大地，潜藏着生命的原动力，是个能量源，承载一切有生命的，无生命的，有形的，无形的，美的，丑的。它始终向游子敞开胸怀，等待出发的少年。

　　三是河流。正如《水之畅想曲》所言："从空中俯瞰 / 水是万千生灵中最妩媚的一种 / 她向彩云展示自己的真心 / 她的真心是人类五彩的梦 / 风挥一挥手，水就开始奔腾 / 天高地远啊，这是水的英雄们在聚会"，这是一场英雄的聚会。毫无疑问，水英雄在诗集里是千姿百态的，纯净的雪水，浩渺的东海，万顷的波涛，奔腾的长江，静谧的古荡湾，矜持的湖水，静淌的小溪，浅唱的山泉，无论是中华民族的母亲河长江，还是故乡的一条小溪，抑或是不知名的水域，凡有水的地方，都能照见历史，预见未来。"长江是太仓人放飞的一条巨龙 / 龙鳞的造型和色彩 / 是从吴王和春申君开始定下的 / 那是一眼望不到头的稻浪和麦浪 / 滋养着生生不息的中华民族""白沙溪流向大海的中间 / 省略了多少江河的姓名 / 省略了卢文台和后继者勤奋的身影 / 只有临江村的白鹭知道大海的呼唤"。它们无一例外，所到之处，必定润泽万物，必定生机蓬勃，文化灿烂。这奔腾不息，孜孜追求的水英雄形象，何尝不是诗人的写照？

　　三十多年前，诗人初出茅庐，以无限的热情投身文化事业，创刊物，编小报，组织青年学习，一时县内文风郁郁。之后，一路高歌猛进，直至履职京城，成为编审。"无垠的大海是你的舞台 / 白云般集结的潮水是你的飘带 / 你舞蹈，跳跃并且呼唤 / 带动东来春往 / 改变日月经行的方向""开闸放水时 / 天上的云彩全都聚拢过来 / 紫气东来时途经我的眼眸 / 浪花簇拥着我思想的边界"，一个时代的弄潮儿形象呼之欲出，他在浪尖上舞蹈，呼风唤雨，挪移乾坤。诗人以极其夸张手法，表达无所畏惧、改革创新的精神。诗人的思想如同大海，深沉浩瀚。如果有边界，那是在天涯海角，浪花翻飞的地方就是看得见的思想。他与时代潮流同频共振，坚守自由意志和独立思考，勇敢地发出自己的声音，成为国家文化战线的中坚力量。"在铜瓦门大桥眺望渔港 / 人类居住的地方都被镀上了红色 / 此刻，我希望自己被大海放生。"诗人奋斗不息，只有人类安得其所时，他才渴望获得回归。此诗颇有"事了拂衣去，深藏身与名"归隐林泉之意，道出了一代文人的心声，其审美意趣超越了诗人本身和时代，赢得读者广泛共鸣。

宗白华先生说："象如日，创化万物，明朗万物。"这些信手拈来的意象，都是吴重生老师的生活写照和生命体验。意象世界是人与万物融为一体的世界，是充满意味和情趣的世界，也是人的精神家园，是人生自由的境界。

原载《中国教育报》（2022年12月9日）。作者系浙江省特级教师。

从平安到北京

——读吴重生诗集《太阳被人围观》

王少杰

用了三天时间，才把吴重生的新诗集《太阳被人围观》读完。

似乎有点慢，似乎又不算太慢，因为我一边赏读，脑海里重生兄数十年来一个个模样在一边晃动，这些晃动的模样又在记忆之流上不断叠加、升华，待到掩卷之时，这篇读后感已然成形。

我与重生相识已经三十五年。1987年年末的一天，重生从浦江县来金华看望市委宣传部与我同坐一间办公室的祖叔父。他一进门，笑脸上满是腼腆和真诚，我们三个人就一直站着，聊了好多关于新闻、写作的话题。那一年，他才十七岁。

重生告辞离开后，我凭直觉跟他祖叔父吴始连说：你这个小晚辈，将来前途无量。果然，次年金华日报社的《金华日报通讯》第四版上，我便赫然见到了两个"吴重生"：一个是"光荣榜"上当年稿件见报五十篇以上的积极通讯员吴重生，另一个是一篇题为《吴重生捐献稿酬办团刊》的消息中的吴重生。消息大意为：浦江县平安乡通讯员吴重生，向母校《每周谈》团刊捐献了稿酬二十多元。《每周谈》因内容新颖而备受同学们欢迎，但由于学校经费短缺，所需稿纸、水彩笔、图钉等办刊用品得不到正常供应，影响了团员和其他同学的写稿积极性，致使团刊面临夭折的可能。毕业于该校农艺班的吴重生得知此事后，当即与学校取得联系，决定从当年11月起，将自己每月的稿费全部捐献出来，帮助办好团刊。

第一个吴重生，让今天的我一下子想起《人民日报》原副总编辑、著名记者和散文作家梁衡的一本书:《没有新闻的角落》。一个浙中小县的普普通通的平安乡，一个刚从农业技术学校校门走向乡政府工作岗位的青年，怎么会有那样多的新闻可挖？怎么能有那么多的稿件见报？！第二个吴重生，则深深体现了一个有志有为青年的情怀：对母校、对社会、对新闻与文学事业纯真而炽热的爱。一个看上去"没有新闻的角落"，青年吴重生用一双脚、一支笔、一种独到的嗅觉和眼光，愣是让一个普通的乡镇成为遍地新闻的富矿。

后来我又知道，重生当时一边采写新闻，还一边写诗，并创办过一份油印小报，编辑油印过自己的诗集《撷浪集》《二十岁的纪念》。可以说，平安乡，是吴重生新闻和文学事业的起点。青年吴重生在故乡浦江的土地上，用勤奋，用汗水，用爱，播下了第一颗充满希望的种子。

从平安乡起步，吴重生的人生轨迹，由《金华日报》记者到《中国新闻出版报》浙江记者站站长、浙江传媒学院特聘教授、硕士生导师、新闻与传播学院兼职副院长、中国新闻出版传媒集团市场总监、浙江日报报业集团北京分社社长，直到现在的中国摄影出版社编审，总编辑。而在文学道路上，吴重生也从二十世纪八十年代的一名文学青年，成为今天的中国作家协会会员、北京市写作学会副会长，出版了多部诗集、散文集、文艺评论集。当他拿到武汉轻工大学颁发的农村与区域发展专业硕士学位和中国文联颁发的编审职称证书时，他曾经的母校浦江农业技术学校校长叶兴元感慨："心之所向，步之所履，不断的胜利属于像重生这样不断奋斗的人！"

这些，还远远不是他的全部。重生兄的家乡，"中国书画之乡"浦江县的前吴村，不仅山水秀美，更是一个千百年来诗词书画名家辈出的地方，从宋元时期的吴渭、吴莱，直到现当代的吴茀之、吴战垒、吴山明……书香墨韵的浸染，几十年来，吴重生除了新闻与文学，还在书法、绘画、美术理论等方面下过很深的功夫。他在省城杭州工作时，一度同我的办公室楼上楼下，每每走进他的办公室，桌子上、柜子上、墙上，甚至地上，除了各种各样的书报刊，就是书画的成品半成品。他的办公桌也长年铺着羊毛毡，摆着文房四宝，似乎一篇新闻稿写毕，又将随时挥毫泼墨。这就是一个优秀诗人、作家，一个新闻出版人的综合修养。

正因为具备了这种修养，当我读《太阳被人围观》时，一个个新鲜奇特的意象，一股股丰沛饱满的知识流，一行行抒情向上的诗句构建的意境，不时让我读过之后，也想提笔沿着他灵感激打过的方向"顺势"涂上一首……重生的诗，不需要归入哪一个流派，我甚至不想从整本诗集中拿出几首或者几段来举例分析，似乎那样反而会减损百余首诗作为一个整体的境界和分量。《太阳被人围观》的每一首诗，连诗题都是诗句。

尤其令人难以想象的是，这本诗集里的大多数作品，是重生兄2021年在北京地铁上完成的。北京地铁上下班高峰之挤，我是领教过的，尽管我老早晓得重生兄出手之快，才思之敏捷，诗文水准之高妙，但当我知道这些诗作是他在北京地铁14号线和5号线上"挤"出来的时候，依然十分惊叹，进而对"厚积薄发"一词有了新的感慨感悟。

作为新闻出版人、诗人、散文家、书画家、美术评论家的重生兄，是我的同行同好，我们都是"读万卷书、行万里路"的信奉者、践行者；作为浙江浦江人的重生先生，是我半个同乡——他的姑妈家就在我的家乡兰溪。吴重生对祖国、对故乡有着无比深厚的感情。我想，也只有一个深深眷爱故乡故土故人的人，才会、才能通过文字，用太阳一般炽热的情感去抒发、表达这种真爱挚念。

浦江平安，首都北京。吴重生先生正将一腔家国情怀，化作一篇篇激情飞扬的华章，并且还在继续飞扬。因为行政区划调整，昔日的平安乡已成为浦南街道的一部分。作为浦南乡贤，吴重生一直关心着家乡的发展。

早在二十年前，自称"金华兰溪浦江人"的已故当代著名画家、上海市美术家协会原主席方增先先生，就已经为吴重生题写了"吴重生文集"五个字。著名音乐人陈越将重生兄比喻为不知疲倦的"永动机"，我格外赞同。以吴重生先生的才情才干与勤勉、阅历，再过十年二十年，一部千万字级别的《吴重生文集》，不是梦想，而是期待。

我甚至觉得，如果重生先生自己不拒绝，《吴重生文集》的边上，是不是应该还有一部厚厚的《吴重生传》。

原载《大众日报》客户端(2022年11月1日)。作者系中国作家协会会员，浙江省作家协会权保委主任。

第六辑　燃烧乡情

在漆黑的夜里辨认故乡的方向

沈　苇

　　《捕星录》呈现出一种浓郁饱满的诗情，一种变化多端的抒情风格，具有开放性、丰富性和多义性。沃尔科特说，"要改变你的语言首先要改变你的生活"。吴重生的生活与写作，恰好印证了这句话：出生在南方，生活在北方。从事新闻工作，履历丰富、见多识广。这些，都会影响诗人的风格与表达。正如他在诗中写道的："而你，本身就是一把胡琴／和着北方的风，和着南方的月明。"

　　他的写作，正是在"北方的风"和"南方的月明"之间自如切换的。时而豪放，时而婉约；时而高亢激越，时而低声细语……《大运河是一条太阳河》《给你火把，照耀你解冻的河堤》《上城，你的光芒足够我照耀一生》《三元桥是一个图腾》等是前一类的代表作，深入现实，感怀时事，一气呵成，澎湃的抒情似江水滔滔。后一类作品关涉故乡、关涉儿时记忆，多情，柔情，深情，似细水长流。故乡是一个人得以频频返回的起源，吴重生的故乡是一个"中国的山坳"，长满了树，长满了月亮，"我以树的形态靠近你。"（《今夜，我搁浅在故乡》）"以树的形态靠近你"就是以最自然的方式亲近故乡，即使离得再远，作者与故乡、与故乡的山水"仅仅隔着一层胞衣"。

　　"搁浅"一词点明了诗人与故乡的关系。不是今夜搁浅，而是永久搁浅。搁浅而有根基，可谓"返回根子的诗"。这类作品是《捕星录》中最令人难忘的。试举二首为例。

　　　　翻山越岭去拜年
　　　那是三十多年前的春节

十岁的我，带八岁的妹妹

从浦江步行去兰溪姑妈家拜年

正午时，我们翻越山岗

进入山洞，潮湿，黑暗

成群的蝙蝠扑面而来

出山洞时，豁然开朗

多彩的锦鸡从树梢上飞落

它梳理羽毛，打量着我们

遍地篁草，有蟋蟀声响

太阳如探照灯

照彻我发黄的童年

我是一个行路人

此刻正途经地球上的陆地

去往何方？我在漫山遍野找寻自己

深山偶遇，一群麋鹿

它们啃草，踱步，如崖上的栀子花

我看到山村飘浮起来

对于这个世界

我一目十行，遍览古今

  这首诗非常打动我，不急不躁、娓娓道来的叙述，以及它的从容和朴素，具有一种直指人心的力量。

  步行是每个人的日常行为，拜年也是每个人拥有的现实经验。关键是年幼的"十岁的我和八岁的妹妹"，关键是"翻山越岭去拜年"。路上有许多未知数，许多新鲜事物：山洞、蝙蝠、锦鸡、篁草、蟋蟀、太阳……山洞里的潮湿黑暗和出山洞的豁然开朗形成一个鲜明的反差，正如成群的乌鸦与多彩的锦鸡是一个强烈的对比。"多彩的锦鸡从树梢上飞落 / 它梳理羽毛，打量着我们"。与其说是锦鸡的打量，还不如说是大自然的凝视——当我们凝视大自然的时候，大自然也在凝视我们——人和自然在这首诗中混溶一体、不离不弃。

《翻山越岭去拜年》是可以和弗罗斯特的《未选择的路》对照来阅读的。弗罗斯特选择了人迹罕至、布满荆棘的路，诗歌写的是"选择"，而《翻山越岭去拜年》写的是"过程"：在去拜年这个过程中，作为地球上的一个年幼的行路人，突然产生了去向何方的困惑，需要在漫山遍野中寻找自己，而深山里的一群麋鹿，如崖上的栀子花，或许就是路标吧？如此，"过程"就有了不亚于"选择"那样的深意。

诗中结尾写道"我看到山村飘浮起来 / 对于这个世界 / 我一目十行，遍览古今"。"一目十行、遍览古今"是童言无忌，是囫囵吞枣，需要在今后的日子里慢慢消化、吸收。另一首《写在黎明》有这样的诗句："我想我应该在梦想开启的地方做个记号 / 希望在很久很久以后能找到归路。"《翻山越岭去拜年》就是《捕星录》中一个不灭的"记号"，它书写的不是步行、翻山越岭、拜年等等，而是永恒的记忆、一再的"归路"。

通天饭

烧通天饭的五谷来自百家姓
烧通天饭的炉灶安在上通天下接地的户外
每年清明节的清晨
鸟雀们相约来我家瓦背聚会
母亲把新出锅的通天饭扔向瓦背
喊鸟雀们快来吃
小时候我相信这些鸟都来自天上
它们不是闻到谷香才从四面八方飞来
母亲一年一度的召唤具有神一般的力量

父亲相信一年的收成都在这瓦背上
我相信放在书包里的愿望能直达天庭
人与鸟共享通天饭之后
清明粿热气腾腾地登场了
一年的时光都有了艾草的影子
清香将伴随我们走过春夏秋冬

>想起在杭州古荡湾居住的日子
>晨雾起时，我去买农民新采摘的蔬菜
>带着露珠的蔬菜，多像我们的青春
>如今我在海淀家中自制通天饭
>去海中菜市场，问青团何处有售
>遍寻菜场角落，仅觅得芹菜、香椿各一
>再问山蕨菜、苜蓿菜及胡葱，菜贩均摇头
>我只能从记忆中抽取一碗通天饭
>让孩子尝一尝长江以南的生活

关于诗人家乡浦江的通天饭，民俗学的说法是：它是清明节天亮前在户外用五谷杂粮做的一种特殊的饭，人吃了不怕鬼神；同时也是一个祭祀仪式，用来祭祀孤魂野鬼，让他们享用民间香火后早成正果。

那时，烧通天饭的炉灶安在上通天下接地的户外，鸟雀们来自天上，聚会在屋顶瓦背，母亲一年一度的召唤具有神一般的力量，父亲相信一年的收成都在这瓦背上。召唤是仪式和象征，相信则带来灵验。而如今，当诗人在北方家中自制一锅通天饭的时候，市场上已找不到蕨菜、苜蓿菜、胡葱等食材。"召唤""相信"的缺失，以及食材的缺失，是一种双重的缺失，带来现代生活特别是城市生活中的困惑、茫然、虚无……

神迹隐匿，诗人何为？海德格尔说"诗乃是对存在和万物之本质的创建性命名"，是"让万物进入敞开的道说"。通天饭这个意象，是一种神性而有诗意的创建性命名，也是上天入地的一种敞开。从民俗学和社会学角度来说，"通天饭"以及类似的家乡记忆，是值得诗人吴重生继续深挖的。

我之所以将《翻山越岭去拜年》《通天饭》两首诗单独提溜出来做一番文本细读分析，因为我从中读到了诗人的初心，诗人的根性所在。尽管诗人一再说"在故乡以外还有一个故乡"，但根性的东西永远在那里，不会变的，需要我们倍加呵护和珍惜。"很多时候／我选择用目光照明／在黑漆的夜里辨认故乡的方向。"

原载《扬子晚报》（2023年4月12日）。作者系浙江传媒学院教授，中国作协诗歌委员会委员。

独出机杼，气象浑然

——吴重生诗歌《做一名耕耘者》赏析

杨志学

《做一名耕耘者》是吴重生新近为讴歌劳动者而创作的一首诗。讴歌劳动者的诗歌作品可谓不少，而要写出新意却并非易事。我们看到，吴重生这首诗独出机杼，驰骋想象，使劳动者以独特的风采和形象呈现在我们面前。

诗里，作者以耕耘者自喻。劳动者和耕耘者的区别在于：劳动者比较抽象，耕耘者比较形象。从具象来说，耕耘是劳动之一种，亦可泛指所有劳动者。标题"做一名耕耘者"的一个"做"字，表明主动的姿态，申明是"我要耕耘"，而不是"要我耕耘"。劳动者的自豪感也通过诗人的句式表现出来了，不妨体会："做一名耕耘者 / 给我五行中的土 / 给我五谷中的谷 / 给我流动的江……"

"五行"即组成万物的金、木、水、火、土五种元素，泛指自然界的一切事物。土生金，金蕴藏于泥土之中，冶炼可得。有了"土"，就是君主有了疆域，农民有了田园，工人有了工厂，也就是说劳动者有了用武之地。五谷原指五种谷物，后泛指粮食作物。在本诗中指代种子，有了种子，也就有了一切。我们知道，只要是活着的江必然是流动的。谁能给你这样一条生龙活虎的江呢？毫无疑问，一定是大自然。而用青年来形容阳光，是因为作者透过万物生长的角度看太阳。隔着植物的茎叶，太阳是因万物生长而存在的。而那些劳动者，则是哺育万物生长的园丁。

在第二个排比段中，作者张开了想象的翅膀：云霞既然向你发出邀请函，你必然是云霞的同类。这里不但把云霞拟人化，而且极富象征意味。云蒸霞蔚，大千世界因为有了劳动者，才呈现出万千气象。烟雨是江南的别称，泛指一切美好的事物。如今，"烟雨"要结婚了，给"我"发来了请柬，同时还给我"火把的余光"。火把象征着希望。火把的光已经够明亮了，而且，居然把"余光"也给了"我"。作为劳动者，我们要感恩父母给了我们生命，自然界给了我们四季。这些都是诗的文字背后所蕴含的。

接着作者笔锋一转，由人及己："我要书屋中的三扇窗 / 在纸上耕耘 / 在标点之间播种长毛的文字 / 边播种边看着文字 / 我的孩子。"作者是普通劳动者中的一员，所从事的是"三百六十行"中的一行。"三扇窗"极言书屋之明亮，"长毛的文字"生动地描绘出"由种子到胚芽"的生长过程。

耕耘者最大的喜悦莫过于丰收的喜悦。在诗人的眼里，劳动者不但值得拥有花海和稻浪，而且能够拥有天地，正如诗人所描绘的场景："我置身在花海中了 / 我置身在稻浪中了 / 我置身在天地中了。"

大诗人艾青有言"为什么我的眼里常含泪水 / 因为我对这土地爱得深沉"。耕耘者吴重生也同样热爱着生他养他的这一方热土："给我的火种我埋土里了 / 给我的种子我埋土里了 / 因为我要耕耘 / 土壤没入了我的童年 / 因为我要耕耘 / 种子攥住了我的手 / 因为我要耕耘 / 朋友们纷纷赶过来 / 站在田埂上。"火种埋在土里会发芽，种子会攥住我的手，这就是劳动创造世界的神奇之处。而朋友们纷纷赶过来，站在田埂上干什么？作者没有写明，诗就戛然而止了。朋友们是参与到劳动者的队伍中来了呢，还是置身于田埂为耕耘者加油鼓劲呢？诗人把想象的空间留给了读者。

附：

《做一名耕耘者》诗歌全文：

做一名耕耘者

给我五行中的土，给我五谷中的谷

给我流动的江，给我青色的阳光

做一名耕耘者

给我云霞的邀请函，给我烟雨的婚柬

给我火把的余光

我要书屋中的三扇窗

在纸上耕耘

在标点之间播种长毛的文字

边播种边看着文字

我的孩子

我犁出的时代

汇成江南雨

我挥舞的岁月

劈开春天的山岳

我置身在花海中了

我置身在稻浪中了

我置身在天地中了

给我的火种我埋土里了

给我的种子我埋土里了

因为我要耕耘

土壤没入了我的童年

因为我要耕耘

种子攥住了我的手

因为我要耕耘

朋友们纷纷赶过来

站在田埂上

原载《浙江工人日报》(2015年10月24日)。

融情于景的《江南二章》

贺承然

阅历浅，读吴先生发表于2016年6月18日12版《人民日报》大地副刊的《江南二章》，能体会到"融情于景"四字，想来也是幸运了。

在诗人的笔下，人与自然是对等的关系："常山的祖先是石灰岩/他们从骨子里信奉焚烧或被焚烧/那些乌黑的煤炭/是吴越古语的残骸/因此，我相信常山人是火的后裔/那十万亩胡柚/分明是十万个燃烧的火球"。因为常山盛产石灰岩，诗人居然把石灰岩想象成常山的"祖先"。此处的"常山"是地名，也是常山人的代称。诗人进而把常山的矿产煤炭，形容成被燃烧过的吴越古语的残骸。常山属于吴越古语区。因为煤炭的颜色是黑色的，他进而断定，"常山人是火的后裔"，将火拟人化、人格化，是诗人的创造。令人叹为观止的是，诗人的想象并未就此停步，而是把目光投向了当代常山人引以为豪的特产"常山胡柚"身上，把十万亩胡柚想象成十万个燃烧的火球，那是一种何等开阔的胸襟，何等豪迈的气魄！

看常山，其实是在看历史，历史的源头——"祖先"像"石灰岩"一样，"骨子里信奉焚烧或被焚烧"，那些来源于历史馈赠因此显得神圣与自然，因为常山人是"火的后裔"，流传至今的，哪怕仅仅是表象的胡柚，都是在炽热燃烧着的"火球"，一簇簇，一片片，鲜明的颜色感跃然纸上。

时间奔流的力量是强大的，那些其他的山宛如白龙或黑龙，在清澈的涧水洗濯或清脆的鸟鸣敲打下，给"火的后裔"带来的除了巨变，还有祥和。这是一种可以山腰拦截一片流云的祥和，是可以在钱江源与鱼儿对诗的雅致。

祥和与雅致从何而来？是从诗人的诗性理解而来，是从常山的人杰地灵而来。

无论是常山港还是常山山脉，它们的根源都是那地底下燃烧着从不停歇的"火"，在"火"的炙烤之下，地气升腾成云。

  煤山如今已化身白龙和黑龙远去/火的后裔扔掉了挖山的铲锄/用清澈的洢水洗濯沾灰的臂膀/用清脆的鸟鸣敲打纵横的田野/我曾在山腰截住一片流云/在钱江源与鱼儿对诗//常山港以怀玉山和千里岗为灯塔/常山山脉是火焰的凝固而成/白菊花尖就是火焰的顶部/塔的光芒照亮闽浙赣皖的脸庞//其实，常山只想做一条山脉/流淌最江南的月色/从月亮湾到太子岭，新祥瑞出现/从山顶俯瞰/山茶花和猴头菇争先探出头来/春风浩浩荡荡

  读到这里，作为从未到过常山的外地人，我不由生发出这样的感慨：所有的常山人都应该好好感谢吴重生先生才对呀！用诗的形式给常山的自然风光和名优特产"做广告"，而且做得天衣无缝，诗意隽永。如此"烹饪"功夫着实了得！

  《江南二章》总共两首诗，一首诗写常山，另一首诗写寿仙谷。寿仙谷是省级风景名胜区，位于浙江省武义县西南部的王宅镇石井里村，是一处丹霞地貌向火山岩地貌渐变的峡谷景观，相传为南极寿翁故里。神仙皆居好山水。诗云："天高重霄九，地美大莱口，山青水又秀，古井称魁首"，可见此处风光之奇。寿仙谷药业公司秉承"重德觅上药、诚善济世人"的祖训，致力"打造有机国药第一品牌"，长期不懈坚持铁皮石斛、灵芝、西红花等珍稀名贵中药材的优良品种选育、生态有机栽培、中药炮制技艺和新产品的研发。

  诗人吴重生笔下的"寿仙谷"是什么样子的呢？请看诗："北方的雨今天来寿仙谷了/你说/为了迎接你/天空从昨晚就开始召集云团/太阳露了个面就匆匆撤离/雨是和风一起来的/雨悄悄地下，很细很密//我打开窗户/望着远方逐渐潮湿的山谷/看你带着海一样的石斛花/奔跑在仙霞岭与括苍山脉的交会//春天撤离时，花没有撤离/乡村还在城市的怀抱里/我知道，这雨是你带来的/就像我的行囊/始终是潮湿的/带着南方未做完的梦//如今你带来了花和雨/也带来了夜和黎明/我挥一挥衣袖/对着雨说　且停了/你这一场纷纷扬扬的诉说吧/我们要在泉声和竹影里出发/去往如期而至的世外桃源。"

  诗人没有正面描写寿仙谷风光的美和植物的珍贵，而是以轻松舒缓的笔调，

叙述了雨天寿仙谷的一个场景。这个场景对有着千年文化底蕴的寿仙谷来说是极其平常的。诗人采用第一人称和第二人称对话的方式，给予读者极其轻松的阅读体验。

所有的不期而遇大概都是命运的蓄谋已久。在寿仙谷，为了一场雨，"天空从昨晚就开始召集云团"，和着风一起来了。

细密的雨带来的不只是一场远方的潮湿，还带来了诗人对于寿仙谷无边无际的联想，山谷得以与海一样的石斛花产生关联；雨得以奔跑，哪怕跨越的是"仙霞岭与括苍山脉"的地理距离。寿仙谷连绵不断的雨，还是义无反顾地一路"奔跑"到诗人的身旁。我猜想，诗人当年打点行囊离开家乡的时候也是在一个春天的雨季。诗人和着春天一起离开，然而随着这场淋湿了行囊的雨的到来，第一入眼的便是这雨中的花，想来这人世间的每一次重逢总是相似，花也好、雨也好，从未改变。

雨终究会停，就像关于南方未做完的梦会醒，相逢总比离别少。这寿仙谷的雨和石斛花纷纷扬扬地勾起了过往的回忆，最终还是要离别的，剩下的是泉声和竹影。

一切都如期而至。

原载"我们读诗"微信公号（2016年6月20日）。作者曾创办《南风过境》文艺公众号。

春风如贵客，一到便繁华

——读《我相信，迎春门》有感

杨钦飚

"春风如贵客，一到便繁华。"2月4日，农历正月初四，立春节气，也是2022北京冬奥会举办开幕式的盛大节日，我在杭州寓所读着旅京浦江籍诗人吴重生先生的《我相信，迎春门》，为诗中所营造的文学意境所感染。那诗意的文字，厚重的文韵，质朴的情怀，深远的乡情，与无数游子在情感上产生了共鸣。我感觉到了一种坚守的力量，一种蓬勃向上的力量。

首发此诗的浦江县文旅局"诗画浦江"微信公众号《早安浦江》栏目因吴重生先生的参与，显得分外大气磅礴，厚重华丽。连日来，浦江古城东门"迎春门"的热度持续发酵，众多游人前去游览，打卡纪念。诗人引信，朗诵添彩，加之新媒体运营，给这个春天的浦江带来了朝气、喜气和勇气，增添了信心、温暖和力量。

迎春门，迎接春天的希望之门

"高楼晓见一花开，便觉春光四面来。"迎春门，顾名思义，是迎接春天的希望之门。立春之日，残冬还在山河间徘徊，满城的苍黄还未完全褪尽，晨起登楼，远远地，依稀看见春花摇曳，若隐若现，春天已经来了，山河渐渐苏醒。诗人总说，温暖如春，如沐春风。这春风又如什么呢？"二月春风似剪刀"。大抵如剪刀一般，撩动发丝，给尚有寒气的初春带来一些温暖。孩子们在乡间奔跑，活泼可爱，勃勃生机，充满了生命力。我喜欢这种热气腾腾的生命力，也欣赏着这份欣欣向荣的生机与活力。

在春的气息里，人们的心灵也将褪去厚衣，诚实地面对春寒料峭，看，"去往东海的千帆每天都停驻于此"，有道是"长风破浪会有时，直挂云帆济沧海"。浦江，这块浙江中部的钟灵毓秀之地，年轻一代正带着祖辈的厚望而乘风破浪。你看，他们正从迎春门出发，高擎"建设共同富裕示范区"的火炬，走向海洋，走向世界！

迎春门，留住春天的幸福之门

"迟日江山丽，春风花草香"。春回大地，万物苏醒，暖融融的太阳照耀着万里江山，春风吹拂，绿草如茵，鲜花飘香，迎春门是"把守春天的一扇门"，城门内尽是好春光！历经寒冬的侵袭，此时此刻的树木，忽然焕发了生命力，睡了一冬，也已经睁开了眼睛，懒洋洋，打个哈气，新的春天也已经来临。花朵儿零零散散，却又透露出几分刚强，春天的序曲即将上演。谁家春意不盎然，此时光景一时新，春风拂面，醉了这初春好时节。

"我相信这是把守春天的一扇门，青石砌成的墙基托举着万家灯火"，这座古老的城门昂守在浦江老城的东方，不管是外敌入侵，还是洪水泛滥，都被一一阻挡，它是"整条浦阳江的门神"，始终安全地迎接早晨的朝阳！打开城门，便是打开神笔马良的封笔之作：你会看到千岁宝掌和尚修行之地"宝掌幽谷"，古印度高僧宝掌禅师曾称颂："行尽支那四百洲，此地偏称道人游。"峡谷两旁峭壁万仞，石嶂连云，谷底枕石漱流，清音潺潺，谷中泉水清冽甘甜，时而怒泻如抛珠碎玉，时而夺地涌突，如沸如扬。云蒸霞蔚，山色空蒙，时有紫气冉冉，神秘莫测。除此之外，还有著名的神丽峡风景区，区内丽水湖秀丽宽广，碧波荡漾，山峦起伏，峡谷幽深，巨石嵯峨，瀑布跌水层出不穷。峡内飞禽鸣翠，玩石嬉水，峡外临水把盏，扁舟野渡，迎春而歌，沐于溪水，忘情而游。举目环视，浦江境内一派田园风光：有树枝萌绿，芽尖挺立，青草将春色送达远处；有金黄的菜花，如茵的麦浪。

"胜日寻芳泗水滨，无边光景一时新。"春日里的浦江景色，是大美中国的一个横断面。迎春门，是留住春天的幸福之门。

迎春门，线上年味的"文化大餐"

新春之际，千家万户欢聚一堂共庆佳节。因为疫情和安全等因素影响，不能集聚，不能放鞭炮。年味缺失，成为人们心中的遗憾。

吴重生先生的诗歌《我相信，迎春门》犹如一声春雷，使得"早安浦江"栏目人气暴涨，单篇阅读量突破四万，同一作品一天内公号转发累计阅读量突破二十四万。其中，诗画浦江"早安浦江"栏目的读者主要为浦江当地居民或外地回乡过年的浦江人。据金华新闻客户端报道，平均每十个浦江人至少有一个人阅读了《我相信，迎春门》。这一统计数据，尚不包含转发该栏目内容的人民日报客户端、"绿色中国"新闻客户端、天目新闻客户端、浙江新闻客户端和金华新闻客户端的读者，以及微信朋友圈大量转发后的间接读者数。一时间，人人争说"迎春门"，人人争诵"迎春诗"。这是一种多么特殊而又令人欢欣鼓舞的"年味"啊！

"迎春门"迎来的何止是浦江的春天！你看，浦江古城迎春门外，杨柳吐绿，红梅怒放，来自上海、杭州等地的游人纷纷驻足观看，合影留念。迎春门迎接了春天，也招纳了福气。迎春接福，这是好的期盼，也是好的希望。迎接春天的泥土与芬芳，期待新一年的美景与花开。年初到年尾，花落到花开，一年又一年，一季又一季，流年似水，一往无前。春天的微笑，被镶进幸福的构图，红花绿叶缠绕的镜框，从容和洒脱一览无余。那浓浓的年味儿，伴随着人们深深的祝福，开启了新春的美丽光景。

烟火之间，尽是人情。美食之间，皆为光景。浦江有众多美食，最让人难忘的莫过于一碗牛清汤。除此之外当地还有大肠粽、野菜毛芋羹、葡萄、筛米爬、豆腐皮等等美食。美食是什么呢？我认为美食之于浦江人，那是一种发自肺腑的热爱，也是骨子里流淌的血液，岁月流逝，浦江情亘古不变，恰如这热土一般，热忱而真挚！世人总感叹人生易逝，韶华不再。弹指之间，春天一个个过去了。一个春天又来临了，一个人的人生，又成熟了。这种成熟，有点像一面镜子，照出了一种悲喜交集；这种成熟，又好像一个酿坊，酿出了一份酸甜苦辣。浦江人一代又一代的传承和发展，孕育出一代又一代的才子佳人。倪仁吉的绝代才情如同在迎春门上画下播撒光辉的句芒，将蓄藏几百年文化古槐燃灰成新生的营养，时刻滋养着浦江的后辈，让浦江成为青帝的故乡，让文化的春天常驻于此，为浦江的明天带来绵绵不绝的希望。

"打开它，就能看到无边的花海和稻浪"。那"花海"是浦江"五水共治"后引城乡蜕变，江河复青绿满城的生活之美；那"稻浪"是从万年上山萌发而来，带着远古的味道，带着金黄的色泽。那是人类文明起源的见证，也是千千万万勤劳尚学的浦江人走出浙江，走出中国，走向世界的投影。

让我们迎接春天，从拥抱"迎春门"开始吧！

原载天目新闻（2022年2月8日）。

向着春天的颂歌与诺言

——吴重生诗歌《我相信，迎春门》简评

刘 斌

著名诗人吴重生在虎年新春之际，怀着一腔豪情，写下了一首新颖别致的迎春颂歌《我相信，迎春门》。立春日，浙江省浦江县文旅局所属微信公号诗画浦江"早安浦江"栏目推出这首诗作，在朋友圈被大量转发，阅读量当天突破四万，中央及省市主流媒体转发后，形成一波传播热潮。这首诗立意高远，蕴含深邃，感情真挚炽热，富有灵性与机智；构思精巧，语言明快而隽永，是一首创作手法独特、艺术风格鲜明的优秀诗作。

首先，这是一首献给家乡的颂歌。诗的讴歌对象迎春门是浙江省浦江县古城的东大门，而浦江正是诗人吴重生的家乡。因此，这首诗首先是献给家乡的颂歌。诗人巧妙地选取"迎春门"作为抒情载体，不仅赞美了当地神话传说中轩辕黄帝的小女儿元修姑娘、本土神话人物神笔马良、旷世才女倪仁吉等事迹，还写了仙华山的云影、迎春门的石狮、天灵岩和通天楼，更写了浦江的万家灯火、无边稻浪和花海。这样，迎春门在诗人的笔下，宛如一幅镜框，浦江的神话传说、历史人物、人文地理、发展现状等，源源不断，尽入框中，给人以美不胜收的印象与无尽美好的遐想。人们在领略浦江美好的山水人文景观的同时，也体会到诗人对家乡浓郁的情感。而这些诗意的表达，完全避免了以往那些写家乡的诗歌，那种汉大赋似的铺陈堆砌、浓墨重彩与景观罗列，而是借一扇迎春门来透视，这就让人从诗人的匠心独运中，体会到一种中国古建筑月牙门或者花窗，这样含蓄的以虚写实、以一当十的美感，可谓深得中华传统美学的精髓。诗人化用中国美学于诗中，信手拈来，不露痕迹，有浑然天成之妙。

其次，这是一首献给中华民族的颂歌。诗人写迎春门，可以有很多种写法开头，但却独独选了元修姑娘作为第一句。古人作文讲究"立片言以据要，乃一篇之警策"。一首诗的开头更是如此。那么，将写元修姑娘作为第一句，除了以神话传说歌颂家乡之外，还有什么用处呢？我们知道，神话之为神话，是一个民族的性格象征，是民族精神的源头与基础。作为元修姑娘，这个神话传说，早已和"夸父逐日""精卫填海""愚公移山"等一起，成为中华民族性格的象征，是我们民族英勇不屈、顽强拼搏、勤劳善良、大爱无私等伟大精神的源头和基础。所以，在诗的第一段第一句写元修姑娘，写她的精神与影响，写"她的身影迄今仍镶嵌在城门之上"，并指出，正因为有这样的精神，"起云的时候，整座仙华山都是她的投影／起风的时候，整个春天都跟随着她／去往东海的千帆每天都停驻于此"。正因为有了这样的精神，才会有当代浦江吉祥如意的春天，才会有这扇"纳吉迎祥"的迎春门，才会有我们民族繁荣昌盛的美好春天。这是什么？不是对元修姑娘的感激与颂扬吗？不是对我们民族古老而不朽精神的礼赞吗？不独如此，在第二段，诗人还写道："我相信这是把守春天的一扇门／青石砌成的墙基托举着万家灯火"，这里是有写实，但写诗"根本上就是为神灵命名"。什么是精神？"精神作为精神，是为一切的精神"。因此，诗人这里写的一定还有更深的寄寓，那就是承上继续赞颂元修姑娘所代表的我们民族精神，写她的历千年万代而不衰的滋养与庇佑。诗人这里用的是"把守"，是"墙基"，是"护送"，是"成为整条浦阳江的门神"。因此，我们有理由说，这首诗除了对家乡的赞美与讴歌，显然还有着诗人对历史的沉思与总结，有着对民族精神的溯源与召唤、致敬与朝拜。而我们说，正是这种复调的写法，使得这首诗呈现出丰富的层次感和深邃的审美纵深，具有一种开放式的结构，给人以多样化的阐释空间和审美想象，而诗人写起来是那样举重若轻，似乎是水到渠成那样的自然而率性，不能不让人为诗人的写作技巧而赞叹！

再次，这是一首献给时代的颂歌。如果说，前两段在写家乡的同时，是偏重于赞颂我们民族精神的话，那么，后两段则是在写家乡的人文地理与发展变化的同时，集中赞美了这个我们这个时代，是献给时代和人民的颂歌。第三段写神笔马良，通过艺术想象，写是他的神笔描绘出一扇门，打开这扇门，"就能看到无边的花海和稻浪／看到发源于天灵岩南麓的春潮／看到后世子孙的丰收和平安"；第四段写倪仁吉,诗人还是借助想象,虚构是马良托梦给她,让她"在迎春门上画下播撒光辉的句芒/从那时起,浦江成为青帝的故乡",如此等等,从写实层面看,是通过写马良与倪仁吉,赞美家乡人杰地灵,抒发作者自豪感与荣耀感。而从象征的层面看,似乎将这两位文化名人看作我们时代的建设者和祖国理想蓝图的描绘者也是顺理成章,甚至是更加恰切与熨帖的。不是吗?一个马良与倪仁吉怎么担当得起描绘出现实的"无边的花海和稻浪"以及"后世子孙的丰收和平安"的重任?又怎么能有"在迎春门上画下播撒光辉的句芒"从而让"浦江成为青帝的故乡"的神力?只有继承了元修姑娘那样的民族精神的亿万中华儿女,也只有在当今这个新时代,这些身上焕发着民族精神之光的亿万中华儿女才可能有这样的神力,才能担当得起这个历史的重任。如此,神笔马良、倪仁吉就是他们的艺术象征。诗人在赞颂家乡的同时,更是在赞美这些新时代的创业者和建设者,是献给他们的新春的颂歌。而这两段与上两段形成了传承与递进,结构上相似,但内容上却有了新的变化与深化,有合奏又有变奏,这样,不仅丰富了整首诗的内涵,形成了浑厚而洪亮的和声,也使得形式上灵动而不呆板,有一种呼应与映照之美。

在欣赏了这首诗的整体内容与形式之后,让我们将目光集中到这首诗的起笔,三个不同凡响的字:"我相信。"我们说,这首诗的整体是献给春天的颂歌,歌颂家乡、民族与时代。内容上应该说并不算多么新颖,但却给人耳目一新的感觉。这就得力于这首诗的形式的创新。除了上述的简要分析,在这里需要特别指出的,就是这三个字。也就是说这首诗是以"我相信"来展开的。从句式上看,这是一种蕴含着对话意味的表白,是向着"迎春门",是向着春天,也是向着家乡、民族与时代。表白是什么?"我相信"又是什么?相信之为相信,是对有所信、可以信、应该信的事物交出自己,交出自己的理解、认知、情感、托付、服膺、依赖、希望与祝愿,但同时更是交出自己的坚持、守望、信心、担当、契约、盟誓与承诺。因此,在这个春天,吴重生的"我相信,迎春门",读起来就像春天一样,是这样深情、亲切,给人美好和温馨,同时又是这样庄重、坚定,给人希望和力量。

原载《钱江晚报》(2022年2月11日)。

倾情书写春天的意象

——浅析吴重生诗作《三月，由你来命名》

刘笑伟

意象是什么？意象是诗人主观情意和客观物象的有机融合，是一个抽象与具象相结合的复合体。主观的"意"认知了客观的"象"，换言之，客观物象融进了诗人的主观情意，便成为意象。因此，诗人对意象的捕捉，是奇妙的创造性的活动。吴重生是一位有着丰富阅历和出众才华的诗人，他对春天和春天里充满喜悦的故事有着自己独特的认知和表达。

《三月，由你来命名》，是诗人吴重生献给春天的诗，也是献给亲情的诗，献给希望的诗。诗中所表达的，既是对春天的礼赞，也是对未来的期许，更是对青春与奋斗的追忆。在现实生活中，这是一位父亲对女儿的喃喃细语和美好祝福。看起来，诗人是在回忆往事、陈述当下，展望未来，但他所表达的绝非一家一户的"个人情感"，而是对这个伟大时代的一种呼应，是一种"大世界观"语境下的公共情感表达。

阳春三月，草长莺飞。在诗人吴重生的笔下，河流、春风和紫燕们，都是三月的贵客。而远方的通知书是和故乡的山峦紧紧联系在一起的。诗人对于三月的审视和赞美，犹如在空中俯瞰人间。他把孩子获得升学机会的努力过程，以诗的语言一一还原，大声喊出"这个三月由你来命名"这一具有强烈浪漫主义色彩的论断。

对于孩子所取得的成绩，诗人的自豪和欣慰之情是跃然纸上的，但他深深知道，"宝剑锋从磨砺出，梅花香自苦寒来"，任何成绩的取得，都是孩子"心之所向，步之所履"的结果。没有扎实的功底和艰苦的付出，是无法叩开"112号托福之门"的。值得一提的是，诗中运用了一连串叠映式意象，把不同的时空交织在一起，既富于新意，又拓展了诗的内涵和空间。

诗人将写实和写虚自由转换，体现了高超的诗歌技巧。诗人运用跳跃的语言，把不同时空的画面叠印在一起，从而把故乡与他乡、过去与现实、奋斗与收获沟通起来，极具冲击力和感染力。2016年第12期《美文》杂志发表了诗人女儿写的小说《孤星驭光师》。诗人在这里借用这一历史，将自己的女儿比喻为"驭光者"。如果说"每一朵浪花都辉映着你驭光者青春的脸庞"是虚写，那么，"哥伦比亚大学"等诸多美国高校的录取通知书则是实写。在诗人笔下，"三月"不仅仅属于中国，也是属于全世界的。"三月"如此美好，不正是应该值得全人类共同珍惜吗？无论是"从南到北"还是"从东到西"，既然春风刷新了整个世界，那么，我们为什么不和诗人的女儿一起，在这个澄澈的黎明，打点行装准备出发呢？

诗人的女儿是从燕园出发的。为何出发？为了这一片绿色、和平的大地。我相信，这里的"大地"，是"世界"的代名词。诗人坚信，"未来的任何一天，都是三月的一部分"。这个结尾是意味深长的。因为这个春天里的风景，春天里的人们，春天里的故事，都是美好的，都是值得回味的，也都是充满希望的。

原载"早安浦江"（2022年3月31日）。

游子怀乡　维天则同
——吴重生诗歌《老家的泥土墙》赏析

黄康睿

吴重生先生驰南驱北，经年羁旅，游历无断。丰富的履历给予他丰富的诗歌素材，可以说自京师至边疆，祖国诸省，作者已涉泰半。离家日久，思乡日甚，"乡情"是作者诗歌最重要的题材之一。自古洎今，表达乡思的诗歌可谓汗牛充栋。因此，如何在大量思乡题材的诗歌中超拔出群，是作者构思的首要问题。

作者倡行"一日一诗"，这种笔耕不辍的意识，隐然有古士遗风。重生先生践行"一日一诗"，经年累月，遂令笔下所涉既已广博，而达意愈加精深。其诗风又深受其本职熏陶，为文质朴，借物创作，随性而发，不屑华辞丽藻，只求客体清晰。所谓草木贲华，无待锦匠之奇者，重生之诗也。

就此诗的选题看，吴氏风格显然。于作者而言，故乡凡可触可视可忆者比比。然作者独选泥土墙作为表达的对象，颇具一格，又入木三分。如第一节首句："这是我生命中的一堵泥土墙/它生生地从我的肺里长出来"中，作者用"肺"字来体现对泥土墙的肺腑之情，甚是妥帖。此处的"肺"字不仅表达了对故乡泥土墙心理上的依恋，还有一种生理上的习惯性的依赖。而这种习惯为何？作者又在之后提到："泥墙充当了我童年的所有背景/麻雀飞跃的身影/栀子花在墙角的吟唱。"这便是泥土墙于作者童年所扮演的角色。孩童嬉于庭中，无言的泥土墙既为藩篱，亦是见证。前后两相呼应，画面跃然纸上。仅从开篇一节，便可看出作者行文规格严整，结构有榫卯之固。

第二节，作者开始诉说自己常年的羁旅生涯："我打开汽车后备厢/卸下收藏了多年的城市/然后把新摘的乡村装进去/父亲的嘱咐、母亲的叮咛/与这黄泥土同一种色彩。"富贵还乡,一直是千百年来无数游子的心愿。而作者的还乡,却无一丝一毫凌人气。他只不过是"轻描淡写"地"卸下城市,装进乡村",如泥土墙般无声地融入家乡的生活中去。

返乡之后,作者却开始诉说自己的忧愁:"今天我的喉咙有些发痒/旧村改造要删去我童年的一部分。"这一部分恰到好处地表达了作者对即将失去泥土墙的惋惜。

在描写完家乡的泥土墙后,作者再一次把视角拉回他乡的生活:"今天,我在九万里山外俯拾一片江南/花的印、春水的痕/放在胸口一阵阵疼。"看到这里,读者不免发问:以今日的科技,何曾不能行千里于一瞬,达故地于须臾?所谓关山难越,冥鸿迹远,在今日绝非是不可逾越的障碍。作者给出答案:人于他乡,所见山川异样,草木殊色;所历荆棘满途,露霜环屋,怎能不睹物思乡?是以,带有江南特征的花印水痕让作者感到阵阵地疼。

这种情愫却也即将随着旧村改造而消失。因此,作者迫不及待地希望将泥土墙的点滴详细记录下来。但是,作者所需的记录是有严格要求的,一方面要将泥土墙完好无缺地保留,另一方面要对记忆加以打磨,所以这种记录在需写实的摄影之余,也需要文饰炳蔚。故而,作者情深意切地:"决定与老屋签一个出版合同/请最好的摄影师和最好的写手/为一个时代的影像打磨边角、丈量角度。"

在末节中,作者回顾了自己的前半生。少年时代,他自称是生于乡村的"农夫"。"农夫"耕作于田垄之间,而泥土墙亦取之田野。这种与泥土墙来自一处的自我认同,表现出作者强烈的归属意识。这种意识根植于作者的乡土情结中,亦是其为人渊懿持重,行文简实质朴的根源。长大后,作者自谦是"流浪汉",实则再一次突出自己游子的心境,以及随风飘零的现状。"我少年时栽种的那几株木棉/现在还在开花,江南的花/如今占据了长江以北的城市和乡村。"长在家乡的木棉花,是怎么开遍占据长江以北城市的呢?不难理解,家乡的木棉花亦随着作者的足迹、心迹撒遍天涯。此段品来,深有"游子怀乡兮,莫知西东。莫知西东兮,维天则同"的伤感。对千万同作者一般的游子来说,于天南地北诸处,除了那片天空相同之外,所见诸人,皆为过客;所见诸物,皆若流水。心中所盛者,唯故乡木棉花一物耳。

原载《农民日报》(2019年9月2日)。作者系复旦大学博士。

大写的上山　打开的天书

——读吴重生诗作《上山是一部天书》

付党生

还记得去年那个特别闷热的夏天，我来到了浙江省浦江县的上山考古遗址公园。我特别感谢浦江朋友介绍我参观这里，这里的一切清爽着我的身躯，震撼着我的心灵，延伸着我的想象。这里是"上山文化"遗址。已故科学家袁隆平曾题词曰"万年上山　世界稻源"。浩浩荡荡万年历史，远古的居址、墓葬、环壕，是一窥长江中下游地区早期新石器时代文化的必访之地。

转眼已是一个新的夏天，朋友又传来了浦江的"消息"。这个"消息"就是当代著名诗人吴重生的作品《上山是一部天书》。"消息"是 wav 格式，有悠扬动人的背景音乐，有款款深情的男女声朗诵，让我感觉听到了、嗅到了"天书"的味道。wav 代表波浪（wave），推动着这部诗作传得更深更远。如果遇到时空阻挡，或许考古大厅里放大镜下那颗万年稻谷的主人会听到，会回应。《上山是一部天书》，当然是一个好消息，是清晨一个令我愉悦的消息。

莎士比亚说，一千个读者眼中就有一千个哈姆雷特。在摄影家的眼里，上山遗址特别适合从空中俯瞰，快门按下，彩色的田地和那些象形图案就会变成让人垂涎的作品；在画家的眼里，上山彩陶上的图案再加上画家的回春之妙笔，就会变成成名成家的利器；在旅游者的眼里，恐怕每一处古人居址，都是时尚衣着的现代人留念的好背景。

在诗人吴重生眼里，上山蕴含着更多。她是历史，是童年，是乡情，是荣耀，是天书，是值得大书特书的文化宝藏。

"小时候我是一个放鸭娃……长大后我成了一个文字匠"。吴重生说,自己所经历的一切,全都成了书中的文字。此言不虚。在很多文艺家的创作中,童年是重要的素材来源。有研究表明,照片能够深刻揭示摄影师的成长经历,这种经历会对摄影师产生很大的影响,但摄影师可能根本意识不到。这种情况同样也表现在诗人身上。吴重生的很多诗作,都有着童年以及在家乡生活和工作经历的深深烙印,不管他是否有着强烈的意识。浦江的高山和溪谷,山谷间的鸭子和蒲公英,沉浸山谷时的欢笑和奔跑,自然真挚并且艺术化地从他的笔下流了出来,显然符合艺术规律。

"写书编书看书卖书",这是吴重生现实生活的真实写照。吴重生是个勤奋的人,无论过去在地方媒体做新闻工作,还是现在在中央媒体从事图书出版工作,他都没有丢下手中的笔。他担任国家级出版社的总编辑,工作之繁重、责任之重大可想而知,他的许多诗作,诞生于"碎片时间",或许也只能是这种别人玩手机的时间。上下班乘坐地铁在别人是无奈,对他却是上天的赐予,是高产而灵感勃发的黄金段。

不过这一切都是外在,真正关键的部分在于文艺家为谁而创作,为什么而创作。吴重生用一首首诗作,为家乡的文化传播鼓与呼。他讴歌上山的厚重,期待人们去打开她一窥究竟;他颂扬上山的历史悠久,鼓动人们去寻找采集日月之光与漫天云彩,拥抱美好的生活;他赞美上山的人民,登高而歌,逐水而居,水稻分行,宣示富足,喻示着勤劳品质的延绵赓续。一部"天书",把自己与自己的童年,与自己的家乡,与自己的精神追求,深深地连结在了一起。

上山值得大书特书,而《上山是一部天书》,是诗人吴重生对生活巧妙的切入。大写的上山,打开的天书,必将为作家、画家、摄影家及各种门类的文艺家带来无尽的启发,"上山文化"也必将驾文艺之翼飞向更远更美好的明天。

原载"诗画浦江"公众号(2022年5月13日)。作者现任中国摄影杂志社副社长。

一个怀抱天书行走天下的诗人

卢　山

一颗稻谷的出土，揭开了浦江"上山"的古老面纱，沉睡了万年的中华文明，用一颗稻米，向世界发出了声音。对于浦江籍诗人吴重生先生而言，在这首诗歌里，他用一颗赤子之心来读上山这部天书。

"上山是一部天书／书脊朝上，阳光每日轻拂／封面和封底袒露在大地之上／书页厚重，内容深不可窥"。我想起诗人沈苇先生所说，新疆是以天山为书脊打开的一册经典。上山何尝不是一册江南大地的经典呢？诗人用天马行空一般的想象力，用一支插上百灵鸟羽翼的彩笔，带领我们阅读这部大书、天书。

"万年前那一颗金黄的稻谷／是从书中飘落的一个标点符号／深埋于地下的太阳"，一粒深埋在土壤深处的碳化稻米、几块掺杂了砻糠碎壳的陶片，揭开了沉睡万年的浦江上山遗址的面纱。可以说，这一粒稻米，这一个符号，就是一个"深埋于地下的太阳"。此刻，诗人用自己的笔在构筑他的考古王国，挖掘出他的地心太阳。

接着诗人动情地写道，自己曾经是一个"放鸭娃"和"文字匠"，可以说诗人和上山这片热恋的土地共同成长，烙印下了血浓于水的记忆。故乡就是我们的背景。大地山水赋予诗人天地孤影任我行的孤绝勇气，那是因为山水滋养赐予的文化自信，凝结在骨子里的基因血脉。

"人间万物都是从上山采集而来"。大地辽阔，河流起伏，上山赋予了他的血脉和筋骨，他的才思和气度。"祖先赋予上山五色意蕴／子孙们在稻花香里阅读这部天书"，在这部天书里，我们采撷阳光和雨露、鸟语和花香，构筑成一个生生不息的人世。万物静观，风行水上，自然成纹。这一切都是一幅和谐安详美好景象，那是诗人心中永恒的家园，也是最后的栖居地。

"扉页彩图是仙华山的投影／书中插画是浦阳江的日出"。此刻，诗人已经在天书中神游太虚之境，天地万物皆为我所指点江山。诗人在人生的履历表中建构起他的精神向度和诗歌向度。星河流转，海阔天空，背着上山行走，阅读这部天书，脚踩大地，头顶星空，虽万千人，吾往矣。

原载浦江新闻网（2022年5月17日）。作者系浙江省作协全委会委员，新疆兵团第一师阿拉尔市作协主席。

上城：你的岁月诗化成了今日风情

韩 锋

> 我眼中，风情是诗的一种特有形态。不管阳春白雪，还是下里巴人，风情就是岁月用她的诗意、语言和行为镂刻在尘世的标记，如烟，如云，如水，如绕梁的乳燕或如不愿远去的跫音，不在乎你我的仰望或者回首，自是起承转合。当岁月凝成的风情在现实行走，那便是诗在时空的羽化，无言，无声，婀娜多姿，而此时的你和我，在她自如自在的步履后，亦步亦趋，拾获唯美……
>
> ——题记

上城是杭州的根。

"日出江花红胜火"，"郡亭枕上看潮头"，"欲把西湖比西子，淡妆浓抹总相宜"……历史上杭州的诗人父母官为他的城池写下最优美、最隽永的广告词，都能在杭州的城根——上城找到痕迹。

中唐时期，白居易在西湖、涌金门、钱塘门筑白堤灌溉，掘井泽民。

五代十国，吴越王钱镠踞上城为都，留下不朽的治国篇章和他那让我们惊叹不已、群芳荟萃的优秀子嗣。

岁月移步大宋，东坡知杭州，边政边诗边文留下了苏堤和令多少人顶礼膜拜的鲜亮文墨。靖康之变后，宋高宗自应天府南渡杭州临时安置，这一"临安"便是一百五十二年南宋，留下了多少令后人或扼腕或沉醉的岁月风情。

凤凰山，清河坊，万松林，涌金门……高宗落脚建宫的地方便是上城，从此，开启了中国历史上重文轻武、学派齐鸣的灿烂南宋……

梦回现实，坦率说，我是很想写杭州的，我是很想写上城的。我一直时断时续在探谜南宋，追寻历史的密码。可是，面对厚重的历史和宽广的星空，我拿什么奉献给你，杭州？我言拙词穷，无言以对……

还好，吴重生来了！

他拿着他的笔和纸风风火火地来了。作为一位真情贯南北的诗人，吴重生吟着他的诗虎虎生风地来了。当读到他的组诗《上城，你的光芒足够我照耀一生》，作为一名长住厚土杭州的人，我浮想联翩，我情感氤氲。诗人给我带来的意境、情怀与艺术中的现实，让我结合艺文法则"起承转合"，对这组诗歌有了入心的琢磨。

关于创作的起承转合，元人范梈云："作诗有四法：起要平直，承要舂容，转要变化，合要渊水。"其重要性，各朝各代评论家多有论述："凡属文，总要成篇成章，起承转合是普遍规律。清诗学名家王士禛说：'勿论古文、今文、古今体诗，皆离此四字不可。'"现就以这一法则为引，对吴重生组诗《上城，你的光芒足够我照耀一生》作感悟体会：

一、起之美

本节以"起之美"开题，其缘由一是吴重生的这组诗给我带来的美感，尤其是其作在"起部"的艺术特色美感；也因为我的耳畔常响起多年前，我在担任央视大型人文纪录片《大运河》制片人时观摩中央新闻纪录电影制片厂的纪录片《台北故宫》里小虫那悠扬片头曲《爱延续》中纯美的词曲对我的浸润："溪的美，鱼知道；风的柔，山知道……"当时我极度震撼，我在心里一遍又一遍地想，诗意怎么可以这样的美！这一句式一直在我心头萦绕，我总想用这样的偶联去生活中寻找生发于诗意的美。于是，便有了这一节的开题，便有了让我从《上城，你的光芒足够我照耀一生》这组诗中如鱼、如山的角色代入。

组诗《上城，你的光芒足够我照耀一生》是吴重生众多诗作里专门描写上城的一组诗，由《上城，你的光芒足够我照耀一生》《湖滨》《望江》《上城邑》组成。在这组诗里，吴重生通古揽今，中外兼容，一手典型景，一手醇稠情，把上城融进了他的诗化版图，把上城的色彩和风情投进了读者心田。

《上城，你的光芒足够我照耀一生》有着这样值得让人琢磨的开头："我是一个待出阁的少女 / 西子湖水养育了我 / 东海潮水滋润了我 // 今天，我来到马可·波罗笔下的天城……上上之城 / 坐拥中国的东南形胜 / 大运河和钱塘江从桂树林中缓缓流过 / 兼收并蓄的云彩覆盖这南宋国都的前世今生。"

好一句"我是一个待出阁的少女……"这一"起部"的句子看似平，但着实不凡，充满视觉动感，让人惊艳。文艺创作讲究"起承转合"，这一创作手法存在于古往今来历史的手迹里，我国最早的诗歌总集《诗经》里的《国风·召南·小星》便有平宁而起的开头："嘒彼小星，三五在东"，接着写了小人物跌宕的命运，最后抒发的是人生的感叹，《小星》短短十句四十字，起承转合一点不少。理论总是在现实的土地里萌发升华为精神的存在。到了杂剧丛生的元代，范梈在他的《诗格》里提炼出"起承转合"的创作理论，从此成为诗词、小说、戏剧、影视等体裁创作的内在规则而被一代代作者奉为至宝。这一创作规律的应用，甚至被近、现代学者应用到欧洲诗歌的研究中，闻一多曾说："一首完整的十四行诗可以分为四个部分，起承转合是十四行诗的本质所在。"

吴重生以"待出阁的少女"这样的构诗方式，把深藏恬淡的杭州城之根、水城山郭的上城奉给了读者，体现出诗人的精心构思与厚实的创作功底。中国文体在先秦的土地里萌出了歌谣、谚语，随后经历诗骚赋寓言、汉乐府骈文、唐诗宋词、杂剧元曲、明清章回小说和今天的戏剧、影视、文艺批评……如大河奔流尽展其芳。吴重生深谙诗歌的创作之道，他平和地拉开上城的帷幕，以极其柔性，捧出上上之城令人动容的风情，其味隽永，其颜难忘，着实有一种一鸣惊人的效应。

在《望江》篇，吴重生这样开头："望江，是一种胜利者的姿态 / 潮水从东海来 / 风也从东海来 / 贴着沙日行万里的江潮哟 / 从吴越王的射箭声中来 / 从新时代之江崛起的呐喊声中来。"这首诗气势涌动，干净利落，如大军凯旋，若万马奔腾。

杭州总有一种道不尽的韵味在牵扯人心。唐开成年间，身在洛阳难忘江南，在杭州做过父母官的白居易写下了"江南忆，最忆是杭州"、"日出江花红胜火，春来江水绿如蓝"、"山寺月中寻桂子，郡亭枕上看潮头"的绝世诗忆。乐天忆的是江，是潮，是他站在凤凰山顶面对钱塘江的眺望。今天的诗人莫不是在循着白居易意境在写《望江》？我呆呆地想。

于杭州，明人郎瑛画了这样的轮廓："杭治自隋以来，在凤凰山下，今万松牌楼地也。五代钱氏据有吴越，即以州治扩而大之，依山阜以为宫室。"郎瑛点出了杭州自隋开始的繁荣，到五代十国时吴越王钱镠在此建都奠定的基础，钱镠建都处便在上城。开篇惜墨，吴重生以这样刻意的伏笔写下《望江》的开篇，推拉摇移，从现实的土地推向了古往今来的岁月。

美向你发出邀请，只是要求你有独特的眼光去触摸，只是要求你不用随波逐流的思索去发掘出她精神的光华。这组诗的各篇开头章节，我们总能感受到有一双锐敏的眼睛在探望，无论《上城，你的光芒足够我照耀一生》里"我是一个待出阁的少女"，还是《望江》里"望江，是一种胜利者的姿态"，到《上城邑》"上城邑，上城邑，我在街巷口眺望你"，不管主体，还是客体，都呈现出鲜明的视觉探求感。吴重生诗中这种视觉的审美，揭示着美的寻找、美的视觉、美的内涵构建的创作路径，其理论价值值得进一步研究。

二、承的宽广

"承要春容"，岁月已远，这个春容，不再为今人所习用。其包含了很丰富的内容："用力撞击"、"声音悠扬洪亮"、"舒缓从容"……这一切都表示"承"要有从容、博广的内涵与外延，因而承章在艺文里，需要尽展作品浓郁的情绪、丰富的内容和广远的意境。

在《上城，你的光芒足够我照耀一生》第二节展开的承章里，吴重生纵横于历史，谋全景式的诗化："凤凰山下，人们载歌载舞，是的，他们在等待新时代抛出的绣球。千年回眸，历史与现实在这里纵横交互。我看见时间轴的浮雕在讲述文化传承的故事，德寿、佑圣、龙翔，御街上人们摩肩接踵……"

在这一起着承之板块的诗节里，吴重生把上城辉煌的历史——南宋的繁华叠加式呈现在我们面前。没有在杭州住过，没有对杭州有过寻巷探幽的人，不太容易体会到她的内涵，不太容易认识这个大不同于周边地区，独具风情的城市性格。这个有着新石器时代良渚文化精致遗韵和五千年吴侬软语浸润江南烟云的城市，因有不一样的风情而成为江南翘楚。

杭州城市性格的形成与北宋"衣冠南渡",京城皇家、士大夫气质与江南风情的熔融结合有着非常重要的关联。宋金之战中,在金兵攻破京城开封后一年的1127年,宋高宗赵构在南京应天府即位启用建炎年号。随后,金兵紧逼,高宗携皇室、官员、粉黛一路南迁于建炎三年落户杭州。从此,京城的宫廷之气、官家士大夫审美和北方的风俗,那皇城的官腔投落在这片水墨之地,形成了杭州独特的风习。

吴重生的诗抓住这一机枢尽展浓墨重彩。为了这份探索,这层思考,我试想他多少次登上凤凰山凝视当年高宗的落脚之处,品味这带着浓烈的北宋体香和南宋京城韵味的城市,去酿化,然后捧出他的醪酒。凤凰山、歌舞升平、绣球、宋高宗移居的新宫——德寿宫、宋孝宗赵昚登基前的宅第佑圣宫、大奸臣史弥远矫诏所立的南宋第四帝理宗登基前蛰伏的市井破屋"龙翔宫",还有那不用多说的御街……吴重生用这些极其浓重的南宋符号,藏匿在他的诗词密码里的思潮波澜壮阔,又宫廷玄机丛生的轨迹去书写他的上城。

谋诗,当需精心布局,尽其丰富的内涵去承载诗人心中的万象,需要用最简短的字节和符号去隐性和显性地表达事物的特征、性格和意境风情,让读者以无限的联想去咀嚼意象之美。显然,吴重生在用他的琵琶弹唱着一串串需要我们精心琢磨的音符。

坐在南宋的石阶上,吴重生端视着这座城市,让思绪穿越。他在清河坊青石板御街徜徉,品味历史。南风熏熏,小店深处的酒香,那春日绽枝的杏花,那雨巷里行走的"大伯""焌糟"和"闲汉"们或勤或懒或悠或闲的风情让他不酒自醉……梦回眼前,那依旧在老杭州人心中自然搭讪的尊称"大伯"带来的情绪从南宋来依旧流淌,于杭州,称长者为大伯是最自然、最让人感到亲近的称呼。吴重生把这样的风情如他家后院的枣杏般端到你的面前,为诗意在"承部"的艺术容量凸显出十分饱满的审美需求。从2009年到2019年,吴重生兼任上城区作协主席达十年之久。这是一种怎样的缘分啊!上城组诗正是他献给心中"上上之城"的一首情歌。

在《湖滨》,吴重生在开篇为世界文化遗产西湖的湖滨做了"中华文明——出列,每一个日子都闪耀光芒"的定调。在"承部"他用这样的意象:"这是中国南方一块长方形的钻石,涌金门、岳王路、吴山路、东坡路……都是这钻石上纹理的名称。"

湖滨是南方的钻石，很难想象吴重生会这样去写湖滨。《诗经》赋比兴的艺术手法让民俗歌谣有了高度典型化的集中，钻石以圆锥体形式定型在人们心中，吴重生在这里创造了依湖而长的钻石。我试想他似在用打破思维定式以给人新的联想。创作，创作，文艺最宝贵的属性是创新而作而不是模仿，不创新无以称创作。把湖滨比作依湖而长的钻石，或许吴重生在做更深的思考，让我再好好琢磨。

然而，用湖滨比拟钻石，这里还真是地方，涌金门、岳王路、吴山路、东坡路这些有着深厚历史痕迹，文化云集，热闹繁华的地方，作为上城历史的瑰宝，古也曾，今也是。

中国历代文人志士，都把"修齐治平"作为自身成长、实现抱负的人生目标，自古家国情怀皆源于此四字。治家不光是个人的私事，而是国之大事。而在吴重生众多的诗作里，他却很少写自己的家庭生活，《上城邑》是其少有的涉家痕迹的诗作。《上城邑》在开篇后，吴重生接着这样弹唱："上城邑，上城邑，我在你的胸膛上做梦，一梦就是十年，陪伴女儿成长的十年啊，吴山天风繁星浩瀚，身影来去匆匆，感觉从未分离。"

吴重生的杭州岁月已经并还将继续书写在他的人生里。作为以文为生的人，吴重生用笔在杭州勤耕，在这组诗中，他轻轻地拉开了窗，让伦勃朗那一丝透过窗棂的光透进家里，这是他"转"来的韵味。《上城邑》在淡淡的烟云里，透视出了吴重生带女十年扎根国学，沉浸中华优秀传统文化的人生启蒙经历。孩提时代父母的价值观引领，从小培养的对民族传统文化的热爱为女儿的成长投下了一块沉甸甸的人生压舱石。

十年前，吴重生女儿吴宛谕在父母的带领下，走遍杭城百家场馆，出版了她的处女作《百馆游》。这部著作在我的藏书库里有着特殊的地位，是我励志和教育下一代的生动教材。《百馆游》里有不少写上城的文章：《走在御街上》《官窑，土与火的艺术》《清河坊间问民俗》《城隍阁登高》《石灰吟》……让我感知到既充满稚气、语言流畅又富有思想的文字魅力。而这些文章写的多是上城的风骨。2009年，在读了《百馆游》后，我欣然写下一篇《吴宛谕：一双明亮眼睛的一百八十天纪事》的书评刊发在一家文化杂志上，我的结论是"以小宛谕的勤奋、刻苦作为一面镜子，我一直很惭愧，我感谢她小小年纪对我的人生激励"。《上城邑》中的这十年已弹指而过，但投射在我内心的是作者思想深处沉甸甸的家国情怀。

三、转的激情

生活需要激情，时代发展给我们提供了无限的生活便利，而且是在越来越便利的列车上前行。

转是让艺术作品充满激情与魅力的重要构件，一部作品如果没有让情节或意韵转出超越常规思维的内容，其文将平淡如水。在《望江》篇里，吴重生用激情的排比转出他诗以言志的气势："望江，我在全球资源互联会客厅遇见你；在大数据、云计算、人工智能和物联网上认识你；在思科和摩云的平台上拥抱你；在凌笛数码的创新号角声中谛听你；在总部经济的铁塔上俯瞰你！"这里，我似听到了钱塘江隆隆的潮鸣。

时代的变迁，信息的爆炸，让现实变得不再静谧。世象里，积淀于民族性格里原本那种万水千山不怕——我走遍；烈日耕作不惧——我面对黄土背朝天；狂风暴雨不怵——我大步出门走！这种人与自然相处中熬出的烈性正在被生活所消磨。着眼身边，凝视现实，人们越来越趋向安逸：热——空调、冷——暖气、走——车、饿——叫……几百万年人类在风霜雨雪、洪水猛兽的夹缝中练就的功夫怕要在这年代被废黜，着实让人着急。

不过，不管时代如何浮躁，无论心境怎样波浪，世界还总有人在用自己诗意的眼光看守着现实，抽象出哲理，文化永远是人类存在的童话。大地上总还有文化的仰望者，诗意的践行者在用他们的脚步丈量岁月，在用他的脊梁顶着苍穹。我以为，吴重生就是这样的典型时代人物，他有激情，从来不彷徨，不苟且，想做事就做，毫不含糊。中国作协副主席、著名诗人吉狄马加先生在《光明日报》上撰文："吴重生是一个有诗歌情操的人，是一位真正的文字的信徒。在我们这样一个人类精神空间被不断物化的时代，坚守写诗也是需要勇气的。吴重生的这个勇气来源于两个方面，一个方面是他对诗来自骨血的热爱，另一方面是他写诗没有任何功利性目的，他把写诗变成了他生活的一种方式、生命的一种方式。"吴重生的诗永远画着他激情人生的轮廓，激励时代，给人以鼓舞。

在《上城，你的光芒足够我照耀一生》的"转"章里，吴重生在历史的沉吟中萌出一片绿芽："方谷园5号，济世良方如五谷酿造的中国芯"、"从红巷里走出来的人们，脚底生风……小营街道向新时代递出一枝发芽的绿柳"，表达出历史厚重的另一面，吴重生的上城有了新的蓓蕾。方谷园是什么园？吴重生没说出来，很多朋友可能还很陌生，吴重生的留白为的是让我们俯拾历史，让我们亲身走进这条小巷去触摸它的风采。让我接着吴重生藏匿的话题告诉还不了解方谷园的朋友们：方谷园是我国航天事业的奠基人、"国家杰出贡献科学家"钱学森同志的故居。

在本文落笔之前，我因编辑许会林先生缅怀钱学森同志的文章《在钱学森身边工作的往事》正好去探望过这条小巷。许会林先生曾在钱学森身边工作过，他是《中国大百科全书》军事卷编纂、《辞海》编纂。而钱学森和众多文化科学名人都是五代十国时期吴越王钱镠的后裔，据杭州师范大学"吴越钱氏家族研究所"考据，钱学森与钱伟长、钱三强三位杰出科学家和大儒钱穆、著名作家钱钟书以及钱正英等，都是吴越王的后裔，钱学森为钱镠的第三十三世孙。浓缩古典，点亮历史，用最典型的事件寻找上城的光芒，来照耀"我"的人生，吴重生矢志不渝。

在"转"的章节里，我们常能从吴重生的诗句中找到不少超越常规组词遣句的文字结构，细细品来别有韵味。"吴山城隍阁上，我栏杆拍遍，许多金黄的桂籽应声落下，南来北往的大雁传递发端于此的春消息……"（《上城，你的光芒足够我照耀一生》）。我们看得出吴重生在城隍山上春夏秋冬的眺望，问南来的雁，汴京可好？看北往的雁，带上我的问候。我在春天的上城种下桂子，等待着秋天收获那暗香，那白乐天山寺月中落于郡城头上桂雨，让我静听钱塘潮头拍岸和击矶，意境好美。

著名文艺评论家、中国文联副主席郭运德先生说："吴重生的独到在于他能够驾轻就熟地在庸常中发现生活之美，能以独特的眼光，跳跃的思维，奇崛的想象，善于在大家习以为常的生活情景中开掘出诗意。认真读过重生的诗即可看出，他基本上都是以日常生活素材入诗，平中见奇、奇中见新、新中出彩。"先生的评价的确精到。吴重生当年说过豪言壮语：他要日成一诗。他做到了。吴重生在诗坛勤耕的创作实践，让我想到了杜甫《奉赠韦左丞丈二十二韵》中"读书破万卷，下笔如有神"的创作经验，吴重生不辍的创作激情着实让人深深思索，新奇出彩的文字构建，这样的钟情于诗歌的恒心以言志，其意义已超出了诗歌创作本身。

四、合的隽永

"合"在诗的尾部，如织网收口，是诗意、诗韵升华为哲理的板块，有着寄情点题、聚焦情感而留给读者深刻思考的重任。合部的创作，诗史上有很好的案例，当年杜甫在白帝城最高楼前茕茕孑立，叹"杖藜叹世者谁子，泣血迸空回白头"的人生，从个人的命运演化为他对艰难时世的感叹，而成为"安史之乱"那一代仕人的群像。

《湖滨》用这样的形制结尾："曾经是南宋最繁华的街市，如今正演绎着金融业和商业腾飞的传奇……请闻香下马，知味停车，因为这里是湖滨。"《湖滨》的这个合，给人戛然而止，一锤定音，只留余音缭绕的韵味。此刻，我的思绪跟着诗句的余音打开了北宋的画卷，张择端的《清明上河图》在眼前栩栩如生。杭州有与汴河一样柔情的中河、东河，有汴水虹桥那样人来人往的淳祐桥、万安桥、新宫桥……吴重生以今天的视野驱动了当年的风情，让南宋的岁月在上城的字节里跳动，披上霓裳羽衣，随风婀娜。

《上城，你的光芒足够我照耀一生》的结尾之合，他收紧了这样的诗歌乾坤："不用再寻找了，上上之城，我已清点好湖畔清风和湖上鸥鸟，坐上香樟树做成的花轿，你的光芒已足够我照耀一生。"

好的，不用再找了，上上之城，在洋洋洒洒写出了他的真情后，吴重生"你的光芒已足够我照耀一生"的深情赋予了本诗"起承转合"典型合的境界：平生无所念，念念在上城！

今天，身在京城的诗人，依旧难忘"郡望"西湖的清风，湖上鸥鸟的群芳，梦那山色空蒙、水光潋滟的晴雨之美，自是痴醉。我明白了诗人在用今天的语言、诗的语境羽化春天。读着他的诗，我遥想大宋，想一直被标注为书画误国的徽宗赵佶留下的千古艺术绝唱瘦金体，花鸟工笔；想叶适、吕祖谦、陈亮、王阳明、黄宗羲、万斯同、全祖望等一代代"浙东学派"文人学士们孜孜不倦的经世致用，他们奠定的浓厚的人文积淀，深泽后人。今天的诗人，莫不是在活生生如诗如画描绘心仪的上城。此刻，让我们不弃遐想，在历史与现实的风情里去体会别有洞天的杭州之美。

五、结语

一组有结构，精心谋就的诗章一定包含其创作所需的基本结构，一定有理论的价值的内容深藏其中。人类的精神产品有思维的共性，"起承转合"的创作法不仅在中国的优秀文学作品里存在，在国外的优秀诗篇里也一样灼灼其华。学者张蕊采用主述位分析的方法，对莎士比亚的十四行诗进行理论模式分析。张蕊得出结论：起承转合同样存在于莎士比亚十四行诗，并提出了莎士比亚诗中的起承转合结构的表现方式，说明中西在文学创作的一些共性。

于杭州，于全国，南宋是怎么也无法让人忘怀的朝代。华裔学者刘子健先生认为："中国近八百年来的文化，是以南宋为领导，以江浙一带为重心的模式。"我很赞同这样的观点，多年前，我思考过今天的浙江精神——在一定程度上代表着今天中国的商业精神，这其中与南宋"浙东学派"留下的哲学思想有着深刻的关联，限于篇幅不在这里展开。

此刻，我再想对杭州絮语：我是很想写杭州的，很想写上城的，对这片热土，我感情至深。然而，我是一个珠算子那样很惰性的人，而吴重生则充满激情，想做就做，无惧无畏。与他相处，他总会以他的激情来感化我这个"罗亭"色彩的人物。对，罗亭，就是那个屠格涅夫笔下的光会说不会做的罗亭。

江南忆，最忆是杭州。重生，请继续，继续你让岁月诗化成风情的行程，让你"青石板上的一颗雨粒那样干脆利落……落到地上"，湿润泥土，让小草苗壮，让禾苗拔节，让乔木增高。

原载光明网文艺评论频道（2019年9月23日）。作者系央视制片人。

行住坐卧皆落笔，身心动静为诗歌

老 井

我和重生兄是在今年五月份认识的，那时我们都是诗刊鲁院新时代诗歌高研班的学员。初次见面时，虽然互相都不太熟悉，但是他给我留下了很好的印象。一副儒雅的南方人模样，待人礼貌周到，处事井井有条。说实话，以前只是听说过他，并没有多少了解。由于我本人只是个煤矿井下工，每天只知道下井、上井，吃饭、睡觉，有空时才写几首小诗，和外界交流的并不多，视野和圈子都比较小。此次到了鲁院，见到了这么多的优秀诗人，感觉视野开阔了许多。特别是认识了像重生兄这样的精英诗人（我说的这个精英有两层意思即社会精英与诗歌精英），真是收获巨大。这样说吧，重生兄作品的长处就是我诗歌的短处，我一下子有了学习的榜样。

诗歌是生命的语言，只有热爱生命的人才能写出精彩的华章，只有思想在不停地与生活、与文字碰撞的过程中才能产生灵感。只有勤劳的诗人，才能用不断闪现的灵感火花照耀漫长的一生。重生兄是个勤奋的诗人，也是一个意志坚定的缪斯信徒，还是微信"一日一诗"活动的倡导者和践行者。吴重生坚持在微信上创作"一日一诗"，对此，诗坛内外反响很大。作为一个写诗多年的写作状态起起伏伏的老作者，我十分赞赏他的这个做法！诗要常写，枪要常擦，只有这样拿起笔手才会热得像微波炉，灵感的波涛才会一浪高过一浪。这本名叫《捕星录》的集子就是灵感爆发的产物，本书以两首厚重的长诗开篇，可谓是开门见山，整部集子的分量尽入眼底。第一首《大运河是条太阳河》，作品阳光、大气、开阔，投入了很多的感情但却看不到泛滥的痕迹。做到了收放自如。请看以下的句子：

> 母亲的运河父亲的船
> 我顺着你光芒的指引校正自己的航程
> 行囊里装满放飞理想的使命
> 年少时，我用脚步丈量世界
> 决心探寻运河远方的星空
> 年长时，水涨船高
> 我踏着纤夫号子的节拍走过疾风暴雨
> 拱宸桥是运河上的一枚浮标
> 我和我的孩子站在这枚浮标上

大运河是作者的母亲河，可以承载起理想主义的大船，划出一条条生命的航线。运河的每一片波涛在深夜都可能是一片星空，在白天里就是一束光，始终照亮着作者人生的方向。我们都是依河而生的人群，每个人的血脉里都澎湃着一条大河的声音。九曲回绕的大运河是作者一生的依恋，也是其灵魂中挥之不去的情节。作者依河而行，思绪便开始滔滔不绝地流淌，上下五千年，纵横九万里，一条大河中的每朵浪花都是意味深长的，每颗沙子都是耐人寻味的。汹涌澎湃的河水，其实也是无数生命时光的淤积。作者笔下的大运河汪洋恣肆，上天入地。不仅仅是文化和文明的象征，同时也是时代发展的见证者和推动者。"把自己跑成了一道嵌进天空里的闪电／它每奔跑一天，人类文明的浓度就增加一分"。作者像是一个预言家，用自己热情的歌喉为深爱的事物送上深深的祝福。流动的乡愁，建筑在河面上的村庄。本首诗开阔、大气，手法波谲云诡，视野大而广，视角多而细，一个诗人的灵魂倒映在河面上的影子是多彩的，如同绚丽的朝霞。最可贵的是作者笔下的运河既有历史的沧桑感，也有鲜明的时代感，一条承载了太多苦难的、暴露着骨骼的、在纤夫肩上一唱三叹地踟蹰前行的河流，也可以像一条飞速前行的高铁，每节车厢都代表着复兴的梦想。作者把河流比喻为自己的一生，甘愿当一个新时代的纤夫，背着大运河这条光明的绳索走向生命中的旷远之处：

> 很多时候，我背负着运河前行
> 与无数的波纹、落花和河岸树交换眼神

我白天亲昵南运河

晚上枕着北运河睡觉

金黄的桂子落在船工的桨上

金黄的银杏树叶落在运沙船的边沿

无论我走向哪里

都在心里丈量自己与运河的距离

大运河是一条太阳河

它唤来海河、黄河、淮河、长江、钱塘江

江河交融，鱼儿欢欣鼓舞

在拱墅区读初中三年，女儿长高了二十公分

我不知道这是否与常饮运河水有关

大运河，南人北相

在不同的纬度间交换思想和文明

大运河连接的每一个城市都是谜面的一部分

一棵树开枝散叶，就是一个不断猜谜的过程

从南到北，运河的谜底其实在天上

大运河是一条太阳河

在大运河上泛舟，就是我的一生

  重生兄的诗开阔、明朗、节奏感鲜明。朗读起来朗朗上口。作者不在一个思维平面上行走，而是习惯于不拘一格，曲径通幽，最大限度地追求艺术本质的多重性。他拉着光明的纤绳，在和永恒拔河，淌下的汗滴，就是优美的诗句。他用大运河光明的脚步丈量着大地的宽度，岁月的冷暖变迁，他用河流的凝练透彻的目光注视两岸的风光，在不同的维度交换思想和文明，从杭州到北京，河的流动就是他血脉的奔涌，大运河就是他生命中的发光带。作者很好地把大家熟识的景物和新时代结合起来创作，作品摆脱了前人写此类题材时的小我，从心底唱出了一首既属于大运河，也属于新时代，更属于吴重生的诗歌。

  集子中景物景点山水描写的比较多，从内蒙到台北，从苏北到广州，作者履迹处处，祖国壮丽的大好河山，一条条壮丽的曲线，起起伏伏于他的笔端。阅读这本集子，有些像观看诗歌版的中国山河图。重生兄可谓免费为大家做了导游。建议诗人们要去某处旅游，可以先看看重生兄的诗歌了解下相关的景点。哈哈！诗人在任何环境下都能写作，集子中有的作品写在高铁上，有的作品写在候机楼，有的诗歌成型于应酬时，有的诗歌创作在睡梦里。真可谓：行住坐卧皆落笔，身心动静为诗歌。

作为一个写诗多年且创作过程断断续续的人，我对此尤为佩服。灵感只有你去找她，她才会眷顾你。集子中牵涉的题材很广，集子中的许多作品呈现出的并不是单一的素材，而是多重写作原料的集中。除了描写景物的外，还有讴歌新时代、亲情、爱情、乡愁、工业等为素材的作品。当然，出现最多的意象应该就是作者竭尽心力所歌颂的新时代了。重生兄是一位资深的新闻工作者，有不少优秀的新闻作品问世。他对于时代比一般的诗人有着超乎寻常的敏感，所以他在写诗方面和时代紧扣，比较有前瞻性，作品中有一首工业题材的诗我十分喜欢：

> 三元桥，是一个图腾
> 中冶人在星空的背后纺织天幕
> 鞍钢、宝钢、攀钢……
> 一颗一颗明亮的钢铁之星从中冶人的手上捧出
> 中冶炼人把铁矿石和雷电披挂上身
> 他们从遥远的遂明国取来火种
> 照亮了共和国经济腾飞的道路
>
> 中冶人是些什么人
> 炉火熊熊，面色如铜
> 中冶人是为共和国烤工业面包的人
> 他们以三元桥为支架
> 把一个民族腾飞的梦想放到炉上烤

叙述得比较到位，作者从现实的物象出发，用自己内心激情四溢的火焰，把文字的矿石，炼成了精钢。时代的歌者，抵达工厂以后，就可以将自己的期望融入民族腾飞的梦想。生命的律动与心跳的节奏，大工业铿锵有力的咏叹调。热爱生活、内心充满阳光的人总是喜欢歌唱,他脸上的古铜色就是其澄明心境的日积月累。

> 我好想停下脚步
> 借你的炭火,烤一烤我的前半生
> 千疮百孔的命运,疾风暴雨中的航程
> 如今我病了,在认识蒙山之后
> 十万里外的春天一直在路上
> 我也要上路,去往春天的腹地
> 借你的炭火照明
>
> 你让我把这一盆炭火喝下
> 让太阳的光芒照彻我的肺腑
> 让老家的山川与河流贯通我的经络
> 然后我化为墨炭,让你调和
> 在你的画笔下我将隐现
> ……
> 燕山最深处,红日照山林

现代人情感是复杂的,也没有谁能一帆风顺地抵达光明的彼岸,作者的前半生也是湿漉漉的,而且还千疮百孔的,但幸运的是他怀揣着一盆炭火,这炭火是诗歌,也可能是梦想,是其头顶上始终萦绕的一束微光。燕山最深处,红日照山林,这是一种近乎浑然的生存和写作状态了,也是一种长期顿悟的结果。

集子中的《针垫花》《你已进入春天的伏击圈》《把洗好的黎明收回来》《我代表梦想发出通知》,都是不错的作品,和别的诗人不同,作者有个特点,喜欢用第二人称写作,作品中的我和你犹如八卦里的一黑一白两尾阴阳鱼,互依互存,互衬互抗。这个的你可谓含义广泛,是恋人,是朋友,是万物,也可以是月光里提炼出的一团火焰。其他的如《落叶在学习飞翔》之类的诗,采取了逆向思维的写作方式,有些陌生化的写作理念,化腐朽为神奇,看了让人眼前一亮。

有好多现代派大师认为诗歌不是抒情的,而是逃情的,对此,我实在不敢苟同。在新诗创作方面，我也是个坚定的现代派，喜欢各种新颖别致的现代派手法，但同时我也认为感情是诗歌的基础和源头，没有感情只有手法和意象的诗篇写得太好，最多只能打动一些专家，绝对不会拥有广大的读者群。诗歌要最大范围地走向人民和大众，首先必须做到有感而发，才能引起读者的共鸣。只有把一块烧红的铁扔进池水中，才能引起一大片的沸腾。当然，我也不赞成无休止的纵情写作，这样会把激情耗尽，池水熬干。作品是激情与冷静结合的产物，有人偏重激情，有人偏重冷静，重生兄的大多数作品感情描写的比较多，很容易打动读者，引起共鸣。当然，这也有不好的一面，比如叙述时拖沓、张扬、少张力等。每个诗人都不是完美无瑕的，重生兄也不例外，诗歌是一种慢，他的作品要是能再慢些、再节制凝练些就会更好的。

  作者擅长捕捉住某些稍纵即逝的物象，赋予单调的景物以鲜活的生命。一棵前世的有思想的芦苇，成长为今生的实业家与好诗人，这是命运的事，更离不开他的努力。他的作品充满着温度与生命质感。从他诗歌中递来的光，照亮了他自己的路，也让别人在黑暗中看清了行走的方向。在这本集子中，好多组诗歌都是时代性鲜明的作品，一棵长在祖国大地上的树，自然是不缺少丰厚的养料的，愿重生兄在每首诗完成后，都能找到重生的感觉，升华自己的生命与灵魂！

原载《常德日报》（2020年11月22日）。作者本名张克良，诗人，现居安徽淮南。

故乡星与云　最抚凡人心

王向阳

金华浦江乡贤吴重生先生又出新著了！为近来颇为热闹的文坛增添了浓墨重彩的一笔！

这既在意料之中。这些年来，他作为浙江日报报业集团北京分社的社长，公务繁忙，频频行走于北京与浙江之间，惯于在来去匆匆的旅途中，即行即吟，提起那支五彩之笔，写下海量的散文、诗歌和评论。

这又在意料之外。当我收到快递小哥送来的新著时，一看有两本，以为是复本，谁知是姊妹篇：散文集《捕云录》和诗集《捕星录》，图书开本完全相同，装帧风格极为神似。

夤缘与吴重生先生相识，是十余年前在杭州梅家坞梅竺度假村举办的一次浦江同乡会上。我们一见如故，因为除了共同的乡音，还有共同的职业——新闻。当时，他任《中国新闻出版报》浙江记者站站长，我在《市场导报》当差。当年，他在《钱江晚报》的副刊"晚潮"上开辟了一个专栏，专门向读者推荐好书。承蒙厚爱，他先后给我的散文集《六零后记忆》《最喜小儿无赖》写了两篇书评《不仅仅是个人的记忆》《搭向阳车去60后》，如今已收进他的散文集《捕云录》里。再后来，我们一起回家参加浦江县文联成立三十周年的庆典，同居一室，用不同的方式为家乡的文化事业略尽绵薄之力。

说起家乡浦江，虽是小邑，却是文风鼎盛，人才辈出，号称"小邹鲁"。其背后流传着这样一个古老的传说：在县城的东面，有一座低矮的小山——龙峰山，山上有一座古老的塔——龙德寺塔，塔的西面有一个方形的池塘——学塘。每当旭日东升，龙德寺塔的塔影倒映在学塘中，远远望去，仿佛一支如椽湖笔，搁置在一方端砚中，饱蘸着墨汁。学塘边有一座钟楼，好像一锭歙墨放置在湖笔和端砚侧。学塘的西面有一座孔庙，大成殿前有一块绿茵茵的草地，似乎是一张宣纸。在这样的人文环境里熏陶出来的浦江学子，有深挚的文化情怀，有庄严的文化使命，也有高度的文化自信。而吴重生先生，正是家乡文化人中杰出的代表。

熟悉吴重生先生的人，都知道他的个人奋斗史。三十余年来，他从家乡平安乡到浦江县、到金华市、到浙江省，到如今北京的皇城根，一步一个脚印，一步一个台阶，走得很从容，走得很自信，走得很踏实。跟同龄人相比，他在校的时间不算长，读的书却很多，尤其是人生阅历特别丰富多彩，把社会这本更加厚重、更加生动、更加精彩的书读得滚瓜烂熟，闯出了一番属于自己的新天地。他的励志故事脍炙人口，正是三十九万浦江人民自强不息、砥砺奋进的一个缩影。

为什么从基层一路打拼的吴重生先生能行稳致远？正如老子《道德经》所说的"合抱之木，生于毫末；九层之台，起于累土"，是他的人生基础打得特别厚实。诚如明代"开国文臣之首"宋濂先生在《龙溪张氏谱叙》中所写的："浦阳仙华为屏，大江为带，中横亘数十里，山盘纡周遭若城，洵天地间秀绝之区也。产于斯者，族每繁衍而悠长，高智远略之士，多由他郡徙居之，若大羽之高林，巨鳞之沧海。"家乡壮美的山水风光和厚重的历史文化，哺育着他，滋润着他，催动着他，游走于新闻、文学、书画等多重领域，破除"隔行如隔山"的陈规戒律，融会贯通，左右逢源。

饮水思源，吴重生先生作为一位从浦江走出去的乡贤，利用自己的资源和人脉，实实在在地反哺家乡，无论是月泉书院的重建，上山文化和孝义文化的传播，还是文化产业的勃兴，都有他摇旗呐喊的身影。

人在京城，心怀故土。时时流露在吴重生先生笔端的，是浓得化不开的乡愁，有家乡的人和事，家乡的山和水，家乡的风俗和历史，组成一个颠扑不破的"家乡"概念。

随着吴重生先生不断远行，家乡的范围也逐渐从浦江扩张到金华，从金华扩张到浙江。散文集《捕云录》分日月光华、读书笔记、烹诗煮画、序与跋四辑，共九十四篇文章。其中写家乡浦江的人与事的文章，多达三十三篇，超过三成；写金华的有三十九篇，超过四成；写浙江的更是达到六十四篇，接近七成。这对一位常年在京城打拼的文化人来说，足以说明对家乡的深情厚谊，"站在北方的高山上，眺望千里之外家乡的纵横阡陌和山水田园。虽然故乡不可见，但魂牵梦绕，就像是一只迎风高飞的风筝，无论飞多远，线头永远在故乡的那一端。"

在吴重生先生的笔下，"家乡是有颜色的，'青山横北郭，白水绕东城'；家乡是有声音的，'逢人渐觉乡音异，却恨莺声似故乡'；家乡是有味道的，'长江绕郭知鱼美，好竹连山觉笋香'；家乡是有温度的，'已讶衾枕冷，复见窗户明'。有魂牵梦绕的亲人，父亲年近八旬，背不弯，眼不花，身板硬朗，"衣着朴素而整洁，头发灰白而稀疏，双目有神，说起话来声如洪钟，走起路来脚底生风"，母亲善唱民谣，"小麦黄大麦黄，小姊吃口乌砂糖，大姊吃口白砂糖，啊啾啾，喇叭嘟嘟嘟嘟响"，"啊呀姆妈娘，生俺这么长，茄菜根头躲阴凉"；有稻作文明的源头万年上山，有千年诗歌的摇篮月泉吟社；有"天地间秀绝之区"的仙华山；有孕育浦江历史的母亲河浦阳江，有代表浦江未来的浦江中学未名溪；有老家的斑驳开裂的泥墙屋和瓜果飘香的菜园子；还有端午吃粽子鸡蛋、春节贴红纸的习俗……家乡的人和事，在他心中有着沉甸甸的分量。

在吴重生先生的笔下，家乡的书画家群体一枝独秀。他自幼喜爱丹青，颇善绘事，乐交书画界的朋友，乐为书画人物造像。有浙派代表人物方增先，"无论是《粒粒皆辛苦》《说红书》还是《母亲》，表现的都是农民、藏民等普通劳动者"；有书画界的中坚，马锋辉"是松的传人，自然拥有松的品质，松的气度，松的精神"，吴建明"一行鸟飞过或者一群兽跑过，便能掠起一阵风，画中所有的对象都会跳起舞来"，方钢军"抽象人物画系列，暖色调和冷色调的把握，恰到好处；一房一石皆心中所想；一草一木乃精神观照，意趣和情趣兼而有之"；还有书画界的后起之秀，吴涧风"人物、花鸟、山水俱擅，其书法亦自成一派"，张芥嘉"曾用两年时间，专门画水仙；用一年时间，专门画紫藤，可见其用情之专"。

在吴重生先生的笔下，家乡的作家群体星光闪耀。他爱写诗，不遗余力地提倡并践行"一日一诗"的理念；爱写散文，采撷生活中的吉光片羽，抓住灵光一现；爱写评论，点评推荐故乡的作家群体：有"以细腻的笔触、丰富的情感，为我们呈现了一条在历史的时空里无限延伸的江南小巷"的张明，有"有历史画面，有生活情趣，有感人细节"的何金海，有"在商海里摸爬滚打近三十年，但骨子里却是一个文人，一直在文化的'江湖'里'混'"的杨钦飚。

阅读吴重生先生的诗集《捕星录》，同样有一种鲜明的家乡元素，无论是《陪老父亲登高》《通天饭》《官岩山，岭与树的重逢》《今夜，我搁浅在故乡》《老家的泥土墙》，还是《磐安三章》《赴金华婚宴遇故友有感》，扑面而来的是家乡泥土的芳香。正如《解放军报》文化部主任刘笑伟先生说的，"他以家乡浦江为背景，用行云流水般的笔触，描绘了故乡的美丽风情、纯朴民俗以及生活在这块土地上的勤劳善良的人们。诗人既写出了秀美的小城风貌，也写出了多彩的民间风俗，还写出了一位游子对故土的热爱。不仅如此，诗人更将这种故园意识升华为对祖国的爱、对民族的爱、对中华文化的爱。"

家乡，是哺育作家成长的母亲初乳；家乡，也是作家创作的不竭源泉。正如东坡居士词里所说的："万里归来颜愈少，微笑，笑时犹带岭梅香。试问岭南应不好，却道：此心安处是吾乡。"在吴重生先生看来，"此心安处"不仅仅是一个地域的概念，更是一种心情，一种心境。

原载《金华日报》（2020年8月22日）。作者系浦江籍旅杭作家，供职于浙江省市场监管局。

且邀他日看海平

蓉　儿

　　认识吴重生就是因为诗歌。三十年前，吴重生就已经在各级各类报刊上发表诗歌作品，吴重生的名字从此就印在了我的脑中。如今又一套文集《捕星录》《捕云录》，经吴重生签名摆在我的案头。作为老朋友，我由衷地为他高兴！看着吴重生从浦江到金华、杭州，又从杭州到北京，一路诗画相伴，高歌猛进，使我真真切切地感受到诗歌的力量。

　　2012年5月29日，杭州长运司机吴斌，驾驶大客车行驶于沪宜高速时，被迎面飞来的制动毂残片砸碎前窗玻璃刺入腹部致肝脏破裂，但他仍忍痛将车停稳，并提醒车内二十四名乘客安全疏散及报警。三天后吴斌因伤势过重去世，年仅四十八岁。吴斌的壮举，感动了各界人士，也感动了诗人吴重生，他以他新闻人的触角和诗人的感性，迅速做出反应，不但自己写出了歌颂吴斌英雄事迹的诗歌，还发动诗友共同创作歌颂吴斌的诗歌作品。很快，由他主编的诗集《我歌吴斌》由浙江大学出版社出版发行。时任浙江省委书记赵洪祝审定了书稿，时任浙江省委常委、杭州市委书记黄坤明出席了该诗集的首发式。在这本诗歌集中也收录了我的诗，我也参加了该诗歌的首发和诗歌朗诵会。朗诵会上第一次听到黄亚洲老师亲自朗诵他自己的诗歌，听得热泪盈眶，那次会上还见到了著名诗人龙彼德、潘维老师，真正见证了诗歌的伟大力量，诗歌的正能量可以激荡这么多人，回想着吴斌的壮举，现场很多人都流泪了。看到吴重生在会场上忙前忙后的工作，吴重生为这本诗集的付出和努力是多么值得。

　　日历翻到2016年2月16日下午，浦江县大畈乡上河村三个小孩走失，那天我正住在北京儿子家中,看到朋友圈在转着三个小孩走失的事件,希望有知情者能报告看见孩子的消息,当时浦江县委县政府领导和公安机关紧急部署寻找工作,朋友圈不断有消息传来,浦江搜求三个孩子的进展情况,17日早上,我写下了《小浦,今夜无眠》这首诗歌,写好后我习惯性地放进了文件夹上,我想或许孩子很快就能找到,先不发诗歌,自己仍然关注朋友圈消息,到中午依旧没有孩子们的消息,我就把诗歌发给了《今日浦江》报和浦江微讯,当天浦江微讯就转发我的诗歌,18日《今日浦江》报也发表了我的这首诗歌,《金华晚报》《浙江日报》客户端也转发了我的诗歌。当天,我看到吴重生和何金海也创作了呼唤孩子回家的诗作。2月19日上午三个孩子找到了,朋友圈一片欢腾,"我们胜利了"的消息铺天盖地而来,我兴奋地又写了一首诗歌。下午,吴重生邀约我及在京的几位诗友一起喝茶,诗人在一起,就是有诗歌的话题,自然就谈到三个孩子走失这件事,以及为孩子们写的诗,吴重生灵机一动,他说:我们是否请中国诗歌网发个综述,集中发表搜救孩子的诗作。后来中国诗歌网杨志学、孤城老师及吴思敬老师他们也陆续前来。在杨志学和孤城老师的大力支持下,吴重生的设想迅速在中国诗歌网得到落实。吴重生当时还提出一个想法,是否可以邀请北京及全国著名的诗人到浦江采风,这个建议很快得到县委县政府领导的支持,2月28日,全国著名诗人叶延滨、杨志学、谢克强、潇潇、胡弦、冬青、孤城在吴重生的陪同下来到浦江采风,我和几位浦江作者也参与了采风活动。在采风介绍会上时任县长的丁政和时任搜救办公室主任严龙顺介绍了整个搜救过程,大家都感动得流下了热泪。

很快八位著名诗人都写了诗。我也收集了浦江作者的诗歌,我的几位外地诗友也发来了诗歌,都被收进了由吴重生主编的诗集《用我的诗爱你》。6月份诗集由中国计划出版社正式出版了,我在诗歌采风群里建议:是否搞一次这本诗集的诗歌朗诵会。当时群里时任副县长的郑文红当即提出要求文联做出朗诵会的策划。后来县文联策划了一场翠湖纳凉诗会,第一场就轰动了小城,市民参与度非常高,报名参加朗诵的人也非常踊跃,后来每周六一场诗歌朗诵会,连着搞了六场朗诵会,并对参与朗诵者进行评奖表彰。

随后,《用我的诗爱你》得到北京大学中国诗歌研究院的重视,并在北京大学搞了诗集首发式,会场上传来的好消息真是振奋人心。

任何事情的发上都不是偶然的,都有其必然的因果关系。

我庆幸和吴重生因为诗缘碰撞出的火花有了今天的结果,感谢县文联和县委县政府领导对于诗歌的支持和重视。我坚信诗歌会在浦江月泉的文化河流中永恒地流淌。

今年5月26日，应县文联邀请，吴重生要来浦江月泉书院举办一场"写出我的独特发现——谈谈诗歌和散文创作"讲座。我把这个好消息分享在朋友圈并分享给我周围喜爱文学的朋友，电大古汉语文学专业同学徐承潜、胡阳山等人也表示要前往听讲座，徐承潜到会场后他还轻轻地对我说："吴重生真的不简单，我家还保存有他二十岁时的一本铅字油印的诗集。那是吴重生赠给承潜夫人李永莉的。"他用手机拍了图片发给我看，我非常惊讶，三十年前的油印诗集还保存完好，真的很意外。这对于一个诗歌人绝对是一针兴奋剂，我也禁不住兴奋，当场把图片转发给吴重生。吴重生怎么也想不到，三十年后还有人保存着他的油印诗集。徐承潜同学也在会上做了交流发言，他说道：吴重生老师是浦江的骄傲，可以说也是有志者事竟成的典型，这本诗集也是他在整理书籍时偶然发现的。吴重生当场表示，这次时间不允许，下次一定专程拜访李永莉和徐承潜他们。

今年6月7日，由中国青年出版社小众书坊主办的吴重生新书《捕云录》《捕星录》分享会在北京雍和宫举行，我又一次分享到了吴重生收获诗歌的喜悦。我在浦江县文联的分会场，看着谢冕、阎晓宏、张抗抗、邱华栋、施战军、马国仓、何兰生等大咖云集在北京雍和宫。聆听他们的讲话，聆听诗坛泰斗、八十八岁的北大教授谢冕现场朗诵的吴重生诗歌，我也是感慨万千：诗不仅是文学皇冠上的明珠，也是人生道路上指路的明灯。吴重生的这份诗歌情怀，这份初心很珍贵，也是我们真正爱诗人的初衷。在追随诗歌的路上，我不仅看到了吴重生热爱诗歌的初心，还看到了他几十年如一日的"一日一诗"主张，而且他不只是现在坚持，而是他在二十岁时自费油印的诗集中就已经白纸黑字地印着。

我真心佩服吴重生执着追求真善美的人生，就像我自己所追求的诗观一样，把诗歌看成是自己追求的一部分：诗歌是灵魂的舍利子，必须敬畏它，把它供奉于心灵的殿堂，用心朝拜，容不得半点虚假。你爱诗，诗也会爱你；你敬诗，诗也会敬你。

"少年何妨梦摘星，敢挽桑弓射玉衡。莫道今朝精卫少，且邀他日看海平。"吴重生是"有志之人立长志"的榜样。

祝福吴重生，祝福诗歌！

原载《绍兴晚报》（2020年6月7日）。作者系浦江县作协主席。

亦师亦友亦重生

魏锦明

大学刚毕业那些年，因为自己比较喜欢写新闻，也经常给市县媒体投稿。一个偶然的机会，认识了当时在浦江新闻界已经很有名气的吴重生。他为人随和客气，经常带领大家搞活动，一起去采访新闻，通过和他的交往我又认识了浦江新闻界的许多小伙伴。

吴重生身上有一股钻劲和韧劲，对新事物具有敏锐的洞察能力。他虚心好学，淳朴厚道，使得很多人都乐意与他交往。

记得刚认识吴重生时，作为庆贺自己二十岁生日的礼物，重生赠送给我们每人一本用钢板刻写、油墨手工印制的诗集，这也是他的第一本诗集。后来他离开浦江到《金华晚报》工作，又给我送来一本自己的散文集《屋后园》，字里行间流露出满满的乡村生活记忆。到杭州工作后，有一次忽然打电话来说，他要尽快赶回杭州，没时间和我见面，在浦江某宾馆前台放了一本他新出的书，让我过去拿一下，我骑着摩托车急急赶到宾馆，是一本诗集《女儿的眼睛》。再后来重生又从杭州走向北京，联系也就渐渐少了，但我俩一起冲印黑白照片一事至今难以忘记。

那时，重生刚从平安乡政府调到大溪乡政府当文化员，我在潘宅中学任教，我的老家就在大溪乡浦南村，离乡政府也就两里地，210省道穿村而过，交通便利，那时候的主要交通工具是自行车，骑车外出采访途中重生常到我家来歇脚，他在得知我读大学时当过学生会宣传部长，专门学过黑白照片的冲洗，就很有兴趣表示，一定要学习照片冲印技术。

我就利用周末时间跑遍整个浦阳镇，终于买到了显影粉、定影粉和印相纸。

还有把我上大学时置办的曝光箱、烘箱、切刀等一整套冲洗照片的设备搬到他在大溪乡政府内的宿舍，又把棉被按在窗户上遮挡光线，用床单和报纸把门窗上的缝隙都堵住，整个房间不留一点透光的缝隙，一切准备就绪，早早在乡政府食堂吃好晚饭，静等天黑。

一到天黑，锁好门，打开红色指示灯，让眼睛适应几分钟，再次检查一边门窗的密封情况，确保不漏光。重生因为是第一次体会这种环境，比较兴奋，一再催我："锦明兄，可以开始了吗？"我说："一点不能漏光，否则胶卷曝光了，不但照片洗不好，没了底片，就无法挽救了。"本来我还想把最近刚拍的一卷底片先冲出来，但重生老弟可能已经等不及了，就只好先洗照片。我首先选取一些有代表性的底片进行曝光量测试，以便掌握整个胶卷的正确曝光时间量，然后再开始照片扩印，把曝印后的相纸放入调配好的显影液中，轻轻漂洗，照片的轮廓渐渐显露出来，重生老弟当时很是激动，大喊着说，怎么这样神奇！太奇妙了……等到照片清晰，显影结束，马上捞出，放入定影液中定影，再是漂洗，烘干，裁剪。两人一直忙到通宵，才把一卷胶卷冲印好。看到自己拍摄冲洗出来的照片，我们俩都很开心，尤其是重生老弟，第二天一直拿着自己的大作欣赏，为自己又学会了一门技术而高兴。

那时候的乡镇文化站都配有"海鸥牌"120型照相机，但没有专门组织对文化员进行冲洗照片的培训，拍摄的照片都要拿到县城照相馆去冲印，既费钱又影响新闻的时效。重生硬是通过自己的虚心好学，熟练掌握了照片冲印技艺。在浦江县文化员队伍中，吴重生是屈指可数的获得过"浙江省优秀群众文化干部"称号的人。他积极上进，总喜欢寻找机会努力提升自己的各种能力，这些优秀品质都为他一步步走向成功打下了坚实的基础。

此事虽已过去三十多年了，但至今记忆犹新……

记得有一天，重生又对我说，很想体验一下当老师上课的经历，我立马答应了他的请求，正好可以请他为我所执教的潘宅中学学生讲讲他热爱新闻写作，扎根农村自学成才的经历。他很高兴地回去认真准备了两天，又拿着备好的讲稿找我探讨课堂教学的难点，注意事项，力争各个环节都做到尽善完美，然后信心满满地走上讲台。课堂中重生从自己的兴趣爱好说起，结合新闻采写实例，旁征博引，幽默风趣。他还特别介绍了自己出于"好奇"向我自学冲洗照片取得成功的故事，勉励同学们要张扬"好奇"之心，做生活的有心人，让"好奇"成为自己不断探索和前进的动力。他又把学习比作那张洁白的印相纸，只有经受住黑暗的煎熬，才能绽放成最美的照片。讲课素材信手拈来，贴切生动，高潮迭起，不时博得学生的阵阵掌声，不知不觉中下课铃声响起，同学们还意犹未尽，纷纷围上讲台，问这问那。重生老弟确实是一位知识渊博、多才多艺的优秀人才。

平时，他还经常带领大家一起采访、写稿。从他的身上我不但学到了许多新闻采写的实际经验，更敬佩于他那种虚心好学、踏实进取的工作热情。

一辈子以教书为业，兢兢业业躬身教坛的我，可谓"育桃李几十年如一日，执教鞭足只在小浦江"。而吴重生从浦江到金华，从金华到杭州，再从杭州到北京，一直奔跑在向前的路上。每每从报刊媒体上获知老朋友的信息，常常为他取得的成就所欣喜，默默地为他祝福。

回顾与吴重生的交往经历，每次都给我"山重水复疑无路，柳暗花明又重生"之感，开阔思路，启迪智慧，增强勇气。

吴重生，我至今难忘的良师益友！

原载《大众日报》客户端（2023年1月8日）。作者系浦江四中教师。

一夜烛光照青春

何金海

1989年春夏之交，我在浙江省浦江县平湖区公所工作。因为离家有百里之遥，每回一趟家，得转车，再走十几里路，因而就很少回家。在区公所的日子，白天下乡进村工作，晚上别的干部回家了，我就留守。好在区公所大院还有公安派出所、林业站值班的人，有时我就和派出所、林业站的人一起去治安巡逻，参加一些禁赌和治安纠纷的查证工作，因而也就知道了一些新闻素材。回到宿舍，我就将这些素材写成新闻报道，向县广播站、省报和市报投稿。广播里、报纸上时常会播报、刊登我采写的新闻，也时常有稿费单寄来。这样的基层工作，这样的晚上时光，我爱好着、充实着、愉悦着，扑克、麻将就难以成为我的盟友了。

县广播站一年播出了我写的一百二十多篇新闻稿，那个时候，一篇标题新闻一元稿费、一条简讯是五毛，全年稿费也有一百多元；年底还被评为优秀通讯员。都说写报道是名利双收，因为会写而得到提拔重用的"笔杆子"很多，可为什么写的人还是很少呢？这个问题我至今还纳闷：谁说大学生不会写，读书时每周都有作文课，语文考试每次都有作文题，而且作文分的比例还很高，可是那么多的大学毕业生，真正拿起笔写文章的实在是凤毛麟角。

一天晚饭后，我正在宿舍里写稿，远远就听到院子里有人在喊我的名字。我忙停下手中的笔，跑出宿舍，同事说有人找我。来人自报家门："我叫吴重生，在大溪乡政府工作。"我在平湖区无亲无友，像这样有人来找我的还是第一次，我一时有些尴尬。好在吴重生马上就说："你写报道那么多，经常在广播里、报纸上听到看到，我也是写报道的，今天是搭顺风车特意来看看你的。"我把他引进三楼的宿舍，两个年轻人就这样交流起写报道的事情来，俨然久别重逢的好友。

天色渐渐地暗了下来，当我去拉灯时，才发现停电了。那年月，停电是常有的事，特别是春夏和秋冬农忙季节。因此宿舍里都备有蜡烛，我点上一支蜡烛，感觉不够亮，又点上一支，霎时宿舍里便有了一份别样的温馨。烛光下，两个年轻人说山里山外的新闻，谈新闻的写作，聊年轻人的工作和生活，自然而然就说到了文学，说起了今后的人生。

说话间，吴重生还多次拿起我的那本剪报，那是我在报刊发表的"豆腐块"，从一句话新闻的"豆腐条"开始，一页一页地翻过，豆腐块也慢慢变大了；吴重生还说起他第一次看到我名字的情景：平湖区怎么出了一个会写的人？我就向他说出了我之所以要写的原因。

也不知聊了多久，有人来叫他了，吴重生说他得走了，而且是说走就走的那种。我有些不过瘾、有些依依不舍，说句实话，参加工作近两年来，还没有人这样的和我聊这么多、这么久、这么深、这么透。吴重生虽然比我年轻，但他的见识之广让我刮目相看。吴重生说："我是坐他们的车特意来看你的，他们走了，我也得走了。"他边走边说："大溪乡就在城南，你到城里来可以到我那里来坐坐。"我急忙回走几步，拿起一根蜡烛，照亮楼梯口的台阶。只见院子里停着一辆小货车，黑夜里雪白的两束光指引着我们向车走去。

就像两个老朋友一样，在山村的一个停电的夜晚，烛光下谈新闻谈文学谈未来的两个小青年，依依惜别在写作的星空下……

因为出生在山里又工作在山里的原因，我的性格总的来说趋于内向、不善交际，因而有几次到城里出差的机会，办完事了就急着往回赶，没有去吴重生工作的大溪乡看看他。现在想想其实回单位也没有什么要紧的事，去大溪乡看看吴重生又怎么样呢！就是在山外住一晚又怎么样呢！可是，那时的我就是这样，感觉只有回去了心里才踏实。

就在那年的春节前，我被县城的一个单位看中，把我调了出来。很多人都向我表示祝贺，在他们看来，能调到城里工作是山里人梦寐以求的，他们用羡慕的目光说我会写，就是因为会写才被调出来的。可我并没有什么兴奋和激动，到哪里都是工作啊！

到新单位后，领导就安排我到办公室工作，专门写什么工作信息、工作总结、领导讲话、调研报告和理论文章之类的。说句实话，那个时候，我对领导讲话、理论文章之类的还没有多少概念，但既然来了，就得虚心接受、担当作为。

新单位在县政府里面，之前虽开会去过几次，但能到县政府里面工作，还确实让我激动了好一阵子。机关后勤给我安排了一间木结构的老房子算是宿舍，里面什么也没有，在县政府开车的小叔就想办法搞来了一张旧的单人床和一张旧桌子，加上山里带来的被铺和一箱书，城里就有了我可以住的地方了。父亲知道后，比我还激动，在很短的时间里，为我赶做一张小方桌和四根小方凳，用三轮车载到城北的农贸市场后，就用他宽厚的肩膀背到我的宿舍，一下子使宿舍充实了起来，有点像家的感觉了。

县政府大院里单位多人多，一日三餐食堂里挤满了人。我没有几个熟悉的，吃完饭不是到单位上班，就在宿舍里；不是看单位的业务书，就是写各种材料；会议也多了起来，竟然还有到市里、省里参加的会议，这让我感觉到了在山里乡下工作全然不一样的环境。

如果说在山里工作仅仅是新闻、豆腐块的话，那么到新单位上班后，我写的主要是内部信息、和工作紧密相关的各种材料，偶尔也写几篇可以公开报道的新闻或者通讯，但篇幅就不是豆腐块那么简单了。

这当中，吴重生对新闻的敏感性和对工作的敬业精神给了我很大的帮助。他常对我说：新闻时效性很强，我们要善于捕捉善于发现，要在第一时间把它写出来，才能体现它的价值。吴重生是这么说的也是这么做的。当时的《浦江报》《金华日报》《金华晚报》等上面几乎三天两头都可以看到他写的新闻。受他的影响，我也努力做好单位的信息和宣传报道工作。那时人们把写作称为"爬格子"。一个"爬"字，形象地描述了写作者的辛苦和不易，但吴重生不以为苦，乐此不疲。这种精神深深地感召着我。

到第二年底，单位的信息工作被评为县市先进，我的名气一下子就在机关里响了起来。但我没有沉浸在这样的喜悦之中，感觉一切努力都是那么的应该，也从来不感觉熬夜写材料有什么辛苦。一份工作、一份工资，在县城有一个住处，一切就这么简单；成绩带来的喜悦就是我的快乐和幸福。

在春暖花开的一个下午，吴重生突然来到我的办公室，一副兴致勃勃、风尘仆仆的样子。寒暄过后，他说："跟我走，今晚到我家吃晚饭。"

到家里吃晚饭，这份情，一时竟让我受宠若惊。在城里工作一年多，除了到小叔家吃过几次外，还没有人请过我，有请的也是几个同学或朋友到当时的浦江后街，炒几个小菜，几瓶啤酒，或吃老太婆拉拉面、那种灌汤的小笼包子、浦江麦饼，还有就是入冬后才有的牛清汤了。窄窄的街面、小小的店铺，有些纷乱嘈杂的环境、熙熙攘攘的人流，可我们依然吃得幸福满满、喝得快乐多多。如今在冠冕堂皇的场馆里就餐，还感觉吃无味、食难欢。两厢一比，就比出了不同时代的精神生活和追求。

因而，至今我还念念不忘到吴重生家里的那顿晚饭，南山脚下，黄泥房里，几个朋友，几盅黄酒，吴重生的父母乐呵呵地张罗着。黄泥房旁边有水塘，水塘旁边雪白的梨花盛开，水塘对岸的空地上有几株高大的香樟树。那一晚，几个小年轻不仅吃出了灿烂的情感，更是喝出了澎湃的诗篇。

在几个朋友当中，吴重生酒量最小，但他激情四射，不但文笔佳，口才也出奇地好。朋友们一起聚会，很容易受到他的感染。在认识他的过程中，我越来越发现他对现实社会的洞察力和建立在这种洞察力基础上的表现力。新闻已是他的家常便饭，他的文学才能也得到空前释放，尤其是在诗歌创作上体现出游刃有余的姿态。说句实话，那个时候我对诗歌还没有多少概念，但吴重生那种由新闻的敏感度转向诗歌创作的跳跃性思维，大大地刺激了我，除了认真学习他的作品外，我也悄悄地尝试诗歌的创作。

不久，吴重生就因成绩突出调到市里的《金华日报》去工作了。再不久，吴重生又到省里的《浙江日报》赴任了。几年后，吴重生又到京城的中国新闻出版传媒集团高就了。

吴重生一步步高升，我都在心里默默地高兴着、祝福着，努力在自己可以把握的写作方面多创作品，也算取得了一些成果。从一个小小的科员到中层，从中层正职到乡镇副书记，再到"八品芝麻官"，二十几年时间，从乡镇到县府机关实现两个轮回。

2009年，也许是因为会写两下子的原因吧，组织安排我到县文联工作。不同的是，吴重生是从县城到京城的高升，我是原地踏步。但环境的变化、职务的变化没有改变我们的感情，金华、杭州、北京，我都去拜会过他，他还是和在浦江时一样初心不改、热情大方。

记得那是2012年的秋天，浦江县文联副主席方钢军到北京李可染基金会举办个人书法展。我作为主席既要去祝贺他，更要为展览的成功举办去努力。我就先电话联系在北京工作的文友吴重生，向他请教关于展览的一些事宜；到北京后又联系他，要他在宣传上尽力。那几天，吴重生成了老乡中最忙碌的一位，不仅为宣传做策划写稿子，开幕式那天还请来了中国新闻出版传媒集团的董事长和总经理。我夫人当时任驻京办主任，也凭着多年在京工作的人脉资源，联系了许多在京乡贤从四面八方赶来捧场。加上李可染基金会的运作，使得这次展览达到一个预先未曾想到的高度。当然这也让我的主持经受了一次大考：一个县级文联主席到京城主持一个有部级官员和众多大咖参加的书法艺术展览会的大考。

三十多年过去，至今我都念念不忘那一夜的烛光。正是那一夜的烛光，照出了我和吴重生之间的友谊，照引了我们的青春之路。我的脑海里常常浮现那一夜烛光下两个年轻人倾心交谈的情景。人们常说"不忘初心，方得始终"。我相信，那一夜的烛光还会继续照亮我前行的路。

原载《大众日报》客户端（2023年1月9日）。作者系中国作家协会会员，曾任浦江县文联主席。

我的同学吴重生

谢　健

"我叫吴重生！"在校园招待所靠窗的书桌前，一个穿着朴素、面容白净的青年人站起身来，向我伸出右手，洋溢的笑容热情、真诚，略带一丝腼腆。

那是2010年的春天，我和全国报业发行界的几位同行赶赴武汉在职读研，吴重生与我同班，他当时的身份是中国新闻出版报浙江记者站站长。

下课了，同学们都在商量着晚上去哪里喝酒吃饭，只有吴重生和老师还在热烈地探讨着上课的内容。其中一位老师非常认可吴重生的观点，说："你要不给我的本科生开个讲座吧！"

于是，在集中学习的十天时间里，吴重生既当学生又当老师，那场题为《新闻与人生》的讲座，收获粉丝无数。

吃了中饭午休，吴重生又不消停。他跑出校门去看画展、书展。

在拿到硕士学位证书的那一天，他告诉我，他调到北京了。

后来，他成了浙江日报报业集团北京分社的社长。再后来，去了中国摄影出版社当总编辑。

有人问起吴重生，我说，他是一台不知疲倦的马达。生命不息，奋斗不止；永远有激情，永远有梦想。

跟吴重生有好几年没见面了，但在朋友圈里一直看见他，看见他灿烂的笑脸，看见他忙碌的身影；读见他明亮温暖的文字，读见他乐观豁达的心境。

他是中国作家协会会员，已出版十四部专著。从他文章里可见窥探他的行踪，了解他的为人，洞察他的思想。作为同学，我一直在微信上关注他，时常在报刊上阅读到他的文字。虽然久未见面,但丝毫不影响我对他的理解。

　　一个人的成长和进步与年龄无关,却与参照物有关。我与吴重生是同龄人,又都是报人出身。每当我想"躺平"的时候,猛然看到微信上吴重生的消息,他写的文章又在《人民日报》上发表了,他又出书了,他又获奖了……我会从床上一跃而起:他还在奔跑,我怎么好意思躺平?

　　既然人无法时常见面,那就经常读读他写的书吧!当我翻开吴重生这本由作家出版社出版的新诗集《太阳被人围观》时,确实被惊艳到了。书中随处可见闪亮的词汇、滚烫的语境和澎湃的文思。我欣喜于书中有不少宁波的元素。那些被我们熟视无睹的事物,在吴重生的眼里,都成了美好的代名词,并化为他笔下隽永的诗句。在宁波,他看见以"紫鹃""白鹤""黄鹂"等命名的社区,诗兴大发,写下《宁波:人类在东海边筑巢》:"人类,在东海边筑巢/需要有整个春天酿成的思绪/需要有海浪一样浪漫而且绵长的梁柱/需要请凤凰吹箫/招来百鸟和百花/然后,人类和万物一起浮出海平面/在这个名叫'宁波'的城市/放飞百鸟,播撒百花/让它们各自占属于自己的领地。"

　　在宁波慈溪的上林湖畔,他捡起一段枯枝,目光依稀中仿佛穿越到了盘古开天的年代,于是写下《在慈溪,领取一根木杖》:"在盘古的眉睫上领取一根木杖/把金木水火土中的木命名为慈溪/这是我命理中缺失的一条肋骨"……"羽衣昱耀,春吹去复留/带着整个慈溪的宫商角徵羽/举起南方的箬根,奏响瓯乐/栲栳山在上林湖南微笑着领首/只有它知道这根木杖对我意味着什么/领取它的时候,我领取了自己的肋骨/在长江上寻梦也许是它最好的归宿。"

　　在象山的海滩上,他奔跑,他欢呼,他吟唱《象山三章》:"象山人在下一盘棋/用唐代海水煮盐炼的棋子/用宋代弦歌市购置的棋盘/在长江三角洲的南部边缘/象山人为中国打开一扇窗/象山人的视野无边无际/他们的目光与蓝天蓝海同一色系/象山人一直在用渔光曲哺育后代。"

　　诗坛泰斗、九十岁的北京大学教授谢冕先生在序言中写道:

　　"吴重生的诗歌整体格调是激越温暖、昂扬向上的,光明是他的诗歌底色。在诗歌文体方面,吴重生进行了深入的探索。读他的诗作,既可以读到气势的恢宏,又可以读到意境的深邃,还可以读到旁征博引的乐趣和善于发现的哲思。他的诗是内敛而深刻的,每一首诗里都藏着一个不一样的吴重生。"

　　吴重生在《后记》中说,这本集子里的大多数作品都是在地铁上完成的。谁能想到，在2021年的北京地铁14号线和5号线上，随同那些摩肩接踵的陌生人进进出出的，还有吴重生的诗歌呢？2021年北京的地铁很繁忙，"挤"是常态，但吴重生的诗歌不怕挤。他相信，"挤"出来的诗歌水分会少一些。这让我想起鲁迅先生说的一句话："哪里有天才，我是把别人喝咖啡的时间都用在写作上了。"

我的同学吴重生，到底是文学成就了你，还是你成就了文学？我相信，他会继续他奔跑的旅程。我也会一如既往地关注他、祝福他。

原载《宁波日报》（2023年2月28日）。作者系宁波报业资产管理公司总经理，摄影家、漫画家。

天下谁人不识君

朱耀照

重生与我同一年进农技校。只不过，我是刚分配来的老师，他是刚入学的学生。

而且凑巧的是，重生进了农艺班，我成了他的班主任和任课老师。

开学没几天，我就注意到他。

那是一个早自习，我去教室里巡查。班里还是混乱一片。有的交头接耳，聊天聊得正欢，有的甚至走出位子，跟别的同学嬉闹。不过，当我在教室门口出现一分钟后，马上，吵闹声停息了。

这时，正如黑暗消退时一切明朗起来一般，一个声音响亮了起来。

原来，靠窗的一个同学正在高声朗读课文。看他的神态，好像根本不知道外面发生了什么。而又因当时处于变声期，有几个字音听起来有些异样。大家都笑了起来，我也忍俊不禁起来。

但他依然没有发觉，高声朗读着……

马上，我记下了他的名字：重生。

重生脸庞清瘦，额头饱满，双眼时刻闪烁着喜悦的光，给人一种热情洋溢的感觉。脸上的几颗青春痘，又让本不呆板的脸显得异常生动。

后来发现，不管别人在聊天，还是争吵，他总是高声朗读。在每堂课上，不管别人如何开小差，他也总是坐得端端正正。他的作业，字迹清秀，很少有涂改的地方。

那时，地处偏僻的农技校生源很不好，班级管理难度大，整个班一直处于浮躁的氛围当中。而在这样的环境中，能像重生那样自觉的，绝对是凤毛麟角。

一次，与重生谈心。提起将来，他的嘴角上翘了起来。"我喜欢写作，我现在奋斗的目标很明确，就是将来当一个新闻记者。现在正训练写报道呢！"

"报道是最实用的；不像我写诗，无病呻吟。从高中写到现在，还是一事无成。"我有些动情了，鼓励着他。

此后，重生来我的房间次数多了。有时拿自己写的新闻稿件或文章给我看。有时还顺便欣赏我的诗作。他感情丰富。拿到一首诗歌，往往稍微酝酿一下，便能抑扬顿挫地朗诵起来。那声音像是有了翅膀，能带着我的诗句飞翔。

三分诗，七分读。我的诗歌经他的朗诵，也变得有味道起来。

见重生对诗歌那么有感觉，我就给他讲起当时流行的朦胧诗，讲起我在大学期间的许多诗歌活动，如听炼虹的诗歌朗诵，听黄亚洲的诗歌讲座等，然后借给他几本诗集。

也许是受了我的感染，不久，重生也爱上了诗歌，一有感触就写了起来：

> 在小吃摊前，我偷走了馄饨的清香；在新华书店，我偷走了时间的钥匙……

高二那年，我在学校里成立了一个文学社。重生自告奋勇，担任副社长。当时收集了一些作品，要编辑《南山》刊物。于是，他选稿，改稿，刻字，忙碌不停。望着他的身影，我的脑海里会浮现出鲁迅笔下柔石的形象。我想，柔石编写《莽原》和《语丝》时也是这样的。

重生长高了。不仅说话声音洪亮，而且为人处世成熟了许多，新闻之路也迈出了可喜的一步。临近毕业，他已是学校里甚至县里小有名气的通讯员。县乡广播站，几乎每隔几天就有他的新闻稿播送。其中一则《浦江农技校苎麻无性繁殖获得成功》的简讯出现在《浙江日报》上。

离开农技校时，重生来到我的宿舍。他送我一件礼物。那是五千多字的一篇小说。题目是《雄鹰》。我一页一页地翻过去，不觉笑了。原来，他写的主人公原型是我。小说叙述了朱老师在文学创作上孜孜不倦最终走上成功的故事，生动传神地塑造了一个不修边幅、具有山民淳朴本性的教师形象。从中，我看到了他对我的美好祝愿。

  这大概是我当时所收到的最宝贵的礼物了。不要说文学创作,就是那十几页方格纸,每一页都将这些端正而清楚的字誊写上去,就要花多少工夫。

  望着他恋恋不舍的神情,我想起了他的热情、努力和专注,想起两年来与他的交往,想起了他的未来——一条静候着他的越来越宽的路,我眼睛湿润了,转身从书架上抽出一本《现代汉语小词典》送给了他。

  至今,我还记得我在那本《现代汉语小词典》扉页上写下的两句话:"莫愁前路无知己,天下谁人不识君!"

  原载《工人日报》(2020年5月17日)。作者系吴重生高中时代的班主任。

和着时代的欢歌

——读吴重生长诗《我是"义新欧"的押货员》

吕纯儿

从"从义乌出发的义新欧班列是一道闪电"到"都已幻化为五彩的音符",我几乎是一口气读完吴重生整百行的长诗《我是"义新欧"的押货员》。读完有一种酣畅淋漓之感,如同被"一道金色的闪电"雷到,一股澎湃之情席卷全身。这道"金色的闪电",是澎湃义乌,澎湃江南,更是澎湃中国。

在第一节,诗人写道:"他的帽檐上停驻着星光/他有着喝令风雨退隐的神通/他有着请山岳让道的通关文牒""义新欧班列是一匹时代的天马""这匹天马姓义名新欧/'义'字当头,把诚信/浇铸成马的嘶鸣/历史被车轮带着飞奔……""义新欧"班列是行走于天地之间的中国红,"我们每天领取崭新的行程单/交给太阳和月亮/风加盖的邮戳,雨无法将其洗去/我的风是用紫色阳光熏染而成/那灿烂的,是中国红/旭日的兄弟,朝霞的姊妹。"

最后一节,诗人写道:"这风一样的旅程/一定有万花欢唱、百鸟和鸣/远去的山川和迎面而来的绿野……"澎湃之情贯穿于全诗,也激荡于诗外。

读吴重生的诗,是需要有定力的,一不小心就淹没于他的澎湃之中。字里行间,洋溢是诗人对故土深沉而质朴的眷恋。诗人生于浦江,曾为《金华日报》《浙江日报》记者,作为时代的哨兵,他曾热切地感受着八婺大地的脉搏,而义乌,正跳动着八婺大地的大动脉。他了解义乌这片"红土地"的过去,深知这趟"义新欧"班列背后的汗水和意义,也瞭望过这片土地的远方。他从八婺大地出发走向北京,如今,他又以诗人的身份回到这片土地,在他的内心,涌动着故土之情。

没有比回到故土更为欢欣，也没有比从故土走向远方更为豪迈。"洋甘菊摇曳在路的两旁／三色堇，告诉'义新欧'的押货员／沉思，快乐，请思念我／白鹳在屋顶或烟囱上筑巢／连绵起伏的山峦，高原台地，丘陵／星罗棋布的湖泊，平原辽阔。"

"义新欧"的押货员，我想是诗人形象的表达。押货员是哨兵、是游子、是诗人，更是飞翔的远方。诗人写道："对我而言，小时候／欧洲是一个遥远的想象／在义乌国际商贸城五区市场／我与义新欧班列沙盘地图不期而遇／仿佛突然之间，把地球的一半／剥开来，放在我的面前／那么新鲜，仿佛还冒着热气。"故土昔日梦想成为现实，如闪电如星光一样闪耀在眼前，诗人的心已随着这趟班列飞翔，成为那道金色的闪电："我的人生在这一刻有了新的想法／申请做一名"义新欧"的押货员／从义乌小商品市场出发／一路西行，穿越戈壁和沙漠／翻过雪山和丘陵／我无需借助飞机和轮船／这一片横跨欧亚的大陆／本来就紧紧相连。""我要给哈萨克斯坦、俄罗斯、白俄罗斯／波兰、德国和法国……／标注驿站编号／西班牙马德里，也许不是终点／有时候，在陆地上飞奔也是一种飞翔。"然而，无论走得多远，依然走不出故土，欧洲的前面是家门口，风的内核藏着拨浪鼓的声音："在平地上遥望远方／迷雾散去，万里之外／锦绣河山清晰可见／这是家门口的欧洲啊／那琳琅满目的商品来自同一片陆地／它们由火车的轰鸣声携来／由日边的彩霞携来""从天边聚拢而来的云朵／是从雪山提取出来的棉花／来接应这一路雷霆／我想，如果风有内核／那么它里面一定藏着拨浪鼓的声音。"

诗人是中国式现代化建设者中的一员。"对我而言，小时候／欧洲是一个遥远的想象／在义乌国际商贸城五区市场／我与义新欧班列沙盘地图不期而遇／仿佛突然之间，把地球的一半／剥开来，放在我的面前／那么新鲜，仿佛还冒着热气。"这冒着热气的景象，在义乌，在"义新欧"，在各个角落。这趟班列上"琳琅满目的商品"，有编织锦绣的丝线、盛放四季的碗筷，正是我们热气腾腾的生活。在中华大地上，无数列"义新欧"驶向辽阔，走进塞万提斯的故乡，叩响堂吉诃德的家门。诚如诗人所言："我在塞万提斯的故乡畅想未来／堂吉诃德还在家吗？春天来了／伏尔加河上的冰雪是否已融化？／我，来自义乌的押货员以星光御寒／我们在乌鸟衔枝的传说里驭风而行／在雷电中一次次出发，一次次归来。"

《我是"义新欧"的押货员》既是对义乌的礼赞，也是对新时代的礼赞，是对中国式现代化的诗意歌颂。作者选取的叙事角度非常新颖，把自己幻化成为一名班列的"押货员"，以诗意的语言、神奇的想象，叙述了自己在押货过程中的所见所闻。这首诗蕴含的内容非常丰富。洋甘菊、三色堇、白鹳等意象看似信手拈来，其实蕴含深意。所有的形象比喻都围绕"义新欧"这条"隐形河流"展开。诗人用陌生化的语言、瑰丽雄奇的想象为我们描绘了作为中欧班列重要成员"义新欧"的现实图景和时代使命。字里行间，洋溢着诗人深厚的学养、敏捷的才思。

作者系中国散文学会会员、浙江省作家协会会员。

重生其人 或或其文

李 丽

吴重生是我的同事，在工作中我称呼他为吴总编，而私下里我习惯称他为重生兄。不仅因为他整整大我十岁，而是他的学识、才情等都远在我之上，我愿意以"兄"之称来表达对他的敬重。

与重生兄的第一次见面始于2020年底。那时，他还在浙江日报报业集团北京分社社长任上，中国摄影家协会慧眼识珠，欲将其作为人才引进，担任中国摄影出版社总编辑。我作为中国摄影家协会人事部门负责人，和同事一起赴浙江对其进行考察。在浙报集团，上至集团领导，下至部门同事，谈起重生兄，都是一脸赞叹和欣赏，对其人品学识、工作能力、工作业绩、为人处世等赞不绝口，并对其即将离开浙报集团表示深深的惋惜和不舍。做人事工作多年，经手考察的人很多，但像这种众人交口称赞的人选，并不多见，并且这种称赞不是例行公事的敷衍，也不是空洞的泛泛而谈，而是有事实、有例证，言辞恳切，情真意切，让我对重生兄的初印象颇有好感，觉得是位不可多得的人才。

成为同事后，随着交往增多，了解愈深，更印证了当初的印象。认真专注、勤勉敬业使他由一名出色的新闻人很快转型为一名优秀的出版人。中国摄影出版社社会效益和经济效益连年双丰收。作为总编辑，他功不可没。值得一提的是，为了提高中国摄影出版社画册的可读性和内涵，他利用自己的诗歌写作专长为画册配诗，并利用自己在文学圈内的人脉资源，倡导"美图配美诗"，发动知名诗人与知名摄影家合作出版图文并茂的图书，受到了业界欢迎。他策划的"大美中国行"活动，组织全国知名摄影家、文学家和新闻出版工作者深入全国各地采风，通过文艺的表现形式，为地方党委政府提供全方位、全流程、全媒体、立体化的宣传服务，足迹遍及大江南北。除了行万里路，重生兄也非常注重理论研究，先后撰写了《出版社图书选题如何更接地气》《如何将好活动策划成好图书》《影像出版的史料价值与传播价值》等十余篇专业论文，发表在业界权威媒体上。在中国摄影出版社，我国摄影出版的最高平台，他干得风生水起，真正做到了"干一行、爱一行、专一行"。

在做好本职工作之余，重生兄依然恣意地在诗歌和文学的疆域中驰骋。他说："诗歌使我年轻，文学使我重生。"《人民日报》高级记者袁亚平曾说："记者很多，既是记者又是诗人，却很少。一般而言，记者必须写实，缺乏诗人的天马行空；诗人求浪漫，缺乏记者的新闻敏感。"重生兄却是一个"异类"，将记者的敏感和诗人的浪漫完美地融合于一体，活成了他人眼中羡慕的样子。重生兄曾言："在庸常的日子里抠出片刻时光，经营一个文学梦，于我而言，又何尝不是一种人生的幸遇呢？"他以赤子之心、游子之情、才子之思，充满激情地拥抱诗歌。热爱写诗的人，一定是对生活充满热爱的人。纵览重生兄的诗作，"热爱"二字贯穿始终，他热爱家园故土，热爱传统文化，热爱锦绣山河，热爱盛世中华，目之所及，他走过的路，遇到的人，经过的事，都成为他创作的源头活水。他善于从寻常的生活中发现不寻常之美，把对现实世界的深刻体察，透过优美的文字、巧妙的构思和丰富的审美意象转换为诗意的表达。于是，一座小桥、一场大雪、一只攀雀、一枚印章甚至一块石头、一把牙刷都可以演绎出感人肺腑、耐人寻味的动人乐章。对重生兄而言，诗缘于真情，诗诉说心声，诗中有乾坤，诗中有体温。

时任中国作协副主席、鲁迅文学院院长吉狄马加曾在《光明日报》上发表评论文章《他对诗的热爱源于他的心灵》，对他的文学创作实践和成就给予高度评价："吴重生是一个有诗歌情操的人，是一位真正的文字的信徒。"中国当代文学研究会副会长、著名诗歌评论家吴思敬先生在《人民日报》上以"致信太阳的诗人"为题，撰文赞评他的诗歌作品。北京大学中国诗歌研究院名誉院长谢冕先生说："读他的诗作，既可以读到气势的恢宏，又可以读到意境的深邃，还可以读到旁征博引的乐趣和善于发现的哲思。他的诗是内敛而深刻的，每一首诗里都藏着一个不一样的吴重生。"中国文联原副主席、中国文艺评论家协会副主席郭运德曾感叹："重生作为一个媒体人，受到双重生活的重压，竟然还有写诗的闲情逸致且颇有成就，这就愈加难能可贵。"日拱一卒，功不唐捐，多年的勤奋写作、笔耕不辍，使得重生兄厚积薄发、佳作频出。他从2014年元旦开始，坚持在微信上创作"一日一诗"，通过诗的形式来记录自己的生活、人生和心路历程，被称为"微信诗歌第一人"。2015年，诗歌专著《你是一束年轻的光》，由人民文学出版社出版发行。2020年，又一部诗集《捕星录》由中国青年出版社出版发行。2021年，在北京繁忙的地铁上，他完成了诗歌新著《太阳被人围观》的写作。他以"星空下赶路人"的人生定位，以夸父追日般的坚定执着，成长为一名"下笔千言，倚马可待"的高产诗人。有人说他的躯体里住着一台永动机，不知疲倦，诚哉斯言。

"一方水土养一方人"，重生兄出生于"中华诗词之乡"浙江浦江，这里山清水秀，人杰地灵。浦江的山以仙华山为代表，有江南"第一仙峰"之称，明代刘伯温有诗云："仙华杰出最怪异，望之如云浮太空。"除了奇山峻岭，浦江县城西北的月泉也堪称神奇，此泉水随月之盈亏而消长，自朔至望则泉增，自望至晦则泉减。宋代著名理学家吕祖谦在月泉编著《近思录》，朱熹、陈亮等都曾在此讲学。重生兄出生的前吴村，始建于唐朝乾宁初年，至今已有一千一百多年历史。自宋元以来，文人荟萃，明贤辈出，有开创"中国第一诗社"月泉吟社的首任盟主吴渭，有元朝集贤殿大学士、名臣脱脱的启蒙恩师吴直方，有学富五车的一代名儒吴莱等。而重生兄，正是吴渭的后裔。可以说，家乡深厚的文化底蕴和先祖们"诗书继世长"的熏陶，使得重生兄的诗情和才思得以生根发芽、开花结果。所以，重生兄曾坦言："月光和诗才是老家真正的特产。"

浦江还是"中国书画之乡"，所以重生兄从小热爱美术，常泼墨挥毫涉笔成趣。二十年前，重生兄就加入了浙江省美术家协会。他笔下的名山大川、花鸟虫鱼，匠心独运，栩栩如生，国画作品多次在北京、上海和浙江等地展出并获奖，《乾坤清气》《万古长青》等作品被河南省周大新图书馆、浙报数字文化集团股份有限公司等单位永久收藏。

重生兄的女儿吴宛谕从小品学兼优，小学时便出版了《百馆游》《小脚丫寻根》《名篇伴我成长》等多部作品，十岁便当选第六届全国少工委委员，并作为全国少先队员代表陪同时任国家主席胡锦涛同志参观中国科技馆新馆，担任全程讲解员，妥妥的"别人家的孩子"。重生兄认为，"至要莫如教子"，工作再忙，女儿教育事第一。所以在女儿成长的每一步，重生兄都陪伴左右，精心照顾，悉心指导，用心筹划，直至目送女儿走进燕园，成为一名光荣的北大人。值得称道的是，在女儿求学的每一个阶段，无论是杭州的学军小学、文澜中学，还是北京的人大附中，重生兄都担任学校家委会的主要成员，为孩子的教育和学校的培养建言献策。他对教育有独到而深刻的见解，多次在《教育家》《中国校园文学》等杂志发表教育心得。他在接受北京大学开学典礼摄制组采访时说："我希望孩子成为一个健康而有趣的人，因为唯有健康，才能对社会有突出贡献，唯有有趣，才能术有专攻、学有所长，成为一个爱生活、爱学习、充满朝气的燕园学子。"女儿宛谕没有辜负他的期望，在燕园度过充实而有成就感的四年后，以优异的成绩被美国哥伦比亚大学录取为研究生。在女儿成长的过程中，重生兄会选择在有纪念意义的时间节点，给女儿写一封信、写一首诗，或创作一幅书画作品，以示嘉勉。诗歌《女儿的眼睛》《北大西南门》《大地正式录取你为山川的一部分》《写在女儿生日之际》《三月，由你来命名》等都是对女儿爱的宣言，字里行间洋溢着一位父亲对女儿无限的疼爱、无私的付出、无限的包容、无尽的惦念。

　　重生兄今年已过知天命之年，但他说"人生五十始青春"，如今的他，仍以南窗晨读为乐，以灯下漫笔为喜。可谓"出走半生，归来仍是少年"。我仿佛看到了三十多年前，那位在乡镇工作的稚气未脱的少年，凭着自己的一支如花妙笔，从乡镇走向了地市，从地市走向了省城，又从省城走向了京城，一步一个脚印，走出了一条绚丽多彩的人生之路。

作者系清华大学法律硕士，现供职于中国摄影家协会。

后　记

　　一个偶然的机会，看到浙江省浦江县文联《月泉》内刊2020年编印的一期"吴重生诗歌品鉴专辑"，当中收录了四十多篇关于吴重生《你是一束年轻的光》《捕星录》两本诗集以及部分诗作的评论文章。一口气拜读之后，不禁生发出两点感想：

　　一是，吴重生的诗歌，在思想性与艺术性的结合上，的确已经达到了相当高的境地。专辑中的文章，尤其那些出自当代中国著名诗人、诗歌评论家之手的文章，每一篇都不是敷衍之作。这不仅需要评论者对诗歌作品及其作者，有一个较为透彻的、独到的、近距离的观察与思考，而且要有一种发自内心的共情共鸣。或许还不够。高水平的诗歌评论，相比于其他文学体裁的评论，还需要一种有深度并富有诗意的语言文字表达，让人通过阅读评论，获得诗内诗外理性和感性的双重体验。阅读专辑中的每一篇文章，都给我们这种双重的诗性体验。

　　二是，重生兄近些年除了《你是一束年轻的光》《捕星录》两本诗集外，2022年9月又结集出版了一部新著《太阳被人围观》。这部新诗集一推出便好评如潮，围观者们从四面八方报以缤纷热烈的掌声。对于这些激赏之文，专辑中没有收录，重生兄自己在朋友圈转发的也不是太多，外界听到、看见的，都只是些零零星星的"掌声"，实在有点可惜。能不能把国内诗歌界迄今为止对这几部诗集的所有评论，连同对吴重生其人以及另外一些引起较大社会反响的诗作的评论文章，好好地收集整理起来，向广大读者朋友做一次集中展示呢？

　　作为一直关注吴重生在文学道路上前行的同行、同好、同乡，我们知道，这件事让一年到头忙于公务、笔耕不辍的重生兄自己去做，显然没有我们去做更加合适。尽管我们也知道，吴重生的文学创作不限于诗歌，他在散文、文艺评论乃至新闻、书法、绘画上也卓有成就。况且我们还知道，只要吴重生的诗歌创作没有停止，对于他的作品的评论，就不可能画上句号。

那么，作为一个"分号"呢？作为诗歌界对吴重生诗歌艺术评论的一个阶段性回顾，总是可以的吧？

重生兄最终接受了这个作为"分号"的比喻。既然接受了，我们就催促着他百忙中抽出时间，把近些年所有关于他的诗歌评论，连同我们收集到的相关文章，分门别类后汇编成册，于是就有了这本《我们为什么需要诗歌——吴重生诗歌艺术评析》。

作为汇编作品，我们除了必要的分类编排，个别文字的勘正，所有评论文章全部保留原样，并注明原载媒体名称、发表日期。这既是对文章作者必须的尊重，也是著作权法规定的基本要求。

编　者

2023 年 4 月 2 日

图书在版编目（CIP）数据

我们为什么需要诗歌：吴重生诗歌艺术评析/王少杰，潘丽云编.—北京：作家出版社，2023.9

ISBN 978-7-5212-2518-1

Ⅰ.①我… Ⅱ.①王…②潘… Ⅲ.①诗歌评论—中国—当代 Ⅳ.① I207.22

中国国家版本馆 CIP 数据核字（2023）第 176485 号

我们为什么需要诗歌：吴重生诗歌艺术评析

编　　者：王少杰　潘丽云
责任编辑：张　平
装帧设计：李佳珊
出版发行：作家出版社有限公司
社　　址：北京农展馆南里 10 号　　邮　　编：100125
电话传真：86-10-65067186（发行中心及邮购部）
　　　　　86-10-65004079（总编室）
E-mail:zuojia @ zuojia.net.cn
http://www.zuojiachubanshe.com
印　　刷：三河市北燕印装有限公司
成品尺寸：170×240
字　　数：380 千
印　　张：21.75
版　　次：2023 年 9 月第 1 版
印　　次：2023 年 9 月第 1 次印刷
ISBN 978-7-5212-2518-1
定　　价：68.00 元

作家版图书，版权所有，侵权必究。
作家版图书，印装错误可随时退换。